心理三国三部曲之

看透历史，讲透人性

心理曹操

陈禹安 著

郑州大学出版社
·郑州·

图书在版编目(CIP)数据

心理曹操 / 陈禹安著. — 郑州：郑州大学出版社，2020.11

（心理三国三部曲）

ISBN 978-7-5645-7371-3

Ⅰ.①心… Ⅱ.①陈… Ⅲ.①《三国演义》研究②曹操（155-220）—人物研究 Ⅳ.①I207.413②K827=342

中国版本图书馆CIP数据核字（2020）第200428号

心理曹操
XINLI CAOCAO

策划编辑	邰 毅	封面设计	张立娟
责任编辑	席静雅	封面插画	赵 鹏
责任校对	胡佩佩	版式设计	蔡小波
责任监制	凌 青　李瑞卿		

出版发行	郑州大学出版社有限公司（http://www.zzup.cn）
地　　址	郑州市大学路40号（450052）
出 版 人	孙保营
发行电话	0371-66966070
经　　销	全国新华书店
印　　刷	德富泰（唐山）印务有限公司
开　　本	710 mm×960 mm　1/16
印　　张	22
字　　数	397 千字
版　　次	2020年11月第1版
印　　次	2020年11月第1次印刷

| 书　号 | ISBN 978-7-5645-7371-3 | 定　价 | 49.80元 |

本书如有印装质量问题，请与本社联系调换。

生活是正着来活，却要倒着去理解。
如果你能够倒着理解历史，那么你正着的生活一定可以少走弯路、少犯错误。

——题记

序言

三国鼎立是一个特殊的时期。这一时期的政治,风云变幻;军事斗争,气势壮阔;三国外交,纵横捭阖。因此,演说三分,有说不完的故事。

时势造英雄,三国时期,人才辈出,业绩昭著,许多人物,家喻户晓,总是为人们津津乐道。"三个臭皮匠,顶个诸葛亮""说曹操,曹操到",已成为人们生活中的常用语,可见三国故事影响之深。

三国鼎立,人谋规划起到了至关重要的作用。因此,三国时期,人物关系复杂,他们在大动乱的血雨腥风中拼搏生存,增长了智慧才干;各色人物可歌可泣的故事,给人们留下了很多历史经验与教训;读三国,听三国,都给人以许多教益,这就是三国故事历久不衰的主要原因。近年来,人们从各个角度重读三国,更增添了三国故事的活力。

"心理三国三部曲"是陈禹安先生推出的以心理学视角品读三国的著作,包括《心理关羽》《心理诸葛》《心理曹操》。作者选取了三国人物中在民间影响最大的三位人物——关羽、诸葛亮、曹操,通过心理描写,遥情想象,解读三位人物的人生。如此解读三国,别开生面,览卷批阅,令人耳目一新。

但若质疑问难,可以提出许多问题。最切要的问题有两个必须回答:第一,以今人的心理去猜度两千年前古人的心理，种种描绘可靠吗？直白地说，能用心理分析研究历史吗？第二，作者所选三人——关羽、诸葛亮、曹操——能够代表三国吗？我以一个普通读者的体会，试着回答这两个问题。

心理学是近现代发展起来的一门社会科学，运用心理分析的方法去研究历史，其实在今人的许多论著中已有部分的运用。科学的发展是人们智慧的积累，运用现代科学技术解读历史遗存的密码是必然的发展趋势，也是科学的。例如，用碳-14去测定历史文物的年代，就是考古学常用的一种手段。借助现代数学、统计学的发展，运用数量统计研究历史，已是公认的先进的历史研究方法之一。这是有意识的方法运用。

无方法意识的直观感觉，心理分析，古已有之。例如司马迁写《史记》，在《司马相如列传》中写卓文君偷听司马相如弹琴"心悦而好之，恐不得当也"，这两句就是心理描写。作者用"悦""好""恐"三个字把卓文君喜、爱、愁的复杂心理活动表现得淋漓尽致。明清"三言二拍"小说，中国四大名著——《水浒传》《三国演义》《红楼梦》《西游记》中的心理描写无处不在。然而集中地、从头至尾、洋洋洒洒数十万言，全景式展开的心理分析，"心理三国三部曲"确实是一个首创。陈禹安先生做了这个工作，他成了第一个吃螃蟹的人，取得了成功，可喜可贺。也就是说，运用心理分析解读人物、演说三国，在方法上是没有疑义的。陈禹安先生的首创精神，不仅开拓了演说三国的新领域，而且开启了引领后继者的作用，值得肯定。

当然，古人与今人，时移势异，今人的遥情想象未必就是古人原来的意图，历史真相未必如此，读者不能钻牛角尖。

历史研究，有多种方法，有多种价值。历史的考证，目的是还原历史的本来面目，探求历史之真，吸取经验教训，这是历史的借鉴价值；演说历史故事，添油加醋，娱乐生活，这是历史的欣赏价值；借旧瓶装新酒，对历史再创作，以古喻今，抒写作者现实的人生感悟，这是历史的现代价值。陈禹安先生对心理学有深厚的造诣，对现代社会有通透的认识，对现实人生有独到的感悟，所写"心理三国三部曲"更多的是在解读当代社会，可使读者增益智慧，这可以看作是作者创作的主题思想，它集中体现在每一则故事之后的"心理感悟"中。例如《心理关羽》中"想成就大事的人，善于让别人承诺比自己善于承诺更重要"，《心理诸葛》中"世界并不是一个客观的存在，而是你所期望看到的存在"，《心理曹操》中"索取，有时候比发誓更能取信于人"，凡此种种，条条都是作者抽象提取出来的人生哲理箴言。如果读者认同我的这一体会，那么"心理三国三部曲"最大的价值，重点不是放在借鉴历史经验上，而是借题创作，挖掘历史的现代价值。作者的这一匠心运筹，打破了古今时空的距离，解读的历史人物贴近现实生活，仿佛关羽、诸葛亮、曹操就在我们的身边。加之作者流畅的语言、新颖的编排，可以预期《心理三国》三部曲的出版，将会赢得广大的受众。

　　三国鼎立的主线是魏吴对峙，蜀国偏安一隅，又最先灭亡，蜀汉君臣对历史的贡献最小。但蜀国治理得最好，又是继汉正统，所以在演说三分的故事中，蜀汉对峙成了主线，吴国成了偏安。在《三国演义》中，诸葛亮是第一主角，描写诸葛亮的篇幅最长。由于诸葛亮是三分天下的规划者，他成了智慧的化身，在民间影响超过了曹操，更压过了刘备。成都武侯祠，原本是刘备的陵寝，诸葛亮反客为主，民间只知有武侯祠，而不知有刘备墓。关羽是忠义的化身，他在民间的影响更超过了诸葛亮，还走向了世界，东南亚和欧美国家都有关公庙。关羽被历代帝王十次加封，乾隆三十二年更是加封关羽为忠义神武的关圣大帝。论历史贡献，三国的奠基者曹操、孙权、刘备三人贡献最大，按所建三国的疆域大小排列三人的名次，不应有争议。但是在民间的影响却是关羽、诸葛亮、曹操三人为一甲，关羽的影响最大，诸葛亮次之，曹操只能在第三位。陈禹安先生创作的"心理三国三部曲"选择关羽、诸葛亮、曹操三位及其排序，应是基于民间影响力，也是十分得体的。

我爱好三国历史，做过一些研究，写过几本书，但都没有跳出传统的研究方法，只是运用文献解读历史，缺少运用新方法开拓创造的精神，新进的作者值得我向他们学习。

是为序。

享受国务院政府特殊津贴专家、秦汉三国史研究专家

自序

三问"心理说史"

"心理三国三部曲"是"心理说史"的开创之作,在十周年纪念版出版之际,很有必要厘清读者们最关心的几个问题,其实主要就是三个:"心理说史"是什么?从何而来?去往何方?

心理说史是什么?

在"心理三国"系列出现之前,国内从未有过这种集历史、心理和文学于一体的写作形式,既像历史小说又像心理分析,很难归于已有的类别。系列作品的第一部《心理关羽》,在出版过程中关于书名的争议从未停息。"心理三国"的内容曾在天涯论坛连载,先后有几十家出版社表达过出版意愿,但几乎没有一家不想把书名改换的,因为当时没有人确切知道《心理关羽》到底在表达什么。但改来改去,却都觉得没有一个其他的书名能够统摄《心理关羽》的丰富内涵,于是这一独特的书名就幸运地被保留了下来,并沿用到整个"心理说史"系列的其他作品中。

"心理说史"关键在于"心理"两个字。实际上,把这两个字当作动词而不是名词就容易理解了。"心理三国"就是用心理学去梳理、剖析三国的历史进程及关键细节,《心理关羽》就是用心理学去梳理、剖析关羽一生的心路历程。

一开始写"心理三国"的时候,我主要运用的是社会心理学，但自然而然地，人格心理学、发展心理学、进化心理学、认知心理学、生物心理学等应需而入，甚至还引用了全球心理疗愈领域大量的研究成果。同时，我本人对于"心理"的理解，也超越了现代学科体系所设定的边界，把自己对中国传统文化中的儒释道以及西方哲学体系的更深感悟融入其中。

从我个人的角度来看，也许"心"理比"心理"更接近真正的内涵，我甚至有这样一个观点：这个世界上，和人的社会属性、文化属性相关的知识，只有一门心理学。所谓的哲学、人类学、社会学、管理学、营销学等，实质上都是心理学。

所以，心理说史就是用"心"去梳理历史、述评人物。

说到历史，也许又会引发一个争议。"心理说史"的开创之作——"心理三国三部曲"参照的底本是《三国演义》，而不是所谓的正史《三国志》。读者们难免会质疑，《三国演义》能算是历史吗？

三国是非常特殊的一段历史，短短几十年，却是整个中国历史中最脍炙人口、广为人知的，这要归功于《三国演义》和各种戏剧、评书的民间传播。如果你和非历史专业的三国迷说，草船借箭的不是诸葛亮，而是孙权；华雄不是关羽斩的，而是孙坚干的，也没有温酒这回事……恐怕这些三国迷会找你拼命。从心理学的角度，信即为真，将大众一致信以为真的信息视为历史，其实并无不可。这同样可以推及广为人知的《水浒传》《红楼梦》的解读。

细品《三国演义》，我们还会发现，这其实是中国人代代相传的集体创作，也是中国人集体潜意识的外显。《三国演义》中隐藏的是中国人国民性的基因密码。从而，用心理学加以解剖，就更有其必要性，也更有其正当性了。

当然，心理说史在处理其他的历史时，会尊重基本史实，但读者们也必须明白，从来就没有所谓百分百真实的客观历史，任何记录都会带有记录者主观感受的痕迹以及个人视角及表述能力的限制。

"心理说史"从何而来？

2007年初夏，我突然从每天平均工作十二小时以上的繁忙节奏中脱身，有了很多的空闲时间。当时，我就想用一种不一样的方式来阐述历史。于是，在一台黑色的索尼电脑上不知不觉敲下了三万字，这就是《心理关羽》的前十节。

写完这三万字，突然意兴索然，我就放下了，那台电脑后来也不见了。但幸运的是，这些文字在一个U盘中留下了备份。整整两年之后，一个非常偶然的原因令我想起这些文字，然后把它们发到了天涯论坛，每天发一节。刚开始的时候，并没有什么动静，我原想发完这十节，也就该结束了。没想到第九节发出后，跟帖瞬间火爆起来。网友的热情让我觉得这样的文字也许是有价值的。于是，整个三部曲就一气呵成了。

所以，"心理说史"本是无心插柳之举，刚开始的时候，我并不知道我后来会写出十几部作品，也不可能想到"心理三国"能够以数种文字、多个版本风行于世。

一个婴儿初生之际，人们可能不会急于为他畅想未来，但"心理三国"系列已经十周岁了，我们不免要考虑它的未来。

"心理说史"将去往何方？

十年来，我一直在思考这个问题。

历史到底是什么？如果历史仅仅是过眼云烟，"万里长城今犹在，不见当年秦始皇"，那么，事过多年之后，我们去学习历史、剖解古人又能得到什么？

从人性的基底来看，所谓历史，其实是一间巨大的心理实验室，一打开门，看到的却是正在发生的现实。历史，其实不是古人的故事，而是我们每个人自己的故事。基于此，我们也就发现了心理说史的基本价值——剖析古人心理，感悟现实人生。

每个人都是在不断成长的，每个人的一生其实都有一条心路历程。我们往往以固定的一个标签去看待一个人，但一个人并非只代表是一张脸谱。

美国作家迪帕克·乔普拉写过一本小说——《人子耶稣》，从人的角度描写了《圣经》中缺失的耶稣从十二岁到三十岁的历程。乔普拉感慨地说："不管是否信奉基督教，人们把耶稣看成是静态的。耶稣没有烦恼，也不会成长。耶稣在伯利恒的马厩里一生下来就是神圣的，终其一生都是如此。"所以，他反其道而行之，把小说的主题定为：一个有潜力成为救世主的年轻人，发现了自己的潜力并学会了实现自己的潜力。

乔普拉对耶稣的成长的理解，其实也应该正是我们对任何一个人——无论是历史风云人物，还是现实中普通人——成长的理解。

我希望"心理说史"能够让历史在心理学中复活，让人性在心理学中鲜活，从而在历史学、心理学和文学的交叉之处，留下一个不一样的印记。"看透历史，讲透人性"，这就是"心理说史"必须承担的历史使命，也是"心理说史"一直在努力前往的未来。

我们在历史上所做的每一分努力，都应该是为了让现实更美好。

2019年12月29日星期日下午3:38于杭州别馆13B

孟德献刀

1. 索取的艺术 —————————————— 003
2. 豪气只有一瞬间 ————————————— 008
3. 豪情背后的利弊考量 ———————————— 012
4. 千古恶语有来由 ————————————— 016
5. 为了进步的退步 ————————————— 020
6. 类别的力量 ——————————————— 025

徐州恩怨

7. 污泥里不会有美玉 —— 033

8. 天上真的掉了一个馅饼 —— 038

9. 为了名声的谦让 —— 042

10. 轻信的后果 —— 046

11. 辞让也要看对象 —— 050

12. 神奇的天命 —— 054

13. 皇帝是个好工具 —— 058

14. 眼泪纷飞未必是软弱 —— 063

15. 美丽也是一种罪过 —— 067

16. 最昂贵的泡妞 —— 072

17. 每个人都活在期望中 —— 076

剪除吕布

18. 盲目模仿很危险 —— 083

19. 替罪羊是怎样练成的 —— 087

20. 天大的一个玩笑 —— 091

21. 单个的谎言骗不了人 ——————————— 095

22. 一份无法撕毁的档案 ——————————— 099

23. 谁都希望有个好标签 ——————————— 104

24. 致命的一个污点 ————————————— 108

25. 最有价值的一哭 ————————————— 113

许田打围

26. 草丛里跑出一只鹿 ———————————— 119

27. 富贵夫妻也悲哀 ————————————— 123

28. 说反话是个技术活 ———————————— 128

29. 权力里面出真理 ————————————— 133

30. 问天下谁是英雄 ————————————— 137

31. 污点证人的话不可信 ——————————— 142

32. 有机会就快意一把 ———————————— 146

33. 真正说服你的是谁 ———————————— 150

34. 让谁生疑的疑兵 ————————————— 154

血诏事件

35. 你杀我儿也不计较 —— 161
36. 狂傲不是一种手段 —— 165
37. 天下自有杀你的人 —— 169
38. 治病的医生要下毒 —— 174
39. 不信老鼠敢咬猫 —— 178
40. 声势浩大的一次探病 —— 182
41. 权力让人变成魔鬼 —— 186
42. 我的士兵我的城 —— 190
43. 爱上一个留不住的人 —— 194
44. 将恩惠进行到底 —— 198

覆没袁氏

45. 曾经的好朋友打上了门 —— 205
46. 他难道有个测谎仪? —— 209
47. 帅小伙子招人爱 —— 213
48. 当明诏碰上密诏 —— 217

49. 那风情万种的一剑 ———— 221

50. 狂妄的代价 ———— 225

51. 让敌人为你服务 ———— 229

征南受挫

52. 天上的群星拜北斗 ———— 235

53. 超级粉丝在江南 ———— 240

54. 备好交差的"稻草" ———— 244

55. 不是救星是灾星 ———— 249

56. 老同学又来串门了 ———— 254

57. 雀斑让美人更真实 ———— 258

58. 人生难得醉与歌 ———— 263

59. 冬天里的一把火 ———— 268

60. 一件锦袍引发的风波 ———— 273

烈士暮年

61. 最后的一个血诏党 —— 279
62. 我的笑话你尽管瞧 —— 283
63. 就这样瓦解了盟军 —— 287
64. 傲慢不是傲慢者的通行证 —— 291
65. 一生相伴的陌路人 —— 296
66. 有用的只是一句话 —— 301
67. 天命滞留了奋斗的足迹 —— 306
68. 聪明才智误了卿卿性命 —— 310
69. 最是那烈士暮年的悲怆 —— 315
70. 鼓角声暗淡了英雄背影 —— 319

本书主要心理学概念解读（括号内数字为所在篇目）—— 324

后记 —— 328

初版后记 —— 331

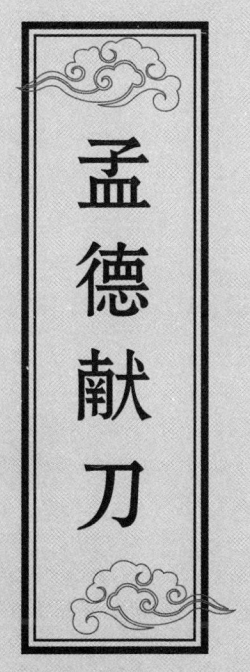

索取的艺术 / 豪气只有一瞬间 /
豪情背后的利弊考量 / 千古恶语有来由 /
为了进步的退步 / 类别的力量

1

索取的艺术

"杀,还是不杀?"

董卓已经在床上转过身来,曹操必须在这电光石火的一瞬间做出决定!

曹操之所以要面对这个惊心动魄的抉择,是因为他和司徒王允之间的一个约定。这个约定的达成,归因于曹操的年轻气盛,也归因于王允的老谋深算。

前一天晚上,王允在自己家里举办了一个生日宴会,邀请一班旧臣故交到自己府上宴聚。掌灯时分,公卿皆至。来的都是汉室旧臣,王允不由心中暗喜。王允一高兴,举着酒杯就哭了出来。这王允莫不是有病吧?你要过生日,大家很给面子,都来捧场,你好端端地哭什么啊?哭笑歌叹是屡试不爽的注意力吸引策略。王允一哭,大家都慌了,惊问其故。王允并不是为自己而哭,而是为汉室江山而哭。这一天其实也不是王允的生日,这不过是他假托的一个借口,他聚拢这帮汉室旧臣是为了商量一件大事。

这件大事就是如何除掉董卓!

原来,董卓自借何进之命入京以来,凭借武力,独霸朝廷,倒行逆施,强行废了少帝刘辩,另立陈留王刘协为帝,是为汉献帝。董卓听人密报,得知刘辩心怀怨恨,就下手鸩杀刘辩及其母后、爱妃。此后,董卓更是肆无忌惮,每每入宫,夜宿龙床,奸淫宫女。

汉室忠臣们夙夜忧叹,愤懑不已,急欲除之而后快,但一时却又无计可施。司徒王允不愿坐以待毙,就假托自己过生日,找来一帮可靠的人商议大事。

王允找来的这帮人,都属于汉室旧臣,按照他内心的标准,这些人以及他们的列祖列宗既然已经为汉朝效忠多年,当然会站在反对董卓的立场上。王允的这个判断生动地表明了人类认知机制中,根深蒂固的类别化冲动。人们喜欢将不同的人归结为不同的群体,"我们"和"他们"当然是不一样的,无论是价值观、行为方式,还是对事物的偏好，都是如此。我们信任自己的群体，而排斥自己以外的群体。

王允所持的判断标准就是一个"旧"字，这个"旧"是和"新"相对的。所谓的"旧"，就是在董卓把持朝政之前就已经为汉室效力，并且还可以追溯到列祖列宗的群体。而所谓的"新"，则是指董卓来了之后，为董卓效力的群体。

幸亏王允使用的是"旧即忠"的标准，否则，我们的主人公曹操就会被拒之门外了。因为董卓得势之后，曹操和他走得很近，而且因其精明强干深得董卓信任。而按照"旧"的标准，曹操自家标榜的先祖曹参是汉室的开国功臣，整个曹氏家族前后已经"食汉禄四百余年"。这样的旧臣，当然就是忠臣了。

王允借着这一阵大哭，说出了自己的想法："今天哪里是老夫的生日？我不过是担心董贼生疑，才借这个由头，和大家聚会。我哭，不是为自己，而是为汉室四百余年的天下。如今董卓气焰冲天，无人可敌，我们都是朝不保夕啊。"

王允的这番话触到了这帮汉室旧臣的痛处，但这帮人大多年老庸碌，除了一颗红心，确实也没做好除贼的准备。众人只好借酒发泄，学着王允的样儿掩面而泣。

王允的这个举动实属冒险之举，他所聚集的这些人中，只要有一个人泄露了机密，王允及参与的众人就将人头落地。但以当时的社会道德规范来看，人心尚古，王允的"旧"标准还是颇有可取之处的。那时，忠义自在人心，卖主求荣者屈指可数。所以，吕布就成了万夫所指。

哭并不能够解决问题，但笑能够。在一片哭声中，突然响起了一阵狂放的大笑。笑声在哭声的映衬下更显突兀，迅即让全场的哭声戛然而止。众人纷纷将目光投向发笑者。

曹操，这个不安分的年轻人，这个早就想出人头地、建功立业的年轻人，就这样以一阵大笑作为走向一生荣耀的开场白。曹操笑道："满朝大臣，从夜里哭到天明，从天明哭到夜里，难道能哭死董卓吗？"

一语惊四座。

王允一看，大怒道："你的祖宗吃汉朝的俸禄也有四百多年了，不思回报，反倒在这里说风凉话？！你是不是要去密告董贼？我们就是死了也是汉家之鬼！"

王允表面大怒，其实内心惊惧不已，他的第一感觉就是大事要坏在这个姓曹的小子手上了。他立即想到自己的"旧"标准存在重大缺陷。曹操虽然符合旧臣的标准，但现在他却是董卓跟前的红人。所以，王允的呵斥虽然直接宣称自己并不怕死，但内心却已经懊悔不已。王允强迫自己冷静下来，一定要想方设法摆平这小子，否则在场的汉室忠臣个个都将死无葬身之地。

但曹操的目的并不是要去告密。如果他要去告密，根本没有必要在此放声大笑，暴露自己。他只需冷眼旁观，伺机告退，就可以神不知鬼不觉地置王允等人于死地。曹操内心还是忠于汉室的，他也看不惯董卓把持朝政，倒行逆施。作为一个抱负远大、血气方刚的青年，曹操在董卓之前一直没有得到足够的施展平台。他之所以与董卓交往过密，是出于政治性的目的，欲展宏图。

从这里，也可以看出曹操作为一个优秀政治家的潜质了。政治家的抉择标准和忠臣义士的抉择标准是大不相同的。忠臣义士往往不论情势而坚持忠义的标准，但政治家却因情势而动，选择对自己最有利的方式。而这样的选择，往往是以牺牲某些忠义的标准为代价的。

曹操其实本不必跳出来嘲讽挖苦这些"忠臣"，但这一片软弱无能的哭声激起了他的英雄好胜之心。

每个人都不可避免地受社会评价体系的影响，每个人内心也都有过度自信的倾向。在曹操眼里，这群位高权重的公卿，不过是行尸走肉，只会像妇人一般啼哭。而放眼环顾，唯有他自己能够轻松解决问题。在这种心理的驱使下，曹操又说出了一番惊天动地的话："我不笑别的，只是笑众大臣竟然无计可杀董卓。我虽然不才，只要略施小计，就可砍了董卓的头，悬挂在城门之外，告慰天下！"

这段话真是典型的过度自信。

曹操能够近距离接触董卓，刺杀他是不难的。但是董卓身边甲士环绕，更有天下第一骁将吕布，勇猛无敌，寸步不离。刺杀董卓后，曹操自身必然很难保全。所以，砍了董卓的头并悬挂于城门，实在只是曹操充满浪漫主义色彩的一种想象。

但曹操的这番话还是让王允放松了那根紧绷的弦，他的目的本来就是要找出像曹操这样的人。但王允出于对曹操新近形迹的怀疑，还是不敢完全放心。王允离席走到曹操跟前，恭敬地问道："孟德，你有什么高见可以匡扶汉室？"虽然曹操是后辈，但如果他真能够解决董卓，兴扶汉室，对他恭敬一点又有什么关系呢？

曹操满怀自信地说："我之所以身事董卓，就是想找个机会除掉他。他现在对我很看重，有事往往都和我商量。我听说司徒有一把宝刀，希望你把刀借给我，我就用这把刀去刺杀董贼。"

曹操为什么提出要借王允的宝刀？难道普通的刀就杀不了董卓？

众所周知，近距离的刺杀与是不是宝刀关系并不大，一般的利刃足可要了董卓的命。那么，曹操为什么要多此一举呢？

其实，曹操向王允索取宝刀，只是用来取信王允的一种手段。因为曹操敏锐地感觉到了王允对他的不信任，曹操所要做的，就是用最简单的办法洗清自己与董卓交往过密的痕迹。如果曹操不能取得王允彻底的信任，那么他这一番豪气干云的表白就失去了意义，而且他还可能有性命之忧。要知道，狗急尚要跳墙，如果王允等人认定曹操将会告密，即便他们手无缚鸡之力，恐怕也要蜂拥而上，先行杀人灭口。

曹操的办法就是借宝刀。这一招，战国时期秦国的老将王翦用得炉火纯青。

当时，王翦率秦国主力六十万大军，倾巢出动，发动秦国统一六国的最后一战，素有猜忌之心的秦王嬴政对此很不放心。当然，将倾国之兵交付给一个人，任何帝王都不会放心。王翦深知这一点，在率领部队离开国都咸阳不久，就让部队驻停，自己掉转马头往回走。秦王此时尚未回宫，看见王翦回来，惊问其故。王翦说："我老了，今后替大王效力的机会不多了，所以趁着现在还能动弹，为子孙谋点田产。"

秦王哈哈大笑说："大将军平定天下后，何愁没有富贵呢？"王翦说："我是要大王现在赏赐我良田美宅。"

秦王当即爽快地答应将咸阳西边的一万亩良田赏赐给他。此后，王翦在行军中又先后两次向秦王索要田舍豪宅，秦王也都一一依准。

王翦为什么要这样做？难道他真是老糊涂了，借着领兵出征之际向秦王提前邀功请赏？

其实不然，王翦之所以要不断地索取，甚至是贪婪地索取，就是要将他与秦王之间的关系巧妙地转化为互惠，甚至是交换。互惠是人类长期进化过程中形成的一种根深蒂固的行为范式。滴水之恩，当涌泉相报；血火之仇，必以牙还牙。只有你用某种形式回报了人家的恩惠，你的内心才会觉得踏实。

王翦为秦王攻城略地，重权在握，秦王是很不放心的，担心其拥兵自重，甚至谋反。古往今来帝王解决这个问题的一般做法就是在其功成之后，大加杀戮，以绝后患，所谓的"兔死狗烹"就是这个道理。

而现在王翦预先主动索取，等于提前对冲抵消了他所立之功。既然秦王已经赏赐给了他最为看重的田舍豪宅，那么秦王也就觉得不欠他什么，可以心安了。而王翦既然索要了这么多财物，当然是想在功成身退后好好享受一把的，也就不太会有什么异心了。

这就是主动索取的妙处。不妨设想一下，如果王翦用赌咒发誓的办法，能换来生性多疑的秦王的信任吗？

　　曹操的做法也有异曲同工之妙。曹操向王允索要宝刀，尽管对行刺的结果并无影响，却也部分对冲抵消掉了曹操将要行刺的风险。这等于是王允以宝刀为互惠之物来勉励曹操的义举。这样，双方在"等价交换"之后，互信关系就牢固地建立了起来。

心理感悟： 索取，有时候远比发誓更能取信于人。

❷ 豪气只有一瞬间

王允大喜，说："如果你真能这么做，汉室就有救了。"曹操这才开始发誓说一定效忠汉室，万死无悔。先索取，后发誓，这两个取信于人的步骤在这种特殊的状况下，次序是绝对不能颠倒的。曹操没有犯错，当然就取得了王允的信任。王允当即命人取出宝刀，交给曹操。

这果然是一柄宝刀，刀长尺余，上嵌七宝，锋利异常。曹操神态恭谨地将刀佩于腰间。曹操此刻还不会想到，尽管不用宝刀也可以杀了董卓，但正是这把"宝"刀给了他一种新的选择，一种新的可能。

王允的大事有了解决方案，汉室旧臣们欣喜异常，宴饮甚欢，夜深方散。

次日，曹操早早出门，去见董卓。但到了董卓的相府，却已经比较晚了。见面后，董卓的第一句话就是："孟德怎么来得这么晚啊？"看来，曹操平常都是很早就到董卓的丞相府问安了。由此，这一次的迟到才会引发董卓的疑问。而董卓言辞平静，也没有任何责怪之意。仔细体味一下，这句话足以说明董卓确实是把曹操当成心腹的。

曹操说："我的马羸弱不堪，骑行不快，所以来晚了。"

曹操迟到的原因其实并不是胯下之马羸弱迟缓，而是曹操的"思想之马"出了问题。当昨晚的激情消退后，天明出行的曹操开始冷静地考虑起自己的行刺之举来。

曹操之所以要行刺董卓，其目的在于要借此壮举名扬天下，以博得更为宽广的舞台。处于过度自信状态的曹操理所当然地认为自己在行刺之后，可以全身而退，进而盛享高誉的。但其实这个可能性是很小的，虽然曹操深得董卓信任，可以零距离接触董卓，但董卓的相府里戒备森严，天下第一勇将吕布更是随侍左右（吕布是董卓的干儿子，董卓信任吕布更胜过曹操）。如果曹操刺董成功，必然很难脱身。也就是说，曹操在成为英雄的同时，也将成为烈士。

但刺董只是曹操的手段，而不是目的！当曹操想明白了这一点后，深深觉得自己昨晚的豪言壮语过于孟浪了一些。曹操确实看不惯董卓，但要他以自己的性命为代价来除掉董卓，曹操觉得不划算。他希望自己这个正当盛年的大好身躯，能在今后的漫长岁月里建立更大的功业。一句话，曹操并不想死。

但此时的曹操还有退路吗？箭在弦上，不容不发。曹操骑着马上了路，但思想上的狐疑直接影响了骑行的速度。

曹操该何去何从呢？

第一个选择是立即以宝刀为证，向董卓告发王允唆使自己前来行刺，这样自身可保无虞，而且会更得董卓信任。但是，王允等人必将身首异处，株连三族，而曹操本人也将为万夫所指。曹操不能选择这条路。

第二个选择则是按原定计划行事，用宝刀刺死董卓，并以烈士的身份名垂青史。

一般人的考虑也就是这两个方向，但曹操却费尽心机想出了第三个备用方案。因为他手中所拥有的是一把"宝"刀，正是奇货可居的一种稀缺资源。

董卓听曹操如此说，立即说："西凉刚刚送来一批良马。吾儿吕布，你亲自去选一匹好马给孟德吧。"董卓对曹操的关爱与贴心可见一斑。

吕布急忙小步跑出，前去办理。

曹操大喜，心想："董贼合该毙命了！"这确实是一个行刺的良机。吕布一走开，曹操只要拔刀相向，董卓猝不及防，肯定是一刀毙命，而曹操也有相对充足的时间可以逃离。

曹操正要拔刀，却又担心董卓力大无穷，不敢下手。其实董卓外强中干，沉溺于酒色，早已虚弱不堪。但董卓的积威颇深，气势迫人，曹操心里还是胆怯的。

真正能够杀人的不是什么宝刀，而是心灵之刀。曹操内心的犹豫让他失去了最好的机会。

董卓身体庞大，稍坐了一会儿，就侧在床上，后背冲外卧倒了。这个动作更是表明了董卓对曹操的深信不疑。如果不是把曹操当成亲信，董卓是不会这么随便在人前卧倒的，更不会毫无戒心地将后背暴露给对方。

上天再次给了曹操一个行刺的好机会！曹操这一次没有犹豫（真的没有犹豫吗），立即拔刀在手！但还没等他挥刀相向，董卓已经从床上的穿衣镜中看到了他的这个动作，急忙回身喝道："孟德，你想干吗？"

对曹操来说，董卓这一喝的威力，简直可以和日后当阳桥上张飞那一喝相媲美。曹操眼睛余光看到吕布已经牵着马走到了门口，当即倒转刀柄，跪在地上说："我有宝刀一把，特地献给恩相！"

很多人以为，这是曹操急中生智想出来的办法。其实不然，董卓喜怒无常、行事暴虐，素有积威，众人均畏之如虎。在王允面前，曹操豪气干云，将刺杀董卓说得易如反掌，但到了董卓面前，曹操却屡屡迟疑，不敢行刺，刚才董卓这一喝，更是让曹操心胆俱裂，怎么可能急中生智，想出这么一招来？这个做法正是曹操一路上苦思冥想的第三个备选方案，而这个方法得以成立的重要基础就是这是一把"宝"刀！

"宝"刀！曹操是不会辜负这个稀缺资源的。当然，如果曹操缺乏这种高妙的资源辨识及运用能力，他今天也不可能顺利脱险，更不能在日后雄霸天下了。

董卓是个行伍老将，刀的好坏他是识得的，如果这只是一把普通的刀，他一眼就可以识破曹操的谎言。但这的确是一把宝刀，董卓接过，因着对曹操的信任惯性，就没有起疑心。董卓把玩一番，笑着收纳了。曹操当即解下刀鞘，一并献给董卓。

吕布进来，招呼曹操去看他挑来的良马。曹操对董卓拜谢道："待我去试骑一下！"这倒是曹操的急中生智，因为董卓赐马，并不在曹操事先的盘算之中。

董卓当即吩咐下人给马配上鞍辔。曹操强自镇静，牵马走出相府，连家也不敢回，快马加鞭，急往东南驰去。曹操这一去，可以说既辜负了王允，也辜负了董卓。这是一次典型的临阵退缩，曹操保住了自己的性命。我们也许可以谴责曹操临阵退缩，没有为国家大义而献身。但对一个人来说，生命只有一次，尽管我们不赞成曹操这样的行为，但也应该对此保持理解。

英国著名的哲人培根曾经说过："人不能像蜜蜂一样，把对敌人的报复付诸愤怒的一蜇。"如果曹操能够跨越时空，预先闻知这句话，一定会拿来为自己辩护。而曹操此时还没有想到，尽管行刺并未成功，但这一行为已经为他的未来铺就了一条康庄大道。

再说吕布，早在窗外就看见了曹操拔刀、献刀的怪异之举，心中生疑。但曹操也是董卓眼前的红人，董卓对他深信不疑，所以当着曹操的面，吕布没有多说什么。等曹操一走，吕布就对董卓说："父亲，刚才我看曹操有行刺之状。等到被您喝破，这才托言献刀。"董卓经他一提醒，觉得很有道理。但想起自己一直对曹操信任有加，另眼相看，董卓还是不敢确定曹操是来行刺自己的。

董卓的这种看法与大多数人一样，均受制于互惠原理。当你给予某一个人很多恩惠之后，你内心必然预期这个人会给予你同等分量甚至更大分量的回报。在这种预期的驱使下，你就会陷入选择性知觉。你会倾向于相信投桃报李，而不是恩将仇报。

但曹操的行为确实非常反常，董卓父子有些迟疑不决。正在此时，李儒来见董卓，董卓急忙询问此事。

这个李儒，足智多谋，尤其深察人的心理。他想出了一个办法，足可剥开表面的迷雾，鉴别曹操的真实动机。李儒说："曹操现在虽然没有家小，但肯定有住处。丞相您现在派人去曹操住处召唤他，如果曹操不疑而来，说明他心怀坦荡，那么刚才他就是诚心献刀。反之，如果迟疑推脱，则一定是心怀鬼胎。刚才之举，就是行刺。"

董卓一听，深以为然，立即派人去曹操住处召唤曹操。过了一会儿，手下人回报说，曹操连住处都没有回，骑着丞相刚刚赏赐的黄马飞奔出了东门。门吏问他，他说是奉了丞相的密令，有紧急公事，纵马而出，停也不停。

李儒立即说："这一定是曹操做贼心虚，逃走了！"

李儒的依据——"做贼心虚"其实是一条非常高妙的心理学原理。

做贼之后为什么会心虚？这是"透明度错觉"在作怪！

所谓"透明度错觉"，就是指我们最清楚自己内心的想法和情绪，因为我们的内心对自己是透明的。但始终以自我为中心的我们，会误以为他人也像我们一样洞察我们的内心，而事实上，他人和我们的内心之间相隔甚远，根本不了解我们。在透明度错觉的驱使下，我们就有可能在言行举止上泄露出我们以为他人必然知道（其实却丝毫不知）的信息。而正是这些信息，才导致了"东窗事发"。

但是，又有几个贼能够做了之后不心虚呢？犯案之人就是偶然看见一个警察出来打酱油，也会以为是专门来抓自己的。如果做贼之后，理直气壮，行若无事，又有几个贼会被发现呢？

曹操虽然胆略过人，但终究没逃脱这一心理学规律的桎梏！而曹操在这一点上的无知，在今后的岁月还将让他付出更多的代价。

心理感悟：做"贼"不可心虚，心虚不可做"贼"。

3

豪情背后的利弊考量

"恩将仇报"无论在哪一种社会文化背景下都是伤害力最大的社会交往方式。

董卓再暴虐霸道，对曹操还是另眼相看的。他将曹操视为亲信，不但允许曹操进入他的内室，而且在得知曹操坐骑不良后，立即让吕布去给曹操挑一匹好马。董卓希望这些恩惠能够获得曹操对自己忠诚的回报，但行刺不成的曹操却骑着董卓刚刚赏赐给他的良马一溜烟跑了，这怎么不让董卓气得七窍生烟呢？

有意思的是，太阳底下真的并无新事，历史不过是相同桥段的不断重演罢了。这次曹操骑着董卓赏赐的好马背叛了董卓，日后关羽也骑着曹操赏赐的宝马离开了曹操。

恩将仇报当然会引发疯狂的报复，这也是互惠硬币的另一面。董卓立即下令，遍行文书，描其模样，画影图形，星夜捉拿曹操。捉住者赏赐千金，封万户侯。

曹操狼奔豕突，昼伏夜出，直奔谯郡而去。谯郡是曹操的故乡，故乡在每个人的心目中都占据着极其重要的位置。当然，衣锦还乡是出于炫耀，而落魄归乡，主要是寻求一种安全感和归宿感。是啊，在最失意的时候，除了故乡，还有别的什么地方能够带给自己心灵的抚慰呢？所以，尽管逃归故乡充满风险，但曹操还是热切地奔向了它。

曹操显然低估了董卓的能力。这个横行霸道的军阀自有他霸道的理由，董卓处事果断，雷厉风行，捉拿曹操的公文图形以比曹操更快的速度传达下发，当曹操逃至中牟县的时候，回乡的梦想在顷刻间破灭。

关卡上早已张贴了曹操的图像，把关者按图索骥，一下子就把曹操逮个正着。曹操辩解说："我复姓皇甫，从泗州而来，哪里是什么曹操？"把关者也不是那么好糊弄的，他们宁可错抓一千，也不会错放过一个的。况且曹操的服色模样正好与通缉令上的相似，不由分说，就将曹操拿下去见县令。

曹操见了县令，还是不肯承认自己就是曹操。县令喝道："我当年在洛阳求官，当面见过你，你还敢狡辩？来人，把曹操给我拿下，明日起解赴京城。万户侯就是我来当了，千金大家都有份！"众人欢喜散去。

　　曹操知道自己难以幸免了，心情复杂，一时也说不出话来。

　　到了晚上，中牟县令叫亲信随从从牢中提出曹操，带到后院。机敏过人的曹操立即意识到活命的机会来了。

　　按照常理，县令既然已经确认此人是曹操无疑，那就只要严加看管，明日一早押赴进京，就是奇功一件，绝无可能横生波折，再来审问的。而且，即便是要审问，在牢里审问更为稳妥。但现在，县令却让亲随把曹操提到后院审问，这一反常的行为实际上已经隐隐透露出了这位县令内心某种微妙的倾向。当然，要捕获这么微妙的信号也不是资质愚钝的一般人所能够做到的。

　　县令发问道："我听说董丞相对你不薄，你为什么要自取其祸？"

　　这个时候曹操的应对策略就非常重要了。如果自以为已经探知县令有暗中放了自己的可能，顺着杆子往上爬，为自己寻找一个理由，苦苦告饶，反而会扼杀这可能的一线生机。

　　曹操的应对是，揣着明白装糊涂，不但不利用县令可能同情自己的立场，反而故意将县令的立场设定为与自己相反的立场。

　　曹操摆出一副大义凛然的样子说："燕雀安知鸿鹄之志！你既然已经抓住了我，就赶快押我去领赏，何必多问？"

　　很多人担心曹操这样说会激怒县令，从而丧失了那微妙的一线生机，但其实曹操的这种说法是最稳妥的，即便不能让情势好转，至少也不会让情势恶化。

　　我们可以设想一下，如果县令铁了心要将曹操送去领赏，那么曹操受戮在所难免，那为什么不摆出一副豪气干云、视死如归的姿态，留下一个绝非孬种的硬汉名声呢？这是建立在县令与董卓是同一立场的前提下的。反之，如果县令的立场与董卓的立场稍有不同，那么这一番蕴含藐视贬低意味的话就可能成为试探性的激将法，刺激县令说出自己的真实意图，并进一步做出更有利于曹操的行动。

　　果然，曹操的策略奏效了。县令说："你不要小看我。你有鸿鹄之志，难道我就没有冲天之志吗？我只是没有遇到合适的主公罢了！"

　　县令的这句话立即暴露了他的真实立场。曹操是多么狡黠的人啊！县令将他提到后院审问，曹操就嗅到了"生机"的气味，而此时县令的话更加佐证了他最早的判断。曹操决定将豪情戏一演到底。

曹操大声说:"我是相国曹参之后,祖宗历代已经有四百多年食用汉室的俸禄,如果不想着报效汉室,那和禽兽还有什么区别呢?我以前屈身董贼,就是为了寻找机会为国除害。没想到这次事败,天意如此,我也没办法了。"

曹操寥寥数语,不但洗清了此前与董卓交往甚密的污点,还把自己包装成一个赤胆忠心的大英雄。任何一个对汉室忠心、对董卓不满的人,听了这番话都会感动不已。

县令听了曹操的自我表白,口气立即变了:"孟德,你此行本来打算要去哪里?"

县令本来是直呼曹操之名的,现在却叫起了曹操的字——孟德,语气中透露着几分亲近,曹操知道自己的命丢不了了,而且还掌握了主动权。曹操说:"我本来是想回到乡里,假托皇帝的命令,号召天下,联合各地诸侯一起兴兵,讨伐董卓。只恨老天不让我如愿啊。"说完,还故意长长地叹了一口气。

曹操的这句话本是应景之语,但奸雄毕竟是奸雄,这种随机性的话语中竟然透露了他日后行事的战略规划。这时的曹操已经认识到皇帝或者由皇帝发出的诏书是一种奇货可居的资源,而且他根本没认为假托皇帝的命令是很大的罪过。日后曹操"挟天子以令诸侯"的大政方针,其萌芽即发乎此。而后半句的哀叹,更是曹操对县令最后使出的攻心武器。能否脱困,成败就在此一举!

县令听了,立即亲手给曹操解开绳索,扶他在上位落座,然后倒了一杯酒敬献给他,下拜道:"公真乃天下义士也!我愿意弃官跟随您!"

曹操大喜,急忙询问县令的名字。

县令说:"我姓陈名宫,字公台。现在老母妻子都在东郡。我愿意跟着您共谋大事!"

曹操这一次能够顺利脱险,并赢得了人生中第一个追随者,主要在于他能够敏锐地从貌似细枝末节的小事上深刻洞察人心,并不断利用试探性的手段,步步深入,终于逆转乾坤,上演了虎口脱险的一幕。如果曹操的应对稍有不慎,即便陈宫还是有可能放他一条生路,却绝不会甘冒大险,弃官相从。反观陈宫,虽然也是足智多谋之人,但在曹操面前却不知不觉坠入彀中,甘心弃官相从,由此亦可见曹操的领导魅力。

两人当即收拾盘缠,更换服装,趁着夜色直奔曹操的故乡谯郡而去。

曹操、陈宫一路急行，行至成皋，天色已晚。曹操知道父亲的结义兄弟吕伯奢在成皋居住，就带着陈宫到吕家投宿。

二人来到吕伯奢庄前下马入见。

董卓行事确实雷厉风行，此时抓捕曹操的文书已经遍行全国，吕伯奢也已知悉。但吕伯奢与曹家交情深厚，尽管收留逃犯罪责很重，吕伯奢还是热情地接待了曹操。对中国人来说，因私废公，并不是什么见不得人的事情，况且董卓专权早已招致天下不满。曹操敢于公开行刺，虽然未果，但已经给他博得了相当大的政治名声。这样，收留曹操，对吕伯奢来说，于公于私，都是一件荣耀的事情。

吕伯奢首先告诉了曹操之父曹嵩的消息，曹嵩因为担心受牵连，已经离开谯郡到陈留避祸去了。这个信息对曹操来说非常重要。否则，他千里奔波回到家，却看不到一个家人，那份孤独和无助可能会让他失去奋争的勇气。

吕伯奢问起曹操怎么逃至这里的。

曹操说起了陈宫的义举，吕伯奢对陈宫称谢不已，说："要不是使君您仗义施救，曹氏就要灭门了。"

见到曹操平安无事，吕伯奢非常开心，打算好好酬谢陈宫一番。但正好家中没有好酒，吕伯奢就对曹操说："贤侄，你与使君先在家里宽怀安坐。待我到西村去买樽好酒，好好款待使君，感谢他的救命之恩。"

某种程度上，吕伯奢其实是将曹操当作儿子来看待的，所以才会对陈宫感恩不尽。他深感于陈宫的巨大恩惠，决定亲自去买好酒来回馈陈宫。本来这个差使完全可以派一个小厮去做，但吕伯奢在互惠原理驱使下，非要亲自去买，这个回报之举却引发了一场灭门之灾。

> **心理感悟：** 所谓未卜先知，不过是善于看透细节罢了。

❹

千古恶语有来由

杀，还是不杀？

"先下手为强，后下手遭殃！"心念一闪，曹操果断拔剑出鞘，招呼陈宫一起，闯入吕伯奢家后院，不分青红皂白，将吕家八人，不论男女老少，尽皆杀死。

曹操为什么会杀心顿起，大开杀戒？

原来，吕伯奢出门去买酒后，曹操与陈宫枯坐良久，忽然听到了庄后有磨刀之声。这个声音顿时让曹操警觉起来。

前面说过，"透明度错觉"会让人做贼心虚，草木皆兵。曹操在连续侥幸逃脱后，心力交瘁，心理能量消耗殆尽。在这个时候，更容易发生对外部事物认知上的错觉相关。

所谓"错觉相关"，就是将实际上没有关联或只有弱关联的两件事情联系起来，甚至认为这两件事情之间存在很直接的因果关系。

当曹操将吕伯奢亲自去买酒和现在听到的磨刀声错觉相联系后，他立即就怀疑起吕伯奢的动机来。他以为，吕伯奢一定是故意稳住自己和陈宫，托言买酒，去官府告发去了。因为买酒这件小事完全可以派下人前去，何须亲自前往？

曹操当即对陈宫说："吕伯奢不是我的至亲，他的行动很可疑，我们赶快到后院去窃听一下。"

此时的曹操，在陈宫眼里，是一个不折不扣的大英雄，是一个权威人物。权威者头上的光晕效应非常强大。一般而言，崇拜者对权威者的指示近乎本能地顶礼膜拜，盲目服从。陈宫不假思索地跟着曹操潜步走入后院。

只听到有人在说："赶快绑上杀了吧。"

曹操一激灵，内心的假设在这一瞬间就得到了验证，他当即招呼陈宫，拔剑闯入后院，不由分说，将吕家八人全部杀掉。

两人一路搜寻，搜到厨房，却发现绑着一头猪。原来吕家人是要杀猪款待，哪里是要杀曹陈二人呢？

曹操、陈宫顿时面面相觑傻了眼。

陈宫的第一句话是："孟德多心，误杀好人！"

在判定责任时，人们最容易受到"自我服务偏见"的影响。这种偏见也称为"自我保护偏见"。也就是说，人们倾向于将成功归因于自我内在的因素，而将失败归因于外部的情境影响或他人的作为。

在这一起误杀事件上，曹操确实起到了主导作用，但陈宫也是重要的参与人，所杀八人也有死于他的剑下的。而且，如果陈宫足够清醒，适时提醒一下曹操不要冲动，也许惨剧就不会酿成。陈宫之所以没能做到这一点，是因为对曹操权威的崇拜。但不管怎么说，陈宫在这一事件上是要负一定责任的。而陈宫的这句话等于是在说："曹操，一切都是你的错，和我没关系。"同样，如果反过来从曹操的角度来厘定责任，也许曹操也会埋怨陈宫没有提醒自己。

但现在情势紧急，曹操顾不上考虑其他，立即说："赶快上马走人！"

陈宫又一次无条件服从了曹操的指令，但误杀无辜一事已经对陈宫造成了极大的内疚感。

两人骑行不到二里，迎面遇到吕伯奢骑驴而来，驴鞍前挂着两瓶好酒，手中捧着水果糕点。

见曹操、陈宫二人要走，吕伯奢急忙叫道："贤侄，你怎么就走了？"

这真是一个难堪的时刻！吕伯奢盛情相待，曹操、陈宫却杀了他满门老小！以一般人的心理素质，到了这个时候可能马上会崩溃，最大的可能是滚鞍落马，痛哭流涕，不知所措。

但曹操却依然保持着冷静，这是非常可怕的一点。他不动声色地对吕伯奢说："我是被通缉的人，不敢久留！"

吕伯奢说："我已经盼咐家人宰猪款待感谢陈使君，为什么不住一宿再走呢？"

曹操不顾，拨马便走，行不到数步，又拨转马头，对着丈二和尚摸不着头脑的吕伯奢说："你看，那边谁来了？"

吕伯奢不疑有他，回头一看，曹操已手起剑落，将吕伯奢斩于驴下。

陈宫在一旁急叫："刚才是误杀，现在知道真相了，为什么还要杀人？"

曹操说："如果吕伯奢一到家，看见全家老小被杀，怎么肯善罢甘休？我们俩就会遭殃!"

曹操的这一举动,至少揭示了两点。

第一,曹操的决断力极强,能够在极短的时间内判断情势,并快速做出反应。事物都具有双重性,刀能杀人,也能救人。这个特性用在正当的地方,就是一个非常好的特质,比如他刺董不成,立即出逃。而用在不好的地方,就显得极为残忍,就像眼前的这一幕惨剧。

第二,曹操确实是一个自私的人,考虑问题总是从自己的角度出发。刺董之前,他在王允面前信誓旦旦,豪气干云,但一旦到了生死关头,他首先考虑的还是个人的安危。这一次还是如此,他担心吕伯奢会对自己报复,就先下手为强杀了他,全然不顾自己此前已经犯了严重的错误。

而这时的陈宫,开始从对权威的盲目服从中清醒过来,巨大的愧疚心理激活了他正常的道德观和价值判断。陈宫说:"你这样说是不对的。知道原委了,还要杀人,是大不义的行为!"

陈宫是仰慕曹操的"大义之举"才弃官相从的,而现在曹操却做出了"大不义之举",这在陈宫内心造成了极大的认知不协调。他只有通过谴责曹操的这种行为来修补内心失调带来的痛楚。

但是,没想到,曹操竟然说出了震惊天下的那一句名言:"宁教我负天下人,休教天下人负我!"

这句话给了陈宫沉重的一击,让他无言以对!

曹操为什么会说出这样的话来?难道这真是一个厚颜无耻到了极点的卑劣人渣吗?

不可否认,曹操确实是一个非常自私的人,但他说出了这句遭到千秋万代唾骂的恶语,还不仅仅是因为自私。

这其实是一种非常典型的、近乎本能的"自我辩护"现象。这种现象几乎会发生在每一个犯了错误的人身上。我们并不能仅据这句话就将曹操定义为大奸大恶之人。

1997年,美国三十九名天堂之门教成员在加利福尼亚州乔圣菲高级住宅区集体自杀。几周前,这个教派的首脑一直宣扬,当哈雷彗星降临的时候,后面会跟着一艘宇宙飞船,这艘宇宙飞船将会拯救他们。几名信徒曾经到一家专卖店购买了一架昂贵的大功率望远镜。他们相信,当哈雷彗星靠近地球的时候,就是他们从地球容器中解脱的时机。他们会通过杀死自己来做到这一点,以便自己的本体(灵魂)被飞船接走。买走望远镜的几周后,这些信徒又回到了专卖店,退掉了望远镜,并要求退款。当店主问他们望远镜有什么问题时，他们说这架望远镜有缺陷，"我们可以很清晰地看到彗星，但是却看不到跟在它后面的飞船。"

其实，哈雷彗星后面根本就没有什么飞船。信徒们看不到飞船是很正常的事情。但是，在信徒们看来，他们的信仰怎么可能会错？那艘可以拯救他们的飞船怎么可能不来？所以，问题只能是出在望远镜身上。

这个案例很生动地说明，当人们对某种信念或自己的行为确信不疑的时候，任何与之相背的东西都会被视为错误。人们总会找到很多理由，甚至是很荒谬的理由来为自己辩护，只有这样，才有可能消除内心的认知不协调。其实，曹操怎么可能对自己的错误不痛心疾首呢？

陈宫因为误杀无辜而深感内心的认知不协调。同样，曹操也有这种感觉，而且其强烈程度远胜于陈宫。毕竟，陈宫只是外人，而曹家与吕家交情深厚。

在这一瞬间，曹操无法排遣内心巨大的认知失调，就只能强行"拒不认错"为自己辩护，以期为自己寻找一个平息内心挣扎与煎熬的恰当理由。

面对如此惨重的错误，除了"宁教我负天下人，休教天下人负我"这句话，还有什么更"好"的理由能够遮挡住认知不协调带来的狂风暴雨的肆虐冲击呢？

这句话，可以让曹操永远立于正确的位置，可以让他置身于任何社会道德规范的约束之外。

否则，面对自己的错误，曹操只有以死来谢罪了。曹操显然不会选择"死"，今日所发生的这一切，都源自曹操的不肯赴死。他要是不畏死，此时他早已成为万人敬仰的汉室烈士了，哪里还用得着千里逃亡呢？

曹操之所以脱口而出这句话，除了出于强烈的自我辩护之外，我们还可以窥见曹操性格中的另一个方面，那就是，曹操其实是一个不惧直言之人，心中所想，毫不掩饰，就直截了当地表达出来，根本没有顾及这样的口无遮拦会给自己带来什么样的负面影响。

心理感悟： "让自己正确"是支撑人们活下去的基本动力。

5

为了进步的退步

杀,还是不杀?

这一次是陈宫面临的艰难抉择。

曹操在经历了一连串惊心动魄的事件后,心力交瘁,倒在客店床上就呼呼入睡了。这也说明曹操这个人具有极为强悍的心理素质。

但陈宫却辗转难眠,他站在曹操的床前,看着这个令他爱恨交织的人,慢慢拔出了长剑……

曹操先是误杀吕伯奢家人,紧接着又将吕伯奢杀害,这一系列的反常行径给陈宫造成了极大的困扰。此前他甘愿放弃当县令的安稳日子,冒着被砍头的风险跟着曹操,无非是想要为振兴汉室做一番事业。但曹操悍然杀掉吕伯奢,一下子就暗淡了他在陈宫眼中的光环,曾经的英雄不过是个狼心狗肺之徒。按照陈宫一贯的价值标准,他应该义无反顾地杀掉暴露了本来面目的曹操。

但是,"自我辩护"倾向无意识地扼住了陈宫的心灵,就像曹操口出恶言以证明自己没有错那样。

如果陈宫杀了曹操,那就证明他此前私放曹操、弃官跟随是一个天大的错误。陈宫不能接受自己竟然会犯识人不明的错误。这样造成的认知不协调丝毫不亚于曹操滥杀无辜造成的心理失调。

所以,陈宫握剑的手开始颤抖起来:"我是为了国家大义才跟着他到这里的(潜台词是:我没有犯错误)。如果杀了他,就是对国家不义,唉,算了吧,还是不杀他了。"

为了国家大义而不杀曹操,这个理由很冠冕堂皇。曹操现在是董卓的敌人,董卓是国家的敌人,据此,杀了曹操正好称了董卓的心意,那么就是对国家不利了。这个理由足以让陈宫心理平衡。

但是，陈宫再也不能追随曹操了。如果再跟着这个和自己的道德准则格格不入的"狼心狗肺"的家伙，陈宫的内心会每天不得安宁。所以，陈宫决定悄悄地离开，自行踏上去东郡的路途。

从陈宫这一段的行为来看，他是个很果断的人，但是，果断的同义词往往是冲动。他一时冲动追随了曹操，又一时冲动离开了曹操，这注定了他的职业生涯要在动荡中度过。

实际上，即便是要离开曹操，他也完全可以不动声色，采用一种更为柔和的方式离开。因为，他刚刚离开的这个人，雄才大略，即将在风云变幻的权力舞台上粉墨登场。而想要做一番事业的陈宫，无论是与他为友，还是与他为敌，都摆脱不了这个人的阴影。

次日天明，曹操一觉醒来，发现陈宫不见了，顿时就明白了："这个人见我说了这句话，就怀疑我不是仁义之人。其实这不过是我找的一个理由罢了。"

自己和别人总是不一样的。自己的成功都是努力得来的，别人的成功不过是幸运使然。自己的错误总是能找到理由的，而别人的错误都是不可原谅的。

NBA巨星"魔术师"约翰逊在被确诊为艾滋病病毒携带者之后，说："艾滋病不属于我这样的人，它应该属于同性恋和吸毒者。"约翰逊是因为私生活混乱才被感染艾滋病病毒的。另一个NBA巨星张伯伦也因为同样的原因感染了艾滋病，但约翰逊竟然认为自己的错误行为和张伯伦完全不一样。

曹操也是这样，滥杀恩人和无辜之人，对别人来说，是不可原谅的错误。而轮到他自己，用一句"宁教我负天下人，休教天下人负我"就可以让自己心安理得地置身事外了。

曹操不敢久留，立即出发，连夜赶到陈留，和父亲家人会合。

陈宫的不告而别对曹操而言是一个极其沉重的打击。这并不是说陈宫是正要起事的曹操不可或缺的助手，而是说，陈宫是曹操人生中第一个虔诚的追随者和崇拜者，尤其这种追随还发生在曹操的逃亡途中。

人对于第一个总是最在乎的，就像最难忘掉的是初恋情人，对人打击最大的也是第一次失恋一样。陈宫之后，有很多人成了曹操的追随者，但都没有像陈宫这样让曹操欣喜。陈宫之后，也有很多人背叛了曹操，但都没有人像陈宫这样让曹操难过。

陈宫的追随点燃了曹操的雄心壮志，让他第一次有了成为"登高一呼，应者云集"的大人物的自信心。

反过来，正因为曹操如此看重陈宫的追随，所以，他的离去也让曹操备受打击，始终耿耿于怀。

曹操来到陈留，找到父亲，一句也没有提吕伯奢的事情。曹操要父亲遣散家资，招募义兵，讨伐董卓。

曹操的这个策略是对的。进攻是最好的防守，当时，董卓已经把持了朝政，普天之下，都是他的势力范围。如果一味躲藏，是逃不过去的。只有自己招兵买马，壮大实力，才有可能保住性命。

但曹嵩说："我们的家产太少，恐怕不足以募兵举事。不过这里有一个巨富，叫作卫弘，仗义疏财，如果能够得到他的帮助，大事可图。"

曹操当即请卫弘来家里饮宴，对他告白说："现今汉室无主，董卓专权，天下人恨之入骨。我有心匡扶社稷，只恨心有余而力不足。您是忠义丈夫，所以特意向您哀告，希望得到您的支持！"

卫弘说："我早有这个心了，只是没有找到合适的人。现在既然你有此大志，我愿意将家产资助于你。"

卫弘与曹操素不相识，为什么刚一见面就愿意舍弃家产，倾力相助曹操呢？

一方面，是董卓的倒行逆施激起了天下人的公愤，人人都想诛之而后快。另一方面，董卓大力追捕曹操，等于给曹操在全国范围内做了一次活广告。曹操本来人微名轻，现在却变得广为人知，知名度大大增加。更为重要的是，曹操行刺失败，本来是一种临阵退缩的懦夫行为，是要被唾弃的，但董卓的追捕却等于将曹操的懦夫行为转变成了英雄行为。当然这并不是董卓的本意。但人们只知道，在董卓权势滔天的时候，只有毫不起眼的曹操敢于站出来刺杀他。这样，曹操的美誉度与知名度就一起增长了。

当一个人成了名人，成了英雄，关注、钱财、人才就会如飞蛾扑火般自动前来。按照惯常思维，忠于汉室的卫弘愿意散尽家产资助曹操，也就成了非常自然的事。

曹操明白，刺董已经成为自己最可大用的资源，在这个基础上，他还可以利用皇帝来给自己造势。只要抓住这两点，万事无往而不利。

曹操命人到各地去宣示皇帝的命令（这当然是曹操假托的），要各路诸侯联手起兵，讨伐董卓。同时，在陈留竖起招兵白旗，上面写着大大的"忠义"二字。

大旗一竖，应者云集。曹氏宗族的曹仁、曹洪，与曹操亦属同宗的夏侯惇、夏侯渊均率兵前来。乐进、李典也来投奔曹操。另有壮士五千，成了曹操最初的班底。卫弘尽出家财，置办衣甲旗幡。而四方闻讯，前来送粮食者，不计其数。曹操在很短的时间内就完成了原始积累。

所以，从某种意义上来说，正是董卓成就了曹操。

再说袁绍，得到了曹操假传的圣旨，也聚集部下商议。最后决定引兵来与曹操会合，一起讨伐董卓。这时候的袁绍，谋士有田丰、沮授、审配、郭图等，武将有颜良、文丑等，手下又有精兵三万，正是兵强马壮。

袁绍的加入增强了曹操举兵的号召力。曹操的名声是刚刚兴起的，而袁家四世三公，门生故吏遍布天下。袁绍站出来登高一呼，其影响力自然远远胜过此时的曹操。

此间，天下诸侯纷纷起兵响应，计有南阳太守袁术、冀州刺史韩馥、豫州刺史孔伷、兖州刺史刘岱、河内郡太守王匡、陈留太守张邈、东郡太守桥瑁、山阳太守袁遗、济北相鲍信、北海太守孔融、广陵太守张超、徐州刺史陶谦、西凉太守马腾、北平太守公孙瓒、上党太守张杨、乌程侯长沙太守孙坚等，算上曹操、袁绍，一共是十八路诸侯。

这些人均是割据一方的豪强，而曹操居然能够将这些人聚合起来！我们不妨将其与刘关张起兵时的情况做一个对比。

当年刘关张桃园三结义，要起兵征讨黄巾军，只聚齐了三五百人马。而曹操招募的兵马人数竟然是刘备的十几倍，而且，连名声显赫的袁氏兄弟以及其他豪强都愿意前来会盟。这更彰显了曹操如火箭般上升的影响力。

眼看着一颗耀眼的政治新星就此傲然升起，但意外的是，曹操却做出了一个令人讶异的决定。

按照常理，曹操是挑头反对董卓的，这些人是曹操通过矫诏聚拢起来的，那么，当十八路诸侯推举盟主的时候，曹操应该是优先的人选。而且，一般人在盛名权威骤然来临的时候，往往会迷失自己、把握不住自己，甚至会认为自己理所应当地有能力、有资格担任盟主之位。

但是，曹操却主动推举袁绍担当盟主。曹操的这一招非常厉害，成大事者并不是要事事争先的。懂得主动退步的人，才更能进步。

此时曹操的声望与实力还远远不及袁绍，就算他当上盟主，也很难驾驭这些桀骜不驯的诸侯。与其这样，还不如直接推举袁绍呢。这样，不但袁绍会领他一份情，而且也会给其他诸侯留下一个好印象。

袁绍虽然心中早以老大自居，但还是推让再三，这也是中国人惯常做的功课。直到众人都说："非本初不可为也。"袁绍这才答应。

心理感悟：对手比朋友更能成就你。

6

类别的力量

袁绍当了盟主后，当务之急就是树立自己的权威。袁绍说："我本来没有压众之心，汝等推戴我为盟主，有功者必赏，有罪者必罚。诸位各宜遵守，勿得违犯。"众人皆说："唯命是从！"

袁绍这番话是很有必要的。这等于是袁绍与各路诸侯的一个约定。没有这个约定，是管不好这个联盟的。

袁绍当即令兄弟袁术总督盟军粮草。这倒不能算任人唯亲，因为当时的战争，粮草供应是决定胜负的关键，而囿于当时的物流水平，供应粮草并不是一件容易的事情。

盟军前部先锋由长沙太守孙坚担当，他奉命领本部人马杀奔汜水关。汜水关守将派流星探马到洛阳汇报。董卓却遣悍将华雄引兵来救汜水关。

十八路诸侯之一的济北相鲍信，担心孙坚抢了头功，私下派兄弟鲍忠抢在孙坚之前搦战，却被华雄一刀斩杀。

孙坚率部而来，将华雄部将胡轸斩杀。华雄坚守城池，孙坚一面攻城，一面去袁术处催粮。袁术手下人进谗言说："孙坚勇猛如虎，如攻破洛阳，杀了董卓，就是首功。与其这样除狼得虎。还不如不给他运送粮草，让他军心散乱而败呢。"于是袁术决定不发粮草。孙坚缺粮，军心不稳，被华雄击溃。

联盟往往是这样，各路诸侯虽然依托在同一目标之下，却相互猜忌，各怀鬼胎，很难形成合力。联盟是考验盟主领导能力的试金石。袁绍担任盟主之初，就明示过"有功者必赏，有罪者必罚"，如果袁绍坚定地执行这一约定，那么联盟还有可能向良好的方向发展。

但可惜的是，袁绍却错过了最初的也是唯一的机会。

当败讯传来，袁绍只是向大家宣示，却没有对擅自出战的鲍信、不发粮草的袁术施以处罚。这样，袁绍的领导威信顿时急剧下降，这为联盟日后的四分五裂埋下了伏笔。

华雄来攻。各路诸侯纷纷派出猛将，却一一被华雄击败。正在束手无策之际，关羽挺身而出，要去迎战华雄。

此时的刘关张三人是跟随北平太守公孙瓒来的。刘备的职位不过是一个小小的平原县令，关羽只是刘备手下的一个马弓手。

袁术出身名门望族，一向看不起人，就连他同父异母的兄长袁绍，因是侍妾所生，也不被袁术放在眼里。这是一种严重的"类别化偏见"，在袁术看来，关羽这样出身低微、职位低微的人根本就是不入流的，如果派这样的人去迎战，盟军方面就颜面无存了。

所以，袁术大喝道："你欺负我们各路诸侯没有大将吗？你一个小小的弓手，怎么敢在这里胡言乱语？快与我乱棒打出！"

曹操见关羽气宇轩昂，急忙劝说袁术："公路兄息怒。这个人既然敢挺身而出，谅必有几分能耐。不如就遣他出战，如果不能取胜，再责他不迟！"

没想到盟主袁绍不但没有责怪袁术的莽撞，反而也支持袁术的看法，说："孟德，这样不行。如果我们派一个弓手出战，一定会被华雄耻笑，我们哪里还有颜面见人呢？"

曹操说："这个人仪表非凡，华雄怎么会知道他是一个弓手？"

为什么袁家兄弟会惊人一致地"以位取人"，而曹操却会"以貌取人"呢？

人们在认知世界的时候，为了快速做出判断，往往会用某个或某几个比较显著的特征来对万事万物进行分类，以简化认知的难度。比如，一名女性黑人混杂在一群白人中，就会被认知为黑人，而她的女性特征就会被弱化，甚至被忽略。而当这名女性混杂在一群男人中，她就会被认知为女性，而她的肤色特征就会被忽略。这种认知的倾向就叫作类别化。

类别化是形成人类偏见的重要根源。

袁绍和袁术兄弟俩出身一致，从小到大接受的教育基本一致，从而对类别化认知的判断尺度也基本一致，最终体现出来的是偏见的一致性。所以，这两人都会认为，派一个弓手出战有损颜面。

当然，这种判断也提前预兆了袁氏兄弟虽然起点很高，却不能取得成功的命运。因为这种偏见用在太平盛世虽不会引致太严重的后果，但现在已经是汉末乱世了，乱世出英雄，英雄不问出身，才是乱世制胜的法则。当年刘邦就是以卑微之身在秦末的乱世中成功上位的。如果像袁氏兄弟这样，还是"以位取人"，那会错失多少亟待出头的英雄啊！

曹操没有陷入二袁的误区，和他的出身经历有莫大关系。曹操虽然号称是曹参的后代，但他的父亲却是宦官的养子，而宦官在普通人心目中的地位是很低微的。所以，曹操不具备二袁那样因出身而自带的优越感，因此他会采用另外一种标准来判断人物。

曹操的"以貌取人"非常有意思。这同样是人类认知捷径的一种。

关羽身长九尺，髯长二尺，丹凤眼，卧蚕眉，面如重枣，声似巨钟。这样一个相貌堂堂的汉子，天生就是一个英雄的形象。人们往往喜欢根据他人的容貌、身材这些第一印象来快速下判断。一个外表出众的人，往往会被附加上其他内在的优秀品质，比如能力出众、品格高尚、心地善良等。

而曹操因为自己身材矮小、长相一般而抱有自卑心理，这种心理几乎伴随曹操一生。有一次，匈奴使者来访，曹操担心自己的外貌身材与大汉丞相应该具备的标准不符，会被蛮夷（这样称呼匈奴人也是一种"类别化偏见"）看不起，就让崔琰假冒自己来接待匈奴使者。曹操本人则扮作一个侍从，提刀立于旁边。

这个被曹操选来替代自己的崔琰，身姿高畅，眉目疏朗，须长四尺，是个不折不扣的美男子（典故"捉刀"即出于此）。这也足以说明"外表吸引力"对曹操认知判断的影响。

关羽高大伟岸的身躯几乎让曹操一见倾心，所以他才会相信关羽一定是身怀绝技之人，从而竭力为关羽争取机会。而两人的这一次相见也让曹操对关羽很是欣赏。此后，终曹操一生，始终对关羽另眼相看，厚爱不已。

不等袁氏兄弟再次反驳，曹操就命人取过一杯酒来敬关羽。这种"先下手为强，用实际行动堵住反对意见"的做法，是人际交往的强力说服方式之一，但没有一定魄力的人一般不敢采用。

没想到关羽受激之后，进入了"唤起状态"，意气风发，不饮此酒，快马疾出，一刀斩了华雄，等他提着华雄人头回帐，这杯酒竟然还是温热的，是谓"温酒斩华雄"（详见《心理关羽》）。

关羽出了风头，曹操也有了面子，但袁术的面子可就搁不住了。

张飞一看兄长大展神威，不由大喝："俺哥哥斩了华雄，不就此时杀入关中，捉拿董卓，更待何时？"

袁术借机发作道："俺大臣尚自谦让，你一个小县令手下的小卒，怎么敢在此耀武扬威！都与我赶出帐去！"袁术的心胸狭窄由此可见一斑。

曹操再次站出来说话了："既然是立功者赏，为什么要计较贵贱？"

曹操的话切中了袁绍的要害。赏罚分明是权威的立身之基，如果袁绍连这一点也做不到，不但自身的领导威信会大大下降，而且盟军的聚合度也会大大下降。袁绍却采取了不作为的态度，置若罔闻，任由袁术与曹操各持己见。

袁术使性子说："既然你们如此重视一个小县令，我告退算了。"曹操说："怎么能因一句话，就耽误大事呢？"这句话更是让众人觉得袁术这个人根本没有做大事的心胸和器量。

双方不欢而散，为曹操与袁氏兄弟交恶埋下了伏笔。

在这一场争执中，袁绍明显偏袒自己的兄弟袁术。这其实是一种亲缘保护，每个人的直系血亲都拥有很多相同的基因，为了让这些源自同一祖先的基因繁衍流传，人类在进化中形成了亲缘保护。血亲之间可以用"亲缘系数"来表示彼此之间的关联。我们每个人和父亲或母亲的亲缘系数为零点五，与兄弟姐妹之间的亲缘系数也是零点五。而袁绍与袁术为同父异母的兄弟，他们俩之间的亲缘系数为零点二五，但也远远高于身为外人的曹操。曹操得不到袁绍的支持也是意料之中的事情了。

曹操虽然不满，但没有过多表露，只是暗中派人给刘关张送去酒肉，慰问犒劳。这正是曹操笼络人心的手段。

再说华雄败后，董卓起兵二十万，亲自前来迎战。

吕布骁勇无敌，在虎牢关前将各路诸侯接连击败。最后，刘关张三英战吕布，才将吕布击败。诸侯盟军乘势掩杀，夺了虎牢关。

董卓败退回洛阳后，决定迁都长安，遂火烧洛阳，强迫皇帝、百官与一众百姓迁往长安。

盟军攻入洛阳，曹操提出要乘胜追击，救回皇帝。但此时袁氏兄弟已经对曹操心存芥蒂，明明知道这是正确之举，却故意不肯配合，任由曹操孤军追击。

曹操在追击时中了埋伏，差点连命也丢了，幸得曹洪拼死解救。这是曹操生平第一次遭受惨败。这次惨败让他明白了一个道理：联盟是靠不住的。

果然，等曹操退回洛阳，各路诸侯已经各怀异心，开始内斗。孙坚得了传国玉玺后私藏而退，与袁术结怨，路上却被荆州刺史刘表截住厮杀；刘岱向桥瑁借粮不成，拔刀相向，杀死桥瑁，尽得其兵；袁绍掌控不住局面，自己引兵去投关东。各路诸侯自作鸟兽散。曹操失望至极，原来那一番复兴汉室的雄心被残酷的现实打碎。

至此，一个空前的乱世拉开了帷幕，真的英雄将在空前的厮杀中产生。

心理感悟：自卑是对自己的一种偏见。

徐州恩怨

污泥里不会有美玉 / 天上真的掉了一个馅饼 / 为了名声的谦让 /
轻信的后果 / 辞让也要看对象 / 神奇的天命 /
皇帝是个好工具 / 眼泪纷飞未必是软弱 / 美丽也是一种罪过 /
最昂贵的泡妞 / 每个人都活在期望中

污泥里不会有美玉

董卓迁都长安之后，更加暴虐。司徒王允思虑再三，终于利用养女貂蝉巧施连环计，激怒吕布杀了董卓。一时天下大快。

王允掌权以后，对董卓旧部大开杀戒。董卓手下的四员猛将李傕、郭汜、张济、樊稠一向为非作歹，在董卓死后吓得逃到西凉，使人上表长安向王允祈求赦免。但王允坚决不允，这四人狗急跳墙，率兵攻入长安，将王允杀死。李傕、郭汜将献帝控制在手中号令天下。长安又陷入混乱之中。

同时，黄巾军在青州再度兴起，他们将兖州牧刘岱杀死后，四处抢掠。李傕、郭汜本是一介武夫，虽然把持了朝政，却哪里懂得治理天下？束手无策之际，太仆朱儁举荐曹操领兵去征讨黄巾军。

朱儁为什么要举荐曹操呢？

人必自重，然后天下重之。对于无背景者（或弱背景者）来说，如果你不能让自己变得重要，别人是不会来重视你的。

曹操在诸侯盟军四散之后，带着自己一手招募起来的部队，先后在濮阳、武阳破贼，在内黄击败匈奴，名声大盛。所以，朱儁才会保举曹操去山东征剿黄巾军。

曹操领命后，再显身手，仅用百余日，就将黄巾扫平。而对曹操更为重要的是，这一次征剿让他招降了三十万人马。曹操择其精锐单编一军，号为"青州兵"，这一支军马成了曹操起家打天下的资本。曹操本就是个资源配置大师，当他手中有了强大的军事力量后，他就有了纵横捭阖、笑傲天下的资本。反观另一个枭雄刘备，之所以一直发展不顺，四处寄人篱下，就是因为没能尽早拥有像曹操这样强大的军事力量。

曹操威震山东，大肆招贤纳士。荀彧、荀攸叔侄慕名来投。荀彧又推荐了程昱，程昱又推荐了郭嘉，郭嘉又推荐了刘晔，刘晔又推荐了满宠、吕虔，满宠、吕虔又共同推荐了毛玠。一时间，曹操手下的谋士星聚云集。

曹操集团为什么能逐渐成为汉末乱世最为强大的军政集团？这和曹操的人才引进策略是分不开的。

曹营中人，往往相互引荐其他比自己更为优秀的人才，相互间毫不猜忌嫉妒，而其他军政集团则根本做不到这一点。袁绍集团中虽然也是智囊云集，但田丰、审配、许攸、逢纪等人各不服气，相互倾轧。刘备集团中则一直没有招纳到足够多的人才。徐庶来了之后，却不推荐近在咫尺的诸葛亮。只有在自己被迫离开后，才向刘备说明。诸葛亮掌权之后，也只是轻描淡写地邀请与自己齐名的庞统来共扶刘备，却并不事先告诉刘备，以至于庞统来投之初受到了刘备的冷遇（详见《心理诸葛》）。纵观这些主要的割据力量，其内部氛围的和谐互敬，确实只有曹操集团做得最好，从而最终得到了最强的实力。

除了谋士，另有大将于禁、典韦等人来投。加上此前的夏侯氏兄弟、曹氏兄弟以及乐进、李典等人，曹操的军事力量进一步得到了加强。

可以说，曹操已经将"刺董"的资源最大化了，再通过矫诏，又给自己赢得了"忠义"的名声。此后曹操又通过不断征服各地的小割据势力，一步步将自己推向了天下景仰的权威神坛。

这个时候，曹操想起了父亲。曹操的父亲曹嵩此时正带着全家老小在陈留避难隐居。曹操想想自己也算是兵强马壮，已经有足够的能力保护好家人了，就派泰山太守应劭前往陈留，准备把父亲接到自己身边来。

曹嵩带着弟弟曹德以及一家老小四十余人，仆从一百多人，乘着一百多辆车子，带着一大群驴骡马匹，浩浩荡荡，直往兖州而来。

徐州太守陶谦得知曹嵩路过徐州地界，立即前往迎接，盛情款待。

陶谦为什么要这样做呢？陶谦是一个温厚笃定的谦谦君子。这样的人，在治世当一个太守自然是游刃有余，可以造福一方百姓。但在乱世，陶谦深深感到了力不从心。为了保全徐州，陶谦必须想方设法与那些手握重兵的豪强周旋。

此时的曹操，威名日盛。陶谦早就想和他搞好关系了，但一直没有找到合适的机会。曹操父亲路过徐州，陶谦正好借机结交曹操。

陶谦的想法正是基于互惠原理。人类在漫长的进化过程中，为了更好地生存下去，逐渐学会了互帮互助。这固然是出于自私的目的，但客观上却也起到了促进合作、营造良好关系的作用。

陶谦大摆宴席，盛情招待，留曹嵩住了两日。为了进一步表达自己的殷切之意，陶谦还特意在曹嵩离开时派校尉张闿带五百兵马一路护送。世事难料，陶谦怎么也不会想到，这个善意之举却给自己和整个徐州惹来了灾祸。

张闿护送曹嵩行至华费间，时值夏末秋初，大雨骤降，一众人马急切间在荒郊一座古寺内投宿歇息，寺内只有几个僧人。

就在这个地方，张闿动起了歪脑筋，找来手下的头目说："我们原来干黄巾军时何等快活？现在在陶谦手下，约束甚多，无处弄钱。你们看，这个老头子带着一伙人，富得流油，我们为什么不干一票呢？今夜三更，就叫喊说山贼来劫，把曹嵩全家都杀了，带着财物，远走高飞！"

张闿手下的这伙人本来就是臭味相投的，当然是一呼百应。

是夜，风大雨急，曹嵩在睡梦中，忽听得喊声大振，张闿等假扮贼人，冲将进来，将曹氏满门全部杀掉，一个不留。张闿等人取了财物，逃奔淮南落草去了。而应劭见势不妙，想想自己承担不起这么重大的责任，带着几个心腹投奔袁绍去了。

在曹操身上，似乎总是出现因果报应的镜像效果。此前，他骑了董卓赏赐的马背叛逃离了董卓，后来，关羽也骑着他赏赐的赤兔马离开他去找刘备；此前，他一错再错地杀害了吕伯奢全家，这一次，他自己的满门老小也被张闿莫名其妙地杀害。后来，他的儿子从汉献帝手上夺来的江山，也被司马氏如法炮制地夺了过去。

张闿这伙人为什么会做出如此胆大包天的事情来呢？

这可以说是"社会助长效应"发生了作用。

在一个群体性的环境下，人们往往会一起去做一些个体单独不敢做，或不会做的事情。在某些群体化的情境中，人们往往会更容易抛弃道德准则的约束，甚至忘记个人的身份，去做一些事后令自己也匪夷所思的事情。

比如在伊拉克战争中，美军攻陷巴格达后，从萨达姆的高压统治下"解脱"的人，顿时蜂拥而出，一反往日的谨小慎微，成群结队冲进医院、图书馆、博物馆等，将值钱的东西一抢而空。仅巴格达国家博物馆在四十八小时内就被抢走了几千件珍品。《科学》杂志甚至对此评论道："自从西班牙征服者的劫掠之后，阿兹台克和印加文明还从没有遭遇这么严重的劫难。"

为什么这些人一下子从良好市民变成了道德败坏的暴徒？很大一个原因就是群体的激发作用。所谓法不责众，就是这个道理。这种现象也可以在足球比赛期间经常看到：大量聚集在一起的球迷，在群体气氛的渲染下，往往会做出破坏公物、袭击对方球迷，甚至与警察对抗的行为。

那么，为什么人在群体中会迷失自己，放弃自己原先的道德准则，突破社会行为规范的约束呢？

这是因为在群体中，个体因着他人的掩护，会感觉一种身体匿名性。而当一个人的身体处于匿名状态的时候，人就会觉得自己的行为可能不会（或不容易）受到社会行为规范的关注，放纵就此产生。

心理学家埃利森、戈文等人曾经做过一个实验。他们找来一位女司机，让她在红灯转绿时，故意多停十二秒钟再启动。女司机要记录的是，停在她车后是一辆敞篷车或其他封闭式的车子两种情况下，后车司机鸣按喇叭的情况对比。结果表明，相对于敞篷车司机，那些封闭式车子的司机按喇叭的速度要快三分之一，频率则是前者的两倍，而持续的时间也几乎是前者的两倍。

这足以说明，封闭式车子给司机带来的某种身体匿名性，让他们更富有攻击性。

另外，某些环境可以赋予人们短暂的匿名性。心理学家津巴多曾经将两辆实验用的车辆分别弃置于纽约上城布朗斯克区靠近纽约大学校园的地方，以及加州帕洛阿尔托市的斯坦福校园附近。这两辆车摘除了车牌，顶篷也被掀开，让人一看就是废弃的车辆。布朗斯克区是一个相对混乱的地区，这个环境给了人一定的匿名性，在四十八小时内就有好几十个衣冠楚楚的过路人在光天化日之下从车上拆走了各种零部件，或仅对车辆加以破坏。而另一辆放在秩序井井有条的斯坦福校园附近的车，一个星期过去了，也没有任何一个路人对其动歪脑筋。甚至在实验结束后，津巴多把车子开走时，还有三个路人向警察汇报说"一个小偷开走了这辆车"。

当张闿一行人马行至这个只有三五僧人的荒郊野寺时，这个环境就为张闿等人提供了某种程度的匿名性。而且随行的应劭也不过带着几十个人，根本不能与他们对抗。情境随之出现了重大变化，无论是陶谦，还是曹操，其影响力在这个地方都相对失效了，社会规范以及组织权威的影响的作用也大大降低了。这样，张闿等人就在群体相互激发中放纵了自己卑劣的需求。

而且，张闿认为，自己得手之后，可以逃到山中很好地隐蔽起来，这样，即便是陶谦和曹操事后追究，也很难找到自己，这等于是确保了身体的匿名性来逃避惩罚。既然如此，为什么还不赶快下手呢！

曹嵩也许至死都不明白，自己为什么会丧命于这荒郊野寺之中。

曹嵩的死，某种程度上应该归咎于曹操。

曹操手下兵马甚多，为什么只派一个应劭去迎老父，却没有派一两员大将，带着精锐人马去接曹嵩呢？纵观曹操这一生，越是艰难险绝的时候，他越是不会犯错误；而在他春风得意的时候，却总是犯下重大错误。

曹操此时威震山东，在潜意识中充满了骄傲自大，也就放松了警惕。要知道，在这个乱世中，什么事情都是可能发生的。只要你稍微疏忽大意，就会付出惨重的代价。

心理感悟：人无时无刻不想摆脱社会的约束，但却不一定能获得预期的结果。

8

天上真的掉了一个馅饼

曹操闻知老父遇害，痛彻心扉，哭倒在地。夏侯惇等人将曹操扶起，说："这是陶谦放纵军士招致的后果，必须对他兴师问罪。"

陶谦明明是盛情招待，并细致周到地派人护送。夏侯惇为什么会将一切归罪于陶谦呢？夏侯惇的看法典型地表露了固藏于人类头脑中的"基本归因错误"。

"基本归因错误"就是，当我们解释他人行为时，我们会低估情境的影响力，而高估个人内在特质的作用。张闿等人是因为避雨，到了寺庙里才临时起意要杀人劫财的，并不是一开始就蓄意为之，更不是陶谦有意指使。如果没有这一场雨，说不定张闿就不会起这个恶念。夏侯惇却将这一切都归罪于无辜的陶谦。

而对于曹操来说，此时最需要的是为自己的愚蠢（即没有派出足够强大的兵力去迎接父亲）找到一个开脱的理由，所以，陶谦也就成了最合适的替罪羊。

曹操咬牙切齿地发令，起动大军杀奔徐州，为父报仇，所到之处，草木不留！

此时，陈宫正在东郡担任从事，他一向与陶谦交好，得知曹操起兵报仇，连无辜百姓也不放过，慌忙星夜去拜见曹操，希望曹操能够给自己一点面子，也好拯救大难临头的百姓。

陈宫之所以敢来见曹操，是因为他觉得自己毕竟曾放了曹操一条生路，这是一个非常重大的恩惠。但是，他没有想到，自己的不告而别深深地伤害了曹操，曹操对此一直耿耿于怀。

果然，曹操虽然接见了他，却故意没有赐座。这个细节也说明了曹操的城府其实并不是那么深。

但即便如此，陈宫还是有机会说服曹操收回成命的。可是，陈宫一张嘴，就犯了不可挽回的错误。

陈宫说："我听说明公您尽起大兵，要扫平徐州为父亲报仇，所到之处，尽杀百姓，因此我特意前来进言。陶谦是一个仁人君子，并非刚强好利之辈。他派出的护送之兵之所以会行此恶事，肯定另有缘故。而且，州县之民都是大汉百姓，与明公您无冤无仇，杀之不祥，请明公三思而后行！"

陈宫一开始就将曹操钉在错误的柱子上，这怎么能够让曹操接受呢？而陈宫最大的错误则在于采用了"中心途径"的说服方法。曹操此刻正处于万箭穿心般的悲愤之中。当一个人在极度愤怒的时候，是很难用"中心途径"加以说服的，他根本听不进任何符合事理的建议。

曹操大怒，但冲口而出的第一句话却和攻打徐州毫无关系。

曹操说："你此前弃我而去，今天还有什么脸面来见我？"一句话揭示了陈宫不告而别之举对曹操的重大打击。而曹操一开口就说这句话，也说明了他其实是一个心中藏不住情绪、喜欢快意恩仇的人。俗话说，宰相肚里能撑船。曹操后来虽然也当了丞相，但他的肚子根本撑不了船。其实，这也是曹操爽直可爱的一面，亦可见世人对曹操老奸巨猾的评价其实很失公允。曹操的这种性格还将在今后的诸多场景中屡屡展现。

"陶谦杀我全家，我恨不得杀了他，摘胆剜心来祭奠我的家人。你一向与陶谦交好，怎么敢来阻拦我？"

陈宫与陶谦交好这一事实也非常不利于说服，因为这代表着陈宫与陶谦的立场是一致的，陈宫是为了陶谦的利益才来当说客的。而陈宫一开始就指责曹操不听陶谦解释，滥杀无辜百姓的不对，更是让曹操将陈宫置于相反的立场上了。

其实，陈宫更应该采用的是说服的"外周途径"，首先要承认丧父之痛确实是为人子者所不能承受的，也一定要报仇雪恨的。只有这样，才有可能站到与曹操一致的立场上去。紧接着，陈宫不妨话语一转，委婉地提出："我只是不知道谁又能为吕伯奢报仇雪恨呢？"

曹操误杀吕氏全家和陶谦"误杀"曹氏全家大致是同一类别的事情。曹操的内心如果坚持为自己辩白，那就应该能够理解陶谦无意犯下大错的那种懊恼苦闷的心情。说不定，这样就能以情动人，缓释曹操的报复冲动。

心高气傲的陈宫被曹操劈头盖脸一顿痛骂，自尊心受到了极大的伤害。他本来以为，凭着自己对曹操的救命之恩，就算曹操不肯听从他的劝告，也不至于被肆意凌辱。但曹操的表现却给了他当头一棒。陈宫羞愤难当，默不作声，灰溜溜、气鼓鼓地离开。这一次说服的失败，让他无颜再回东郡，他拨转马头，去投陈留太守张邈。

曹操一路进兵，直逼徐州城下。

陶谦出城赔罪，却被曹操怒骂而回。曹操挥军将陶谦击败。陶谦无奈，准备自缚去曹营请罪，以救徐州百姓。

麾下谋士糜竺献计说，请北海太守孔融以及青州田楷出兵来救。孔融又邀请刘关张三人一并来救徐州。

刘关张一路杀开曹兵重围，进入徐州城中。陶谦急忙设宴迎接，犒劳刘备等人。

陶谦见刘备仪表非凡，英雄气十足，立即命糜竺取来徐州太守的金印，要交给刘备。

陶谦的想法很简单。他担任徐州太守早已深感力不从心，恨不得早日解脱这副重担，所以见了刘备气宇轩昂，又是汉室宗亲，立即就起了相让徐州之意。

陶谦说："现在天下纷乱，帝王懦弱，您是汉室宗亲，正该力保社稷。老夫我已经年过六旬，无德无能，朝夕不保。您名闻海内，是当世的豪杰，正好替代老夫来掌管徐州，所以，请您接了这颗大印吧。"

一般人以为，陶谦凭空把一个大州让给刘备，相当于给他一个天大的恩惠，漂泊无依的刘备应该感激涕零，立时笑纳。没想到，刘备却像受了惊吓一样，当即伏地跪倒，说："我虽然是汉室子孙，但功德微薄。现在担任一个平原相已经不称职了。这次我受孔融之托，为了大义，前来相救徐州。太守何出此言？莫非是怀疑刘备有吞并之意？我若有此心，天打雷轰！"

刘备的第一反应就是陶谦在试探他！刘备此时正在苦心经营自己的名声，他非常担心陶谦对他的来意有所误解，所以立即斩钉截铁地对天发誓，自己只是为大义而来，绝对没有觊觎之心。

陶谦诚心诚意地说："我不是故意试探，而是真心实意要把徐州让给您。"

但刘备万般推辞，只是不肯接受。

实际上，陶谦这次让徐州是绝对不会成功的。即便受让方不是非常顾惜自己名声的刘备，换了另外一个人，也会坚决推辞的。

这是"过度合理化效应"在作怪。

互惠原理根深蒂固地在社会生活中发挥效用。我们总是为了某种收获而辛勤付出，而且希望自己的付出能够收获丰厚。但是，这种回报存在一定的限度。如果回报过于丰厚，而付出过于稀少（*也就是极大地超越了合理的范畴*），就会在我们的内心造成认知不协调，让我们深受困扰。我们偶尔会期盼天上凭空掉下一个大馅饼来，但一旦天上真的掉下了大馅饼，我们反而不敢相信这是真的，也不能心安理得地接受。更为甚者，我们会怀疑这会不会是一种假象或骗局，而后避让三舍。

刘备刚到徐州，寸功未立，所谓无功不受禄。而陶谦竟然要把整个徐州让给他，这当然是超过了任何人合理想象的范畴了。刘备自然不敢也不能接受。就算刘备自己被陶谦的诚意感动，但他人一定会理解为刘备假借救助之名，利用武力逼迫陶谦让出徐州，一贯奉行"仁义"的刘备是不会让这种流言影响到自己的声誉的。对刘备来说，目前正处于营造名声、积蓄实力的阶段，如果被人冠以"伪君子"称号，就是得了徐州，也会失去天下人的信任。

所以，无论陶谦如何示诚，刘备都不接受。陶谦无奈，只好收回金印，和刘备商讨如何应对曹操。

刘备说："待我写一封信给曹操，劝他退兵。如果曹操不从，再行厮杀也不迟。"

刘备的信是这样写的："备自关外得拜君颜，嗣后天各一方，不及趋侍。向者，尊父曹侯，实因张闿不仁，以致被害，非陶恭祖之罪也。目今黄巾遗孽，扰乱于外；董卓余党，盘踞于内。愿明公先朝廷之急，而后私仇；撤徐州之兵，以救国难，则徐州幸甚，天下幸甚！"

刘备信中所言并不比陈宫的言辞高明多少，所以，没能说服曹操退兵也是可想而知的。

曹操见信后大怒道："刘备算老几，竟敢写信来劝我？！话语中还有几分讥讽之意，我看不如斩了使者，立即攻城！"

信要是写得不好，是会连累送信人的。幸好郭嘉在旁，救了使者一命。相比较而言，郭嘉的说服就很见功力。郭嘉说："主公息怒，既然要与刘备交战，不如好言写封回信，以麻痹刘备，我们正好借机准备攻城。"

曹操并不是一个难以说服的人。陈宫和刘备都是站在与曹操相悖的保护徐州的立场上来说服曹操的，当然无法奏效。而郭嘉却是站在可以更好地满足曹操利益的立场上来说服曹操的，当然很容易就成功了。

曹操回嗔作喜，决定写一封回信，交由使者带给刘备。

心理感悟：无功不能受禄，无由不能施恩。

9

为了名声的谦让

刘备的运气非常好。正当曹操准备虚晃一枪麻痹他的时候，吕布出兵袭击兖州的消息传来。兖州是曹操的大本营，如果为了进攻徐州而丢了兖州，那绝对得不偿失。曹操当然算得清这笔账。

曹操决定撤军以保后方。这个善于利用资源的人，是不会放过送顺水人情的机会的。曹操给刘备写了一封信。

几分钟前，曹操还在大骂刘备算是什么东西，现在的措辞却来了个一百八十度的大转弯："操累世名家，父遭荼毒，安得不报？故勒兵问罪于陶谦，欲图族灭，以雪大冤。玄德帝室之胄，才德兼全，特遣书来，慰我天下之重，即日班师回守。略此以闻，别图后会。"

信中夸大了自己的原本需求，同时抬高了对方的分量。两者间的差距越大，恩惠的价值就越高。曹操本来就要撤兵了，但他希望把这个面子送给刘备，以留待日后的索取与回报。

曹操就此退兵，为父亲报仇雪恨的事情就此搁置，而失去父亲的那种刻骨铭心的疼痛似乎也随着退兵而烟消云散了。终曹操一生，再也没有以此为由，兴兵复仇。

到底曹操是一个没心没肺的不孝之子，还是一个"拿得起，放得下"的英雄呢？

人生之事，不如意者十之八九，伤心挫折在所难免。如果一个人不能很好地从挫折、打击中走出来，是不可能顺顺畅畅走好人生之旅，并在白驹过隙中开创人生伟业的。千百年来的进化使得人类具备了一种"心理免疫能力"，让人们能够在不知不觉中限制、忽略、遗忘情绪上的创伤。心理学家威尔逊和吉尔伯特将这种现象称为"免疫忽视"。也就是说，尽管我们自己并不知悉，我们内心的"心理免疫能力"能够让我们比自己预期得更容易适应人生中的种种挫败。

不管是没心没肺，还是"拿得起，放得下"，其实无关道德，很大程度上是先天带来的特性。

但是，这种"免疫忽视"现象具备很强的个体差异或类别差异。这也是有的人坐在牢里也会仰望欣赏星空之美，有的人坐拥豪宅却哀叹人生了无生趣的原因。另外，对同一个人来说，他也许可以很轻易地接受意外事故带来的身体残疾，却无法释怀恋爱失败带来的伤害。

当然，人也可以通过后天的修养、修炼来提升自己的"心理免疫能力"。而对曹操来说，最为幸运的是，上天赐予了他超级强大的"心理免疫能力"。这项先天特性正是曹操最宝贵的资源，让他有能力从任何类别、任何程度的打击中脱身，应对困厄游刃有余，绝不与负面情绪纠缠不休。所以，在曹操的一生中，我们可以看到他累次失败，屡屡死里逃生，却看不到他黯然神伤，垂头丧气，失去生活与奋斗的勇气。

丧父之痛很快就被曹操抛到九霄云外了，他的心理能量再次投注于争霸天下。

再说徐州方收到曹操的回信，全城上下莫不称颂刘备之能。一信能退百万兵，刘备立了一大功。

陶谦非常开心，让徐州的机会又来了。前一次没让成功，显然是因为刘备无功不敢受禄。而这一次，刘备使满城百姓免于刀兵之灾，凭借此项大功，受让徐州也是理所应当的。

陶谦满怀信心，再一次提出了让徐州："老夫年迈，二子不肖，不堪国家重任。玄德是帝室之胄，德广才高，可代老夫领辖徐州。老夫正好可以隐退养病。"

身居高位者最易罹患之病就是恋栈权位，即便死也要死在权力的怀抱中。而像陶谦这样的，实属难能可贵。

但刘备还是推让说："我受孔融之托，前来救援徐州，为的是一个'义'字。如果领据徐州，就会被天下人认为是'大不义'。"

陶谦目视糜竺，糜竺会意，接过刘备的话头说："今汉室陵迟，海宇颠覆，树功立业，正在此时。徐州殷富，户口百万，刘使君领此，不可辞也。"

糜竺的说服立意在于诱之以功利，但功利是大义的天敌，刘备既然以"大义"为由推辞，就绝不可能接受功利的诱惑。所以，糜竺的说服没有成功。刘备说："此事绝不敢当！"

陈登接过话头，说："陶府君多病，不能视事，明公勿辞。"陈登是想摆明陶谦因病不能胜任的事实，来让刘备承担起责任。但遗憾的是，他没有进一步拔高对刘备来说，"义"字就像一条巨大的绳索捆住了他的手脚，解绳的办法只有一个：祭出更大的义——国家大义。

陈登如果将受让徐州提升到为了国家大义、为百姓担责的高度，"指责"刘备不能勇于担当的话，就可能解开刘备的心结，让他冲破内心的限制，答应陶谦的要求。但陈登仅仅停留于陶谦个人的身体状况，显然没法帮助刘备克服内心的认知不协调。刘备转而采用"第三方转移"之法来加以推脱。

刘备说："现在袁公路四世三公，海内所归，近在寿春，何不以州让之？"

孔融也开始加入帮腔的行列，说："袁公路家中枯骨，何足挂齿！今日之事，天与不取，悔不可追。"

孔融的话再一次着重提出了利益诱惑，更是背离刘备的标准。刘备哪里是不想要这块肥肉呢，但如果没有合情合理的理由，他是绝不会，也绝不敢要的。

刘备发誓赌咒决不肯接受，陶谦不由抱着刘备痛哭。

这一阵哭，打动了刘备的兄弟关羽和张飞。乱世之中，人们一般不敢轻信他人。刘关张长年流离失所，根本不敢相信有人会凭空自愿出让一个富庶大州。所以，陶谦第一次出让徐州时，不但刘备不信，关羽、张飞也不相信。

但这次，陶谦及其部下、好友众口一词要刘备接受徐州，关张被他们的诚意感动，也加入了说服刘备的行列。毕竟，刘备劝退曹操，立了大功，受领徐州也不能算是无功受禄。

关羽说："既然陶府君如此相让，兄长不如暂领州事。"关羽的办法倒是一个折中的过渡办法，先是暂时代领，慢慢再转成正式拥领。这个建议不那么"咄咄逼人"，倒是有可能促成这一美事。

但还没等刘备回复，张飞快人快语又插了一杠："又不是强要他州郡，陶府君，你把大印给我，不由我哥哥不肯。"

张飞是刘备的兄弟。张飞的话在某种程度上会被公众理解为刘备内心真实意思的体现。因为刘关张三兄弟情深义重，私下里自然是无话不说的。这样，人们就会认为张飞说出了真相，但真相并不总是受人欢迎的。这样的真相等于是将刘备逼上了绝路。

刘备说："既然你们都要陷我于不义，那么我只好一死了之了！"说完，拔剑就要自刎。众人手忙脚乱，夺了刘备的长剑。二让徐州就此不了了之。

陶谦的美意为什么会再一次受到挫败？

在社会交往中，每个人都有一致性的需求。只有言行前后一致的人才能被社会认可，才能在群体性的生活中得到信任。刘备向来奉行仁义，"仁义"二字已经成了他的代表性标签。只要一提到刘备，人们就会想起他在这两个方面的良好行为记录。而且社会评价也束缚住了刘备，让他只能继续奉行与此一致的言行。两者之间形成了正向强化的循环，刘备的名声越来越好，越来越响，而社会评价对他的约束也越来越强，越来越严。

所以，有了第一次的拒绝，出于一致性的要求，刘备必须再一次拒绝，否则，第一次的拒绝就会被视为假惺惺、欲擒故纵的行为。如果刘备第二次接受了徐州，那么在他自己的预期中，社会会给出比他第一次就接受徐州还要恶劣的评价。这样的一种预期，在刘备心里造成了极大的认知不协调。而陶谦以及糜竺、陈登、孔融等人实在不懂得如何帮助刘备克服认知不协调，反而火上浇油，南辕北辙，那么，事情的不成功也就可想而知了。

陶谦看刘备坚决不从，只好退而求其次，要求刘备不要离去，就在徐州附近的小沛驻扎，随时保护徐州安全。

陶谦无意中使用了"闭门羹"技巧。当你提出一个大的要求被拒绝后，拒绝者内心就会产生一定的愧疚心理，那么，你就可以利用这个愧疚心理提出一个相对较小的要求，这个小的要求一般就不会再被拒绝了。

刘备本是客军，应邀前来救援，事成之后当然是要回平原县的。但他已两次拒绝陶谦的盛情，这次又如何忍心再拒绝他的这个小要求呢？

心理感悟：真相戴上面具才更易存活。

❿ 轻信的后果

吕布为什么会突然起兵来攻打曹操？这其实与陈宫有关。

吕布曾经去投奔袁术，被拒之门外。吕布又去投袁绍，但在为袁绍攻破常山张燕后，居功自傲，袁绍不喜，有心杀之。吕布又去投张杨，不和。吕布再去投张邈，而陈宫恰在张邈帐下。

报复之心，人皆有之。陈宫劝曹操退兵不成，自尊心受到严重挫伤，正好吕布来投，陈宫就起意要借吕布之勇，抄曹操后路，这样既可解徐州之重围，又可灭曹操之锐气。所以，陈宫说服张邈接纳吕布，吕布也因此领兵来攻曹操。

曹操在濮阳与吕布作战，被吕布先胜一仗。曹操听从于禁建议，乘夜去劫吕布营寨。但陈宫早有预防，吕布再次将曹操击败，幸好典韦冒死相救，曹操才保得一命。

陈宫再次献计吕布："濮阳城内有个姓田的大户，富甲一方。不如让他诈降，给曹操送信，就说你残暴不仁，民心大怨，先已移兵黎阳，城内空虚，田氏愿为内应，如此这般骗曹操进城。"

吕布从之，命令田氏依计而行。

曹操得了田氏之信，大喜，直呼："天与我得濮阳也！"立即收拾起兵。

在一般人的印象中，曹操是一个多疑的人，但其实不然。

曹操是一个很容易上当受骗的人。像田氏的这封诈降信，一点技术含量也没有，曹操却立即信以为真。如果我们一定要把"多疑"的标签贴给他，那也只能解释为是残酷的生活教会了他必须多疑，只有多疑才能确保自己的生存。毕竟，曹操这一生中，受人欺骗的事件实在是太多了。

曹操的这种轻信性格是与生俱来的，我们在后面的篇章中还将不断看到他上当受骗。也许，上天确实是公平的，在把超强的心理免疫能力赐予曹操后，也附赠了一块"轻信"的短板。

幸好曹操不是一个人在战斗。谋士刘晔劝诫说："吕布虽然无谋，但陈宫多计，我担心田氏有诈。"

曹操说："如果像你这样多疑，一定会误了大事！"但如果真像曹操这样不多疑，他的这条小命也就要葬送在这里了。

刘晔还是坚持自己的看法："我们不能不防。不如将军队分成三队，一队进城，另两队在城外接应。"

曹操同意了，但他还是相信田氏是真心来降，所以要乘夜引兵入城。

李典不甚放心，对曹操说："主公且在城外，待我等先入城去。"

曹操并不领情，大喝道："我不当先，谁肯向前？！"

城门大开处，曹操拍马而入，一路疾驰，来至州衙，路上不见一人。曹操这才明白中计了，拨转马头，大叫："退兵！"只听州衙内一声炮响，四门烈火爆燃，将曹操等人围困在内。城内伏兵四出，夹攻掩杀。

典韦等人死命厮杀。曹操冒烟突火，先向南门逃去，被伏兵拦住，只好掉转马头，再奔北门。火光中只见吕布跃马挺戟，来回追杀曹兵。曹操急忙加鞭纵马，吕布看见，从后面拍马赶来，遥遥用长戟在曹操头盔上拍了一下，喝问道："曹操何在？"

曹操一听声音就知道是吕布，他应变奇快，不敢回头，用手指着前方说："前面那个骑着黄马的就是曹操。"

曹操轻信，没想到吕布也是个轻信的人，听了曹操的话，不加分辨，立即纵马向前追去。吕布和曹操当初在董卓手下，几乎朝夕见面，十分相熟，按道理是不会认错曹操的。但当时正是夜间，火势凶猛，厮杀声声，在这么混乱的场景中，吕布确实有可能认不出曹操。而曹操的幸运就在于没有被吕布不加喝问，就一戟刺杀。

曹操掉转马头，又往东门奔去，正好遇见典韦。典韦杀开一条血路，护着曹操冲到东门。眼看曹操就要冲出城门，上面却掉下一条木梁来，正好打在曹操坐骑的后胯处。战马应声倒地，曹操急忙用手托住燃烧的木梁，须发被火一燎，尽皆烧毁。典韦、夏侯渊拼命救出曹操。曹操虽然逃出，但双方还是混战到天明。

众将见曹操狼狈不堪，急忙跪倒问安。没想到曹操竟然仰天大笑，这一下把众将吓得不轻。这是曹操第一次在惨败后不怒反笑，众将从来没有见识过，还以为曹操被吕布的火攻吓得失心疯了。

曹操笑着说："我误中了匹夫之计，这个仇我一定要报。"

曹操的笑，就是他超级强大的"心理免疫能力"在起作用。对一般人而言，劫后余生，即便不是惊魂难定，也很难从容面对，至少也是羞惭难当。普天之下，在遭受惨败后竟然放声大笑的恐怕只有曹操一个人了。

郭嘉反应最快，立即对曹操说："计可速发，必擒吕布。"所谓的高手，就是善于识别资源、运用资源的人，曹操的这次惨败在郭嘉眼里也是一个可利用的资源。

曹操会心一笑，说："好，马上派人去散布我已经死于埋伏的消息，诱使吕布来攻。我方伏兵于马陵山中伏击。"

郭嘉击掌称赞道："真良策也！"

郭嘉可以说是三国谋士中的第一人，不但智商奇高，情商也奇高。就像刚才这个事件，明明是他率先想出了诈死诱敌之计，却不直接献计邀功，而是巧妙点拨曹操自己提出来。这样，曹操惨败之余的形象损失顿时就被掩过，众人反而十分钦佩曹操不为挫折所伤，反能迅速败中取胜，扭转乾坤。郭嘉随即又带头称赞曹操的决策，以进一步维护曹操的正面形象。这样善解人意的下属，怎么能不被老板喜欢呢？

当然，这也需要曹操的心有灵犀，像袁绍、袁术那样的冢中枯骨，郭嘉再有智慧，也难以施展。

吕布闻报，果然上当，率兵来袭，被伏击的曹兵打得大败，吕布死战得脱。双方各损一阵，算是打了个平手。随后，双方僵持不下，看看粮草将尽，各自罢兵。

再说陶谦在徐州，病势日渐严重，再度起了将徐州让给刘备的念头。

陶谦将刘备唤到病榻之前，开门见山地说："老夫请玄德公来不为他事，我已经病入膏肓，朝夕难保。万望玄德公以汉家城池为重，接领徐州，我死也就能瞑目了。"

刘备再次使出"第三方转移"，说："府君有二子，为什么不传给他们呢？"

是啊，谁不愿意将好东西传给儿子呢？但是陶谦的明智就在于此。他知道自己的两个儿子，才能平庸。如果把徐州交给他们，反而会葬送他们的性命。

陶谦说："我这两个儿子，都没有能力，只可归农。还望玄德公以后多多关照他们，千万不要让他们执掌公事。"

刘备说："我一个人，怎么管得了这么大的城池？"实际上，刘备这句话的口风已经松了很多。精诚所至，金石为开。世间之事，莫强过于"坚持"二字。水滴石穿，只要你有强韧的毅力，很多难事并不是不能办到的，但遗憾的是，人们往往过早放弃。

陶谦听出了刘备的松动,哪里还肯放过这个机会,立即说:"我举荐一人,可以任命他当从事,来辅佐您。"急忙派人去请来孙乾。陶谦交托完毕,又指着糜竺吩咐道:"一定要好好侍奉玄德公。"

刘备还想再推让一番,陶谦却已经油灯耗尽,用手指了指心口,断气而亡。谈判中最决绝的手段就是在己方提出要求后,立即断绝一切联络沟通的渠道,这样对方就只能无可奈何地接受。陶谦已死,刘备还怎么能推辞呢?

刘备就这样坐上了徐州太守的位置。但此时对他来说,最大的障碍在于他还远远不够自信。

任何一个身具大才的人,如果在低微的职位上羁留过久,一定会造成自信心的极大不足。刘备从草根起兵,多年来一直寄人篱下,在低位徘徊,几乎没有扬眉吐气的时候。以这样的精神姿态,刘备是很难管好徐州的。这也正是后来吕布兵败来投,刘备第一个念头就是要把徐州计给吕布的真正原因。

再说曹操,此前听说刘备一直不肯受让徐州的事情后,不禁对刘备有些佩服。这和他当年绝不与袁绍争夺联军盟主一职是一样的。真正有远见的人,绝不会受眼前利益的诱惑,去强行索取自己力不能胜的东西。但是,当陶谦死后,刘备真的坐领徐州之后,却激起曹操的满腔怒火。

曹操本来已经淡忘了杀父之仇,但刘备不费吹灰之力得了徐州,让曹操的心态顿时失衡。曹操不加掩饰地吼叫,以发泄自己的嫉妒和怒气:"冤仇尚未报,我一定要先杀刘备,后戮谦尸,以报先父之仇!"

心理感悟:多疑是轻信的后遗症。

⓫ 辞让也要看对象

曹操一怒之下，就要出兵去攻打徐州。

谋士荀彧知道曹操这是意气用事，忙出来进言："当年汉高祖占据关中，光武帝占据河内，苦心经营，才拥有天下。现在兖州是主公你的根本。如果贸然出击徐州，一旦吕布再度来袭，失了兖州，那么您就没有立足之地了！况且，徐州陶谦新死，刘备刚刚上手，现在去攻打徐州，城内居民感念陶谦之德，必然帮助刘备死守，这样徐州就很难攻克了。愿明公深思熟虑再做决定。"

曹操的脾气本来就像夏天的雷阵雨，来得快，去得也快，经过口头的这一阵宣泄，他内心的不快已经大大消退。而荀彧"况且"之后的言辞，更是打动了他的心。

曹操顿时明白，如果现在去攻打徐州，等于是直接帮刘备一个大忙。本来刘备刚刚接掌徐州，立足不稳，也没有理顺内外部关系，如果听之任之，说不定会发生重大变故。相反，如果有外部强敌前来侵犯，就会让整个徐州同仇敌忾，军民一心。这样，反而会有助于刘备树立权威、凝聚人心。而且，以刘备善于笼络人心的谋略来看，待击退外敌后，刘备的领导威信就会牢固地树立起来，也就会成为曹操极其强大的敌人。

曹操想起正是董卓对自己的追捕成就了自己，所以，他决不想让这一幕重演在刘备身上。于是，曹操明智地放弃了这一念头。

荀彧再次向曹操建议，还是应该以兖州为基础，先往东发展，攻打黄巾余党。这类人马不但易于攻破，而且粮草充裕，正好可以取其钱粮为三军所用，还可以营造为国效力的好名声。

曹操听从其言，顺利扫平颍州、汝州、山东。曹操再度出兵濮阳，要与吕布决一胜负。

曹操新得猛将许褚，与另一悍将典韦夹击吕布。吕布不敌败退，不料城池被富豪田氏献给曹操，吕布只能率败军往定陶而去。

这个田氏正是前次向曹操诈降之人。但当时他是受吕布、陈宫胁迫，这次主动献了濮阳。曹操就赦免了田氏旧日之罪。

曹操其实是一个很好打交道的人，只要你不伤害到他的自尊心，或者说只要你善于修补他的自尊心，无论你之前曾经多么重地伤害过他，他都可以既往不咎。但是，如果你不了解这一点，不管是有意还是无意伤害到他的自尊心，他瞬间就会变成一个卑劣的恶徒，睚眦必报。

这个田氏，曾经害得曹操几乎命丧濮阳。但这次主动献城，又触动了曹操的互惠神经，更让曹操的自尊心得到了抚慰，所以，田氏居然安然无恙。

曹操趁得胜之势，又在定陶将吕布击败。吕布带着残兵败将来投徐州刘备。

刘备闻报，当即要派人前去远迎。

糜竺劝阻说："吕布是虎狼之徒，决不能收留，收必伤人！"

但是互惠原理无处不在，刘备仍然记得上一次曹操退兵的原因。他知道，曹操绝不会因为自己的一封信就退兵的，根本原因在于吕布出兵抄了曹操的后路。从这个角度来说，徐州其实是吕布救下的。那么，现在吕布被曹操击败，落难来投，徐州就没有理由拒绝他。而刘备接领徐州之后，心中一直有些愧不敢当。现在吕布来投，刘备觉得，即便是把徐州太守一职让给吕布，从情理上也是说得通的。

所以，刘备亲自率领数千兵马，到城郭外迎接吕布入城。

吕布见了刘备，大大地诉了一通苦："某自与王司徒计杀董卓之后，又遭催、汜之变，飘零关东，诸侯多不能相容。近因曹贼不仁，侵犯徐州，蒙使君力救陶谦，布因袭兖州以分其势。不料反堕奸计，败兵折将。今投使君，共图大事，未审尊意如何？"

每个人在经历人生的重大沉浮后都有一种对人倾诉的欲望。吕布的遭遇在三国中可以说是最为波折的，高低起伏，变化多端。但是，由于"自我服务偏见"的存在，吕布并不能客观地看待自己的曲折遭遇，尤其是在对人倾诉时，他必然选择性地提及那些符合社会主流道德准则的事迹，以引起别人的共鸣。所以，他会对刘备说自己刺董、袭曹，却不会说自己恶杀丁原、助董为虐。

吕布的诉说，不过是要引发刘备的同情，让他收留自己。但在刘备听来，吕布所说的每一个字都像是在控诉、在索取。

刘备承受不住心理的煎熬，只好主动提出要将徐州让给吕布。

刘备说："陶府君新近归天，无人管领徐州，因此让我权摄州事。今天幸好将军来此，我本无德之人，情愿将大印让给将军您来执掌。"

吕布没想到自己一番诉苦，竟然有如此之威力。他是一个从来不知退让的家伙，眼见刘备有意相让，竟然脱口就要答应。

如果吕布答应了，刘备就很尴尬了。刘备认为，陶谦三次真心相让徐州，自己这才接受。按此推理，自己向吕布推让一番，吕布必也不敢接受。但既然自己已经让过一次，也就和吕布此前攻曹救徐扯平了，刘备也就不用再受内心的受惠必报的煎熬了。

站在刘备背后的关张二人，听了刘备的这番话，不禁大惊，心中责怪刘备口不择言，眼见吕布满面欢欣，有坦然接受之意，当即横眉立目，按剑欲拔。

吕布这才醒悟过来，自己不过是个兵败来投的客将，怎么能一来就鸠占鹊巢、喧宾夺主呢？吕布反应甚快，当即一阵佯笑："我不过是一勇之夫，哪里能当一州之牧？"

刘备一看吕布还懂套路，放心大胆再度谦让。陈宫明白他的心思，讨饶般地说："强宾安敢压主乎？请刘使君不要再有疑心了。"

陈宫的这句话和当年刘备第一次推让时几乎一致。刘备会心，也就不再推让。

刘备设宴款待吕布，并安排吕布驻兵小沛，与徐州成犄角之势。

再说曹操立了大功后，朝廷加封其为建德将军、费亭侯。此时的朝政还是把持在李傕、郭汜之手，这两人一个自任大司马，一个自任大将军，肆无忌惮，无人敢言。

但这两人自己却闹了矛盾，相互残杀，长安又再度陷入大乱。李傕将天子劫持，离开长安，半路上被杨奉、董承救了天子，还都洛阳。

此时的洛阳，经过董卓迁都的摧残，已经十室九空，荒无人烟。天子也只能住在颓墙断壁之中，在满目蒿草中接受随行百官朝拜。汉室衰落，一至如斯，其凄凉惨状，目不忍睹。这一年又值大荒，无以为食，连尚书侍郎也只能靠剥树皮、挖草根度日。饿死之人，不计其数。

在辉煌荣盛的时刻，显官贵族并不需要能力，只需要有一根裙带，就能占据最好的舞台。而只有这种危难的时刻，才是背景微薄的英雄们的出头之日。

机会就摆在那里，但并不是所有的人都能看得见，比如袁绍。而有的人虽然看得见，却没有实力去把握，比如刘备。

而这样的机会，政治嗅觉敏锐的曹操怎么会放过呢？曹操立即聚集帐下谋士，共议如何利用献帝还都洛阳这个机会。

荀彧说："当年晋文公接纳了周襄王，诸侯云从；汉高祖为义帝戴孝，天下归心。现在天子蒙尘落难，如果将军能够首倡义兵，奉主秉公以服天下，则四方虽有逆节之臣，又何足多虑呢？"

曹操顿时想起当年矫诏天下的事情。汉献帝虽然形同行尸走肉，先后受制于董卓、李傕、杨奉等人，但是只要他的肉身还存在一天，就有一天的价值。用天子的命令来号令天下，比自己辛辛苦苦、处心积虑四处张罗要轻松得多。曹操立即表示同意，正准备发兵之际，皇帝宣召曹操入京的诏书却已经到了。

真是想啥来啥。本来曹操未受征召就挥师入京，于理不合，在正常的情况下，会被认为有篡逆之心。曹操为了不错失拥护天子的良机，才不顾可能的负面舆论要入京。现在有了皇帝的诏书，就可以光明正大、理直气壮地入京了。

皇帝为什么会宣召曹操入京呢？

这是因为曹操的名头已经很响亮了。而且，他当年刺董的"壮举"，经过时间的发酵，已经成为人们心目中的刻板印象。也就是说，这个人一定是忠于汉室，可以放心任用的。当第一印象形成后，人们就会固守于这个印象，除非有强悍百倍的相反事实才可以粉碎这先前的印象。

所以，太尉杨彪向汉帝启奏，曹操目前在山东屯兵数十万，忠诚可靠，可以宣召入朝，辅佐王室。献帝感念此人曾经有刺董之举，当即表示同意，却怎么也想不到自己迎来了一个比董卓还要厉害百倍的角色……

心理感悟：过多的控诉会让人以为你是在索取。

12

神奇的天命

　　曹操来见献帝，献帝封其为司隶校尉、假节钺、录尚书事。曹操谢恩不已，决定次日就进兵去扫平李傕、郭汜。

　　李郭二人听说曹操远来，便要速战。谋士贾诩劝诫说："不可，曹操有精兵数十万，猛将如云，不可阻挡，不如向其投降。"李傕、郭汜听了大怒，要杀贾诩。众将力劝，才救了贾诩的命。贾诩对形势的判断力是三国谋士中位居前列的。李傕、郭汜不肯听从他的话，他知道二人无法抵挡曹操，只能选择私下逃走。这个人以后还要给曹操制造不少麻烦。

　　果然，曹操势如破竹般击败李、郭，李、郭二人狼狈逃窜，到山中落草。

　　曹操得胜回师，屯兵于洛阳城外。杨奉、韩暹本已控制朝政，眼见曹操势猛，唯恐受制于他，两人假托追赶李、郭，竟自率兵去了大梁。这样，曹操就成了事实上控制朝政的人。

　　汉献帝宣召曹操入宫觐见。曹操见使者董昭眉清目秀，飘飘然有神仙之态。曹操本来就是一个对外貌非常敏感的人，他见董昭如此仪容，不禁又来了一次"以貌取人"。但令人奇怪的是，曹操并没有像以往那样流露出对外表出众者的仰慕与偏爱，而是对董昭产生了厌恶之心。

　　这是为什么呢？

　　外表吸引力之所以能在社会交往中发挥重大的效力，必须遵循两个大的前提。第一，你的外表必须得之正当，要么是天然所生，要么是后天整容改进但不为人知。如果得之不当，又被人察觉，那么外表吸引力的效力会大大下降。第二，你没有滥用你的外表吸引力或者你的滥用没有被他人发现。一旦你的不纯动机为人所知，你的外表吸引力的作用也就相反了。

　　当时洛阳正在闹饥荒，官员、军民个个面带菜色，董昭却把自己保养得仙风道骨。曹操的第一个判断就是此人必是贪官污吏,攫取强占,只顾自己享用,不顾他人死活。在这样的心理作用下,董昭出众的外表反而招致了曹操的负面情绪。

本来曹操不该对皇帝的使者评头论足,但曹操素来不喜欢也不善于隐藏自己的情绪,不由自主地就流露出厌恶的表情。曹操语带讥讽地问道:"你很有本领啊,把自己调理成这样?"

董昭淡淡地说:"也没什么,不过是坚持三十年清淡饮食罢了。"

曹操一听,立即抛弃了先前的厌恶情绪,顿时肃然起敬。这是因为董昭成功地解决了第一个大前提,他并没有刻意保养,而是一直坚持素食,这显然没有得之不当。所以,曹操才会前倨后恭,甚至这份恭敬远超过应有的程度。董昭随后所提的建议也就对曹操有了更大的说服力。

曹操对董昭说:"早就听说您的大名了,今日有幸,在这里会面啊!"语气十分诚挚,看似发自内心,其实曹操此前根本没听说过董昭的名字。

曹操恭敬地向董昭请教朝廷大事该当如何处理。

董昭说:"明公您兴义兵以除暴乱,入朝辅佐天子,这是春秋五霸的功业啊。不过您初来乍到,朝中诸将,人心各异,恐怕不能服从。如果您留在这里匡扶朝廷,会很难施展。只有迁都许昌,才能解决这个根本问题。不过呢,朝廷刚刚从长安迁回洛阳,大家都盼望能够安定下来。如果再要迁都,恐怕会怨声载道。这是一个重大的举措,非有大气魄者不能为之,请明公好好衡量施行吧。"

董昭的这个建议着实把曹操吓了一大跳,若不是董昭的仙风道骨附带而来的超级说服力,说不定曹操一脚就把他踹到帐外去了。但不可否认,正是董昭这个极具远见卓识的建议从根本上奠定了曹操在未来政治格局中的超级地位。

要知道,曹操是一个坐着火箭上升的"政治暴发户",他刚刚荣升高位,政治底蕴严重不足,在心理上也远远没有适应这种荣升。就像刘备刚刚执掌徐州一样,也是自信不足,吕布兵败来投,刘备第一个念头就是把徐州让给吕布。同样,以曹操目前的底气和胸怀,根本没有足够的自信心来谋划施行迁都这件大事。

但为了不辜负董昭对他的期望,曹操还是对董昭说:"这正好符合我的本意啊!"曹操认为,董昭之所以要对他说这番话,是认为自己有这个能力和魄力来进行迁都的,如果自己不敢应承,那就是泄底了。每个人都不想让对自己抱有厚望的人失望,曹操又怎能例外?

曹操随后提出了自己的疑虑:"现在杨奉在大梁驻扎,余威犹在,如果和朝中大臣勾结，里应外合，阻挠迁都，那该怎么办呢？"

董昭淡然一笑，说："这有什么难的。只要给杨奉写一封信，就可以让他安心了。这种鼠辈，根本不用多虑。至于朝中的大臣，只要说京师无粮，只有暂时移驾许昌，才能解决问题。许昌靠近鲁阳，便于转运粮食。这帮大臣早就饿怕了，这个理由一定能够让他们欢欣鼓舞，人人支持！"

曹操大喜，董昭的这番话确实打消了他的疑虑。曹操对董昭说："请您早晚都留在我身边，以便我随时请教。我一定会厚待回报您！"

董昭当即同意，这个颇具眼光的人，早已看出曹操的雄才大略，要不然为什么要鼓动曹操迁都呢？

但是，迁都毕竟是一个重大事件。在最初的冲动过后，曹操又陷入犹豫之中。这也是人之常情，初生牛犊固然不怕虎，那也只是因为虎看上去并不可怕。而迁都对于曹操这只牛犊来说，要比老虎可怕一万倍。

正在此时，朝内侍中太史令王立夜观天象，并发表了一番言论，说："吾仰观天文，自去春太白犯镇星于斗牛，过天津，荧惑又逆行，与太白会于天关，金火交会，必有新天子出。吾观大汉气数将终，魏晋之地，必有兴者。"

这个王立敢于在大汉朝依然存在的情况下说"大汉气数已尽"，还真不是一般的勇敢。但从另外一方面来看，这也说明了汉献帝的尴尬境地。是啊，在经过了董卓之乱、李郭之乱后，谁还会把这个手无权柄的傀儡皇帝放在眼里呢？

果然，这个王立不但敢于在私下里说，还直接跑到汉献帝面前去说："天命有去就，五行不常盛，代火者土也。承汉而有天下者必魏也，能安天下者必曹姓也，当委任曹氏而已。"

这段话已经说得很露骨了，但汉献帝听了毫无反应。是啊，他又该有什么反应呢？他又能有什么反应呢？

但是，曹操听到了这些话，却有了很大反应。

曹操的第一个反应就是害怕，他非常担心这些言论会对立足未稳的自己造成极大的负面影响。他立即派人找到王立，说："我知道您是忠心于朝廷才说这番话的，并没有任何私心。但是，天道深远，请您再不要多说了。"

曹操还有第二个反应，这就是在不安中夹杂着欣喜若狂。天道，天道竟然应兆在自己身上！在这之前，曹操从来没有过非分之想。他此前最大的理想就是死后能够在墓碑上铭刻"汉故征西将军曹侯之墓"。这个理想，显然是立基于大汉朝廷的框架之内的，而且随着曹操的步步高升，很快就会变成现实。而现在天道竟然昭示大汉气数已尽，代汉的天命就应在自己身上。曹操的雄心，或者说野心一下子就膨胀开来，他再也无法遏制自己对那个终极位置的向往与憧憬了。

王立的这番言语，可以说是整部三国中最大的一个自我实现预言，也带给曹操一种极为强大的心理暗示。

所谓自我实现预言，就是指外界的一些信息会对当事者的认知、判断、预期造成重大的影响，并进而影响到当事人的行为与抉择。这些信息对当事人心理的微妙作用经过时间的积淀，变成了一种现实的存在，这些原本平淡无奇的信息也就成为神奇的先验预言了。

王立的第三方身份使得他发出的预言性信息更具可信度，他本身的职位就是监测天象的太史令。在当时的年代，天象具有一种神秘的权威力量，而王立本人和曹操并无瓜葛，他的话，显然是站在无涉利益的第三方中立立场的，也就更具可信度。

这些信息不但助长了曹操的欲望，也让曹操充满了自信。是啊，一个已经被天命眷顾的人，还有什么理由不自信呢？一个已经被天命眷顾的人，当然是无往而不利的。这一个神秘的预言，加上曹操与生俱来的乐观性格（超级的心理免疫能力），强化叠加，构成了曹操日后笑对任何挫折的强大心理动力。

心理感悟：你所遭遇的欺骗，其实是对你最大的眷顾。

⓭ 皇帝是个好工具

曹操强行抑制住内心的兴奋，再找荀彧询问。

此时的荀彧，是曹操的首席智囊。荀彧说："汉朝刘氏以火德王天下，故两都皆兴。今主公乃土命也，许都属土，到彼必兴。火能生土，土能旺木，正合董昭、王立之言。他日必有王者兴矣。"

荀彧的这番话彻底打消了曹操的疑虑，王立、董昭、荀彧三合一的说服威力给了曹操无比的自信。

次日，曹操引军入洛阳，来见献帝，说："洛阳荒废已久，修葺困难，再加上粮食转运困难。我看许昌离洛阳很近，城郭宫室、钱粮杂物，十分充足，我已经全部安排好了，请陛下銮驾速行！"

曹操不是在向献帝汇报，也不是征求意见，而是在告诉他自己的决定。汉献帝逆来顺受已久，只好服从曹操的安排。其他诸臣，畏惧曹操的势力，都不敢多言。这样的一种顺从状态，其实并不仅仅是曹操此刻的势力造成的。很大程度上，曹操能够迁都成功，还是要归因于董卓以及李郭等人残暴肆虐的统治。众大臣见惯了这些手握重权的军阀们的做法，知道稍有忤逆就会被满门抄斩。出于惯性的恐惧，他们不敢对曹操提出异议。当然，在他们的心目中，已经隐隐觉得，一个新的董卓又出现了。

迁都许昌后，曹操"挟天子以令诸侯"的战略正式确立。汉献帝，这个傀儡皇帝将在曹操手中发挥神奇的效力。

曹操在许都兴造宫室殿宇，设立宗庙社稷、省台司院衙门，修葺城郭府库。曹操自封为大将军、武平侯（这远远高过他先前的理想），封董承等十三人为列侯，荀彧、荀攸、郭嘉、刘晔、毛玠、任峻、程昱、范成、董昭、满宠、夏侯惇、夏侯渊、曹仁、曹洪、吕虔、李典、乐进、于禁、徐晃、许褚、典韦等人一一受封。其余将士，各个封官。

一句话，就是一人得道鸡犬升天。自此，朝廷大权皆归于曹操，朝廷大臣有事先向曹操禀报，然后再奏知天子。

大事初定，曹操聚集文武，开始商讨下一步的打算。曹操说："我现在最担心的就是刘备和吕布两人联手。大家有什么好办法可以对付他们？"

虎将许褚说："我愿意带领五万精兵，去斩刘备、吕布之头！"

"过度自信"真是无处不在。许褚虽勇，但还不是吕布的对手，况且刘备手下还有关张两员猛将。

荀彧听了，心想："许都初定，不宜用兵。而现在我们拥有天下最有价值的一样东西，为什么不加以利用呢？"他随之微微一笑，说："将军勇猛过人，有目共睹，但还有更省力的办法。"

荀彧的话讲得很有技巧。许褚是个粗人，如果直接反驳他的一勇之见，可能会让他暴跳如雷。许攸后来就因为言语触犯了许褚，被他一刀剁了。而荀彧这样的"太极招数"不会触怒许褚，曹操的组织内部就这样充满了和谐。正是这种和谐，让曹操的组织更加辉煌强盛。

曹操当然知道，仅靠许褚出兵是灭不了刘备、吕布的，既然荀彧有更省力的办法，他当然想知道了："赶快说来听听。"

荀彧说："我有一计，现在刘备虽然管领徐州，但从来没有受过皇帝诏命。主公可以正式授予刘备徐州牧之职，然后秘密给刘备书信一封，要他杀掉吕布。如果成功了，那么刘备一个人也就好对付了。如果不成，吕布反过来就会杀掉刘备。这就叫作'二虎竞食'之计。"

把皇帝控制在手中，最大的好处就是可以随心所欲地对其他诸侯封官许愿。当时天下大乱，皇帝的号令其实已经没有太大的作用，但从规程和正名的角度来说，各类官职爵位还是需要皇帝正式册封才能算数。像陶谦那样三让徐州的私相授受，其实是不合法的。而现在曹操手握皇帝就拥有了这一项用起来十分称手的任命权。

所谓的"挟天子以令诸侯"，其具体应用形式就是荀彧这一次提出的办法。此后，曹操屡屡使用，且屡试不爽。

曹操派使者带着皇帝的诏书，去徐州正式册封刘备为征东将军、宜城亭侯，领徐州牧，同时还写了一份密信给他。曹操的用意很清楚：哥们儿，既然给了你这么大的恩惠，可别忘了按照密信所言，把吕布给办了啊！

刘备一点也不傻，对曹操的恩惠当然是千恩万谢，但是看了使者带来的密信后，却说："此事要好好商议一番。"

刘备安排使者住下，连夜召集糜竺、糜芳、简雍、孙乾以及关张二将商议。张飞向来对吕布没有好感，当即表态要杀吕布。刘备却说："吕布穷途末路来投奔我，如果杀了他，是大不义。"大家一听刘备又抬出了"大不义"旗帜，就知道没法再和他争论了，当夜无果而散。

都说吕布有勇无谋，但这次吕布的政治嗅觉却十分灵敏。次日一大早，吕布就急急赶来探听曹操派使者所来何为。张飞在旁，直接拔剑要砍吕布。吕布大惊，刘备急忙拦住。张飞口无遮拦，说道："曹操说你是个不义之人，让我哥哥杀你！"

张飞虽粗，也不是没有心计之人。昨天刘备说杀吕布是"大不义"，今天张飞就假托曹操之语称吕布为"不义之人"。负负得正，杀"不义之人"，当然就不是"大不义"之举了。

张飞这样一闹，刘备就不能隐瞒曹操暗中写信之事了。他喝退张飞，拿出书信给吕布过目，希望通过袒露秘密来巩固与吕布之间的互信。

吕布看后，不禁流泪说："这是曹贼故意要让你我兄弟不和啊。"刘备信誓旦旦地说："兄长且放心，我决无害你之意！"

吕布放心而归。关张齐来问刘备为何不杀吕布。看来，这两人确实只能给刘备当兄弟，他们的政治感觉比刘备还是要差上一截。刘备说："这是曹操想让我和吕布自相残杀，他就可以坐收渔利了。"

关羽听明白了，但张飞兀自坚持要杀吕布。

刘备给曹操写回信，只说要缓缓图之。使者回报，曹操问荀彧："此计不成，又该如何？"

有皇帝在手，办法当然有的是。荀彧微微一笑，又提出一个建议：暗中派人去袁术处，就说刘备上表要攻打袁术的地盘。同时，明颁诏书，让刘备去征讨袁术，这样，刘备和袁术就两虎相争了。

曹操一听，大喜，深深觉得汉献帝实在是太有用了，立即依计而行。

刘备接到诏书，心知这又是曹操的诡计，但皇帝的命令又不能违背，只好整备军马，留下张飞守城，自己带着关羽前去征讨袁术。

刘备担心张飞醉酒误事，要求他守城期间，不得饮酒。张飞承诺今后再不饮酒，但刘备前脚刚走，张飞就吩咐大摆宴席，要求驻守各官全部到场，痛饮一番。

张飞如此行为是不把自己的承诺当回事，还是不把刘备的要求当回事？

其实，张飞的举动是犯了一个大多数人会犯的错误。当我们知道在某个时间段内自己的某种权利会受到严格限制，那么，在这个最后期限到来之前，我们一定会来一场"最后的放纵"。比如，西方某些国家的青年，在结婚之前会举行一个告别单身的晚会，尽情放纵狂欢。因为这是最后的一个机会，从这个晚会之后，就要严格约束自己的行为了。这也可以称为"截止期限效应"。

张飞的动机也是如此。

所以，张飞的开场白是这样说的："我哥哥临去之前，吩咐我不得饮酒，担心我误了大事。各位以后要尽力帮我，守住城池。大家今晚痛饮一番，共尽一醉，从明天开始，严格禁酒，决不容犯。"

但是，最后的放纵往往会一发而不可收。因为行为会改变态度，当你想要借着最后的机会狂欢一次，反而会加重你对即将被禁绝的行为的迷恋。在患得患失之间，人的行为就会趋向非理性。

张飞也不能例外。张飞发令道："今天大家谁也不能例外，都要满饮！"

陶谦手下的旧将曹豹推辞说："我天生就不饮酒。"曹豹没有撒谎，但张飞已经偏离了理性，不依不饶，说："天天打仗的人怎么能不饮酒呢？你今天必须满饮此杯！"

曹豹惧怕张飞的神威，只好破戒饮了一杯。张飞和众官喝过一轮，又到了曹豹。曹豹无奈地说："我真的不能喝！"

张飞大怒，说："你刚才不是喝了吗？现在为什么推脱？"曹豹深深后悔刚才没有坚守立场，坚决拒绝。早知道张飞会如此咄咄逼人，还不如刚才硬顶着不喝第一杯。

曹豹再三推辞，张飞发怒道："你违背将令，该打一百军棍！"喝令军士将曹豹拿下。陈登等人来劝，张飞冲动之下，哪里能听得进去？

曹豹眼看要吃眼前亏，连忙搬出后台救星，说："张将军，你看在我女婿面上饶过我这次吧。"

张飞一听，曹豹这人挺有意思。那么说来听听，你的女婿和俺老张有什么瓜葛。

无巧不巧，曹豹的女婿竟是吕布。这吕布初来乍到，不知道怎么搞的，竟然成了曹豹的女婿。想必是曹豹听说他英雄了得，主动送女上门，以便找一个靠山，吕布也就当仁不让笑纳了。但曹豹也真是糊涂，张飞素来痛恨吕布，你不提吕布还好，一提吕布，张飞不但不会放过你，反而会变本加厉摧残你。

张飞听了哈哈大笑，说："我本来可以不打你，但你用吕布来吓我。我就只好打你一顿，借你打一打吕布！"

曹豹挨了一顿痛棒，回去后愤恨不已，连夜写信给吕布诉苦，要吕布趁刘备远离、张飞醉酒之机，来取徐州。

心理感悟：拒而不绝，后患无穷。

眼泪纷飞未必是软弱

吕布急忙唤来陈宫商议。

陈宫说:"只在小沛驻扎,能有什么出息?!"

吕布受激,立即全身披挂,率领军兵乘夜攻击徐州。张飞酒犹未醒,不敢与吕布相斗,带领数十骑直奔前线,去找刘备。

刘备此前对吕布的施惠还是有作用的。吕布攻克徐州后,命令一百军士守在刘备门前,保护他的家眷安全。

张飞见了刘备,虽然羞愧难当,却只推说曹豹献门,吕布这才袭了徐州。任何人对自己所犯错误的归责,总是这样。刘备追问究竟,张飞才说出喝酒之事。刘备叹了一口气,说:"得之何喜,失之何忧!"

这个时候,就看出刘备的胸怀了。实际上,刘备也和曹操一样,具备了超强的"心理免疫能力"。但刘备在很大程度上是在后天的不断挫折中修炼而成的,曹操则是发自内心地对挫折毫不在意,谈笑以对。刘备主要是克制内心的情绪波动,用坚忍来抵制失落与惆怅,既然城池已经丢失,再责怪兄弟也无法挽回了,不如不加追究。

刘备放过了张飞,关羽却不肯放过。一般人对他人所犯错误的追究,总是理直气壮,得势不饶人。

关羽咄咄逼人地问道:"嫂嫂安在?"张飞垂头道:"都失陷在城里了。"刘备默然不语。关羽则追问道:"当初你要守城时,说什么来着?兄长又盼咐你什么来着?今天城池也丢了,嫂嫂也失陷了,还有什么脸面来见兄长?"

世间事,往往一报还一报。关羽今天对张飞苦苦相逼,日后古城会的时候,张飞也对关羽投降曹操一事苦苦相逼。

关张二人,情同手足,关系不能说不好,之所以会相继出现兄弟矛盾,实在是因为"基本归因错误"在人类头脑中的根深蒂固。自己犯的错误总能够找到外部的情境性原因，足可原谅；而别人犯的错误，则总是因为这个人本性使然，不可原宥。

张飞听了，惶恐羞惭，无地自容，只好拔出长剑，想要自刎！刘备一把夺下他的剑，说出了那一句千古名言："兄弟如手足，妻子如衣服。衣服破，尚可缝；手足断，安可续？吾三人桃园结义，不求同日生，但愿同日死。今虽失了城池家小，安忍教兄弟中道而亡？"

在最艰难的时候流露出来的感情才是真感情！也只有这种真感情能够抵御世俗利益的侵蚀而历久弥新、历久弥坚。

关羽、张飞二人被刘备的话语深深地感动，三人抱头痛哭！这些纷飞的眼泪绝非软弱的象征，而是蕴藏了最强悍的力量。徐州城算得了什么，老婆孩子又算得了什么，只要兄弟同心，其利必然断金，天下、江山都不在话下！

再说袁术，听说吕布夺了徐州，抄了刘备后路，十分开心，星夜派人急报吕布，愿意给吕布提供粮草五万斛、马五百匹、金银一万两、彩缎一千匹，要吕布继续夹攻刘备。吕布大喜，刘备昔日虽有恩义，但在袁术的利诱面前，吕布也顾不得许多了，令高顺率兵攻击刘备后方。

这袁术和吕布两人，算得上三国中有名的反复无常之人，这两人在干令人不齿的事上可谓棋逢对手。

刘备心神不定，被袁术击败。而吕布向袁术索要前许之物，袁术却又变卦说等捉了刘备再给。吕布痛恨袁术失信，又派人送信给刘备，要其回归徐州。

刘备无处安身，只能按照吕布的安排回到徐州。两人相见，主客易位，颇有几分尴尬。

吕布说："我不是要夺你城池，只不过你兄弟张飞恃酒杀人，我特来为你把守。"

刘备说："我早就想把徐州让给兄长你了。"

吕布故意又虚让一次，刘备极力推辞。这一番充满了虚伪的做作之后，刘备又到小沛驻兵了。

命运似乎在不断地捉弄、折磨刘备。

当初他并无掌领徐州之意，上天却一而再再而三地将徐州给他。而当他逐渐在心理上适应了徐州之主的身份后，上天却又从他手中生生夺走了徐州。

在这个不长的时间段里，从掌领徐州到在小沛安身，从收留吕布到被吕布收留，这期间的反差是何等巨大？！环顾天下，又有几人能够忍受这样巨大的跌宕起浮呢？

关张二人愤愤不平，但刘备却说："屈身守分，以待天时，不可与命争也！"

刘备为什么会这样做，又为什么要这样说呢？

刘备坦然接受命运的安排，是因为在长期的颠沛流离中，他已经在某种程度上领悟了"习得性无助"。谋事在人，成事在天，你尽可以拼命营求，但最终的结果却不是你所能控制的。持续不断的挫折带给人的心灵馈赠就是这个对"习得性无助"的认识。

但是，不论如何，对中国人来说，从高位坠落，上下易位，屈从于原来的下位者，总是充满了耻辱感。这不但会造成刘备内心的"认知不协调"，也会造成刘备的追随者们的"认知不协调"。

刘备因为内心对"习得性无助"的领悟而较为容易地平息了内心的冲突，但关羽、张飞却做不到。所以，刘备要搬出"天命"这个神秘的存在来说服关张，帮助他们克服内心的认知不协调。天命是不可违的，这是一个基本的共识。有了这个理由，就比较容易遮盖住屈辱，也可以帮刘备保住面子。

但刘备并没有仅仅说"不可与命争也"这句话，而是在之前加上了"屈身守分，以待天时"这八个字。这又揭示了刘备什么样的微妙心理呢？

在面对不可捉摸的命运时，刘备虽然有无力无助之感，也坚忍心性坦然接受，但他始终没有完全屈服，也不会就此沉沦而自暴自弃。在他的内心里，始终保留了再度奋争的火苗。"屈身守分"并不是最终目的，而是一种阶段性的战略手段，"以待天时"才是真正的目的。当属于自己的时机到来时，就不再蛰伏，破壳而出，去实现争霸天下的雄心。

而刘备将"屈身守分，以待天时"放在"不可与命争也"之前，也正是要继续维护关羽、张飞对未来的期盼，否则，天命已定，前途渺茫，他们以雄武之躯，为什么一定要跟着注定不会有作为的刘备呢？刘备必须给他们（以及其他的追随者）希望，让他们相信，刘备现在虽然流年不利，苟且偷生，但一定还会有东山再起、呼风唤雨的机会。

刘备的英雄之处就在于此！随遇而安，听起来是一个颇带贬义的词汇，但刘备硬是给"随遇而安"附上了伟大的光彩。我们总是赞扬那些决不屈服、能扼住命运咽喉的勇士们，但是我们也不能轻视那些听从命运安排、随波逐流的人们。因为与命运的争斗，从来就没有胜利者。只有随遇而安，才有可能为自己留下千里青山，才有可能在未来打下千里江山。

我们也不得不承认，要做到像刘备这样的随遇而安，没有坚强的心灵支撑是绝不可能的。

再说袁术又想来攻刘备，想起上次答应吕布的钱粮银两尚未支付，就派人送给吕布，要吕布不救助刘备。吕布得了好处，当即答应。

刘备兵微将寡，十分担心，他不知吕布已暗中与袁术勾结，还在向吕布求救。

吕布这下倒十分为难了，他实在只是一个鼠目寸光的人，根本没有战略眼光，且心既不狠，手也不辣。在刘备、袁术双方的拉锯中，吕布的自尊心、虚荣心得到了极大的满足，但满足的代价则是错过了借机扩大自己实力的好机会。

吕布自以为聪明地想出了一个辕门射戟之计，将自己置于凌驾在双方之上的老大角色，劝退了袁术的大将纪灵，两家罢兵。

吕布此举，客观上帮了刘备一个大忙，却得罪了袁术。袁术十分恼怒，但为了称帝，还是想笼络吕布，就又派出使者，要聘吕布的女儿为儿媳。

吕布认为袁术雄霸淮南，久后必成帝业，也就答应了这门婚事。陈宫更认为这是天赐良机，极力撺弄吕布赶快实行，不可延误。但原来的小沛县令陈珪，系陈登之父，父子两人都心仪刘备。吕布夺了徐州之后，这两人一直为刘备抱不平。吕布、袁术即将联姻，陈珪担心对刘备不利，就跑到吕布处，搅黄了此事。

吕布、刘备后又因张飞抢掠吕布所买之马而起了纠纷。刘备抵挡不住吕布的攻势，只好去许都投奔曹操。

心理感悟：有一种抗争是听从命运的安排。

美丽也是一种罪过

杀，还是不杀？

当刘备来投奔自己的时候，曹操不由得在内心暗自权衡……

荀彧来找曹操，说："刘备是个英雄人物。如果主公不趁早把他杀了，祸患无穷。"曹操沉默不语，不置可否。

荀彧可以说是曹操的第一谋士，曹操向来对他言听计从，但这次曹操的表现却很反常。

荀彧走后，郭嘉来见。曹操问："刚才荀彧劝我杀了刘备，你意下如何？"

郭嘉连忙说："不可。主公你大兴义兵，为百姓除暴，正要广招俊杰为您效力，当前最大的担忧就是人才不来投奔。刘备素有英雄之名，困穷之际来投，如果将他杀了，就要担负一个嫉贤妒能的恶名。如果这样，谋士猛将各自生疑，谁又来为主公您平定天下呢？虽然刘备可能为患，但如果为了他一个人，而辜负了天下人对你的厚望，实在是不值得的。"

曹操大喜，说："你的想法正合我意。"

曹操素来是个喜怒形于色的人，尤其在心腹之人面前，更是从不掩饰。他之所以对荀彧的建议保持反常的沉默，就是因为荀彧的想法不合他的胃口。而荀彧一直以来，功勋卓著，曹操不愿意当面伤害他，所以才强自忍住没有说话。

这一次的谈话，是一个微妙的转折。在此之前，荀彧是曹操最为倚重的谋士，言听计从，但从这次谈话之后，郭嘉逐渐取代了荀彧的位置。

那么，曹操为什么要收留刘备呢？

除了郭嘉所说的原因，其实曹操还有其他的考虑。

此时的曹操，空前自信。前面已经说过，这份自信来自太史令王立揭示天命的心理暗示。既然曹操接受了自己是受上天眷顾的这个信息，那么，充溢于心的自信不但让他能够笑对挫折，也让他敢于任用像刘备这样的英雄。甚至曹操还会以为，正因为自己承命于天，上天才会把刘备这样的英雄遣送到他的麾下。

曹操盛情接待了刘备，说："吕布是无义之辈，吾愿与贤弟合力诛之！"刘备感激不尽。

随后，曹操向汉献帝启奏，封刘备为豫州牧，刘备以后被人称为刘豫州的原因就在于此。但曹操出于对刘备的防范心理，还是留了一手。他没有让刘备直接面见献帝，也没有向献帝说明刘备是汉室宗亲。所以，这个时候的刘备还不能被称为刘皇叔。

谋士程昱得知后，也来找曹操，说："我看刘备颇具才干，又得民心，不是个能久居人下之人，不如早早想办法结果了他。"

程昱和荀彧的想法如出一辙。也许是荀彧觉察到了曹操的微妙表现，特意去找程昱再来说服曹操。

曹操说："不能这样想啊。现在正是用人之际，如果杀一人而失天下之心，得不偿失。在这一点上，郭奉孝和我想的是一样的啊。"

如果在别的组织，曹操这番话很可能引发下属之间向主上争宠的猜忌与矛盾，荀彧与程昱会对郭嘉有意见。但在曹操的组织中，却始终没有出现谋士之间相互攻讦、各自争宠的局面。这不能不说曹操的坦荡胸襟起了很好的引导作用。

很多领导者喜欢在不同的下属面前故弄玄虚，甚至故意挑动下属之间的纷争，以为这样才便于自己掌控。但这样的组织，必然是内讧不断，无法凝聚成合力。而曹操不同，他率真的性格总是让他畅所欲言，下属也总是能够了解到他真实的想法，这样的组织，是不太会滋生恶意的争斗的。

程昱听了之后，知道曹操着眼长远，所图甚大，十分佩服，说："主公有王霸之才，我等不及也。"

再说曹操，听说张济已死，其侄张绣继为宛城之主，用贾诩为谋士，与刘表结连，商议要讨伐许都劫驾。曹操大怒，起十五万精兵，向张绣发起进攻。

贾诩见曹操势大，说服张绣向曹操投降。曹操大喜，率领部分兵马入住宛城，其余诸军分屯城外。张绣每日设宴款待曹操，言谈甚欢。

曹操眼见轻松收服张绣，心情十分放松。志得意满之余，渐渐得意忘形，浑然忘记了自己身在军旅。这一天竟然询问随侍在侧的侄子曹安民："这城中可有妓女？"

曹操何以有此问？这可以从生理和心理两个方面来分析。

其一，性的需求是人类的基本需求之一。就性而言，人类与动物最大的区别之处在于：性激素对于动物性行为的调控起着非常重要的作用，但对人类却作用甚微。动物几乎都有固定的发情期，只有在此期间才会发生性行为，而人类则不受此限制。但性激素对人类并非不重要，性激素控制着女性的排卵和月经周期，只是与其性需求关联不大。

而对于男人来说，雄性激素对其性唤起和性能力非常重要。

曹操是一个雄性激素水平高于常人的人。我们可以拿他和刘备做个对比。此前不久，张飞醉酒，不但失陷了徐州，也失陷了刘备的老婆。但刘备毫不在意，甚至说出了"兄弟如手足，女人如衣服"的千古名言。而曹刘二人的子女在数量上也有显著的差距，曹操一生有十几个儿子，而刘备好不容易才生下了阿斗。当时不可能有什么有效的避孕措施，由此，子女的数量在某种程度上与男性性需求的强烈或频发程度有关。

可以说，曹操是一个比较典型的纵欲主义者，而刘备则是站在其对立面的禁欲主义者。曹操之所以倾向于纵欲享乐，刘备之所以倾向于禁欲，除了上述的生理差异外，另有心理方面的差异。

马斯特和约翰逊的研究表明，营养不良、疲劳、紧张或过多地使用酒精和药物会降低性驱力和性能力。

曹操本就是个天性乐观的人，再大再多的挫折很快就会被他抛诸脑后。而曹操的发展也比较顺利，在很短的时间内就位极人臣，并将皇帝控制在手中。所以，曹操更容易在心理上放松下来，从而也更加"性趣盎然"。

刘备生性谨小慎微，事业发展也很不顺利，一直颠沛流离，生存的压力非常巨大，这直接导致了他对性生活的索然无欲。这也是刘备目前还没有儿子的一个重要原因（后来，刘备得了西川，有了立身之基，身心也处于比较放松的阶段，很快就再与吴氏生下了两个儿子）。

宛城大事，轻松搞定。接下来必然饱暖思淫欲，曹操故而有此一问。

曹安民素来了解曹操，近前说："小侄我昨晚在馆舍旁边偶然看见有一个绝色妇女。上前一问，原来是张济的寡妻。"

曹操一听，内心的欲望再也无法抑制，吩咐曹安民带领五十名披甲士兵去将张济之妻邹氏带来。

曹安民领命而去。他当然不会知道，这一次的"拉皮条"最终会拉掉他自己的小命。

曹操为什么得知这个美女是张济之妻后，仍然没有控制自己的欲望呢？

曹操自小就放浪形骸，现在又是一个万众瞩目的成功人士，再加上天命之说的心理暗示，此刻的曹操正处于得意忘形、百无禁忌的状态。

一个男人，在性趣勃发的时候，往往就会失去理性思考的能力，就连雄才大略、目光远大的曹操也不能例外。这也许就是男人一直被诟病为用下半身思考的动物的原因吧。

曹安民将邹氏带来，曹操一看，果然秀色可餐，十分满意。

曹操接下来的言行十分有意思。他的目的当然很明确，但也不能表现得像一个"强奸犯"那样卑劣。所以，曹操先问邹氏："你认识我吗？"

邹氏回答说："久闻丞相威名，今日有幸得以瞻拜尊颜。"

曹操说："你可知道，我是为了你的缘故，才允许张绣投降的。如果不是为了你，我就要将你们张家满门斩杀了。"

曹操的这句话是一个典型的"恩威并施"的"泡妞"谎言，既然我对你有如此恩德，那么你该如何回报于我呢？

虽然事实并非如此，但邹氏也只能说："妾身深感再生之恩。"

曹操哈哈大笑道："我今日得见夫人，也是三生有幸。今宵愿同枕席，日后你随我还都，一定把你立为正室。"

这又是一个美丽的许愿谎言，曹操的用意就是要将一场霸道的强行占有粉饰成两厢情愿的互惠。女人，你付出了美色，就将得到荣华富贵。唉，男人，为了得到一个女人，有时候是会不择手段的。

对邹氏这样的女人来说，生而美丽却身处乱世，实在是一个悲剧。面对强权，面对武力，邹氏这个弱女子，又能有什么办法呢？

刘备将自己的老婆视为衣服，不是没有道理的。

当时，妇女的社会地位低下，是男人的附庸，妻以夫荣，一个女人最大的价值或愿望就是找到一个足可依靠的男人。邹氏曾经找到了张济，但张济已经去世，不能再给邹氏带来人生的保障与快乐。那么，眼前这个姓曹的男人，也许是另一个可能的依靠。

所以，尽管一开始是被迫的，但邹氏很快就认识到曹操的重要性和稀缺性。加上当时的观念并不保守，对妇女的贞洁要求也不严格，妇女再嫁，不是什么见不得人的事情。后来的刘备，以及曹操的儿子曹丕都迎娶了寡妇为妻。

就这样，邹氏心甘情愿地接受了曹操同床共枕的邀约……

> **心理感悟：**放松的路旁，有一条放纵的小径。

16

最昂贵的泡妞

杀，还是不杀？

曹操与邹氏的苟合，让张绣的内心充满了屈辱。尽管他刚刚和曹操握手言欢，但他此刻心中杀机弥漫！

实际上，无论是曹操还是邹氏，从一开始就知道他们之间的这一场风花雪月并不光彩。

邹氏一开始就对曹操说："在城中久住，张绣必然生疑。其他人也会议论纷纷。"曹操当即决定，从第二天开始就移到城外营寨中居住，同时命令悍将典韦率领二百铁甲勇士在外护卫，如果没有曹操的召唤，任何人不得入内。

曹操自此整日与邹氏在营寨内作乐，不思归期。

天下没有不透风的墙，张绣很快就知道了这个令他备感屈辱的消息。张绣找来贾诩商议如何应对。

张绣说："我以为曹操是一个仁义之人，没想到竟然做出这样的丑事，玷辱我张家门庭，我一定不能善罢甘休！"

贾诩说："这件事决不能泄露。一旦走漏风声，你我皆死无葬身之地。我们必须见机行事。"张绣言听计从，强压下了怒火。

次日，曹操升帐议事，张绣若无其事地对曹操说："最近新降之兵纷纷逃亡，我想把我的中军大帐移屯，以便监控。"

曹操不疑有他，表示同意。张绣随即将中军移到城外，分为四个营寨，遥遥围住曹操的营寨。

张绣知道曹操的贴身护卫典韦手使两柄铁戟，重达八十斤，极为神勇，如果不预先除去，很难对曹操下手。张绣帐下也有一将，名叫胡车儿，能力负五百斤，日行七百里。张绣令贾诩盛邀典韦前来赴宴，殷勤劝酒，再令胡车儿假扮典韦侍从，跟随典韦回寨，趁其大醉将典韦的双戟盗走。

曹操这个性情外露的家伙，这一段时间确实有点得意忘形了。而他的这种情绪也很快传染给了他身边的人，典韦因为跟他最紧，离他最近，其警惕性也大大下降了。否则，贾诩邀他赴宴喝酒，典韦断然不会前往。即便抹不开面子，勉强去了，也绝不会纵情饮酒，以致烂醉如泥。

这一夜，曹操和邹氏正在军帐中饮酒作乐。忽听得帐外人言马嘶，曹操派人查看，回报说是张绣的兵马在夜巡。曹操想想张绣刚刚说过的要约束新兵叛逃，也就毫不起疑。到了二更时分，帐外喊声大振，军士来报说草车上起火了。曹操说："这肯定是有人不小心所致，不要再来吵我。"这是典型的一种"选择性知觉"。曹操没有细察帐外的真实情势到底如何，就按照自己的预想做了判断。

曹操正要与邹氏继续作乐，帐外已经四处火起，杀声震天。曹操这才发觉不妙，立即呼唤典韦。典韦正醉卧帐中，睡梦中听得金鼓喊杀之声，条件反射般跳将起来。

这种条件反射，是典韦多年来军旅生涯养成的一种"习得性应激反应"。

巴甫洛夫曾经在实验室用狗做过一个久负盛名的实验。巴甫洛夫注意到，当他与同一条狗多次打过交道后，仅仅是看到食物盘子或看到给它喂食的主人，甚至是主人由远而近的脚步声，都可以起到"食物"的作用，让狗分泌出进食之前的唾液。实际上，这是因为狗将这些外部信号与进食联系起来了。

多米扬也曾经做过一个对日本雄鹌鹑性唤醒的实验。当提供给雄鹌鹑一只可接触的雌鹌鹑时，研究者首先会亮起红灯。一段时间以后，随着红灯持续不断地预示着雌鹌鹑的即将出现，雄鹌鹑就会因为红灯的亮起而变得兴奋高昂。从而，当雄鹌鹑身处四周遍布红灯的笼子时，它们会释放出更多的精液和精子。显然，红灯区也被雄鹌鹑关联为与性相关。

事实上，将外部的刺激物关联为导致应激反应的条件是生物普遍拥有的学习技能，这种学习技能使得生物能够更好地适应外部的环境而获得更好的生存机会。

典韦正是在战乱中习得了将金鼓喊杀声作为昭示出事的信号与条件，所以，他才会在沉醉中突然惊醒，并立即进入战斗状态。

但是，典韦跳起来后，却发现自己的武器不见了。这正是胡车儿的杰作，如果张绣没有预先安排好这一步，以典韦之神威，双戟在手，几乎无人可迫近曹操的大帐。

敌兵逼近大帐，典韦抢过身边小兵腰间的刀，奋力冲出，接连砍死二十余人。

张绣的马军竟然被典韦的神威迫退！但步军随即上前，枪如苇列，将身无片甲的典韦刺得遍体鳞伤。那把腰刀被典韦砍卷了刃，典韦弃刀，双手挟了两个敌兵，当作武器，大叫死战。步军亦被典韦的气势震慑而不敢上前。张绣命令部下远远射箭，箭飞如雨，将典韦射得犹如刺猬一般，典韦虽死而挺立不倒，余威迫人，一时无人敢近前。

如果没有典韦，曹操就死定了。正是典韦的奋不顾身，为曹操争取到了最为宝贵的逃命时间。

曹操再也顾不得美色动人的邹氏，抢出帐外，跳上一匹大宛良马就逃，曹安民见机，孤身一人，也跟在曹操后面跑了出来。张绣之兵疯狂追击，曹操右臂中箭，胯下之马也中了数箭。曹安民落在后头，被乱兵砍为肉泥。早知会有今日，曹安民一定后悔当日"拉皮条"。曹操只是想让他去寻一个妓女，而曹安民却给他找了一个有背景的良家妇女。不论在什么情势下，找错人总是要付出代价的。

曹操继续逃跑，不料坐骑被一箭射死。正好此时长子曹昂跑将过来，将马匹让给曹操。曹操因此得以逃命，而曹昂却死于乱军之中。

诸将此时已反应过来，纷纷前来救援，曹操这才稳住阵脚。

此时，夏侯惇所部青州兵乘乱烧杀抢掠。平虏校尉于禁看见这种情况，命令部下一路剿杀。青州兵急告曹操，说于禁与张绣勾结造反，对自己人大开杀戒。曹操大惊，命令诸将整肃部队，迎向于禁所部。

却说于禁眼见曹操近前，竟不上前，而是命令军兵稳住阵脚，安营扎寨！这种做派，像极了造反。于禁的部下，也有见惯世面的，赶紧对于禁说："将军剿杀乱兵，如果不赶快对曹丞相说明，恐怕会有恶人先告状。现在将军先行立寨，更加会让丞相以为你举兵反叛了！"

于禁不动声色，说："张绣贼兵正在追击，如果不先立寨，稳住阵脚，如何迎敌？现在为自己辩白是小事，杀退张绣才是大事！"

张绣追至，于禁指挥部属，大败张绣。于禁一路追杀，将张绣赶出百余里外，确保了曹操的安全。

一个人要想出头，就得在非常之时，行非常之事。曹操手下，猛将如云，于禁本非极为出色的人物，要赢得曹操的赏识绝非易事，所谓富贵险中求，就是这个道理。所以，于禁发现夏侯惇所部趁乱抢劫，立即抓住这个机会，在没有得到任何授权的情况下，让自己的部队当起了"宪兵队"。这样做，要冒得罪夏侯惇的风险，却极有可能赢得曹操的青睐，曹操向来以严治军，于禁赌的正是这一点。

当曹操听说"于禁叛乱"，迎面而来时，于禁本该立即迎上前去，诉说情由。但这个时刻，于禁福至心灵，决定将冒险进行到底。他非但没有去向曹操汇报，而且摆出了一副十足的叛乱之象。因为他知道，趁势追杀的张绣是他此刻最大的敌人，也是他此刻最大的贵人。只要击败张绣，所有的前期铺垫就将获得丰厚的回报。

于禁能做出这个匪夷所思的决策，是因为他在一片混乱之际，保持了极为清醒的头脑。这也表明，他的战略眼光是胜人一筹的。

曹操并没有追赶张绣，而是聚兵收将。于禁一看，知道诉说的时机已到，就入帐进见曹操。

曹操板着脸，一言不发。于禁心中暗自高兴，却不动声色地汇报说："青州兵趁乱抢掠，大失民望，所以我将这些为非作歹之徒剿杀了。"

曹操向来是直抒胸臆的，不理他这个茬，直接问他最为关心的问题："你刚才明明看到我已经来了，为什么先要自立营寨？"语气中透出一股杀机。

但曹操越是生气，于禁反而越是开心。

于禁不慌不忙地回答道："当时张绣追击甚急，当务之急是击退宛城的贼兵。如果不立寨稳住阵脚，势必不敌，所以情急之际，我来不及向丞相禀告，就先迎击张绣了。"

曹操没有想到于禁竟然会这样回答。于禁击退张绣的事实已经摆在面前，这几句话就像点睛之笔，顿时让"事实之龙"破壁而去，一飞冲天。

曹操听得心花怒放，高兴地说："这一场劫难，我逃得十分狼狈。你能在乱军中保持如此心智，整肃内部军纪，迎击外部悍敌，真是不容易啊！即便是古代名将，恐怕也做不到这样。"当即赏赐于禁金器一副，封其为益寿亭侯。同时，曹操还严责夏侯惇治军不严。于禁的冒险行为果然得到了丰厚的回报。

这一场狼狈不堪的逃命，曹操显然没有放在心上，于禁的优异表现更是让他心情大好。以曹操超强的心理免疫能力，他本来是要放声大笑的。但是，他想起了为了保护他而死于乱军中的典韦、曹昂和曹安民等人，心情不由得沉重起来……

心理感悟：敌人是一种包含了朋友成分在内的物种。

17

每个人都活在期望中

曹操从来都是在形势一片大好的时候得意忘形，从而犯下致命错误。但幸运的是，曹操总是能在千钧一发的时刻死里逃生。这样的神奇经历也加深了"天命之说"对曹操以及曹操麾下众人的心理暗示。

当然，在很大程度上，曹操是踩着很多人的不幸才得以从惊涛骇浪中涉险幸运上岸的。

这一次在氵水河畔不幸当了垫脚石的是典韦、曹昂和曹安民。曹操想起自己的放纵浪行害了这三个对自己忠心耿耿的人，忍不住潸然泪下。

曹操哭着对诸将说："我的长子、爱侄都丧命于此，但我的眼泪却不是为他们流的，独独是为典韦流的。"

众人听了之后，感动万千，纷纷说："主公爱士，胜过亲子啊。"

很多人以为这是曹操的奸诈之处。与外人相比，谁不更疼爱自己的儿子呢？！说什么眼泪只为典韦而流，还不是借机收买人心？

其实，这样的理解真可能是冤枉了曹操。曹操正处于强烈的"幸存者歉疚"之中。这种特殊的心理状态一般会在劫后余生者的内心生发。造成今天这幕惨剧的正是曹操，但他竟然大难不死。而无辜的典韦以及曹昂、曹安民却永远地离去，曹操的内心充满了对他们的愧疚之情。在这样的情况下，绝大多数人都不会有足够的心理能量来酿造谎言。所以，曹操对众人说的这句话很有可能是他内心真实态度的反映。

那么，为什么曹操对典韦遇难的悲痛更胜过儿子与侄子遇难的悲痛呢？

这和亲缘指数很有关系。人类在漫长的进化过程中，为了保护自己的基因顺利平安地传承下去，就形成了"亲缘保护"这种心理机制。也就是说，一般而言，人更倾向于保护与自己有血缘关系的人（部分基因相同），这是互惠关系的重要组成部分。曹操与曹昂的亲缘指数为零点五，与曹安民的亲缘指数为零点二五，所以这两个人相对于其他外人更易得到曹操的宠爱。反过来，作为曹操对他们宠爱的回报，这两个人也更有责任或更有义务在危难之际保护曹操。或者说，他们对曹操的保护乃至献身行为在某种程度上就是题中应有之义，本就不值得大加褒奖。

而典韦则不同，他与曹操毫无血缘关系，亲缘指数为零，两者间仅仅是职业关系。从职业素养的要求来看，典韦确实有保护曹操的职责，但曹操的恣意妄为早已超越了职业契约所约定的内涵，而典韦仍然义无反顾地选择了用生命来换取曹操的安全。曹操在"幸存者歉疚"的驱使下，当然会觉得典韦的付出超越了他的本分，所以才会"独痛典韦"。

曹操率兵退回许都，还是对典韦念念不忘，就立祀祭典，又封典韦之子典满为中郎，收养在自己府中。

这一次的打击对曹操非常之大。很多幸存者劫后余生后，往往就活在了自怨自艾中，再也无法重新鼓起生活的勇气。但好在曹操具备超强的心理免疫能力，他尽管悲痛，却没有沉溺于悲痛，他的心思还是放在了经营天下上。

此时，袁术已经有意称帝。为了拉拢吕布，特意派韩胤为使，要将吕布的女儿迎娶为世子之妃，却哪知曹操早已做好了策反工作。

曹操把汉献帝掌控在手中，就等于担当了天下所有官职的总代理，封官许愿，随心所欲。曹操这次给吕布的头衔是平东将军。曹操的使者连印绶也一起带来了。

但曹操还担心，这个头衔是他以汉献帝的名义颁布的，如果受惠之人只对献帝感恩戴德，那么曹操的目的就没有达到。为了解决这个问题，曹操往往采取公中带私的办法。在皇帝的正式诏书之外，使者还带着曹操的一封私信。私信的目的就是巧妙地暗示受惠者，你的头衔可是我曹操给你的，你可别搞错了。

曹操写给吕布的信是这样的：

"国家无好金，孤自取家藏金以铸印；国家无好紫绶，所取自带紫绶以表寸心。望将军与刘备合同，共灭袁术。"

国家再穷，给吕布铸造一颗金印的好金还是拿得出来的；国家再穷，给吕布找一根好的绶带也还是没有问题的。哪里需要曹操用家藏的金子和自用的紫绶来配给吕布呢？

曹操施惠的笼络之意是很明显的。头脑缺根弦的吕布却被深深感动了，就像他当年为了报答董卓以赤兔马相赠的"恩情"而杀了义父丁原一样，吕布也把除韩胤外的袁术使者全部杀掉。

吕布之所以不杀韩胤，并不是要放他一条生路，而是要将他押送至许都，交给曹操处置，以昭示自己对曹操的感恩戴德之情。

如果谁还指责吕布是个忘恩负义之徒，那可就大大地错了。互惠原理对吕布是很起作用的，从他一贯的表现来看，他实在是很知恩图报的。你对他好一点，他马上会回报你。不过，问题在于如果有人比你对他更好，那么你的恩就黯然失色了。

曹操看了吕布的效忠回信，非常开心，当即下令将韩胤斩杀于市。

吕布的使者陈登却有点不开心了。自从吕布从刘备手中抢走徐州后，陈登表面上一直对吕布虚与委蛇，内心却耿耿于怀，时刻想着如何暗中坏了吕布的好事。

陈登秘密来见曹操说："吕布是个豺狼之徒，勇而无谋，望明公早日将他除去。"

曹操真是个直言无忌的人，他根本没有去想吕布派来的使者为什么和吕布不是一条心。换作一般人，都会顾忌陈登是在试探自己的真实态度。但曹操不是一般人，他直截了当地说："我早就知道吕布狼子野心，不能久养。既然你们父子俩在那里，就好好帮我谋划吧。"

曹操的这番话，丝毫没有防人之心，如果陈登回去后，对吕布据实汇报，那么曹操先前的密信就白费心机了。

但曹操的运气实在是好，这个陈登确实是发自内心对吕布不满的。他当场接受了潜伏的重任。作为回报，总代理曹操大笔一挥，赏赐给陈登之父陈珪二千石食禄，任命陈登为广陵太守。

陈登回报吕布，吕布一听就怒了。这一趟入京，你们父子俩倒是得大便宜了，可是我什么也没捞着。吕布就是这点不好，明明人家刚给了你平东将军之职，你还惦记捞点什么呢？

吕布拔剑怒道："你怎么不给我求一个徐州牧呢？我听了你们父子俩的劝，结交曹操，和袁术断绝，现在却一无所获，你父子俩倒是满载而归！我看是被你们父子俩出卖了！"作势就要砍杀陈登。

陈登哈哈大笑说："将军你好糊涂啊！"陈登虽非三国中的绝顶谋士，但要戏耍一下吕布这样的人还是绰绰有余的。

吕布看陈登面对他的剑还哈哈大笑，马上就中了圈套，问道："我哪里糊涂？"

陈登说："我见了曹操，说将军就像一头饿虎，如果不喂饱肉的话，是会吃人的。没想到曹操说我错了，他说他待你不是养虎，而是养鹰。现在狐狸、兔子都还没抓光，还不能喂饱，一旦喂饱了，鹰就远走高飞了。我就问他，到底谁是狐狸、兔子。曹操说，江东孙策、冀州袁绍、荆襄刘表、益州刘璋、汉中张鲁等都是。"

陈登的这番话根本就是瞎编乱造的。但吕布听了，竟然扔掉长剑，哈哈大笑，说："还是曹公了解我啊。"

为什么陈登的这番话会让吕布十分开怀呢？

因为这段话里埋下了无穷的期望。曹操还有这么多对手要消灭，倚重吕布之处必然很多，那么吕布的前途必然不可限量。而且曹操已经明说担心吕布喂饱之后会远走高飞，那么这正说明了吕布的价值所在。

人其实不是活在现实中，而是活在期望中的。如果你的今天很悲惨，但明天将会很美好，你一定会有奋斗的勇气和力量。相反，如果你的今天很美好，但明天将会很悲惨，你一定会缺乏继续活下去的勇气。

不仅吕布如此，任何人都是如此。刘备在暗淡的日子没有消磨斗志，就是因为对未来还有预期。汉献帝在痛苦的日子中没有一死了之，就是因为对明天还抱有希望。

他们都在等待，但有一个人已经无法等待了。

这个人就是袁术。他手上有一块从孙策手上夺来的玉玺。王立当年的天象之说已经广为传播，汉室衰败的景象也已经无可挽回了。这块玉玺带给了袁术无穷的期望，让他觉得天命是应在自己身上的。

袁术找出了一大堆理由，来证明自己确实是代汉而立的唯一人选。他不顾阻挠，以无比的期盼和勇气登上了用幻想铺就的帝王宝座。

当袁术得知吕布不但悔婚，还杀了自己的使者向曹操邀功之后，非常愤怒，立即派出七路大军征剿吕布。这七路大军中，有五路是袁术的嫡系部队，还有两路是曾经独霸朝政却被曹操吓走的韩暹、杨奉。

所谓的嫡系部队与非嫡系部队，是人们根深蒂固的类别化认知的结果。但事实证明，类别化区分带来的偏见并不一定是错的。袁术的这七路大军，就毁在了这两个降将身上。

心理感悟：幸福与悲伤是预期的两个面具。

盲目模仿很危险 / 替罪羊是怎样练成的 / 天大的一个玩笑 /
单个的谎言骗不了人 / 一份无法撕毁的档案 / 谁都希望有个好标签 /
致命的一个污点 / 最有价值的一哭

盲目模仿很危险

吕布派陈登说动韩暹、杨奉与自己联合。袁术进攻之际,这两个潜伏的定时炸弹发挥作用,令袁术大败,狼狈逃回淮安。吕布保荐韩暹为沂都牧、杨奉为琅琊牧。

曹操决定趁袁术新败,一鼓作气将其歼灭。曹操令曹仁驻守许都,自带三十万大军出征。

出兵之前,曹操已经派人知会孙策、刘备和吕布等人共同进攻袁术。

曹操行至豫州地界,刘备引兵来迎。

刘备一进门,就给曹操献上了两颗人头。曹操久经战阵,没少见过杀人,但刘备给他的见面礼还是让他吓了一跳。刘备这个一贯以忍耐出名的人难道也喜欢上了杀人?

曹操惊问:"这是谁的首级?"

刘备说:"这是韩暹、杨奉的脑袋!"

韩暹、杨奉两人曾经护驾有功,但在曹操入京后,惊惧而去,先投袁术,又被吕布策反,在击败袁术后经吕布保举后镇守沂都、琅琊两县,这些情况曹操都是知情的。但曹操不知道这两人为什么好端端地被刘备砍了脑袋?

曹操问刘备到底是怎么回事。

刘备有些得意地说:"这两个人在沂都、琅琊两县,纵容军士烧杀抢掠,百姓怨声载道,所以我就设了一宴,假称有事相商,请这两人前来,他们刚一进门,就被我两个兄弟关羽、张飞一刀砍了,他们的军马也全被我收聚整肃。因为先前没有告知明公,今日特来请罪。"

嘴巴上说的是请罪,心里想的其实是邀功。

一贯以老实、忍让、甚至是软弱形象出现的刘备怎么会突然下起了狠手?一贯不多管闲事、事不关己高高挂起的刘备今天怎么也玩起了狗拿耗子的游戏?

刘备之所以这么做，和八竿子打不着的于禁大有干系。

不久前，曹操在宛城吃了张绣的大亏，差点把老命断送在那里。危乱之际，夏侯惇所部的青州兵趁火打劫，抢掠百姓，于禁未经请示，先行镇压，这个冒险之举让曹操非常满意。因为曹操一贯治军极严，从不纵容，于禁随即获封益寿亭侯。

这一事件广泛传播后，形成了很好的示范作用，包括刘备在内的很多人都想成为第二个于禁。刘备不久前也吃了吕布的大亏，走投无路后只能去找曹操。刘备觉得自己也可以学学这一招，让曹操更加认可自己，给自己更大的发展空间。

韩暹、杨奉正好撞到刘备的枪口上。刘备认为这是一箭双雕的好事，既可以斩除吕布的爪牙，又可以赢得曹操的欢心。

但刘备却没有想到，他的这个举动着实吓了曹操一大跳。

一个人对他人的认知往往落入"首因效应"（第一印象）的陷阱。一直以来，刘备给人的印象就是一个敦厚之人，循规蹈矩、满口仁义，但在乱世中，缺乏强硬、决绝的素质是很难生存的。所以，大家虽然一直把刘备称为英雄，但其实大多不过是口惠而已。要摆脱"首因效应"的束缚很难，除非这个人做出颠覆性的惊人之举，这样才会让"近因效应"取代"首因效应"，在他人的头脑中改写曾经刻板的第一印象。

刘备的这个举动暴露了他内心一直苦苦隐藏的东西，而这一点正好被曹操敏锐地感知到了。在此之前，曹操从来没有将刘备作为潜在的对手，但就在这一刻，曹操深深感觉到刘备的可怕。一个内心坚硬决绝的人，外表竟然可以伪装成截然不同的形象！这样的人不但可以静如处子，能做到三拒徐州，与吕布主客易位，而且可以动如脱兔，谈笑间将韩暹、杨奉这两个也曾叱咤风云的枭雄斩首。这样的人难道不比袁绍、袁术、孙策、刘表、吕布更可怕吗？就在这一刻，曹操把刘备当成了英雄，也当成了自己未来最大的对手。

曹操强行忍住了内心的真实情绪（这对他来说，还真不是一件容易的事情），笑着对刘备说："你这是为国家除害，可以算是大功一件，怎么还用请罪呢？"当即吩咐重赏刘备。

刘备非常开心，但他做梦也不会想到，自己的这个"壮举"不但不会让自己成为第二个于禁，反而引起了曹操的防范之心，给自己以后的发展增加了很多障碍。

但这一刻，曹刘二人言谈甚欢，双方合兵一处，来到徐州边界。吕布出来迎接。有曹操的调和，吕布、刘备二人也相安无事。在乱世中，分合聚散、战和敌友的转换确实不足为怪。

曹操知道吕布最好什么，当即口头承诺封他为左将军之职，只等击败袁术，班师回许都后，立即颁发印绶。曹操这一招，玩得很滑头，其妙处在于悬而未赏，引得吕布不得不发奋争取。若是直接就实授给吕布，这个贪得无厌的家伙，还不知道会提出什么要求来呢！

给予确实是一门重要的学问。贸然而过度的施惠，往往收到适得其反的负面效果，这种负面效果可以分成两类。

一类是刘备不敢接受徐州的情况。天上不会凭空掉馅饼，无功受禄，绝大部分人会内心不安，受之有愧，甚至还会怀疑对方别有用心，布了一个陷阱让自己往里跳。

另一类就是吕布这样的。吕布背弃袁术向曹操投诚，曹操也给了他平东将军的职位，甚至连金印紫绶都是曹操自掏腰包的。一般的人，应该对曹操这样的举动感激涕零了，但吕布的兴奋只维系了很短暂的时间，他知道曹操手中掌控着官职爵位的批发零售大权，很快就有了新的想法。他派陈登押送袁术的求婚使者韩胤面见曹操，就是还想和曹操交换一次。没想到曹操毫无表示，只是封赏了陈登父子，气得吕布只埋怨陈登没有为自己索讨徐州牧之职，甚至想杀了陈登泄愤。

像吕布这样的人，属于很容易被激励过度的人。他在多次转换主子的过程中，步步荣升，这也让他形成了对自身的过度自信。吕布认为自己是一个奇货可居的人物，得到任何的封赏都可以坦然受之。他只患不足，哪里想过付出与得到也是需要匹配的呢？天道均衡，你过多索取了你不该得到的东西，那么你就将过早地付出你不愿支付的代价。

曹操的这一招，非常管用。吕布大喜，信誓旦旦要奋勇效力。

曹操当即兵分三路，刘备、吕布分居左右，自己居中，大举向袁术进攻。孙策因与袁术争夺玉玺失败，也从水路向袁术进攻。

袁术腹背受敌，形势危急，急忙聚集文武百官商议。杨大将提议让袁术退过淮河坚守，与曹操打持久战。杨大将的建议有一个大背景，当时寿春一带，连年大旱，非常缺粮。曹操远道而来，粮草供应十分不易，肯定不利于打持久战。只要己方能够坚守城池，曹操久攻不下，就只能选择退兵。

果然不出杨大将所料，曹操的三十万大军每日消耗极大，原来所带的粮草所剩无几，而附近地区又因大旱，粮食歉收，就是想抢也无粮可抢。

曹操只能催促速战，但袁术方守将只是坚守不出。僵持月余，军粮将尽，曹操十分着急，苦思对策。

粮官王垕愁眉苦脸来见曹操，禀告道："兵多粮少，该怎么办？"

曹操本来不知道该怎么办，但看到王垕，突然就知道该怎么办了。曹操说："你就用小斛分发军粮，先解燃眉之急吧。"

王垕吓了一大跳，这种做法是兵家大忌，很容易造成哗变。曹操多次引兵出征，应该不会不知道这个道理。王垕担心曹操慌不择路，连忙提醒说："如果士兵抱怨，又该怎么办？"

曹操这次倒很沉得住气，不动声色地说："我自有办法。"

曹操的性格具有非常典型的两面性。在得意的时候，他往往会忘乎所以，直抒胸臆，一副小孩脾气。而在危难之际，他就像变了一个人似的，表现出老谋深算、城府很深的样子。一旦曹操绷紧了警惕之弦，小心应对复杂的危局，他敏锐的直觉和过人的智商就发挥了作用，几乎从不犯错。

王垕的到来，让曹操想出了一个不得已而为之的办法。

王垕领命而去。既然有了领导的明确指示，王垕就放心大胆地贯彻执行曹操的"用小斛分派军粮"的"英明"决策了。

心理感悟：一鸣惊人，既会使朋友惊喜，也会使敌人警醒。

替罪羊是怎样练成的

杀,还是不杀?

在军士的一片抱怨声中,粮官王垕的小命就这样在曹操的脑袋里掂量来掂量去。

此前,王垕按照曹操吩咐,用小斛分发军粮,果然引起了军士们的愤怒。这些在前线浴血奋战,随时可能丢掉性命的士兵,最不能忍受的就是军粮或军饷被克扣。曹操暗中派人了解了情况,就悄悄把王垕叫了过来。

曹操一脸严肃地对王垕说:"我想问你借一样东西,来安抚军心。你的妻儿老小我会善待抚养,你不用太过担心。"

王垕心中一凉,战战兢兢地问道:"丞相要借什么东西?"

曹操说:"我要借你的项上人头。"

王垕一颗心顿时沉了下去,跪倒在地,说:"丞相,我没有罪啊。"王垕的潜台词是:用小斛分发军粮是你自己吩咐的啊,我只是照办而已。况且,我还提醒过你军士会抱怨的,为什么要砍我的头呢?

曹操沉重地说:"我知道你没有罪。但是如果不杀你,三十万大军就要哗变了。"

王垕还想争取活命,但曹操心意已决,不容他多说,挥手示意刀斧手将其推出门外,立即斩首,并将首级悬在旗杆上示众。与之相对应的则是一纸榜文,上面写着王垕的罪状:"故行小斛,盗窃官粮,谨按军法,因此斩之。"

王垕的脑袋果然如曹操所料,转移了众军士的注意力。既然罪魁祸首已经伏法,大家还能有什么怨言呢?

王垕是一只不折不扣的替罪羊。

"替罪羊"一说起源于古老的希伯来人的一种习俗。在他们的赎罪日,一位神职人员将手放在一只山羊的头上,嘴上念叨着人们的罪过,这样做便象征性地将邪恶与罪过从人的身上转移到山羊的身上。随后,这只羊就被放到野外,从而整个社区的罪恶也就被洗去了。后来，"替罪羊"这个词逐渐用来指代某个力量较弱的无辜的人，因为某件自己并无过错的事情而受到谴责的现象。这种谴责本来是应该由真正的责任主体来承担的。

"替罪羊"之所以会成为"替罪羊"，有一个重要的前提就是这只被用来替罪的"羊"相对于真正的责任主体而言是软弱可欺的。否则，如果"羊"有足够强大的力量奋起反击，就达不到"替罪"的效果了。

显然，相对于掌控了三十万人生杀大权的曹操来说，小小的粮官王垕属于最弱势的群体。当曹操选择他来当"替罪羊"时，王垕根本没有反抗能力，只能乖乖地被选择。

"替罪羊"之所以成为一种现实需要，是因为情势的驱动。人们或者需要平息某种不良的形势，或者是需要宣泄某种不良的情绪。

卡尔·霍夫兰德和罗伯特·西尔斯曾经发现，他们可以通过从1882年到1930年间的某一年的棉花价格来准确推断出美国南方被私刑迫害的人数。这两个貌似无关的领域却因为"替罪羊"现象的存在而被密切关联起来。

原来，当人们经历经济萧条的时候，会体验到更多的挫折感，这些挫折感会驱使他们做出暴力的行为，以通过迁怒他人的方式来释放、舒缓自己的不良情绪，所以，滥用私刑的事件就会大幅增加。而经济萧条则意味着棉花价格的下降，这样，棉花价格与私刑的数量之间就形成了正相关，霍夫兰德和西尔斯也就能通过棉花价格的变化而推测出私刑数量的变化了。

对此刻的曹操来说，他并没有找到真正解决军粮匮乏的办法，但这是燃眉之急，不得不加以解决，如果稍有迟缓，军心不稳，就会酿成大祸。所以，他要人为地为军粮匮乏制造一个责任主体，让这个人来承担罪责，以转移军士们的愤怒。而粮官王垕因为职务上的相关性就成了最佳人选。

曹操这样做，体现了他性格中残忍、残酷、残暴的一面，这也可以从他滥杀吕伯奢全家和在攻打徐州时滥杀无辜百姓这两个事例中得到证实。

亚里士多德在公元前328年就说过，人从本质上来说是一种社会性动物。既然是社会性动物，必然具备一定的动物特性。

现今的科学发展程度令大多数科学家相信人类起源于猿类，而一位研究灵长类动物的权威人物则直接认为，人就是猿类。这个权威人物是弗朗斯·德·瓦尔，在他的著作《人类的猿性》中写道，人类与其两个最亲近的灵长类物种（黑猩猩和倭黑猩猩）之间存在着惊人的关系。这两个物种的DNA几乎与人类的完全相同。人类的侵略性、权力欲望和父权家长制的趋向可以归结于黑猩猩，而另外一方面，人类的爱好和平、平等主义和雌性权制的品性则可以归结于倭黑猩猩。也就是说，人是同时具有人性和动物性两个方面的。

当人的动物性在某种情境下取代人性而占主导地位时，残忍、残酷、残暴就体现出来了。这就是曹操决意牺牲王垕来稳定大局的心理动因。

很多人将这一事件视为曹操大奸大恶的重要例证。但在整个事件中，曹操虽然残忍，但却不奸猾。真正的奸猾之徒应该是这样行事的：先是密令王垕用小斛分发军粮，然后在军士怨言四起之际，不由分说就将王垕斩首。这样，隐藏在背后的奸恶行为就永远不会为人所知，但曹操并没有这样做。

在决意斩杀王垕之前，曹操特意将他找来，把自己的意图说清楚，让王垕死个明白，同时还告诉他不用担心家里的老小。这样的做法，说明曹操内心多少有一些率直的成分，他并没有残忍到毫无人性。

王垕死后，军士的情绪得到舒缓，曹操抓住这个难得的时机，发布命令，要求三日内攻克寿春城，违令者皆斩。曹操亲自督阵，三军用命，终于攻克寿春。

曹操想一鼓作气，渡过淮河，追击袁术。但荀彧劝诫说，附近十几个郡的粮食都歉收，如果再进兵，恐怕会劳军损民，却不能获得胜利。而那时再要撤退，会更加困难，不如暂时班师回许都，等到来年春天麦熟后，军粮充足，再来进攻。

曹操有点犹疑不决。现在荀彧的话对曹操的影响力在不知不觉间减弱了。正在此时，探马来报，张绣与刘表联合向许都进发，曹操担心许都有失，只好下令回师。

回师之前，曹操专门让吕布和刘备结为兄弟，并让刘备依旧到小沛驻扎，吕布依然镇守徐州，以便互援互助。

刘备的失望是可想而知的。他本想成为第二个于禁，但最后还是只能生活在吕布的阴影笼罩之下。实际上，这正是曹操对他有所防范，想让吕布来牵制他而做出的安排。同时，曹操也想用刘备来牵制吕布。临行之前，他秘密找来刘备说："我让你驻扎在沛城，是掘坑待虎。你有事就和陈珪父子商量，一旦有变动，我就会派兵前来接应。"

算来算去，刘备和吕布都被曹操给算计了。曹操这个资源配置大师，把刘备和吕布都当成了他的棋子，所谓的互援互助，实质上是互相监督，互相制约。

曹操退回许都，休养生息后，又决意征讨张绣。曹操向汉献帝启奏说张绣侵郡掠民，需要出兵讨伐。这个理由当然是莫须有的。就连强盗也不会抢掠自己的地盘，张绣自己掌管的郡县，怎么会不好好治理呢？但这个理由又是必要的，没有这个理由，师出无名。

而献帝存在的唯一作用就是"表示同意"。只要他一同意，曹操就是奉诏讨贼，道义就在他手中，兵锋所指，任何一个对手都被强行推到道义的对立面。曹操的对手，成了汉献帝的对手，成了大汉朝的叛贼。任你巧舌如簧，也辩不过皇帝的诏书。

挟天子以令诸侯的妙处就在这里。曹操现在运用起来已经炉火纯青了，而他的对手们当然是恼怒不已，却又无计可施。

奇怪的是，曹操这一次出兵没有带荀或同行，而是让他留守许都。这个举动的微妙含义是曹操依然信任他，否则不会让他镇守后方，但曹操已经不像先前那样对他言听计从了。郭嘉正在悄悄取代荀或第一谋士的地位。

大军进发，一路上麦已苍黄，正是收割季节。但百姓听说兵来，纷纷逃窜到山中。曹操会集诸将，并派人将村中父老以及各州郡县的官吏一起请来。

曹操说："吾奉天子明诏，出兵讨逆，与民除害。方今麦熟之时，不得已而起兵，大小将校，凡过麦田，但有践踏者，并皆斩首。擅自掳掠人财物者，并皆诛戮。王法无亲，宜当遵守。仰居民勿得惊疑，不许流遗他界。"

曹操为什么要颁布这一条法令？

首先，曹操一向治军很严，这次冠冕堂皇的奉旨伐罪更要严上加严，否则如何塑造皇师正面正义的形象，以和叛臣贼子的忤逆之兵区别开来？要想让"皇帝"的资源发挥最大效力，外在的与其相因应的包装是绝不可少的。

其次，当时久经战乱，人口本已大减，如果为数不多的百姓再逃到其他地区，很不利于己方郡县的稳定。后方不稳，前方如何克敌制胜？

最后，也是非常重要的一点，这些即将成熟的麦子就是潜在的军粮。百姓逃离，无人收麦，很快就会影响到军队的战斗力。

所以，曹操要下这么一道森严的命令。当然，他绝不会想到，这条命令差点要了自己的性命……

心理感悟：无原则执行上级命令者，最容易成为"替罪羊"。

天大的一个玩笑

杀，还是不杀？

这次曹操掂量的不是别人的脑袋，而是他自己的脑袋。

曹操出征之际，颁下严令，不得损毁麦田，众军士无不凛然遵守。凡经过麦田，无不小心谨慎，下马步行，以手护麦，百姓称颂不已。

曹操一看令行禁止，非常高兴，骑马行于路中，诗兴大发，正要吟上几句，忽然一只斑鸠受惊后从麦田中掠起，从曹操的马头旁边飞过。马受惊，急往旁边麦田里蹿。曹操反应不及，没有拉住缰绳，马已经将麦子踩倒了一大片。

什么叫天大的玩笑？老天和曹操开的这个玩笑就是。

曹操刚刚下了严令，损麦者杀无赦，执行者没有一个胆敢违犯，偏偏下令者自己触犯了命令。这虽然不是明知故犯，但制法者犯法，比知法者犯法后果还要严重。如果曹操简单放过自己，那么严肃的军令就会形同儿戏，军士们也就会放纵自己。但如果曹操要处罚自己，那也不能缺斤短两做做样子。按照命令，这个马踏麦田就是死罪，曹操再喜欢砍脑袋，也不能砍了自己的脑袋啊。所以，曹操顿时陷入了两难境地。

曹操在心底默默疾呼："上天啊，你不是让我上承天命的吗？怎么给我整出来这么一出啊？你让我怎么办呢？"

上天没有回答，但曹操知道这件事情绝对不能拖，越拖越会向不利于自己的方向发展。曹操从来不缺乏决断力，他当即把掌管军法的行军主簿找来，问他该如何处置自己的踩麦之罪。

实际上，这正是曹操的缓兵之计，他本人是军法的制定者，怎么会不知道该怎么处置呢？曹操很清醒地知道，自己绝不能砍了自己的脑袋，而这些下属们也肯定不会同意砍自己的脑袋。但问题是，既要维护军法的严肃性，又要保住自己的脑袋，需要一个过硬的理由。而要想出这个理由的难度非常大，人在着急的时候往往是狗急跳墙，而不是急中生智。所以，曹操找来行军主簿不是给自己拖延时间，而是为手下这帮足智多谋的人才提供一点缓冲的时间。

行军主簿怎么敢给曹操定罪？

憋了半天，行军主簿才说了一句："丞相的话，就是命令。您说了，谁敢不从？"他的意思就是反正您是老大，您自己放自己一马，谁也不敢多言的。

浑蛋！真是一个蠢材！

曹操心里暗暗骂了一句。我说了当然没人敢违抗，可我自己能给自己免死吗？

行军主簿的这句话不但没有为曹操提供一个好的借口，反而让情势雪上加霜。因为他把话捅破了之后，曹操就更难给自己找台阶了。

曹操恼怒异常，等了半天，也没有人站出来为自己提供一个免死的理由，万般无奈之下，只好把自己推向悬崖："我自己制定的军法，如果自己都不能遵守，那还怎么服众呢？！"拔出剑来，就要自刎。

曹操这是在假戏真做。在生活的舞台上，假戏是不能假做的，惺惺作态只能增加他人的反感，只有逼真的假戏才能取得良好的效果。

曹操知道众人一定会抢夺他的剑，让他自刎不成的，但他最需要的还是一个理由。就在众人手忙脚乱的时候，郭嘉终于站出来了，他绞尽脑汁，从《春秋》里给曹操捞到了一根救命的稻草。这根稻草上写着五个字——法不加于尊。

郭嘉说："古者《春秋》之义：法不加于尊。丞相总统大军，岂可自戕？"

曹操闻言，如获至宝，心中大喜，对郭嘉的印象又好了几分。曹操幼年喜欢飞鹰走犬，不爱读书。《春秋》这本书他根本没有重视过，但此刻，这本书顿时变得权威、神圣，光辉万丈。

曹操强行忍住内心的欢跃，故作深沉，一字一顿地说："既然《春秋》有'法不加于尊'的说法，那么就暂时先记下我的过失吧。"

但曹操冷眼瞅见众人隐隐有冷笑之意，连忙又加上一句，说："不过，死罪虽免，我还是要割发代首，以示惩戒！"这一招确实是曹操自己的急智。

《春秋》的确提供了一个很好的理由，但这只不过是一根救命的稻草，如果这样"草草"收场，军心还是不免受到影响。曹操急中生智，挥剑割下了自己的头发！

《孝经·开宗明义》上说："身体发肤，受之父母，不敢毁伤，孝之始也。"《孝经》是另一本经典，曹操少时虽然不学无术，但这句话还是记得蛮牢的。当时没有理发剃须一说，如果有谁损伤了自己的头发胡子，就是和父母过不去，就会被视为不孝之举。

所以，尽管头发的重要性比不上脑袋，但曹操作为三军统帅，当众割发，也可以算得上是很严厉的处罚了。他的父母已经在徐州遇难，曹操等于是用触犯父母的在天之灵来抵免他践踏麦田的罪过。这样的处罚，应该可以让众人心服口服了。

果然，千军万马本来想等着看一场笑话，现在却个个肃然起敬，再也不敢稍有违逆。曹操处理好了这一起突发事件，成功应对了危机，大军再次开拔，一路秋毫无犯。

在这一次分秒必争的智力竞赛中，郭嘉抢到了第一名。曹操想，这次带郭嘉出来，还真没带错啊，他对郭嘉的表现非常满意。虽然，真正摆平这起两难事件的还是曹操自己的"割发代首"，但如果没有郭嘉前面引用《春秋》名言做铺垫，曹操也找不到下脚的台阶，也就很难提出"割发代首"。即便强行自己提出来，也会让人觉得生硬做作，只是为自己找一个免死的借口，从而失去警戒众军的作用。

而现在，在郭嘉引用名言开路和曹操自己割发代首的护送下，一起本来会对军心造成重大影响的恶性事件，竟然变成了军事纪律现场教育不可多得的活教材，真是不能不让人由衷感叹曹操在资源配置上乾坤大挪移般的精妙、神奇。他不但可以变废为宝，甚至还可以转负为正（"变废为宝"是指将别人视为垃圾的无用废物汉献帝变成了奇货可居的道义之源，"转负为正"就是指这起割发代首事件）。

曹操趁着军心正雄，一路挥师杀向张绣。

张绣出来迎战，劈头骂道："你这个假仁假义的狗贼，简直和禽兽没有两样。"张绣的潜台词是在骂曹操和邹氏私通之事。

曹操奉着皇帝的旨意，内心怀着一股正气来讨伐"乱臣贼子"，没想到被张绣一顿臭骂，撕破了面皮。曹操恼羞成怒，立即派悍将许褚出战。张绣抵挡不住，一路溃退至南阳城中，闭门不出。曹操围城攻打，但有足智多谋的贾诩坐镇指挥，曹操急切间攻城无果。

曹操亲自骑马绕城一周，查看后命令军士在西门北角上堆垛柴薪，摆出一副要从此处登城的架势。其实这是曹操声东击西之计，他的真实意图是从城东南角上进攻，但他的意图被贾诩识破。贾诩将计就计，将曹操击得大败。

贾诩见曹操败走，急忙写信给刘表，要刘表抄曹操的后路。但此时孙策已经根据曹操的安排，屯兵湖口，刘表因此不敢轻举妄动。谋士蒯良也识破这不过是孙策的疑兵之计，说服刘表引兵向安众县出发，与张绣一起攻击曹操。

曹操败退至淯水之畔，触景生情，想起去年在这里被张绣袭击，典韦舍命相救的旧事，不禁号啕大哭起来。曹操天性是个拿得起放得下的人，那不堪回首的一幕本来早已被他抛诸脑后，但此时又遭败绩，不禁想起了往事。

曹操命令在此处停驻，祭奠典韦。拜完典韦，再依次祭拜侄子曹安民、长子曹昂，乃至那匹被射死的大宛马。曹操性情流露，痛哭不已，众军也被感染，深感曹操对部下情深义重，纷纷陪着落泪。在哭声中，曹操所部已经成了一支哀兵。哀兵必胜，曹兵化悲痛为力量，将报复的怒火烧向了张绣、刘表联军。曹操又一次上演了"转负为正"的神奇能力，张绣、刘表再次败退。

此时，镇守许都的荀彧发来急报，说袁绍要趁曹操远征之际，袭击许都。原来，袁绍看到曹操将汉献帝这个绝佳的资源运用得得心应手，不由也眼馋了，也想攻打许都，"奉迎"天子，号令四海。

曹操怎么可能愿意放弃这个稀世珍宝？曹操当即决定退兵回都。

张绣探知后，要引军追击。贾诩劝他不可追赶，追则必败。张绣不听，亲自引军追赶，果然被曹兵击败。贾诩随后赶来，张绣在退却路上遇上他，不好意思地说："不听你的话，果然失败了。"

但贾诩赶来并不是要听张绣认错的，他要张绣重新带兵追击。张绣大惊，说："我都已经被击败了，为什么还要追赶？"

贾诩笑道："兵势有变，赶快去追击。如果这次打不赢，请将军回来砍我的脑袋。"

张绣见贾诩十分认真，将信将疑中再次引兵追击，而这一次竟然真的如贾诩所言，将曹兵击得大败。幸亏镇守汝南的镇威中郎将李通赶来救应，才让曹操平安撤退。

张绣对贾诩十分佩服，回来追问究竟。贾诩此人，可谓是三国中最能摸透曹操心理的人。贾诩断定，曹操撤退，为防张绣来追，必然亲自断后。这样张绣追上之后，曹操亲自督战，三军用命，张绣必然不敌。而将张绣击败后，曹操所部必然掉以轻心，此时再追击，就能趁其不备而获得胜利。

心理感悟：在认知上自我设限会让你错失很多资源与机会。

单个的谎言骗不了人

曹操回到许都,想起孙策这次牵制刘表,立了一功,就让汉献帝"批"给孙策一个讨逆将军的封号,同时赠爵吴侯。孙策非常高兴,但封爵得来如此容易,也让他从此胃口大开。

此时袁绍得知曹操回师,就改变主意,转而以征讨公孙瓒为由向曹操借兵借粮。曹操见袁绍居高自傲,口气不善,十分不满,有意出兵讨伐,却担心袁绍势力过于强大,自己不能攻而克之。

疑虑之间,曹操先问计于郭嘉。郭嘉列举了曹操相对于袁绍的十个必胜因素,有效地激励了曹操。但郭嘉随即提出,目前与袁绍开战的时机尚未成熟,应该趁袁绍进攻公孙瓒之时,先把吕布收拾掉。

曹操虽然为郭嘉的意见说服,但事关重大,他又找来荀彧,询问相同的话题。荀彧提出了四个必胜因素,同时也和郭嘉一样,要曹操先消灭吕布。郭嘉、荀彧不谋而合,可谓英雄所见略同,但两人的比分却是十比四。

不过,荀彧还是提出了一个稳住袁绍的好办法,那就是大肆封赏袁绍。这件事再容易不过了,对于曹操来说,汉献帝就是曹氏官职批发公司在任命书上盖章的办事员。曹操当即同意封袁绍为大将军、太尉之职,兼都督冀、青、幽、并四州,这个职位甚至比曹操本人还高。袁绍十分受用,屁颠屁颠地去进攻公孙瓒。曹操虽然屈居于下,却也安之若素,毕竟这一切的暗中掌控者就是他自己。袁绍的出兵,仿佛是为他代劳,这也是封赏的直接回报。

曹操稳住袁绍后,派人给刘备送去密信,要刘备配合进攻吕布,但刘备的回信却被陈宫获得,交给了吕布。

吕布一看刘备的回信,这才知道曹操、刘备两个人早就在暗中勾结对付自己,十分愤怒,立即派高顺、张辽等人领兵杀奔小沛。

刘备闻报，急忙聚集众人商议。孙乾出主意说："可以先派人到曹操处告急，请他领兵来救，我们这边则坚守城池。"

刘备当即派简雍去曹操处求援，自己和关张等人镇守城池。

高顺围住小沛叫阵，刘备登上南门城楼，理直气壮地大叫道："我和吕布是结拜兄弟，无冤无仇，为什么你要引兵来攻？"

刘备为什么要堂而皇之地撒谎？

撒谎一般与罪恶感和羞耻感有关。当一个人做出了与自己宣示在外的一贯形象不符的丑事时，就会有一种罪恶感。这种罪恶感会驱使人们自我袒露真相，以缓和内心的不协调。而当这件丑事被外人或公众所知，又会产生极大的羞耻感。为了避免羞耻感，人们往往选择说谎来加以遮掩。说谎之后，则又产生新一轮的罪恶感。

刘备向来以仁义的形象出现，但他现在明着和吕布结拜兄弟，暗中却背叛了吕布，这种行为显然和他一贯标榜的"仁义"二字背道而驰。所以，刘备必定会拼命遮掩事实。况且，此时他还不知道密信已经被陈宫截获，也就更加理直气壮用谎言来指斥高顺了。

没想到高顺早已洞悉一切内情，眼见刘备当面撒谎，不由破口大骂："你还敢支吾遮掩？！你勾结曹操，要暗害我家主公，阴谋早已败露，你还在这里狡辩！还不快快自己绑了，出来请罪。"

刘备无言以对，面皮涨得通红，不声不响就从城墙上退了下去，任城下高顺如何侮辱喝骂，只是不理，也不出城迎战。

高顺的这一场痛骂，是刘备迄今为止遭受过的最大侮辱，但刘备只能选择当缩头乌龟，大气也不敢出。因为高顺确实拿捏到他的痛处了。这种背地里的阴暗勾当，实在不是一个仁义之人所为。

关羽在西门镇守，张辽前来攻打。关羽在城墙上，大声说道："我看你仪表堂堂，怎么甘心追随一个狼心狗肺的贼子？"

吕布的名声实在不怎么好，张辽听懂了关羽的潜台词，内心也有些不好意思，因此低头不语，也不令部下攻城。

张辽此刻不会知道，他自己这个小小的举动将会在未来带给他多么丰厚的回报。

关羽一看，自己的话语还挺管用，十分高兴。小人物的自尊心是很容易满足的，所以，要想让自己小小的施惠换来高额的回报，一定要识人于微时，施惠于微时。

关羽此刻还只是一个不折不扣的小人物，虽然他温酒斩华雄，在十八路诸侯面前出了一次风头，但由于他的兄长刘备始终郁郁不得志，关羽也就没有得到多少露脸的机会。关羽是一个高自尊的人，但高傲的自尊心一直被残酷的现实死死遏制。而这次，他平平淡淡说了两句话，竟然能够让张辽愧疚不语，实在有些出乎关羽的预料。张辽的这个举动相当于给了关羽一个巨大的恩惠，让他从此不但高看张辽一眼，而且对张辽充满了回报之情。

当年徐州被曹操围攻，陶谦向孔融求救。孔融又派太史慈向素不相识的刘备求救，刘备听到孔融的召唤，第一句话就是："孔北海也知道世上有个刘备啊？"孔融是名满天下的大人物，而刘备还是默默无闻的小人物，仅仅是孔融知道世上有个刘备就已经让刘备雀跃不已了。刘备这种因被人（尤其是名人）认可而自觉得到莫大恩惠的感觉和关羽今天之于张辽的受惠感也是一致的。

张辽随即退走，次日改到东门挑战。镇守东门的是张飞，张飞是个急脾气，一语不合，就出城与张辽厮杀。关羽闻报，担心张飞伤了张辽，急忙赶到东门。

张辽一看关羽也从东门而出，心知不是对手，急忙退去。张飞正待拍马追赶，却被关羽劝止。

张飞纳闷道："张辽怕我而走，哥哥为什么要将我叫了回来？"

关羽微微一笑道："你可不能小看张辽，这个人武艺可不在你我之下。你以为张辽是怕你而走，其实不然。是我昨天说了他一顿，他颇有些耻于在吕布手下听命，也有些归顺之意，所以才会见到我来，就拍马退走了。"

张飞、关羽这兄弟俩可真有意思，两人都将张辽退走归功于自己。张飞认为张辽是打不过自己，因而惧怕而退；而关羽则认为张辽是个有忠义之心和羞耻之心的人，此前被自己一番话打动，今日见面不好意思而去。

兄弟俩的这个无伤大雅的分歧，正好反映了人们在认知上普遍存在的"自利性偏差"。人们并不能客观地评价自己在某项成功中所起的作用，而总是倾向于高估自己的贡献。比如，夫妻两人总是认为自己做了更多的家务；公司的管理层总是认为公司的赢利更多归功于自己的商业智慧和辛勤付出，而不是其他的高管。甚至连科学家也不能例外，班廷和麦克劳德于1923年因共同发现胰岛素而获得了诺贝尔奖。班廷声称，作为实验室领导者的麦克劳德更多的时候充当的是研究的障碍而不是助力，而麦克劳德则在做与该项发现有关的演讲时根本不提及班廷的名字。

关羽的这种认知更加深了他对张辽的好感，他内心充满了一种获得认可的满足感，这种满足感与曹操刚刚赢得陈宫的拥戴与追随时的满足感毫无二致。

再说吕布，见高顺、张辽攻城不下，亲自率兵来攻。

吕布指责刘备背信弃义，刘备没法像对待高顺那样安忍不动，只好硬着头皮出来搭话。

刘备在城墙上说："这实在不是我的罪过啊。曹操打着天子的旗号，给我写信，要我表态，不容我不回信啊。我其实是虚与委蛇，做不得真的，还望兄长能够理解刘备的难言之隐吧。"

刘备又一次公开撒谎。说谎总是这样，一个谎言并不能解决所有的问题。当你启动了一个谎言后，为了掩盖这个谎言，你必须用一个接一个的谎言来掩盖，以堵住越来越多的漏洞。

要让他人相信自己的谎言，并不是一件容易的事情。在短时间内，要顾及多个细节，诸如用词、停顿、声调、表情、手势、呼吸、脸颊的变色、冒汗等。而其中最容易暴露谎言的是表情，因为面部的表情与大脑中的诸多情绪区域直接相关联，而与言辞的关联则要间接得多。当情绪产生时，面部的肌肉会不知不觉被激活，说谎者很难或几乎不能控制这些面部肌肉运用造成的微妙表情变化。

说谎同时还会带来内心的罪恶感，这也是内外不一致带来的认知不协调。罪恶感的存在直接导致表情神态上的不自然，这是谎言会被人识破的重要原因。

但刘备实在是一个不世出的撒谎高手，他的这一番苦苦哀告，打动了吕布，让吕布信以为真。吕布只是围住小沛，却不再攻打。

为什么刘备的谎言能够骗过吕布呢？

除了刘备有这方面的天赋之外（如果没有这项天赋，身无长物、流离失所的刘备恐怕早已在乱世中湮没了），一个重要的原因就是，对吕布撒谎，并不能激发刘备内心的罪恶感，相反得到的是一种报复的快感。

吕布夺了刘备的徐州，让刘备只能在小沛安身，刘备表面上毫不在乎，内心却深受伤害。但吕布实力强大，刘备没法用硬碰硬的办法来加以报复，现在撒谎则或多或少地补偿了刘备的报复心理。既然内心没有撒谎带来的罪恶感，那么刘备的神情语态就会自然得多，也就能隐藏得更深，从而也就不易被吕布察觉了。

> **心理感悟：**掠他人之美，似乎是人类的一种本能。

一份无法撕毁的档案

曹操接到刘备告急之信，立即派夏侯惇率兵五万先行，自己和一众谋士随后陆续进发。

夏侯惇赶到徐州向吕布搦战，高顺出马。两人交战，高顺不敌败走，夏侯惇纵马追赶，却被高顺部将曹性突施冷箭，一箭正中夏侯惇左目。

夏侯惇拔箭时将眼睛也带了出来，他大喊一声道："父精母血，不可弃之！"竟将眼睛一口放入口内吞掉！夏侯惇鼓起余勇，奋起追上，将曹性一枪刺杀。

夏侯惇此举说明了当时之人对身体发肤以及全身各个零部件都非常重视，也佐证了此前曹操割发代首绝非仅仅是一代奸雄的虚伪狡诈之举。

吕布见状，亲自上马，将夏侯惇击败，随即又将刘关张击败。小沛失陷后，刘关张二人各奔前程。刘备直往许都方向而去，关羽逃至海州避难，张飞则是上了芒砀山落草为寇。

这一次刘备又把家小撇在了脑后。吕布进入小沛，来到刘备的家门口，糜竺立即从家中出来，见了吕布，马上跪倒，哀告说："刘备是将军您的兄弟。我听说大丈夫就算有冤仇，也不累及妻儿老小。和将军您争夺天下的是曹丞相，量一个小小的刘备怎么敢和您为敌？希望将军您能够明察。刘备时刻没有忘记您辕门射戟的恩德，万望将军明察。"

糜竺把妹子嫁给刘备为妻，刘备自己已经跑了，保护家小的任务就不可推脱地落到了糜竺的肩上。

但说实话，糜竺的这段话逻辑极为混乱，前言不搭后语，自相矛盾，漏洞百出。换成任何一个人，都不会被他的言辞说服而放过刘备的家小，甚至还可能因为他的告白提醒而对刘备的家小下手。

但幸好他面对的是吕布，又幸好他一见面就给吕布跪下。

几乎每个男人都有英雄情结，都希望自己能够被人视为英雄。吕布的武功天下无敌，这让他拥有比别人更为强烈的英雄情结。当年，王允在劝说他诛杀董卓之时，就曾经用"做一番英雄事业"来激励他。

吕布本来对董卓极为惧怕，根本不敢背叛他，更说不上诛杀他了。同时，吕布也担心自己再度刺杀义父，有违人伦，被天下非议。王允就说："将军若扶汉室，乃忠臣也，青史传名，流芳百世；将军若助董卓，乃反臣也，载之史笔，遗臭万年。"

吕布想做名留青史、流芳百世的英雄，只能鼓起勇气配合王允将董卓斩杀。

此刻，不管糜竺的言辞如何拙劣，但他的行为和姿态都让吕布十分受用。"英雄"两个字束缚住了吕布的手脚，让他不能对刘备的家小下手。相反，他还要摆出更加"英雄"的姿态来善待这些可怜的女人们。

吕布说："我曾经和刘备结拜兄弟，怎么会伤害他的妻小呢？这样，你就带着这一家老小到徐州城中安住。我给你一把尚方宝剑，有胆敢登门骚扰的，立即杀掉。"

糜竺示弱捧强，终于保住了刘备的家眷。

再说刘备一路逃窜，迎面遇到曹操前来。刘备见了曹操，放声大哭，诉说小沛失陷，二弟失散，家小也被吕布擒获。曹操本来就是一个容易动感情的人，陪着刘备落泪不止。

曹操派曹仁先行进攻小沛，曹操自引大军来战吕布。吕布的先头部队陈宫、臧霸等抵敌不住，往萧关败退，曹操指挥大军掩杀追击。

军情吃紧，吕布决定带陈登去救，另派陈珪主持镇守徐州。前已说过，这陈家父子是潜伏很深的多面间谍，明着帮助吕布，暗着为曹操效力，而他们真正认可的明主则是刘备。

临行之前，陈珪特别点明儿子说："昔日曹公曾经把徐州的事情交托给你，你可别忘了。"陈登说："儿子绝不敢忘。外面之事，我自会见机行事。如果吕布败退，父亲您和糜竺联合好，不要放他入城。"

陈珪犹豫了一下，说："吕布的家小都在徐州城内。他的心腹之人必然留下甚多，恐怕很难操作。"陈珪是担心自己这把老骨头和糜竺那块软骨头加起来也对付不了吕布安排的留守心腹。

陈登想了一下，有了主意，就去找吕布，说："徐州四面受敌，曹操一定会拼死进攻。我们要先想好退路，把钱粮等先移到下邳，如果徐州被围，那么我们还有下邳的钱粮可以支撑。"

这是一个馊得不能再馊的馊主意！徐州城高墙坚，是一州之首府。如果徐州都守不住，一个小小的下邳怎么能挡住曹操的进攻呢？

但吕布确实有勇无谋，竟然被陈登的诡计骗过，主动提出连自己的家小也一起转移到下邳去，并派大将宋宪、魏续同去保护。

这样，吕布一走，徐州城内空虚，老骨头和软骨头也就可以掌控大局了。

陈登与吕布行至半路，对吕布说："将军您且缓行，待我到前头先探一探曹操的情况，再做定夺。"

吕布一听，十分感动，连连说："陈登真是我的好助手啊。"他哪里知道，陈登确实是一个好助手，但却不是他吕布的，而是阎王爷的好助手，来帮着索讨吕布性命的。

陈登先赶至萧关，对守将陈宫、臧霸等散布谣言说："温侯对你们很不满意，马上就要过来责罚你们了。我特意先行一步，来告诉你们小心一点。"

转过头来，陈登回报吕布说："关上有人想要投降曹操，幸好我和陈宫商量好了，将军您趁着夜色杀去，陈宫会在城内接应。"

吕布叹道："幸亏你先去跑了一趟，要不我就落入圈套了。"

陈登又以再回萧关和陈宫商议为由，跑来诈骗陈宫等趁夜去救援徐州。

陈登这几下来回捏造消息，让吕布和陈宫双方信息极度混乱，双方在夜色中不分敌我，自相残杀起来。曹兵趁乱夺了萧关。

待到天明，吕布、陈宫才明白过来，急忙赶回徐州，却见糜竺摇身一变，骨头已然坚硬，牢牢守住城池，不放吕布入内。

吕布喝关，糜竺大声呵斥道："你夺了我家主公的徐州，今天可该原物归主了！"

吕布又喝问："陈珪何在？"吕布还指望陈珪能站出来拨乱反正呢。

糜竺哈哈一笑道："老贼已经被我杀了！"

吕布惊疑不定，回头一看，不见陈登，问道："陈登何在？"却哪里还有陈登的身影。

陈宫愤愤不平道："将军您难道还没有看清这两个奸贼的真面目吗？"

吕布这才明白，只好去投小沛。走到半路，高顺、张辽迎头碰上。吕布大惊，急问缘故。高顺说："陈登来报，说主公在徐州危急，让我等前来救援。"

吕布这一下气得肺都炸了，但小沛已经被曹兵占了，只好去下邳安身。

曹操一路挺进徐州，感慨万千。这一座曾经累及曹门老小性命的城池，终于落到了他的手中。关张二人闻讯也赶来与刘备相聚。

曹操大摆宴席犒劳诸将。陈珪父子自然是首功，曹操赏赐给陈珪十县之禄，又封陈登为伏波将军。

吕布在下邳驻守，曹操领军赶到，曹操在城下大叫吕布答话。

曹操说："我之所以领兵到此，是因为你和袁术结成姻亲。袁术自立为帝，是大逆不道的死罪。我是为袁术而来，本来和你无关。如果你愿意投降，和我共扶汉室，仍然不失封侯之位。如果执迷不悟，城池一破，玉石俱焚，到时候后悔就来不及了！"

曹操这番话纯属鬼话，吕布先前早已断了和袁术结亲的念头，还特派陈登为使者将袁术的使者送到曹操手上杀了。曹操也因此封赏吕布为平东将军。所以，曹操根本就没有合理的理由来征讨吕布。吕布如果义正词严地加以驳斥，恐怕曹操也很难自圆其说。

但吕布实属没头脑，正在犹豫着要不要投降，旁边的陈宫不高兴了。

陈宫对曹操再了解不过，他不等吕布发话，指着曹操痛骂道："你这个欺君之贼，怎能倒打一耙！"随手操起弓箭，一箭射向曹操，正好射中曹操头顶的麾盖。

曹操一见陈宫，旧仇新恨涌上心头，他勃然变色，喝道："我一定要杀了你！"当即引兵攻城。双方再度僵持不下。

吕布自觉势单力孤，又想起曾经被他背叛过的袁术。吕布厚起脸皮向袁术求救，并希望重新结成姻亲。

吃过吕布背信弃义大亏的袁术这次学乖了，一定要吕布将女儿送到淮南才肯出兵救援。女儿成了吕布的救命稻草，吕布无奈，只好将女儿绑在背后，想亲自杀出重围，将女儿送到淮南。但曹军阵中，箭如雨落，吕布担心伤及女儿，无功而返。

陈宫献策，要吕布出城布防，与小沛城形成掎角之势。但吕布之妻严氏却用枕旁风摧毁了这个计划。严氏的理由是：陈宫曾经背叛过曹操，谁知道他会不会背叛你吕布呢？

看来，人最好不要留下污点或可能被人误会为污点的经历。陈宫背叛曹操之后，其实已经与曹操势同水火了，怎么可能背叛吕布再投向曹操呢？

但吕布却糊涂得连这一点也判断不出，只是听信老婆的话，不肯出城。陈宫哀叹自己再度识人不明，先是误认了曹操，现在又错识了吕布。陈宫本想弃之而去，但他始终还是一个十分要面子的人，他无法承受自己一再错误择主带来的内心不协调，只好强自忍耐。

吕布在困境中无计可施，脾气暴虐，终于激怒了部下。部将宋宪、魏续等人趁吕布小憩之时，将他的方天画戟偷走，又用绳子将吕布绑牢，向曹操投降。

> **心理感悟：** 所谓性格即命运，每个人的性格都是过往经历积淀的产物。

② 谁都希望有个好标签

杀，还是不杀？

这个对曹操有救命之恩、追随之义却又由爱生恨、反目成仇的陈宫已经被擒，送到了曹操面前。陈宫的追随曾经点燃曹操最初的雄心，而他的背弃也深深地伤害了曹操的心灵。曹操早就打定主意，要狠狠地报复陈宫。

但是，当陈宫真的被五花大绑押送到他的面前时，曹操的内心却有了微妙的变化。

曹操已经不想杀陈宫了。他最希望看到的就是，陈宫拜伏于地，痛哭流涕，承认自己当年背弃而走的行为是极其愚蠢的短视之举。今天愿意诚心认错，请曹操宽宏大量，原谅他的过失，日后肝脑涂地，效忠报答。

这样，曹操才能最大限度地修复被陈宫伤害的自尊，并获得最大限度的快感。当然，曹操一定会宽宏大量地放过陈宫，并委以重任。这也是他可以用来昭示天下，为自己脸上贴金的光辉之举。这是每个胜利者都会出现的那种优势心理。

所以，曹操没有忙于呵斥指责，而是意存悠闲地和陈宫打起了招呼。曹操像拉家常一样问道："公台别来无恙乎？"你离开我后，日子过得怎么样啊？看上去好像不怎么样嘛。这也表明了曹操性格中还是存在近乎孩子气的成分，并不善于严密控制自己的情绪。如果他真的能伪装出宽宏大量，他应该一见陈宫，就立即亲自给他松绑，奉迎至上座，以最高礼遇来对待陈宫。如果曹操这样做了，陈宫恐怕会不知所措了。

性格孤傲的陈宫怎么会听不出曹操话中的揶揄之意？被擒之后，他早已打定主意要一死了之，决不能容忍自己再受曹操的侮辱。

所以，陈宫根本不与曹操周旋，而是毫不客气地切入正题："你心术不正，我才弃你而去。"

曹操呵呵笑道："我心术不正，你怎么就去辅佐吕布呢？"在世人的心目中，曹操目前还是一个敢于行刺董卓、匡扶汉室的英雄，而真正的刺董英雄——吕布反而是一个见利忘义的弑父小人。曹操的言下之意是吕布的心术人品还不如我呢。

陈宫反驳说："吕布虽然有勇无谋，但不像你是个奸雄。"陈宫的意思是，吕布尽管是小人，但他也是光明正大将小人行径昭示于天下。而你这个奸诈之徒，明面上顶着盛名，暗中却是个不仁不义之人。

曹操知道这个话题不能再继续下去了，如果把陈宫逼急了，当年那段滥杀吕伯奢全家的不堪经历就会被他当众揭开了。

其实，曹操没有想到，就是打死陈宫，陈宫也不会当众重提那段经历的。因为他生性高傲，自视甚高，却莫名其妙地受了曹操的蛊惑，不但私自将他放走，而且以身相随，更为不堪的是助纣为虐，帮着曹操一起杀吕伯奢的家人。这个极其严重却又无法挽回的错误一直纠结在陈宫的心中，让他不敢去回忆。他始终不能相信，英明睿智如自己，怎么会犯下如此盲目而荒唐的错误？

既然往事不能再提，曹操就换了个话题，但此时曹操的情绪在陈宫话语的刺激下，又起了变化，所以他不再想要陈宫屈服，而是进一步讽刺挖苦。曹操说："你老是认为自己智谋无敌，今天怎么会被我擒住呢？"

陈宫还是不服输，说："那是吕布没听我良言，如果他听了我的话，今天被抓住的还不一定是谁呢。"

曹操见陈宫并没有表现出战败被擒的沮丧和失落，就想用"死"来恐吓陈宫。曹操说："那么今天你打算怎么办呢？"

陈宫怀了必死之心，叹了口气说："为臣不忠，为子不孝，我死了也没什么怨言。"

一个人已经到了死都不怕的地步，你还能拿他怎么办呢？但是，一个人自己不怕死，并不代表他不怕别人死，尤其是这个别人是他所关心爱护的人。

曹操明白这个道理，冷冷地说："你想死也就算了，你的老母亲怎么办呢？"

这句话把陈宫吓出了一身冷汗。他自己是个视死如归的硬汉，死就死了，也没什么大不了的。但如果连累自己的老母亲被杀，就真的是大不孝了。

战败不降者连累家人被杀，是司空见惯的事情。如果陈宫无法应对曹操的这句话或应对不当，他老母亲的性命必然难保。

陈宫内心十分紧张，却镇静自若地说："我听说以'孝'治天下的人，不伤害别人的双亲。我老母亲的生死存亡，哪里需要我考虑呢，一切都取决于明公您啊。"

曹操面无表情地继续发问："那么，你的老婆孩子怎么办呢？"

陈宫依然不动声色地回答："我听说施仁政于天下的人，不绝人之嗣。我老婆孩子的生死存亡，也是取决于明公您啊！"

陈宫的这一套说服策略真是十分高明！他没有破口大骂，指责曹操以家人的性命来胁迫自己。他也没有苦苦哀求，请曹操放他的家人一条生路。而更重要的是，尽管曹操以家人的安危来威胁他，陈宫依然做到了不亢不卑、绵里藏针，没有屈服于曹操的淫威。

陈宫使用的这种策略叫作"标签约束"。

一个人生活在社会上，必然要受到这个社会主流价值观的影响和约束。此时虽然是乱世，但"忠、孝、仁、义、礼、智、信"这些主流的价值观念依然深得人心。尽管很多人在心里并不认同这些价值观念，甚至在现实中通过违背这些价值观念而获得丰厚的物质利益，但在公开场合，还是不敢大肆反对这些价值观念的。尤其是像曹操这样要收揽人心、成就一番事业的人，更是需要在表面上将这些价值观念奉为圭臬，以此来烘托、展现自己的人格魅力。

所以，这七个字就像七个标签一样，牢牢约束住人们的公开行为。

陈宫知道，处在曹操今日的状况下，他不可能没有觊觎天下的雄心，所以他才说："我听说以'孝'治天下的人，不伤害别人的双亲。"

如果曹操杀害了陈宫的母亲，那就是违背了"孝"这个标签。那么，天下人就会认为曹操是个两面三刀的人，嘴上口口声声说要以"孝"治天下，实际行动却截然相反。曹操当然不想因为杀一个无足轻重的陈母而影响自己的光辉形象。

所以，当陈宫很淡然地说"我老母亲的生死存亡，一切都取决于明公您啊"，答案已经不言自明。看上去陈宫把生杀大权交给了曹操，但曹操在"孝"的标签约束下，其实别无选择，只能善待陈宫的母亲。

同样，陈宫也通过"我听说施仁政于天下的人，不绝人之嗣。我老婆孩子的生死存亡，也是取决于明公您啊！"把"仁"的标签贴给了曹操。而一个被贴上"仁"的标签的人，只能按照"仁"的价值内涵行事，不能作恶。

曹操绝不是心慈手软的人，他也不是没有杀过人，但陈宫这两句话却束缚了他的手脚，让他不得不表现出"孝"与"仁"的一面。

曹操只能按照"标签"的要求，吩咐将陈宫的母亲、老婆、孩子全部送到许都自己的府上，好生侍奉。如果有怠慢者，定斩不饶！

陈宫听曹操这样安排，知道自己的说服策略已经奏效，也就微笑着坦然赴死。陈宫高兴的是，自己在临死之前，终于成功地赢了曹操一回。

而曹操似乎也没有损失，尽管他没能让陈宫屈服，但他善待厚养敌对者的家属，也给他的名声增添了异样的光彩，这也符合他一直以来的资源配置运用的原则。

处理完陈宫，接下来就该处理吕布了。

曹操端坐在白门楼之上，吩咐刘备坐在一侧，关张二人则在刘备身后站立。

吕布被五花大绑，送到曹操跟前。宋宪、魏续下手极狠，将吕布绑得很紧。这也是担心吕布一旦脱困，后果不堪设想。

吕布冲着曹操说："绑得太紧了，还望明公松上一松。"曹操呵呵笑道，说："绑缚猛虎，怎么敢松松垮垮呢？"

吕布说："绑得这么紧，说话太费劲了。"

曹操向来是个得意忘形的主儿，看到曾经不可一世的吕布竟然在自己面前摇尾乞怜，不由心情大快，对旁边的主簿说："那就给他松上一松。"

主簿连忙表示反对，这也是因为对吕布的一贯看法。曹操笑了笑说："我本来要给你松绑的，可是主簿不同意啊。"

吕布当然知道这是曹操的托词，什么主簿不同意，到底是主簿听你的吩咐，还是你听主簿的吩咐啊？

吕布纵目四顾，瞅见了坐在一旁的刘备，仿佛捞到了一根救命的稻草……

心理感悟： 标签是踏上他人心灵之路的特许通行证。

24

致命的一个污点

杀，还是不杀？

当吕布这个纵横天下的悍将被擒并送到自己面前，曹操必须考虑这个问题。

吕布被牢牢绑缚，看见曹操旁边正坐着刘备，急忙对刘备说："公为座上客，布为阶下囚。您为什么不替我向曹公求求情呢？"

吕布之所以要刘备为自己求情，是有原因的。

吕布和刘备不打不相识。当年虎牢关前，刘关张三英战吕布，一时传为佳话。这一架打得虽然热闹，却没有遗留恩怨，因为大家是各为其主。吕布后来刺董更是为匡扶汉室做出了巨大贡献，双方的立场也就基本一致了。

此后，双方互有恩怨。刘备掌领徐州后，吕布兵败来投，刘备收留了他，但吕布却趁刘备出外征战时抢占了徐州，这是吕布对不起刘备的地方。后来，刘备被袁术攻打，吕布巧妙利用辕门射戟解了刘备之围，这是吕布对得起刘备的地方。

刘备暗中和曹操勾结，阴谋对付吕布，这是刘备对不起吕布的地方。吕布虽曾两次擒获刘备的家小，却没有加以伤害。重要的是，这两人曾在曹操的主导下结拜为兄弟。

总的来说，吕布对刘备还是恩德大于负义，所以，吕布才会出言请刘备为自己求情。这其实是索求回报以往付出的恩惠。

刘备点了点头，却没有说话，刘备内心也在衡量，到底该如何应对这一局面。以刘备的卓越口才，既可以一言以生之，也可以一言以死之。

吕布虽然对刘备有恩义，但刘备觉得他是一个反复无常的小人。从这个角度来看，刘备是不愿意替他求情的。

但刘备并不是从这个角度来考虑问题的。

目前，曹操开始隐隐将刘备视为一个潜在的对手，刘备却是早就将曹操视为自己夺取天下最大的对手了。所以，刘备考虑问题的角度不是从他自己和吕布的恩义纠葛出发，而是从是否有利于曹操的角度来出发的。

以吕布之勇，关羽、张飞两个兄弟联手都打不过他，如果这样的猛将再为曹操所用，那么，已经处于强势地位的曹操就太可怕了。刘备想明白了这一点，就知道自己该怎么做了。

但是，刘备还有一个难题——既要劝曹操杀了吕布，又不能让曹操怀疑自己劝杀的真实目的。否则，曹操事后醒悟过来，必然恼羞成怒，转而对自己下手报复。刘备必须找到一个非常巧妙却又极具说服力的办法。

刘备还在沉吟，吕布忍耐不住，直接对曹操说道："明公，您所忧患的人不过是吕布罢了。现在我已经被你收服，以后明公您统率步兵，我为您统率骑兵，天下很快就能平定了。"

吕布虽然被擒，但他从来没有想过自己会被砍头。毕竟，他顶着天下第一的称号，是乱世中难得的稀缺资源。哪一个对天下有想法的人，不想拥有自己这个勇猛无敌的悍将呢？

吕布的这句话里，充分显露了他过度自信的倾向。他把自己定位为曹操最为忧患的对手，但其实曹操的对手何止他一个？曹操当前最为忧虑的根本不是吕布，而是袁绍。而吕布虽然兵败，还是认为自己统率骑兵是天下第一人选。如果他为曹操效力，那么不论是步兵还是骑兵，两者呼应，都是天下无敌了。成功总能带给人过度的自信，即便失败也剥夺不了曾经拥有的自信。

吕布的过度自信让曹操感到好笑，但他的话还是说到曹操的心坎上了。收服了吕布，再用吕布去讨伐袁绍之流，的确是一个不错的选择。

曹操几乎就要做出不杀吕布的决定了，但他还是想听听刘备的看法。

刘备淡淡地说道："明公您难道没有看到吕布从前侍奉过的丁原和董卓的下场吗？"就说这么一句，再不多言。

这句话正是刘备在这瞬间费尽脑力想出来的必杀之技！

说服有两种途径，一类是中心途径，一类是外周途径。

所谓"中心途径"就是通过对某种观点加以权衡，对相关的事实或数据加以考虑，也就是在对问题进行系统思考的基础上来展开说服。而"外周途径"则通过那些易于感知却并不很客观的捷径来加以说服。中心途径是充满理性的，而外周途径则注重感性。一般而言，经由中心途径的说服效力更为持久，而经由外周途径的说服则更容易快速取得成效。

1988年，身为副总统的老布什和马萨诸塞州州长杜卡斯基竞选美国总统。杜卡斯基一直遥遥领先，很多人确信老布什将以失败告终。但是仅仅几个月后，杜卡斯基的领先优势消失殆尽，而老布什笑到了最后。是什么原因让老布什轻而易举地赢得了胜利呢？

很多分析家将老布什的胜利归功于一个叫威利·霍顿的人，《时代》杂志甚至将霍顿称为"乔治·布什最有价值的演员"。

但实际上威利·霍顿和老布什毫无关系，素不相识。霍顿是马萨诸塞州一个监狱里长期服刑的重罪犯。当时，马萨诸塞州执行了罪犯休假计划，霍顿得以在刑期结束之前被提前释放。这位老兄在休假期间逃到了马里兰州。在那里，他当着一位妇女的男友的面，强奸了这位妇女，此前，这位妇女的男友已经被霍顿打伤并绑在椅子上。当霍顿被提前释放时，担任马萨诸塞州州长的正是杜卡斯基。布什的宣传阵营在一系列的电视宣传中不断播出霍顿阴沉的面部照片，并展示罪犯们从监狱的旋转门进进出出的画面，他们的意图是要向公众宣示杜卡斯基在控制罪犯方面软弱无力。

一图胜千言，事实胜雄辩。布什阵营正是通过外周途径来实现自己的目的。

杜卡斯基却致力于通过中心途径来为自己开脱解释。

杜卡斯基拿出大量的事实和数据来说明，马萨诸塞州只是许多个实施罪犯休假计划的州中的一个，而且，即便是联邦政府的监狱也让犯人休假离开监狱（布什身为政府的副总统，也逃脱不了干系）。杜卡斯基还用确凿的数据指出，在1987年，五万三千名犯人的二十多万次休假中，只有很小比例的人惹过麻烦。

最终，杜卡斯基的中心途径没能敌过老布什的外周途径，败下阵来。

除了总统竞选这样的大事，在社区的日常小事中，外周途径的说服也常能大获全胜。

心理学家阿伦森在他的名著《社会性动物》一书中记录了一个他自身经历的事件。他所在的社区要投票决定是否在自来水中加入少量的氟以预防蛀牙。那些支持在自来水中加氟的人，精心准备并发布了一份看上去非常符合逻辑也很合理的游说材料。这份材料包括以下内容：一些著名的牙医对自来水中加氟的好处的介绍，以及他们对饮用了加氟自来水的地区蛀牙减少的数据分析，还有一些其他健康专家对在水中加氟无碍健康的说明。

但是，反对派们只用了一张招贴画就击败了他们。这张招贴画上画了一只丑陋的老鼠，上面写着："不要让他们向你们的自来水中投放老鼠药。"

老鼠就是反对派们最有价值，也最有力量的演员，在老鼠面前，牙医和健康专家们都不堪一击！

"外周途径"往往在瞬间取得四两拨千斤的说服奇效，这并不是说"中心途径"的说服毫无用处。人类在认知上喜欢走捷径的先天机制使得他们比较容易接受"外周途径"的说服，而他们拥有足够的时间和耐心来细细品味、思考的时候，"中心途径"能够达致效力更为持久的说服。当然，对于真正的说服高手来说，一般都是根据不同的情势来选择运用或综合运用这两种说服途径的。

刘备就是这样一个绝顶的说服高手，他的这项技能不但能够帮助他自己绝处逢生，也经常让他能够决定他人的生死。

此刻，丁原和董卓就是刘备最有价值的演员。刘备用不着喋喋不休、旁征博引地展开论证（中心途径），他只需提一下丁原和董卓的名字就已经足够（外周途径）。

丁董二人被杀的那一幕是何等触目惊心！此二人仿佛听到了刘备的召唤，用自己业已逝去的生命在曹操的心灵舞台上为这一出杀吕弱曹大戏而倾情演出。

不是刘备，而是丁原、董卓这两只极具震撼力的"老鼠"说服了曹操。曹操顿时明白，乱世之中，绝顶的武力并不是最稀缺的资源，真正最稀缺的资源是忠诚。如果没有忠诚，越厉害的武力反而是越危险的隐患。

吕布最不缺的就是武力，吕布最缺的就是忠诚，曹操绝不想成为丁原、董卓之后的第三人。吕布再勇，他也不敢任用。

曹操略带感激地看了看刘备，微微点头。

吕布知道，自己的这条命就要死在刘备手上了。他对刘备怒目而视，破口大骂道："你这个大耳贼，难道忘了我辕门射戟救了你一命吗？"

其实吕布挺冤的。丁原和董卓虽然都是他的义父，但他刺杀丁原和刺杀董卓根本不是一回事。

刺杀丁原是一个"见利忘义"的污点，而刺杀董卓则是一个"大义灭亲"的壮举。但遗憾的是，吕布"见利忘义"在前，人们已经通过他刺杀丁原而对他形成了一个小人的刻板印象。即便他"大义灭亲"在后，也洗刷不掉此前的污名了。更何况，他刺董还夹杂了对一个女人的痴迷与眷恋，也就让他更为世人所不齿了。看来，人生的步伐决不能错乱了次序。

曹操示意，将吕布推出缢死，枭首示众。

就这样，一个刺董成功的英雄走向了末路，而一个刺董未遂的英雄却将拥有天下。

心理感悟：理智往往只能屈居情感之仆。

最有价值的一哭

杀，还是不杀？

曹操杀完了陈宫、吕布，部下又将吕布的部将张辽推了过来。

张辽此时并不出名，在吕布手下不过是个小角色，只是高顺的副将。曹操本来没有想过要直接参与这样一个小人物的处置，但张辽在吕布苦苦求生的时候，竟然对吕布怒喝一声："吕布匹夫，何惧死也！"

一个人竟敢在战败被俘的时候呵斥自己的主公不该摇尾乞怜，这不由让曹操高看了张辽一眼。这一看不要紧，曹操发现张辽面熟得很，不由指着张辽说："这个人好生面善。"

张辽已存必死之心，言行举止就非常放得开了，大笑道："我们两个在濮阳见过面，你怎么忘记了？"

曹操也大笑道："原来是这样啊。"

张辽叹了一口气说："可惜啊，可惜！"

曹操说："可惜什么？"

张辽怒骂道："只可惜火不够大，没烧死你这个国贼！"

濮阳一战，曹操被吕布的诈降之计骗过，孤军进入濮阳城中，差点被火烧死。当年张辽正好参与此事，所以在此揭曹操的伤疤，以逞死前的一时痛快。

曹操这人，最受不得刺激，当即大怒，喝道："一个败军之将，竟敢侮辱我！"拔剑在手，亲自来杀张辽。

张辽视死如归，引颈待诛。

此时，张辽的两个大救星冲了过来，一个拉住曹操的胳膊，一个跪倒在曹操面前，苦苦求情。这二人是谁？

谁也不会想到，这两个人竟然是刘备和关羽，拉曹操胳膊的是刘备，跪在曹操面前的是关羽。

刘备说："此等赤心之人，正可容留。"关羽说："我素知文远乃忠义之士，我愿以性命担保。"

刘备和张辽素不相识，关羽和张辽也只有数语之缘，为什么这两人会在张辽激怒曹操之际挺身而出呢？

一切的原因都要归结为张辽此前对关羽寥寥数语的反应。当时，关羽对前来进攻小沛的张辽说："你仪表堂堂，怎么甘心为吕布卖命？"张辽羞愧低头，不再进攻。关羽对张辽如此在乎自己的话而深感满足，并由此认为张辽是一个忠义之人。

张辽对关羽的认可，等于是施惠给关羽。滴水之惠，当涌泉相报。这才有今日关羽跪地为张辽求情，而刘备之所以出马，也正是因为关羽的紧急示意。

纵观关羽这一辈子，以这样的方式求人是绝无仅有的一次。这是因为，人在卑微之时，最容易被外来的善意或认可感动。等到关羽功成名就，威震华夏之时，哪怕你给他再多的恩惠，也换不来他对你的感激，更不用说涕零。

张辽真是幸运，有刘备、关羽同时为他求情。曹操本来就不是非得要杀张辽，也就乐意做这个顺水人情给刘关二位。

曹操扔掉长剑，哈哈笑道："我也知道文远是个忠义之士，不过是故意试探他一下罢了。"曹操杀吕布，就是因为他不忠义，那么，现在正好树立起一个忠义的典型，来作为部下的典范。

曹操立即亲自为张辽松绑，又脱下自己的衣服披在他身上，说："别说你当年用火烧我，即便你杀了我老婆孩子，我也不记仇。"

曹操的这一系列动作，姿态很高，而且一口一个"忠义之士"，这等于是用一个"忠义"的标签束缚住了张辽，张辽如果再不领情，就实在说不过去了。所以，张辽拜伏于地，诚心投降，而且从此以后，自始至终用"忠义"的标准来约束自己，为曹操效力。

看来，只要善于运用标签约束，你可以很轻松地让他人竭力满足你的要求并甘之如饴。

曹操拜张辽为中郎将，赐爵关内侯。张辽的这一场富贵，来得好不容易。出于对曹操恩惠的感激，张辽主动招降了臧霸等吕布旧部。

徐州大事一定，刘备满心欢喜，以为自己已经取得曹操的信任，一定可以留守徐州，从此就可以徐州为根基，图谋天下大计了。但他万万没有想到，自己此前效仿于禁的惊人之举已经引起了曹操的警觉，曹操是决不会将徐州留给他独自镇守的。

只要曹操不得意忘形，他的智商谋略就是很可怕的。曹操留下车骑将军车胄镇守徐州，却要带着刘备回归许都。

刘备心有不甘，秘密派人鼓动百姓向曹操提请挽留自己。百姓本来就感念刘备恩德，当然一呼百应。大军将行之际，百姓焚香遮道向曹操请求留下刘备为徐州牧。

曹操见刘备民望如此，更加不愿意留下他了。曹操的拒绝非常巧妙，他说："刘使君这次立了大功，我陪他回许都面见天子后，再让他回徐州。"

面见天子可是一件荣耀的事情，亦可视为对刘备的最大褒奖，百姓一听，纷纷打心眼里为刘备感到高兴，对曹操拜谢不已。

曹操在马上回头对刘备说："等你面君之后，再回来不迟。"刘备一想，既然徐州已不可留，能够面圣也许是另一个不错的机会，当即对曹操表示感谢。

回到许都的第二天，曹操就带着刘备去面见汉献帝。

刘备身穿朝服，拜于地下，曹操向献帝奏明刘备所立之功。汉献帝一听到刘备姓刘，就问起他的先祖。

刘备一听，眼泪顿时流了下来。这在他，本是稀松平常之事，但献帝见了，却惊讶不已。毕竟，一听别人问起先祖就流泪不已的人还是不多的。在不该哭泣的场合哭泣，永远是吸引好奇心和注意力的好手段。

献帝果然惊问道："爱卿何故伤感？"

刘备含着眼泪，说："适蒙圣问，因此伤感。臣先祖宗支，乃是中山靖王之后，汉景帝阁下玄孙，刘雄之孙，刘弘之子也。先祖刘贞封涿鹿县陆城亭侯。臣有辱先祖，所以下泪。"

是啊，一个天潢贵胄，竟然沦落到卖草鞋为生，想起先祖的荣耀，怎么能不黯然神伤呢？

汉献帝并不是一个弱智之人，立即发现了刘备作为皇族血脉足可对抗权臣曹操的现实价值。他马上吩咐取来宗族世谱检看，却因年代久远而无明确记载。但汉献帝毫不犹豫依照刘备的年龄，模糊认亲，称其为叔父。

此前刘备一直自称皇族，却从来没有获得官方的认证，旁人听他姑妄言之，也就姑妄信之，但现在有了汉献帝的亲自验证，刘备的皇叔身份就此货真价实，不可动摇。

刘备从此被人称为刘皇叔，他的这个身份也成了一种独特的稀缺资源，虽然比不上曹操的挟天子以令诸侯，但他也可以借着皇叔的名头，让自己成为汉室的代表甚至是化身。

可以说，刘备的这一哭，为他后半生的崛起奠定了关键的基础。这一出倒是曹操意想不到的，但事已至此，曹操也只能听之任之了。

汉献帝认刘备为皇叔，也不是没有想法的。曹操专权，已经日甚一日，国务大事，献帝分毫做不得主。现在，他见刘备英雄了得，便有意扶持刘备来牵制曹操，要曹操给刘备议定官职。

唉，献帝虽有提拔刘备之意，但还是要通过曹操才能成事，可见他确实只是一个傀儡，心有余而力不足。

曹操虽然心中懊恼，但刘备是自己带来面君的，只好强忍心中不快，拜刘备为左将军，封宜城亭侯。刘备抓住了极为难得的面圣机会，一步升天，内心欢欣不已。

曹操回府，荀彧等一帮谋士入见，说："今天天子认刘备为皇叔，恐怕对主公不利啊。"

曹操心中当然明白，不该带刘备面见献帝的，这本是他自己的失误，此刻他早已经是哑巴吃黄连，有苦说不出了，但荀彧等人这么一说，他反而要装出自己一贯正确、从未犯错的样子，说："刘备和我已经结拜为兄弟了，怎么会生外心呢？你们不要多虑了。"

曹操想表达的意思是，我是不会看错人的，天子认刘备为皇叔，也是我有意成全他的。但刘晔继续说："我看刘备，不是池中之物，主公还是小心些为好。"

曹操则继续为刘备辩护，这其实是为他自己的一贯正确辩护："好也不过交三十年，恶也不过交三十年，好恶我心里明白着呢。"

犯没犯错，自己心里最清楚。但是人可以在内心向自己认错，却绝不会轻易地向外界承认错误。如果外界的压力要你认错，你反而会想尽一切理由为自己开脱。甚至，外界的批评压力越大，你反而越要沿着错误的方向再做出更加错误的事情，是谓一条道走到黑。

因为荀彧和刘晔等人的质疑，曹操反而忘了内心的不快，从此对刘备更加友善厚待，和刘备出则同舆，坐则同席，美食相分，恩若兄弟。与此同时，曹操的这些行为也有效地扼制了刘备与汉献帝之间的单独交流。

心理感悟：炭因雪的存在方显其价值。

许田打围

草丛里跑出一只鹿 / 富贵夫妻也悲哀 / 说反话是个技术活
权力里面出真理 / 问天下谁是英雄 / 污点证人的话不可信
有机会就快意一把 / 真正说服你的是谁 / 让谁生疑的疑兵

草丛里跑出一只鹿

杀，还是不杀？

关羽见曹操竟敢公然在汉献帝面前僭越，以皇帝的名义对群臣的恭贺之声坦然受之，不禁大怒，当即要挥舞大刀，斩杀曹操。但刘备却非常果断地阻止了他。

曹操为什么会做出如此不恭的行为，而刘备又为什么要阻止关羽呢？

原来，曹操征服吕布后，谋士程昱有些沉不住气了，跑来对曹操说："现在吕布已经被您灭掉，天下震动，现在难道不是实现王霸大业的时候吗？"

程昱的这一问，显然与此前王立天象说带来的心理暗示有关。要想让自己快速进步，就得先让自己的主公快速进步，所以，程昱才会迫不及待地来询问曹操。明着是询问，暗着是催促。

曹操对形势的把握却比程昱冷静得多，这也可以看出曹操确实具备敏锐的战略直觉。曹操说："现在可能还不行。朝廷里股肱之臣还有很多，还不能轻举妄动。不过，我们可以请天子外出田猎，以观动静。"

良马名鹰俊犬以及弓箭等田猎之物准备妥当后，曹操命令十万军兵在城外聚集，然后来见献帝，提出让天子参与田猎的请求。

此时的曹操做事已经有一些横行无忌的意味了。按照规矩，他应该先提请汉献帝同意，然后择定日期，准备器械，再施行计划。但现在一切都是先斩后奏。

献帝本来对他言听计从（实质上不敢不从），但在认了一个英雄皇叔后，献帝的心理起了微妙的变化。只是献帝还不知道，他与刘备的那第一次见面，虽然不是两人的最后一次见面，但此后他们再没有得到亲密晤谈的机会。

献帝说："现在田猎恐怕不是正道吧。"

曹操没想到献帝竟会反驳他的意见，尽管这个反驳是那么的软弱无力。但曹操的试探计划既然已经准备妥当，是决不会半途而废的。

曹操说："古之帝王，春夏秋冬四季都要出郊田猎，以示武天下。现在四海扰攘，天子出猎，有四大好处。第一，陛下久居深宫，体力疲倦，驰骋于弓马之间，正好可以爽神畅体。第二，可以耀武扬威，震慑四方。第三，军兵闲逸，就会无事生非，田猎正可让他们保持斗志。第四，自天子至公卿，都有必要学学骑射。"

说实话，曹操说的这四大好处，逻辑上有点混乱。但既然他说了四大好处，听上去的效力肯定胜过一两个好处。曹操又是强势惯了的，汉献帝只能乖乖地按照曹操的安排，出城田猎，众大臣尽数跟随而去。

一行人马来到许田，曹操令军士围成方圆二百余里的猎场。曹操自己紧紧跟在献帝身后，只差一个马头的距离。献帝后面，全是曹操的心腹之人。文武百官只能远远侍从，不敢靠前。曹操特意给汉献帝准备了皇帝专用的雕弓金箭，其他诸人的箭上则各自贴上自己的姓名。

献帝纵马驰走，远远看到刘备，招呼道："朕要看皇叔今日射猎！"这是献帝在困难处境中向刘备发出的一种信号。刘备虽然心中明白，但也不敢有所表示，只能就事论事，谢恩后上马射猎。

对于久经战阵的刘备来说，骑射不过是小菜一碟。草中正赶出一兔，刘备手起一箭，正好射中。献帝连连称贺。这个皇叔如此英气过人，看来以后可依赖了。但他没想到，刘备随后的表现却让人大跌眼镜。

此时，荆棘丛中又赶出一只鹿来。汉献帝一时兴起，连射三箭，却一支也没射中。献帝有些扫兴，也有些不好意思，就对身边的曹操说："卿，你来射射看。"

曹操本来就有心通过田猎试探一下文武大臣的态度的，现在献帝这么一说，曹操蓄谋已久的想法立即就付诸行动。

曹操当即向汉献帝讨要雕弓金箭，献帝不敢不给。曹操拉弓引弦，一箭正中鹿背。群臣将校，看见射鹿之箭，金光闪闪，都以为是汉献帝所射。群情踊跃，奔将过来，高呼"万岁"。曹操见状，纵马向前，挡在了汉献帝之前，接受了群臣的称贺。

这一幕是曹操精心谋划好的。从为天子准备独具特色的金箭，到讨要天子的金箭，乃至射中猎物后挡在天子马前接受群臣的欢呼赞贺，都是计划中的步骤。

曹操的这个安排和当年赵高的"指鹿为马"类似，都是对"民意"的一种试探。

秦二世时，丞相赵高独揽大权，野心勃勃，想要篡夺皇位，但他不知道朝中大臣的人心向背，于是他想出了一个办法。

某天上朝时，赵高让人牵来一只鹿，满脸堆笑地对秦二世说："陛下，我献给您一匹好马。"秦二世一看，心想：这哪里是马，这分明是一只鹿嘛！便笑着对赵高说："丞相搞错了，这是一只鹿，你怎么说是马呢？"

赵高面不改色心不慌地说："请陛下看清楚，这的的确确是一匹千里好马。"秦二世又看了看那只鹿，将信将疑地说："马的头上怎么会长角呢？"

赵高说："陛下如果不信的话，可以问问诸位大臣的意见啊。"

诸位大臣早就对赵高的专权深感恐惧，尽管他们知道摆在秦二世面前的是一只鹿，但也只有少数几个正直不阿的大臣站出来批驳赵高。而绝大多数人唯唯诺诺，不敢发表自己的意见，有的为了向赵高邀宠，甚至还睁眼说瞎话，为赵高帮腔。

一般来说，人的外在行为是由内心的态度驱动的。有什么样的态度，决定有什么样的行为。但这只是一种理想状态，当不存在外部的压力或约束时，态度与行为的关系是这样的。一旦你的行为会给自己带来可预期的伤害或损失，那么，你就有可能做出与内心态度不相一致甚至完全相反的行动来。

秦二世的大臣们都不是傻子，怎么可能会认鹿为马？他们非常清楚这是赵高对秦二世的一种戏弄。但是，他们也深知，如果他们直斥赵高之非，一定会遭到赵高的疯狂报复。为了维护自身的安全，他们也就变得"言行不一"了。

而对赵高来说，他根本无须顾及这些人的真实态度，他知道一定有很多人在心里反对他，他更想知道的是，有多少人敢于站出来当面反对他。

曹操的用意也是如此。他故意做出大不敬的行为，就是要看看诸位大臣的反应。如果群情激愤，说明现在绝不能轻举妄动。反之，就可以进一步专权。

在场的诸位文武大臣，心怀忠义而满腔愤懑的绝非关羽一人，但为什么只有关羽要跳将出来斩杀曹操呢？更为甚者，这唯一一个想要采取行动的人为什么还被他的兄长刘备强力劝止了呢？

除了这些人担心曹操会报复以外，导致"沉默的大多数"的局面还要归结为一种心理机制的作用。

这种心理机制叫作"旁观者效应"。

1964年3月的某一天，一位叫凯瑟琳·吉诺维西的美国妇女在纽约皇后区被人刺杀。这次刺杀的诡异之处在于，吉诺维西并不是被秘密杀害的，她是在一种公开的状态下被歹徒连续攻击长达三十五分钟。其间，歹徒在大街上追逐、攻击她三次。而不可思议的是，吉诺维西的三十八名邻居从自家窗户里一直安全地观望了整个过程，却没有一个人采取救援行动，甚至连根本不会影响自身安全的报警电话也没有打。

这一事件经《纽约时报》报道后，引发了轩然大波，公众纷纷认为世道沦落，人心冷漠，指责这三十八个"好人"无动于衷，眼睁睁看着吉诺维西被刺杀。

心理学家比布·拉汤内和约翰·达雷对此进行了研究后，提出了一种看起来不可能的解释。此前公众的议论焦点毫无例外地强调虽然有三十八个旁观者，却没有任何人采取行动。但这两位心理学家却认为，之所以没有一个人采取行动，恰恰是因为有太多的旁观者。因为这么多旁观者的存在，导致了责任分散。每个人都认为其他人会伸出援助之手，自己也就没必要采取行动了。

这就是"旁观者效应"。旁观者越多，就越可能没人采取行动。

在曹操上演这一幕"僭越试探剧"的时候，旁观者效应也不可避免地发生了。在场的文武大臣，义愤填膺的大有人在，却只有关羽一人有意暴起，维护正义。但关羽也仅仅是有意暴起，因为他的想法很快就被刘备遏制了，而刘备的心理正是最典型的"旁观者效应"。

我们可以设想一下，如果只有关羽在场的话，曹操早已人头落地。但不幸的是，在场的人太多了，大家都认为旁人会承担起责任，采取行动，这反而让大家都无动于衷。

曹操转过头，目光直视刘备。

刘备倍感压力，慌忙欠身道："丞相神射，世之罕及！"

曹操哈哈大笑道："此乃天子洪福也！"竟随手将天子专用的雕弓别在自己腰间，不再归还献帝。众人见了，都是敢怒而不敢言。

心理感悟：人多未必力量大。

富贵夫妻也悲哀

打猎归来,关羽兀自义愤填膺,刘备责怪他说:"你今天怎么如此沉不住气?"

关羽怒道:"欺君罔上之贼,我实在难以容忍!我正要为国家除害,兄长为什么要阻止我呢?"

刘备的真实想法是在场的有这么多人,我们干吗要冒尖出头呢?但他一听关羽质询,就给自己找了一个理由:"这是投鼠忌器啊。这次许田围猎,全部出自曹贼的精心策划,天子四周,全是曹贼的心腹,如果你贸然出手,没有成功,却导致天子被害,罪名反而要落到我们头上了,所以我赶紧阻止了你。"

刘备的理由其实根本站不住脚。以关羽的身手,百万军中取上将首级如探囊取物,怎么可能在这么近的距离斩杀曹操而失手?所以,关羽并不服气,说:"大哥,你看好了,今天不杀奸雄曹贼,日后必然有祸事。"

刘备急忙说:"我们这是在曹操的地盘上。这件事就到此为止,不能再说了。"

却说汉献帝驾还许都,回到后宫,郁闷不已。到了晚上,忍不住对着皇后伏氏掉了眼泪,汉献帝说:"可怜朕自从即位以来,奸雄并起。先是受董卓之殃,后遭李郭之乱。常人不曾受的苦,我全都遭遇了。后来有了曹操,我以为他是个股肱之臣,能够帮我重扶社稷,没想到他也独专朝政。这个奸贼,诡计多端,分毫不由朕做主。我每每在大殿上见到他,就如芒刺在身。今天在猎场上,他又故意挡在我马前,接受群臣朝贺。我看他早晚必定图谋篡夺天下。不知道你我夫妇,会死在何日?"

伏皇后长叹道:"难道汉室绵延四百年,满朝公卿,叨食汉禄,就找不到一个能够效忠的股肱之人吗?"

贫贱夫妻百事哀,富贵夫妻看来也不全是要风得风。夫妻俩不由抱头痛哭。

汉献帝一向逆来顺受,为什么今日会有如此感叹?

究其原因，还是刘备惹的祸。汉献帝屡遭坎坷，一直无力挽回大局，渐渐也就接受了命运的凄苦安排。是刘备的出现，让汉献帝一潭死水般的心灵重新荡起了希望的涟漪。

但是，这一次打猎事件中，刘备的表现却让汉献帝极为不满。他亲眼看到，刘备丝毫不敢制止曹操的僭越之举，而当曹操肆无忌惮地注视他时，刘备竟然奴颜婢膝地恭维曹操神射天下无双。汉献帝暗叹自己看错了人。所谓的英雄皇叔，也不过是个明哲保身的庸人。

汉献帝心寒于刘备的不可靠，所以才会有此哀叹。但是，一个人的心灵一旦被美好的预期激活之后，是不会轻易死心的，而是会继续努力寻找下一个可能带来美好希望的人。可汉献帝虽然贵为天子，其实不过是个关在牢笼里的囚犯，他又能找到谁呢？

汉献帝夫妻正在痛哭，一个人从殿外走入，见了这般惨状，不由也心酸落泪。这个随意进出深宫之人，正是伏皇后的父亲伏完。

伏完对汉献帝说："你们夫妻俩不要担忧，我推荐一个人来为国家除害，保住大汉社稷。"

汉献帝收泪问道："皇丈，你怎么知道朕的心事？"

伏完说："许田射猎之事，还有哪个人看不出曹贼有逆篡天下之心？这个奸贼简直就是一个活赵高！"

是啊，每个人都看出了曹操的逆篡之心，但每个人都没有采取行动。

伏完这句话又激起了汉献帝内心深处的失望。汉献帝说："满朝之中，不是曹操的宗族，就是他的心腹，谁肯尽忠讨贼呢？"

是啊，连那个相貌堂堂的皇叔都对曹操奴颜婢膝，更何况他人呢？

伏完说："除非皇亲国戚，绝不能告知此事！"

此时，刘备已经完全被汉献帝排除在外了，还有哪个皇亲国戚能担此重任呢？

伏完接着说："老臣我手无寸权，无能为力。但是车骑将军、国舅董承可以担起这个重任。"

汉献帝一下子想起了董承曾经在李郭之乱时救过驾。内心重新燃起了希望之火，当即要伏完召见董承，共议大事。

伏完年事已高，见识颇广，说："陛下左右都是曹操的心腹，如果此事泄露，那就大祸临头了。一定要小心从事。"

伏完建议汉献帝备锦袍一件、玉带一条，然后再写一封密诏，缝在玉带中，暗中赐给董承。

汉献帝依计，咬破手指，写了一封血诏，缝在了玉带的紫锦衬中，然后自己穿上锦袍，系上玉带，宣董承入见。

汉献帝的软弱让我们很容易把"无能"的标签也一并贴给他。但实际上，汉献帝刘协软弱却不无能。

早在刘协还是陈留王的时候，因大将军何进无能，导致宦官为乱。刘协跟着皇帝兄长刘辩逃难，车驾正行之际，董卓率领西凉人马蜂拥而来，天子与百官不知究竟，尽皆失色。

董卓一贯嚣张，厉声道："天子何在？"就在皇帝战战兢兢，百官相顾失色之时，刘协挺身而出，勒马向前，呵斥董卓道："来者何人？"

刘协彼时不过十余岁，其镇定自若的气势竟然镇住了纵横西凉的枭雄董卓。

董卓说："我是西凉刺史董卓。"

刘协再度喝问道："你是来保驾，还是来劫驾的？"

董卓回答："我特来保驾。"

刘协再度呵斥道："既来保驾，天子在此，何不下马？"

董卓大惊，慌忙下马，拜伏于道旁。刘协见董卓知趣，也就好言抚慰。

从这个十来岁孩子的表现来看，刘协将会是一个大有作为的英主。刘协的这番表现也征服了董卓。所以，后来董卓专权以后，就废了刘协之兄，另立刘协为帝。

可以说，如果刘协是在太平之世接任帝位，又或者遇人皆忠，以他的才干，还是可能做出一番大事业。但不幸的是，他连续遇到的都是强横过人之徒，极大地束缚住了他的手脚。

现在，汉献帝起意要诛灭曹操，他是有一番深思熟虑的。

他找来董承，却不马上和盘托出自己的想法，一来他不知道董承的真实态度，不敢先行透露，这是刘备教给他的一课。二来就算董承愿意承担重责，但曹操势力很大，如果不能充分地激发起董承的勇气，恐怕董承出宫之后，很快就会放弃。而更主要的一点是，他必须找到一个很自然的理由避过曹操的耳目以便将秘藏血诏交付给董承。

汉献帝很快想到了那个唯一合适的地点——功臣阁。功臣阁中间设汉高祖画像，其他二十四帝分列两侧，汉高祖旁边还站着萧何、张良二人。

汉献帝带着董承来到功臣阁，开头第一句问话差点没吓着董承。

汉献帝指着汉高祖的画像问："我的祖宗是何人？"

董承以为皇帝失心疯了，竟然会问出这样的问题。"是陛下您的开基创业的汉高祖皇帝啊，您怎么不认识了呢？"

"吾祖起身何地，如何创业？"

董承大惊，不知道皇帝为什么要问自己这些个怪话。但又不能不答："陛下戏臣耳。圣祖之事，您怎么不知道了呢？"

汉献帝却说："你说说看吧。"

董承无奈，只好把汉高祖刘邦如何从一个小小的泗水亭长起家，举义兵直至最终扫平天下的事迹说了一遍。

汉献帝一声长叹道："祖宗如此英雄，子孙如此懦弱，怎么会这样呢？"

此时董承还没有完全明白汉献帝的用意，只好说："高皇帝乃英雄之君，不世出也。"他不敢顺着献帝的口吻贬低当前的天子，只好拔高开创基业的汉高祖。

汉献帝知道董承还没有领悟自己的言外之意，就又指了指萧何、张良，问道："这两人是谁，又为什么站在这里？"

董承回答说："这两人是萧何、张良，屡立奇功，所以在此。"

汉献帝点了点头，说："真社稷之臣也！正该配享。"此时，经过这段拉拉杂杂的絮叨，汉献帝旁边的近侍之人已经放松了警惕，以为这两人不过是闲来无事聊聊天，也就没有贴身跟随。汉献帝瞅准时机说："爱卿，你也该站在我身侧啊。"

董承说："臣无寸功，何以当此？"

汉献帝说："你当年有救驾之功，朕一直没有忘记。无可为赠，这一件锦袍就赏赐给你吧，你可要好好对待，不要辜负朕啊。"

董承谢恩领受。

汉献帝为什么要把董承带到功臣阁里来说这一番话？

他知道自己的话实在不够权威，但是在功臣阁里当着汉高祖和其他二十四帝对董承说话，就等于是借助了列祖列宗的权威。这样的话语，显然极有力量，足可以激起董承为汉室效忠的信心与勇气。

而汉献帝还用站在汉高祖两侧的萧何、张良来启发董承，暗示他要以萧何、张良为榜样，竭尽全力帮助自己匡扶日渐颓败的汉室。

在做好了这两项工作后，汉献帝非常自然地将锦袍玉带赏赐给董承，其交托之意已经尽在不言中了。

　　汉献帝用自己的高智商，在戒备森严、耳目密布的深宫中完美地上演了一出"密传血诏"的戏，只是不知道董承是否能够领悟他的良苦用心。

心理感悟：预期是人的烦恼之源。

28

说反话是个技术活

曹操布在汉献帝四周的耳目早已将汉献帝与董承登上功臣阁之事密报给曹操。曹操刚刚利用许田围猎试探了一次民心，对于这等皇帝与臣属私下沟通的事情相当警觉。曹操火速赶到，来看虚实。

董承刚刚出了宫门，正被曹操撞个正着。曹操问："国舅在干什么呢？"

董承说："刚才蒙天子宣召，赐我锦袍玉带。"

曹操问："天子为什么要赐你锦袍玉带？"

董承说："我昔日救驾有功，所以天子赐我衣带。"

曹操说："把玉带解下来给我看看！"

就这几句话，曹操横行霸道的形象就跃然而出。董承不敢违背，但献帝刚才神神道道的举止说明这锦袍玉带中肯定内藏文章，董承唯恐泄露了连他自己也还不知道的秘密，只好装出一副玉带很难解下的样子。

董承越是这样，曹操越是生疑。曹操示意左右上前"帮"董承宽衣解带。曹操拿过带子，左看右看，没发现什么问题，就说："果然是条好玉带！你把锦袍也脱下来给我看看！"

董承心中畏惧，不敢不从。曹操拿起锦袍，对准太阳，仔细看了看，没发现有夹层。看完后，曹操直接把锦袍披到身上，又把玉带系上，回顾左右："看看长短如何？"左右都说正好。曹操就对董承说："把这套锦袍玉带给我吧，我另有赏赐。"

董承心知不妙，只好说："君恩深重，不敢擅自做主啊！"搬出天子这个权威人物本是说服的强力手段，但是这个"君"在曹操心目中毫无分量，"君恩"也就毫无作用了。

曹操在占据优势心理的时候，很难隐藏住自己的情绪，当即沉下了脸，说：

"你受了天子的衣带,莫不是有什么阴谋?"

董承被吓急了,只好说:"小人哪里敢这样做啊。既然丞相想要,小人双手奉上!"

在曹操的滔天权势面前,鲜有人敢于直面正对。刘备是如此,董承还是如此,他们不约而同地选择了卑微退让,不吃眼前亏。

曹操真的是想要这锦袍玉带吗?显然不是。这只是曹操的试探之计罢了。如果董承不肯转赠,就说明衣带里面暗藏玄机;反之,则说明没有问题。

既然董承态度卑微,甘愿转赠衣带,曹操就认为衣带里没有问题,也就放过了董承。得意忘形的曹操马上说:"既然是天子赏赐给你的,我怎么能强夺呢?刚才不过是和你开个玩笑罢了。"

这种玩笑估计是没有人吃得消的,董承早已吓出了一身冷汗。他之所以能够在与曹操的当面交锋中挺了下来,很重要的一个原因就是确实不知道衣带中暗藏玄机,否则,以他的心理素质,早就在曹操咄咄逼人的气势下露馅了。

董承侥幸逃过一劫,回到家里,拿着玉袍反复观看,并未发现一物。董承左思右想:"天子以目示我,以手指我,必有深意。"随即又拿出玉带反复察看,也没发现有异常之处。

这正说明了汉献帝的精明之处,其实他完全可以当面对董承指明内藏密诏,但如果这样,董承"做贼而心虚",肯定逃不过曹操的盘诘。所以,汉献帝一方面将密诏藏得十分隐秘,另一方面在暗示董承时也故弄玄虚。

董承反复看到半夜,不觉困倦,趴在桌子上就睡着了。玉带就被随手放在桌上。蜡烛的灯花掉在玉带上,将外面的一层锦衬烧出了几个洞,隐隐露出了血诏。等到董承醒来,这才发现了玉带的秘密。董承拆开一看,原来正是汉献帝亲书要歼灭曹操一党的诏书!一连几天,董承在家中苦苦思索如何完成天子的重托。

这一日,董承困倦,趴在书房的几案上打了个盹。这时,董承的好友侍郎王子服来访。门吏知道他和主人关系密切,也就没有通报,让王子服直接进了书房。董承一直在看的密诏正压在他的袖底。

王子服将诏书轻轻抽出看完,十分震惊。他也是个忠于汉室的人,但也因为惧怕曹操的权势而不敢暴露。天子密诏不由让他热血沸腾,但他看董承如此大意,就想和他开个玩笑。

王子服将密诏在自己的衣袖中藏好,一把推醒董承,大声叫道:"你要杀曹公，我马上就去告发！"

董承惊醒，被吓得魂不附体，哭着哀求说："兄长如果去告发，不但我全家完了，整个汉室也就全完了！"

王子服这才说了实话："我刚才是和你开玩笑的。我父子三代，累受汉禄，怎能忍心背反呢？我愿意助你一臂之力，共诛国贼。"

董承这才缓过神来。这两天，董承似乎命犯玩笑，不论是对手，还是朋友，都喜欢和他开"要命的玩笑"。

那么，王子服为什么要开这个可怕的"玩笑"呢？实际上，这是复杂情势下人际交往所必备的一种立场鉴别策略。

每个人的内心态度往往隐秘于内而不为人所知，尤其在透露真实态度可能给自己带来杀身之祸的时候，更是如此。所以，交往的双方往往需要采用试探性的话语来探究对方的真实想法。

王子服看到了董承手中的皇帝密诏，也知道董承的国舅身份，但他还是不清楚董承的真实立场是不是和皇帝一样，是不是也对曹操恨之入骨，是不是会屈服于曹操的淫威而不敢轻举妄动。

王子服如果不加鉴别，就贸然提出要和董承一起，共诛曹贼，说不定反会被董承告发而遭遇大祸。

所以，王子服先用"告发"之语试探董承，逼董承率先说出真实想法。只有这样，王子服才能随机应变，让自己始终掌控主动权。

董承、王子服二人随后又招引了长水校尉种辑、议郎吴硕等人，但这些人不掌兵权，手无寸铁，很难对诛杀曹操起到实质性作用。

几个人正在商议如何对付曹操，西凉太守马腾来访。马腾是手握重兵的封疆大吏，如果能将他拉拢入伙，那么，诛灭曹操的可能性就很大了。但是，董承同样不知道马腾的真实态度，为了鉴别马腾，董承吩咐门吏说："你就说我病了，不能见客。"董承知道，马腾在京都觐见皇帝完毕，马上要回西凉去了。董承和马腾此前并没有太深的交情，但马腾却在这即将离开的时刻前来拜访自己，绝对是"无事不登三宝殿"。从而，董承判断马腾不会因为自己的简单拒绝就拂袖而去。

门吏回报马腾。马腾果然发怒，说："我昨晚还在东华门外看见他锦袍玉带出游，怎么今天就病了？我又不是蹭饭来的，我只不过是想见他一面，就回西凉去了。为什么要这么薄情无义呢？"

门吏只好再度回报，一切都在董承的预料之中，董承觉得有戏，就出来迎接马腾。

马腾是个直性子，见了董承，直截了当地说："我马上要回西凉去了，想到国舅也是元老重臣，特来辞别，为什么避而不见，难道是看不起我吗？"

董承说："我生病了，礼仪不周，请多包涵。"

马腾直截了当地说："我看你面色红润，哪里有生病之象呢？"

董承无言可对。

马腾此来，实际上也是因为对曹操许田围猎时的做法极度不满，特意来找国舅董承的。因为他觉得董承身为皇亲国戚，和皇帝最为亲近，他很可能站在皇帝的立场来反对曹操的专权。但董承在不清楚马腾的真实立场之前，是不能率先透露自己的立场的，他只能表现得十分冷淡。

这让马腾很不开心。马腾叹了口气，失望地说："看来满朝文武，都不是柱石之才啊！"说完拂袖要走。

董承抓住了马腾的这一话头，立刻问道："你说谁不是柱石之才？"

马腾怒道："田猎之事，我尚且气满肺腑，你是国舅，皇亲国戚，犹自沉迷酒色，不思回报，哪里能算是柱石之才呢？"

虽然马腾明白无误表明了自己的立场和态度，但在尔虞我诈的环境下，马腾所说的到底是不是真心话，会不会是曹操故意派他来试探自己的，这些问题不搞清楚，董承还是不敢表露自己的真实立场。

所以，董承故意说了反话："曹丞相乃是国家栋梁，田猎的事，不过是一个意外，你可不要胡言乱语啊。"

马腾大怒，说："难道你还以为曹贼是好人吗？"

董承小声说："这里耳目众多，你说话还是轻声点吧。"

这句话更加激怒了马腾。马腾大声说："你这贪生怕死之徒，根本不足以讨论大事。"说完，转身就走。

这个时候，马腾的真实立场已经被探测出来了，董承放心地将马腾拉住，将他带入书房，向他出示了皇帝的密诏。

马腾看完密诏，不由血脉贲张，毛发倒竖，咬牙切齿地说道："如果你真有内助之心，我回去后立即统率西凉兵马前来，共同诛杀曹贼！"

于是，董承、马腾、王子服等人歃血为盟，共诛曹贼，不负所约。

在人际交往中，要想探知他人的真实态度，不妨采用"故意说假话"的方法，这样就可针对对方的反应，进可攻，退可守，收放自如。

马腾与董承等人盟誓要共诛曹贼，马腾又提议拉刘备入伙，董承却强烈反对！

> **心理感悟：故意说假话是一种可以收放自如的交往技巧。**

权力里面出真理

马腾推荐刘备的原因是刘备是汉室宗亲；董承表示反对的理由则是，刘备与曹操情同兄弟，同进同出，在曹操面前奴颜婢膝，正是曹操当红的爪牙。

马腾说："那天许田围猎的时候，我就在刘备旁边，大家的注意力都在曹贼身上，我却正好看到了刘备阻止关羽的一幕。从他的表情上来看，应该不是出于维护曹操的目的，而是担心曹操势力太大，不宜轻举妄动。"

马腾说的这件事很有说服力。关羽是刘备的兄弟，不可能不了解刘备的心思。如果刘备死心塌地跟着曹操混的话，关羽绝不会在曹操做出僭越之举时如此愤怒，由此可见，刘备之所以和曹操打得火热，也是权宜之计。

如果刘备忠于汉室，能把他拉拢过来，当然是好事。但事关重大，董承还是不敢轻举妄动。董承决定，还是要先对刘备的立场进行鉴别。这件事只能由他自己来做。

董承趁夜来访刘备。刘备见了董承，十分吃惊，问道："国舅何来？黄夜至此，必有缘故。"

刘备为何吃惊？

此时的刘备之于曹操，正如当年曹操之于董卓，而刘备生性显然比曹操更为谨慎。曹操将刘备带回许都，而不让他执掌徐州的真实用意也渐渐被刘备觉察。刘备知道曹操对自己有了防范之心，行事也就更加小心。他知道董承上门，必定有事，但担心此事被曹操得知后会对自己不利，所以，他才会吃惊。

董承作为试探方，必须主动出击："本来是要白天来探访的，但是我担心曹操多疑，所以趁夜来访。"

董承这么一说，刘备更加惊疑不定。

董承继续进逼："射猎那天，云长要杀曹操，你为什么要阻止呢？"

刘备还想推脱，但董承直截了当地说："别人都没看见，只有我站在你身旁，看得一清二楚。"这是董承将马腾之语移花接木过来的。

刘备心想，你在我身旁？我好像没看到啊。但此事确凿，刘备心知董承有备而来，就不敢抵赖了，只好说："我兄弟见曹操僭越，故而难容。"刘备的话还是避实就虚，只说关羽为何发怒，却不提自己为何阻拦。这样的回答，即便被曹操知晓，自己也有辩解的余地。

话到如此，董承只能掩面而哭。刘备无奈，只好主动询问缘故。

董承哭道："要是朝廷多几个像云长这样的人，就好了。"

刘备惊疑不定，担心董承是曹操派来试探自己，就说："曹丞相治国，不是挺好的吗？"

董承勃然变色道："亏你还是皇叔呢！怎么说出这样的话来！"

刘备这才放心，董承确实不是曹操一路的，也就敞开心扉，说："我担心你是曹操之人，所以不敢吐露真言。说实话，我对此贼早已痛恨万分了。"

董承立即拿出汉献帝的血诏，给刘备看。刘备看毕，说："既然天子有诏，我当万死不辞！"

董承立即说："请在诏书上写上大名！"这一步很是老到，书面承诺的效力总是大过口头承诺。刘备就在诏书上写下了"左将军刘备"的字样。这个字一签，就直接站到了曹操的对立面上，再无退路。

董承收藏好诏书，告辞而去。临行之际，刘备再三嘱咐董承："切宜缓缓施行，不可轻泄。"

刘备的嘱托透露了他内心的不安。为了消除这种不安，更为了不招惹曹操的怀疑，刘备开始韬光养晦，把大量的时间用于后园种菜，每天翻土、浇灌、施肥，忙得不亦乐乎。

关羽看了十分不解，以为刘备已经丧失了雄心，只想苟且度日了，就对刘备说："兄长不把心思放在营谋天下上，却去做这等小人之事，这是为什么呢？"

刘备唯恐透露风声，引发曹操的戒心，对自己下手，连对关羽也不明言，只是说："这不是你所能理解的。"

刘备这一段时间的所作所为，简直和此前那个胸怀天下、豪气干云的英雄判若两人，甚至连他最亲信的兄弟关羽都不能理解他。

刘备一向对两个兄弟无话不谈，这次为什么连他们也不明言呢？

哥伦比亚大学的副教授达纳·卡内的研究表明，权力会减轻人们说谎时的罪恶感，并提高他们欺骗别人的能力。

卡内将一群学生随机分成了老板和雇员两组，并随机给了他们中的一半人每位一百美元，然后让他们接受询问。实验要求他们都必须宣称自己并没有拿到钱。如果事实上已经拿到钱的人能够让询问者相信他们没有拿到钱，那么这一百美元就归这个人所有。

实验结果表明，拿了钱的"老板"的表现和没拿钱的人并没有明显区别，而拿了钱的"雇员"则比拿了钱的"老板"更容易被辨识出来。也就是说，尽管受试者的真实身份是学生，但实验加给他们的身份却让他们在说谎上有了很大差别。身为"老板"者的撒谎能力更胜一筹。

卡内分析了说谎的五个指标：无意识耸肩、语速加快、唾液中的皮质醇升高、出现认知障碍和情绪低落。而现实中，那些掌握了较大权力的人（*比如政治家、公司总裁等*）在说谎时，上述五个指标几乎和说真话的人没有区别。

为什么权力者更善于说谎，并能承受说谎带来的压力呢？

因为权力者往往要对整个组织的利益或安危负责，而不仅仅是对他本人这个个体负责。也就是说，他并不是为了他自己而撒谎，而是为了整个组织、团队而撒谎。这两者间的差别可以有效对冲，消除撒谎带来的不安、愧疚。

刘备作为三人小组的老大，他有责任为两个兄弟的安危及发展考虑。这就决定了他的撒谎能力更强，撒谎之后的伪装也更加自如。刘备因为并非出于自私才向包括兄弟在内的所有人隐瞒真相，所以，他也就更能坦然处之，甚至连关羽、张飞也不透露。

这一天，关张二人外出，刘备独自一人在后院浇菜。

突然间，许褚、张辽带了数十个人，急匆匆走进菜园子，对刘备说："丞相有命，请玄德公到相府。"

刘备顿时吓了个半死，连忙问："有什么紧急之事？"刘备潜意识中的第一个念头就是密诏的事可能被曹操发现了，现在他要对自己下手了。

许褚说："我也不知道，丞相只是派我来相请。"

刘备内心虽然害怕，但许褚的一个"请"字，略略让他安心。如果曹操是怒气冲冲派许褚、张辽而来，那必然是来"抓"他，而不会来"请"他的。反过来，既然是"请"，必不会有太大的事情。

刘备内心忐忑不安，跟着二人来相府面见曹操。曹操一见面，就正色说道："你在家做的好事！"

这句话听起来像是曹操抓到了刘备的不轨把柄，顿时又把刘备吓得面如土色。

曹操见状，却十分高兴，拉着刘备的手，直走到后园，说："玄德，你在家学种菜可不容易吧。哈哈！"

刘备这才放下心来，知道曹操并没有掌握自己的不轨证据，不过是在和自己开玩笑，当即回答说："不过是没事的时候消遣消遣罢了，哪里值得一提呢。"

为什么刘备在家种菜会让曹操如此高兴？难道曹操真的是个傻子，会天真地认为刘备真的是在一门心思务农学圃？

当然不是，刘备早已让曹操心怀戒备，这才特意将他弄到自己身边，严加看管。曹操之所以高兴，是因为看到自己的"缚虎之计"起了奇效。你看，一个堂堂的大英雄，在自己的运筹帷幄之下，竟然只能种菜，再也不能对自己构成威胁。你说，曹操能不高兴吗？

曹操仰天大笑，这才把自己召唤刘备前来的用意和盘托出："我刚才看见枝头梅子青青，突然想起了去年征伐张绣时，路上行军缺水，将士口渴不已。我心生一计，用马鞭遥指前方，说：'前方有一片梅林。'将士们闻之，口舌生津，顿时觉得不渴了。今天看见这青梅，就起了喝酒的雅兴，所以邀你过来一叙。"

这正是成语"望梅止渴"的来历。不可否认，曹操确实是一个异能之士。"望梅止渴"中蕴含的正是条件反射的原理。后世一千五百年后，俄罗斯的心理学家巴甫洛夫在实验室里用狗做实验才发现了这一应激反射机制。巴甫洛夫还因为与此相关的一系列研究获得了1904年的诺贝尔奖。而曹操并未做实验，只是通过对日常行为的观察，就领悟到了这个道理，并将其巧妙地运用到行军管理之中。这一份先知般的睿智不能不令人深为叹服。

刘备一听，也觉口舌生津，心神也渐渐安定下来。曹刘二人对坐，开始饮酒。

心理感悟：正是权力赋予了掌权者说谎的权力。

问天下谁是英雄

酒至半酣，天色忽然一变，骤雨将至。天边阴云舒卷，变幻莫测，宛若龙形。曹操和刘备凭栏远眺，曹操有感而发，说："玄德，你知道龙的变化吗？这龙就像人世间的英雄。你久历四方，一定知道当世的英雄人物是哪几个吧？"

刘备说："我一双肉眼，哪里认得谁是英雄啊？"

曹操说："你肯定有看法，用不着谦让，但说无妨。"

在刘备心目中，真正的英雄确实不多。但是，为了让曹操对自己的庸碌无能深信不疑，刘备决定按照常人的标准，来一一列举。

刘备首先说："淮南袁术，兵粮足备，可以称得上是英雄。"袁术仗着手中有玉玺，已经称帝，这在当时的诸侯中是第一个敢冒天下大不韪的，所以刘备先说他是英雄。

曹操不久前刚刚击败了袁术，夺了他的寿春城，逼得袁术退到淮南，这样的人怎么能入得了曹操的眼？曹操冷笑一声道："冢中枯骨，吾早晚必擒之！"

刘备又说："河北袁绍，四世三公，门生故吏遍天下，现在虎踞冀州之地，手下能人极多，应该称得上是英雄。"

曹操此前确实认为袁绍是最为强劲的对手，但询问郭嘉和荀彧时，两个人分别举出了十条及四条必胜之道。有着郭、荀意见的先入为主，曹操已经不把袁绍放在眼里了。曹操说："袁绍色厉胆薄，好谋无断；干大事而惜身，见小利而忘命，算不上英雄。"

刘备只能再说刘表是英雄，但曹操还是不认可，认为刘表不过是个酒色之徒。

刘备又说孙策是英雄，曹操却认为孙策不过是个黄口孺子，乳臭未干。

刘备再举刘璋、张绣、张鲁、韩遂等人，曹操却哈哈大笑道："这些不过是庸庸碌碌的小人，何足挂齿！"

刘备心想，这些人都是一时俊杰，如果你认为都不是英雄，那我实在是想不出来了。刘备说："我实在不知道了。"

其实，刘备聪明一世，糊涂一时。你也要想想，曹操是不是吃饱了没事干，把你找来问谁是英雄？

在曹操的心目中，如果说世上只有一个英雄的话，那肯定是他自己。刘备纯属骑驴找驴，他哪里用得着列举这么多的人物，只要指着曹操说一声，天下第一的大英雄，非丞相莫属，就万事大吉了。

曹操忍了半天，看刘备始终不提自己的名字，隐隐有些不快，说："所谓的英雄，必须是那些胸怀大志，腹隐良谋，有包藏宇宙之机，吞吐天地之志的人。"

刘备还是没明白过来，问道："那么，请教丞相，谁人可以称得上英雄呢？"

曹操有些恼怒得用手指指刘备和自己，说："今天下英雄，唯使君与操耳！"

这几个字甫出操口，乍入备耳，就吓得刘备连手中的筷子都没握住，掉到了地上！

刘备为何如此害怕？

其实还是"透明度错觉"在作怪！

"透明度错觉"是指我们对自己内心的所思所想、情绪动机最为熟悉了解，但我们会产生一种错觉，认为我们的内心世界是透明的，其他的人也能像我们自己一样洞悉我们的需求、想法、情绪变化等。但其实，就内心世界而言，他人和自己之间存在着严重的信息不对称。一般而言，别人根本不可能深入细致地了解你真实的想法和用意，所以说，这是一种透明度错觉。

那么，人为什么会在认知上出现透明度错觉呢？这是因为我们在潜意识中不可避免地把自己当成整个世界的中心，从而高估他人对我们的关注程度。

吉洛维奇等人在2000年做过一个实验。他们让康奈尔大学的学生穿上Barry Manilow（一个著名歌手）的T恤衫，走进一个还有其他学生的房间。身穿醒目T恤衫的学生估计会有一半的同学会注意到他的T恤衫，但实际上注意到这一点的学生仅有百分之二十三。

显然，这位身穿T恤衫的学生高估了他人对他的关注程度，但其实别人并没有像他认为的那样注意他。

这种以自我为中心导致的透明度错觉也会让我们高估自己的社会活动造成的影响，尤其是一些带有负面含义的社交行为。比如，如果自己是宴会上唯一一个没有给主人准备礼物的人,或者我们在安静的图书馆里不小心制造了噪声,等等,都会让我们长时间地感到苦恼。但其实他人根本不记得或者很快就忘了,然后投入以他们自己为中心的事件中去。

刘备之所以要韬光养晦,装成胸无大志的样子,就是要洗脱"英雄"的痕迹,让曹操认为自己毫无野心,也不再有斗志。否则,以曹操之精明,以曹操手下这帮谋士之敏锐,刘备是很难安身的,甚至连性命也保不住。这是刘备行之于外的东西。

但在刘备的内心其实从未放弃过自己的志向。自从得到汉献帝的衣带诏后,刘备更是以兴复汉室为己任,直接站到了曹操的对立面上。刘备当然知道自己的真实态度,但在透明度错觉的作用之下,曹操一把他视为英雄,刘备在那一瞬间就误以为自己苦心孤诣的伪装已经被曹操识破,这一惊当然是非同小可!

曹操本未生疑,但任何人见了刘备如此形状,都会感到奇怪。因为面前的这个刘备,和素常的英雄形象判若两人。曹操不知缘由,急忙问道:"玄德,你怎么了,连筷子都拿不住?"

无巧不巧,刘备掉筷子的时候,正好天上打了一个响雷,骤雨顿至。刘备本来很难应对曹操的询问,但这个雷正好给了刘备一个权变的机会。

刘备非常机敏地装出心有余悸的样子,说:"一震之威,竟至于斯!"

曹操有些疑惑地说:"雷不过是天地之声,实属自然,何必大惊小怪呢?"

刘备继续装出一副惊魂未定的模样,说:"丞相,你不知道,我自幼惧怕雷声,只恨无处可避啊!"

曹操一听,以为自己看走了眼,这个刘备连打雷都吓成这样,恐怕称不了英雄,也不过是个庸人罢了。

俗话所说的"做贼心虚",说的就是透明度错觉。你做了贼,自己内心有愧,自然草木皆兵,旁人多看你一样,你也会觉得他的眼光异常,已经对自己产生了怀疑。但其实,别人与你之间,存在着相当程度的信息不对称。别人本来不知你做贼,也没有对你产生怀疑,但你的反应过度,形迹异常反而会招致别人的怀疑。而这反过来又强化确证你的透明度错觉。

就拿刘备来说,曹操从头至尾,都没有对他产生怀疑。但刘备屡屡被吓得面无人色,这自然会招致曹操的怀疑。如果刘备不是足够机变,巧言搪塞他的反常举动,必然会引发曹操真正的怀疑,这样才真误了大事。

当年,曹操就是因为不了解透明度错觉,所以在行刺董卓不成后,立即仓皇逃窜。今日，他也因为不够了解透明度错觉，被刘备巧妙欺瞒。

曹操当然认为自己是英雄，那么，为什么他会排斥那些叱咤风云的人物，而把一个学圃种菜的刘备列为和自己相当的英雄呢？有四个原因。

其一，刘备能够三拒徐州，放弃近在眼前的巨大利益，这不是一般人能做到的。

其二，刘备能够在自己施恩收留的吕布反客为主夺了徐州后，甘居其下，这一份坚忍也不是一般人能够做到的。

其三，刘备敢于先斩后奏，将杨奉、韩暹斩首再来向曹操回报，这一份决断也不是一般人能够做到的。

这三点十分吻合曹操的口味，所谓英雄惺惺相惜，曹操才会把刘备列为英雄。

其四，曹操在许田围猎后，眼见群臣无人敢反抗，心情为之一快。这个时候，容易得意忘形的曹操就有了炫耀的心理。

天下英雄，舍我其谁？但不论是何等骄傲的人，只是自己表扬自己，总是有些不好意思的。那么，曹操就把刘备当成陪衬，一起纳入英雄的范畴。嘴上说的你我都是英雄，其重点还是在夸耀自身。当然，如果刘备不满足前三个条件，那么就连陪衬的资格都不具备。

大雨渐歇，曹操和刘备继续交谈。对曹操来说，虽然刘备不是英雄多少让他有点失望，但回头想想，这样就少了一个对手，岂不更好，所以心情愈加爽快。

就在此时，两个人手提宝剑，跌跌撞撞，冲入后院，曹操的部下拦都拦不住。

曹操一看，原来是关羽、张飞。这两人出城射箭，回来后听说刘备被张辽、许褚带到了丞相府，唯恐有失，所以不顾阻拦，冲了进来。看见兄长与曹操对饮，谈笑风生，毫发无损，就愣在那里。

曹操问："你们两个拿着宝剑想要干吗啊？"

刘备一颗心顿时悬到了嗓子眼，他靠着机变好不容易才挺过了曹操的诘问，十分担心自己这两个不知深浅的兄弟表现出的惊慌失措又会招致曹操新一轮的更加强烈的怀疑！

关羽多少有些应变能力，知道不能直说，就佯道："我听说丞相和我兄长喝酒，特来舞剑助兴。"

曹操哈哈大笑道："这里又不是鸿门宴，哪里用得着项庄、项伯。"

刘备这才放下心来，陪着曹操笑出声来。这一笑，真的是由衷的笑。

曹操又大声吩咐："取酒来，给两位'樊哙'压压惊！"关羽、张飞见机，连忙拜谢。一场危机就此过去。

曹操总是在心情大快的时候犯错误，这一次也不例外。

宴毕归家，刘备将前因后果一一说明。

关羽、张飞这才明白兄长学圃之深意，并对刘备巧妙骗过曹操敬佩不已。

心理感悟：溢美你，往往是为了溢美我自己。

31

污点证人的话不可信

就在刘备蛰伏许都之时,袁绍经曹操鼓动后攻克了公孙瓒。袁绍实力大振,而他的兄弟袁术在淮南的日子却越来越难过。袁术无奈之下,决定将玉玺及帝号一并献给袁绍,然后自己亲率大军去投。

刘备得知这个消息后,知道脱身的好机会来了,连忙去见曹操。

刘备对曹操说:"如果袁术去投靠袁绍,必然从徐州经过。徐州地形我最熟悉,我愿意为明公出征,在半路伏击袁术。"

二袁如果合并,势力就会大增。这是曹操不愿意看到的局面。而曹操经过上次的煮酒论英雄后,对刘备的戒心已经大大减弱,很痛快地答应了刘备的请求。

曹操当即派刘备率朱灵、路昭两员大将及五万大军,前去徐州伏击袁术。刘备连夜收拾军器鞍马,一刻也不停歇,立即催促大军出行。

董承听到了这个消息,也顾不得掩人耳目,快马追出十里,才赶上了刘备。董承是担心刘备走了之后,再不把密诏放在心上。刘备知道董承的来意,直接一句"国舅你好好等待,我绝不负约"就把董承打发了回去。人总是自私的,密诏再重要,也没有自己的命重要。对刘备来说,当前第一等要紧的事就是趁着曹操还没反应过来,赶快溜走,越远越好。

刘备一向很耐得住,这一次却火急火燎,十分反常,就连关羽、张飞都感到奇怪。刘备说:"我们都是笼中之鸟,网中之鱼。这一走,就像鸟儿脱笼,鱼儿离网。如果不赶快走,等曹操一反悔,就走不了了。"关张这才明白,狠命催众军疾行。

刘备的运气不错。曹操同意他走的时候,郭嘉正在外地考校钱粮。等郭嘉回来时,刘备已经开拔上路了。郭嘉得知后,知道曹操被刘备糊弄了,急忙来见曹操,问:"丞相为什么要命令刘备督军?"

曹操说:"刘备主动请命要去徐州拦截袁术。"

程昱经郭嘉一提醒，也明白了过来，帮腔说："以前封刘备为徐州牧的时候，我等就曾经劝谏，但丞相不听。这次又给了他五万兵马，等于是放龙入海，纵虎归山，以后再想制约他，就很难了。"

郭嘉说："刘备雄才伟略，深得民心。关羽、张飞又是万人难敌，依我看来，刘备绝不是久居人下之人，其城府谋略深不可测。古人曾经说过，一日纵敌，万世之患。这次给他兵马，等于是如虎添翼。丞相您可要明察啊。"

曹操说："我看刘备没事的时候就在后园中种种菜，喝醉后又害怕打雷。恐怕不是什么英雄人物吧，有什么好担心的。"

程昱说："刘备种菜，醉后畏雷，都是他故意装出来欺骗丞相的。"

郭嘉和程昱是曹操的老部下了，对曹操忠心耿耿。所以，尽管曹操有些不以为然，但还是采纳了这两个人的意见，立即命令许褚率领五百军马，火速去追赶刘备，让他返回许都。

此时刘备率领军马，出行不远，还没有逃出曹操的势力范围。曹操治军极严，对军兵有着极强的控制力，朱灵、路昭以及手下的五万军马，是不可能完全听从刘备的指挥与曹操倒戈相向的。

如果他不能正确应对追赶而来的许褚，那么他就只能跟着许褚回转许都，继续过那网中鱼、笼中鸟的生活，永远没有脱身出头之日。

许褚追上刘备，传达了曹操的命令，让刘备火速回师。

刘备说："将在外，君命有所不受。我是堂堂正正奉了皇帝和曹丞相的命令出征的，怎么能随便回师呢？你替我回去禀报丞相，此前郭嘉、程昱这几个人多次向我索取金银玉帛，我从来没有给过他们，因此他们对我怀恨在心，故意在丞相面前用逸言来诽谤我，丞相这才会命令你来追赶我。曹丞相对我有大恩大德，我如果是不仁不义之徒，你就在这里把我砍成肉泥算了，又何必再回去面见丞相分辩呢？如果你愿意回去向丞相说明我的苦衷，我真是感激不尽。"

许褚倒是想把刘备就地砍成肉酱，但他看看旁边的关羽、张飞，掂量了一下自己的分量，觉得自己被剁成肉酱的可能性更大，只好打消了这个念头。可是许褚回去很难交差，幸好刘备给他提供了一个好理由，这个理由就是郭嘉和程昱。

刘备为什么要捏造郭嘉和程昱索贿不成之事呢？

这和刘备对于"立场之于说服的效用"的把握大有干系。

立场相同，利益必然一致；立场相反，利益必然背离。这是一个基本的道理，当一个人站在自己的立场上，为了自己的利益而攻击另一个人，除非其立场不为人所知，其他人才会采信。一旦相反立场被揭露出来，这个人的所有话语就失去了可信的价值。

刘备捏造了郭嘉、程昱向自己索贿，而自己强硬拒绝的事实，从而将郭嘉、程昱置于和自己对立的立场之上。立场相反，必然利益背离，而郭嘉、程昱利用机会说对立者刘备的坏话也就是情理之中的事情了。这样动机不纯的谗言，当然是没有多大可信度的。那么，刘备为什么敢于直接点出郭嘉、程昱之名呢？要知道，这两个人在曹操面前进言的情形，刘备并不知情。

这里面有两个原因。

第一，郭嘉、程昱始终是站在刘备的对立面上的。一直以来，这两个人在曹操面前说了很多关于刘备的坏话。这不是说郭嘉、程昱的人品有问题，他们只是出于对曹操的忠诚和负责才这样做的。曹操当然知道这个情况。而刘备对这一点也是非常清楚的，这是他可以利用"相反立场反制策略"的基本前提。反之，如果郭嘉、程昱两个人一直和刘备交好，而这一点也为曹操所熟知的话，那么，这两个人出来告发刘备，其说服力将是巨大无比的。

第二，郭嘉、程昱是曹操手下数一数二的谋士，也只有他们的智谋水平能够识破刘备的谋划（连曹操本人都被刘备骗过了），所以，刘备的估计八九不离十。而为了稳妥起见，他特意说"郭嘉、程昱这几个人"，这样，即便有所遗漏，也能应对自如。

曹操听了许褚的汇报，立即叫来郭嘉、程昱二人，责怪他们说："你们两个到刘备处索要金银玉帛，他不肯给你们，所以你们记恨在心，每每到我面前来进谗言。这是什么道理？"

郭嘉、程昱两人大惊，连连磕头，辩白说："丞相，你又被刘备骗过了。我二人从未向刘备索贿啊。"

但这种事情即便确有此事，也往往是查无实据的，郭嘉、程昱很难洗清自己，反而越描越黑。

曹操内心是倾向于相信郭嘉、程昱确有不轨之举的，因为郭嘉、程昱对曹操进言是在刘备出行之后，刘备应该是不知道谁在他背后说他坏话的。而刘备直截了当地点了郭嘉、程昱的姓名，显然他早就心中有数。那么，此前郭嘉、程昱与刘备之间有索贿瓜葛，双方闹得不甚愉快也就在情理之中了。

但郭嘉、程昱毕竟是曹操的心腹之人，就算有一些贪墨之举，也不伤大雅，曹操也不想太为难他们。所以，曹操自己就和了稀泥，说："刘备既然已经走了，如果再去追他，就会闹僵了。算了吧，我也不怪你们俩，你们也不要多心了。"

一场风波也就这样过去了。曹操又被刘备骗了一次。

刘备不告而别后，马腾的心也凉了半截。他本来早就要返回西凉的，因为密诏的事情一直滞留在许都，现在，他也只能先回西凉再做打算了。

刘备来到徐州，感慨万千。这一块地盘，三送三拒，失而复得，得而复失，让刘备心中十分纠结，但此刻他还来不及考虑这些。刘备与镇守在徐州的车胄见面，议定伏击袁术之策。

袁术被阻，与刘备激斗不敌，终于走投无路，死在半途。袁术手中的玉玺被徐璆所得。徐璆将玉玺送至许都曹操手中，曹操大喜，更加相信天命在己，封徐璆为高陵太守。

袁术既死，刘备本该率大军回许都复命，但刘备再也不想回去了。他想要的资源都已经有了：皇叔的身份、皇帝的密诏、富有的徐州、五万军兵。刘备觉得自己完全可以独立了，他写了奏章，命令朱灵、路昭回许都复命，自己却不客气地打起了徐州牧的主意。

徐州，终将重新回到刘备手中。刘备非常高兴，曹操却非常愤怒。他终于明白，刘备隐藏得太深了，以至于自己屡屡受他蒙骗，因此要斩朱灵、路昭出气。荀彧劝说道："军权在刘备之手，关张两人又厉害异常，朱灵、路昭也是无可奈何的。"

曹操这才放过这两人，开始思考对付刘备的办法。他知道，自己还有一张潜伏在徐州的王牌可以一用……

心理感悟：污蔑是人际战场上无可防御的核武器。

32

有机会就快意一把

曹操认为刘备虽然隐藏很深，但自己隐藏得更深。因为他手上有两张潜伏已久的王牌——陈登父子，只要让车胄和陈登父子合谋，何愁不能歼灭刘备？曹操此刻还不会想到，这个世界上，刘备的隐藏能力，天下无敌。

曹操当即写了一封密信给车胄。车胄立即依计而行，找来陈登商议。陈登大惊，却不露声色地对车胄说："杀刘备易如反掌，将军何须多虑？您只要将军士埋伏在瓮城边上，摆出一副恭迎刘备入城的姿态，等他前来，趁其不备，一刀就斩了他。我在城上射住后军，就大功告成了。"

车胄大喜，连忙按照陈登所言布置好，派人请刘备前来。

但曹操与车胄却绝不会想到，陈登其实是刘备的间谍。此前，陈登出卖吕布向曹操邀功，其根本目的并不是要投靠曹操，而是为刘备效力。现在，曹操、车胄主动与他商议对付刘备，岂不是与虎谋皮？

陈登与父亲通气后，立即去向刘备汇报。迎头先遇到了关羽、张飞。张飞一听，跳将起来，要引兵前去厮杀。关羽拦住他说："车胄已经在城池边埋伏好了，你我杀去，正好中计。依我看，咱们应该这样做……"

关羽的意思是趁夜假扮成曹操的大军，趁车胄出迎之际，将其斩杀。当然，这么做的前提就是不让刘备知道详情，因为关羽非常了解他的这个大哥，刘备极具隐忍力，绝不敢在此刻与曹操正式撕破脸的。况且，这一次出征徐州，刘备本就是奉曹操之命，率曹操之兵而来的，现在反戈一击，在道义上也很难说得过去，所以，如果刘备知道了这个计划，一定不会杀车胄。

张飞本是个率性而为的人，早就对刘备的坚忍深感无奈。所以，当有机会快意一把的时候，当然是与关羽一拍即合。

关羽、张飞所部本来就是曹操的部队，曹操的旗号衣甲无不具备。当夜三更，关羽、张飞暗暗引兵至徐州城前。城上喝问是谁，关羽一时情急，吩咐军士回答说，是曹丞相麾下张辽张文远的兵马。

曹操手下的诸位大将，最为关羽认可的就是张辽。那么，为什么在关键的时刻，关羽会栽赃给张辽，而不是其他关羽看不顺眼或素无瓜葛的人呢？

这里面其实隐藏着一种很有意思的心理现象。当一个人在紧急情况下被迫撒谎的时候，往往是将自己最为熟悉的信息脱口而出，而没有时间来细细考量得失利弊的。

我们还可以通过唐朝的一个科举考试，从另一个侧面来验证这一现象。

唐宪宗时候，江东考生包谊到长安参加科举考试，却因为路途遥远误了考期。包谊只好暂居长安，等待下一次考试。其间，包谊在游玩某佛寺时看到一人大模大样，盛气凌人，不由骂了一句："瞧这猴相！"不幸的是，这句话却被那人听到了，两人争执起来，包谊由此和这个名叫刘太真的人结怨。刘太真时任中书舍人，第二年高升为礼部侍郎，并被任命为主考官。

当刘太真看到包谊的名字后，就起了报复之念，决定让包谊考完三场，却绝不录取他。阅卷完毕后，刘太真拟好进士的名单呈给宰相审阅。包谊虽然才学很高，考得也很不错，却没有被刘太真列入名单。

当时，正好朱泚反唐失败不久。宰相指着一个姓朱的考生说："此人和朱泚同姓，我看还是不要录取了吧。"刘太真不敢违背，大声说："遵命！"

宰相又问："那么，有谁可以替换吗？"刘太真立即答道："有！"

"那你马上报一个名来。"

这个时刻容不得刘太真有丝毫犹疑，因为他一犹疑，就很可能引发宰相的怀疑，要么是刘太真想夹带私货，推举一个和他沾亲带故的人；要么是他审阅试卷根本没用心，没法一下子想起才学较高的人。

刘太真此时脑海里最为熟悉的名字就是包谊。他这些天来，念兹在兹的就是包谊，每每想到自己可以暗中摆他一道，心里就美得不得了。

但是，宰相这么一催逼，刘太真脱口而出，就把"包谊"的名字报了出去。

包谊由此金榜题名。恐怕他永远也不会知道，自己到底是怎么上榜的。

刘太真急切间报出包谊的名字，和关羽急切间报出张辽的名字，可谓异曲同工，其背后的心理原理完全一致。

车胄闻报，心中起疑。曹操密信刚到，并未提及要派张辽前来助阵，况且军兵趁夜而来，更是要加倍提防。但如果真的是张辽奉曹操命令而来，不开城迎接，也是一桩罪过。车胄犹疑不决，想起曹操曾经吩咐自己，有事可与陈登商量。他哪里知道，不商量还好，一商量就要了自己的命。从这个角度来说，车胄是死在曹操手里的。

陈登当然心知肚明，力劝车胄打消疑虑，快快开城迎接。但车胄行事还是十分谨慎，吩咐士兵回答说："黑夜难以分辨，等到天明再见！"

城下再喊："只怕刘备知道，赶快开门！"但车胄还是坚持要等到五更。

五更刚到，城下一片鼓噪之声。车胄一夜未眠，披挂上阵，手提大刀，出城来迎。车胄大喊道："文远何在？"

他的意思是，赶快找到张辽，解释一番，以免伤了同僚之谊。没想到，他这一喊，没喊来张文远，却喊来了催命鬼关云长。关羽大喝一声道："匹夫，竟敢起意要杀刘备！"挥刀直取车胄。

车胄大惊，与关羽交战数合，不敢恋战，就要退回城中。但城上陈登却命令士兵万箭齐发，车胄这才明白自己已经落入了刘备和陈登的圈套。车胄绕城而走，寻找生路，却被关羽赶上，一刀斩杀。

关羽大呼道："反贼车胄，已被我杀死，汝等无罪，投降免死。"

这一喝非常重要。如果不给车胄贴上一个负面的标签，不但车胄的部下要殊死奋战，关羽自己所领之兵，也是曹营旧部，恐怕也要起疑，而不愿意加入内讧的阵列。

关羽、陈登安顿好军民之心后，派人去请刘备。

刘备虽然有意占据徐州，却没想到徐州得手竟然会如此之快，更没想到会以这样的方式得手。

刘备看到车胄的首级，知道这个祸闯大了，大惊道："如果曹公前来，该当如何？"

当年曹操亲率大军，直攻徐州，一路上烧杀抢掠，那副惨烈之状，刘备依然记忆犹新，所以，才会有今日惊弓之叹。但是，事情已经不可挽回，刘备只得接受这个现实，在胆战心惊中召集众人，商议对策。

陈登献计说："曹操势大，但他却十分畏惧袁绍。目前，袁绍虎踞冀、青、幽、并四州，拥兵百万，文官武将不可胜数。不如与他结合，以挡曹操。"

刘备叹了口气说："我和袁绍交情不深，又刚刚击溃了他的兄弟袁术，他怎么肯帮我呢？"

陈登既然献这个计，肯定考虑到了刘备所说的情况。他继续说："这里有一位德高望重的老前辈，姓郑名玄，在桓帝时曾经担任尚书。他与袁家三世通好，如果请他写一封信给袁绍，袁绍一定会来帮您的。"

刘备就和陈登一起登门拜访郑玄，请郑玄写信给袁绍。刘备和郑玄素昧平生，怎么能说服郑玄为自己帮腔呢？

刘备已经不像当年那么孤穷了，现在手上已经颇有几张牌了。他的皇叔身份已经得到了天下的公认，他的名字也写在了歼除曹贼的密诏之上。而有了这两大资本，他就可以将曹操定位在汉室之贼的耻辱柱上了。

以国家大义为旗号，当然能够说服汉室老臣郑玄为刘备尽一份绵薄之力。郑玄当即写了一封信，信中说："贼臣曹操，幽帝许都，社稷倾危，生灵涂炭，惟明公世居相府，天下仰之，若大旱而望云霓，如久涝以思天日。倘与刘玄德协力同心，共立伊尹、周公之绩，名垂青史，万代不磨。"

刘备大喜，立即派孙乾带着郑玄的信去见袁绍。

袁绍看完信后，却说："刘备灭我兄弟，我还没找他报仇就算他运气了，怎么还敢来请我出兵帮他抵挡曹操？"

孙乾一听，心里凉了半截，原来郑玄的信也起不了多大的作用。孙乾为了不辱使命，只好辩解说："那是受曹操差遣，不敢不从。"

孙乾的理由十分牵强，任何一个正常人听了这个理由，都会不以为然。你受曹操差遣，灭了我兄弟袁术。你得了好处，抢占了徐州，现在反过来担心曹操报复，来找我帮忙。无论如何，都是说不通的。但奇怪的是，孙乾这句毫无力道的话，竟然奇迹般地说服了袁绍出兵相救。

这是为什么呢？

心理感悟：急中生智并不容易，大多数人是急中生滞。

㉝

真正说服你的是谁

其实，说服袁绍的不是郑玄的信，也不是孙乾的话。

郑玄的信，把袁绍捧得很高，但他贴给袁绍的标签不过是"伊尹"和"周公"。这两个人虽然位极人臣，但袁绍此时已经有了帝王之心。此前，已经称帝的袁术答应把玉玺奉送给他，并把帝号也一并转让，袁绍十分高兴，却不料刘备搅黄了这件事，袁绍因此甚是恼怒。

但是，孙乾来求，让袁绍清醒地分析了一下情势。他认为自己的实力绝对强于曹操。只不过曹操控制了汉献帝，让自己行事束手束脚。如果能够利用刘备反水的这个机会，将曹操钉在乱臣贼子的牌位上，自己借机起兵，歼灭曹操，就可以取而代之，把持朝政，看准时机，代汉而立。

经过这么一盘算，袁绍放下了杀弟之仇，转而与刘备建立同盟。

袁绍召集文武，商议兴兵攻打许都，保驾勤王。袁绍的谋士们分成了立场鲜明、针锋相对的两派。

首先发言的是田丰，袁绍帐下排名第一的谋士。田丰是反对出兵的。他的理由是："连年征战，仓廪不实，民不聊生，不宜出战。要对付曹氏，最好开展游击骚扰，数处驻兵，分头袭击，令曹操首尾难顾，不得安生。如此，三年后曹操兵疲力尽，则大事可成。"

审配却站出来反驳他的意见，说："主公神武英明，独掌四州，讨伐曹贼，易如反掌，何必要迁延岁月，慢慢等待？错过现在的好时机，以后就难了。"

沮授和田丰立场一致，他从另一个角度来帮腔田丰。沮授说："现在曹操将天子迎在许都，占有道义之便。而且他现在法令严明，兵强马壮。如果主公贸然兴无名之兵，恐怕不能成功。"

和审配同一想法的郭图却出来反驳沮授，说："我不这样认为。当年武王伐纣，难道也师出无名，师出不义？现在主公才是兵雄将勇，如果现在不动手，就错过机会了。请主公听从郑尚书的意见，与刘备共扶大义，剿灭曹贼。此乃上合天意，下顺民情之举也！"

从这几位谋士对曹操的称呼中就可以看出他们对立的立场。田丰与沮授或称曹氏，或直呼其名，基本上还是客观的。而审配与郭图则称其为"曹贼"，非常明显地站在曹操的对立面上。

群体内部的不同个体对同一事物有不同的看法，甚至是对立的看法，是很正常的。但不正常的是，袁绍的这些谋士在做出判断时并不是从客观现实的认知出发。审配、郭图素来与田丰、沮授不睦。双方实质上已经分裂成了不同的小群体。那么，只要是田丰、沮授赞成的，审配、郭图就会反对，而不管田丰、沮授的意见是否正确，也不管他们的意见对整个组织是否有利。

之所以会出现这样的局面，与袁绍本人的领导方式及领导水平直接相关。反观曹操手下的谋士，大家都是相互补台，共同为曹操的大计尽心尽力。一叶知秋，袁绍不敌曹操，从这里就可以看出来了。

双方打成了二比二，袁绍决断不下。正在此时，许攸和荀谌进来。袁绍大喜，当即问二人说："郑尚书来信，要我出兵救刘备，攻曹操，你们俩是什么意见？"

田丰、沮授一看这两人，素来与自己不和，也就低头闭目，不再多说，以示蔑视。郭图、审配却手眼并用，暗示许攸、荀谌力倡进兵。

许攸、荀谌当即会意，对袁绍说："天与不取，反受其殃。如果我们不进兵，曹操也会来进攻我们。"

比分成了四比二，袁绍当即下了决心："你二人所见，正合我意。"下令点起精兵十万，往黎阳进发。

袁绍之所以会采纳审配等人的意见，一方面是因为他们占了多数，另一个方面则是"选择性知觉"作怪。

我们在面对客观事物的时候，从来做不到客观。在我们的内心，其实在接收到相关信息的一刹那，就近乎直觉般的有了先验的意见。我们更倾向于选择那些适合我们内心想法的资讯。甚至在极端的时候，我们会篡改外部的信息以让其吻合我们的内心倾向。这样的认知现象就称为"选择性知觉"。

此时的袁绍对于曹操持什么样的态度呢？

首先，袁绍的出身远远好过曹操。因此袁绍一直对曹操有心理上的优越感。早前曹操聚合十八路诸侯的时候，不敢自任盟主，只能恭请袁绍来当盟主。后来，曹操挟天子以令诸侯的时候，曹操不敢自任大将军一职，而让袁绍来担当这一最高军事职位。这些事情，一再强化了袁绍之于曹操的优势心理。

其次，袁绍的军事实力确实要大大强过曹操。

由此，在袁绍内心里，尽管曹操有"挟天子"的优势，但曹操绝对不是他的对手。既然如此，田丰、沮授所谓的缓缓图之的游击战术就不合袁绍的胃口，袁绍自然会选择"正合我心"的进兵之策。

再说曹操在许都听说刘备不但诈称自己的兵马，杀了车胄，占了徐州，还鼓动自己的头号强敌袁绍出兵进攻，这一气真是非同小可。

在曹操看来，刘备的这个举动简直比吕布还不如，而当年正是刘备撺掇自己杀掉吕布的。曹操这颗脆弱敏感的心受到了深深的伤害。对于激怒自己的人，曹操向来睚眦必报。曹操暗下决心，一定要对刘备进行疯狂的报复。这正是此后他对刘备穷追猛打、绝不罢手的原因。

但此时的曹操，已经不是当年那个冲动的毛头小子了，他在政治上已经日趋成熟。所以，尽管他对刘备恨之入骨，但他还是要先从大局考虑，想清楚到底该如何应对，曹操遂聚集文武商议。

孔融已经从北海太守荣升为将军，正在许都供职。他听说袁绍起兵一事，急忙来到曹操的丞相府，对曹操进言说："袁绍势大，不可轻敌。也不宜动兵，最好是求和。"

孔融倒不是和袁绍有多大的交情，而是出于回报和维护刘备的目的才来当和事佬的，当年刘备曾经助他解了北海之围，对孔融有恩惠。

曹操不置可否。曹操的心中，当然也有他的选择性知觉。前番郭嘉和荀彧不约而同为他分析了袁绍的必败之处，曹操内心早已跃跃欲试。毕竟，要想称雄天下，击败袁绍是绕不过去的路。

孔融名闻天下，曹操努力想让自己显得城府深一点，气度广一点，也就没有直接反驳孔融的意见，而是问众谋士："和与战，哪一个更有利？"曹操知道，根本用不着自己来否定孔融的意见，这帮谋士就够孔融对付的。

果然，荀彧第一个就站出来说："袁绍不过是个无用之人，何必求和？"接着荀彧罗列出不求和的理由："绍兵多而不整。田丰刚而犯上，许攸贪而不智，审配专而无谋，逢纪果而无用。此数人者，势不相容，必生内变，颜良、文丑，匹夫之勇，一战可擒。其余碌碌等辈，纵有百万，何足道哉！"

荀彧的话算是说到袁绍的死穴上了。一个内部不团结的团队，是绝不会有战斗力的。而且，越是危急的时候，越会内讧频发，绝不会同舟共济，共渡难关。

孔融默然，知道自己不能再说下去了。

曹操听了后，哈哈大笑，说："一切都不出荀文若所料！"当即决定自引大军，往黎阳进发，阻击袁绍。

曹操同时也想到，虽然目前的主要目标是袁绍，但也不能让刘备轻松了。曹操有心自己兴兵去征讨这个背信弃义的小人，可惜分身乏术。

曹操想到刘备假冒自己的旗号骗杀车胄，摆了自己一道，决定要"一报还一报"，也用同样的办法摆刘备一道。曹操叫来刘岱、王忠二人，吩咐说："你们两个，一个为前军，一个为后军，共引兵五万，打着我的旗号，去徐州擒拿刘备。"

曹操又说："我知道你们不是刘备的对手，你们权且虚张声势，不要轻进，等我破了袁绍，再勒兵前来共破刘备。"

刘岱、王忠领命而去。曹操自领大军，来至黎阳，与袁绍对敌。

心理感悟：利益是最伟大的说服大师。

34

让谁生疑的疑兵

　　无须真刀真枪厮杀，只要打着旗号，故弄玄虚即可。刘岱、王忠以为自己接了一项美差使，乐滋滋地上了路。带着五万人马，打着曹操的旗号，刘岱、王忠在离徐州一百里的地方安营扎寨。

　　刘备见了这副架势，不敢轻举妄动，只是派人去打听袁绍的消息。

　　曹操本来打算刘岱这边只虚晃一枪，自己与袁绍决战，但没想到袁绍不配合，其内部不和，相互掣肘，无意决战。曹操于是决定，先从刘岱这边打开缺口，命令刘岱、王忠立即发起进攻。

　　这一道命令把刘岱吓得够呛。这有两个原因。

　　第一，刘岱也和大多数人一样，并不看好曹操能够战胜袁绍。所以，他这边按兵不动，只等曹操战败的消息传来，立即就全身而退。

　　第二，刘岱当年也是讨伐董卓的十八路诸侯之一，亲眼见识过关羽温酒斩华雄的壮举，也见过刘关张击败吕布的勇绩，知道自己肯定不是关羽、张飞的对手。要他虚晃一枪没问题，但要他真刀真枪与刘备决战，刘岱绝对不敢。

　　但是，曹操的命令已经来了，刘岱不敢置之不理。刘岱想了想，决定嫁祸于人，把烫手的山芋扔给王忠。

　　刘岱找来王忠，说："如今丞相催促攻城，你先去攻打吧。"

　　王忠也不是傻子，刘岱的盘算他心里一清二楚。王忠说："丞相是派你去。"

　　刘岱摆出架子，说："我是主将！"

　　王忠说："我和你名爵一样，要去就一起去！"

　　这两个活宝自出兵之初就没做好打仗的准备，事到临头，十分畏惧，当下就相互推脱起来。这一出闹剧，总导演却是曹操。曹操当初对他们说："你们肯定不是刘备的对手，派你们去，就是为了虚张声势。"这就给刘王二人的预期下了一个锚定。另外,曹操只是命刘岱为前军,王忠为后军,却没有明确指定刘岱是主将。这两点就为这场闹剧埋下了隐患。

两人相持不下,但曹操的命令又不敢违背。最后,他们想出了办法:抓阄!谁抓到,谁先去。

王忠运气不好,抓到了"先"字,只好带了一半军马,胆战心惊地来攻徐州。

刘备见了曹操旗号,惊疑不定。从黎阳传来的消息是,曹军并没有打出曹操的旗号。这样看来,曹操应该就在徐州阵前,但如果曹操亲自督战,攻势应该如骤风暴雨般不可抵挡,绝不会如此和风细雨。

陈登说:"曹操一向以袁绍为重,一定会亲自在黎阳督战。来攻徐州的人肯定是打着曹操旗号的疑兵。"

刘备问两个兄弟,谁去探听虚实。张飞抢先说:"小弟愿往。"

刘备却说:"你脾气暴躁,不能去。"这是刘备对张飞的刻板印象(首因效应)。

张飞大刺刺地说:"有何不可?就是曹操自己来了,我也会将他拿下!"

刘备叹了口气,语重心长地说:"曹操虽然是汉贼,但假托天子明诏,征讨四方,名正言顺。我如果和他抗拒,就是造反!"

张飞也叹了口气,说:"如果这样说,那我们只有束手待毙了?"语气中隐隐透露出对刘备的一丝不满。

刘备感觉到了,连忙说:"也不是这样啊。袁绍看来是指望不上了,如果曹操亲自起大兵而来,我们就死无葬身之地了。"一句话,刘备此刻确实对曹操畏之如虎。

关羽体会到了刘备内心微妙的情绪:既不想束手待毙,又希望不得罪曹操。关羽说:"待我去探听动静。"

刘备说:"你去,我就放心了。"听得旁边张飞一肚子火。张飞暗下决心,一定要想个办法,让刘备对自己刮目相看。

王忠来战,关羽迎上。以关羽温酒斩华雄的身手,十个王忠也一刀毙命了。但关羽知道兄长并不愿意进一步激怒曹操,所以手下留情,将王忠活捉回营。

刘备审问王忠:"你是何人,怎么敢诈称曹丞相?"

王忠不敢隐瞒,回答说:"我自己哪里敢诈称丞相,不过是奉命行事罢了。"

曹操没有亲自前来,让刘备放心不少。他一时想不好该如何处置王忠,只好命令将王忠收监,等擒了刘岱后一并处理。

张飞见关羽捉了王忠，向刘备要求自己去活捉刘岱。原来张飞苦思冥想后，已经想出了一个好办法。

再说刘岱，听说王忠被关羽活捉后，更加害怕，听说张飞来攻，只是坚守不出。

张飞性格火暴，但绝非头脑简单之徒。张飞心想，连自己跟随多年的大哥都认为自己鲁莽冲动，那么其他人也一定会这样来看待自己。那么，自己就可以借此大做文章，愈加摆出一副大大咧咧、有勇无谋的样子，以迷惑对手。

一个人如果能够清醒地认识到自己在他人眼中的刻板印象，这个刻板印象也就成了奇货可居的资源。今日的张飞如此，日后的诸葛亮也是如此（**诸葛亮的空城计很大程度上就利用了大家对他一贯谨慎的刻板印象**）。张飞想到的这一招，正是利用近因效应改变首因效应的有效方法。

张飞下令当晚二更前去劫营。日间却在军帐中大肆喝酒，装出一副酩酊大醉的样子，故意寻隙责打军士。又将军士绑缚在营前，暗中命令左右故意宽松绑绳，让受责军士轻松逃脱。

军士逃走后，到刘岱营中告密。

刘岱最怕的是智勇双全的关羽。张飞给人的印象素来是有勇无谋的，刘岱不敢和他硬碰硬，却敢和他斗斗智谋。刘岱得知张飞要来劫营，立即布好陷阱，坐等张飞前来。但刘岱没想到，这个黑大个却和他玩起了心眼。张飞有备而来，刘岱措手不及，也被张飞活捉。

刘备得知张飞用智谋获胜后，不禁大为惊喜。张飞通过此事，成功扭转了刘备对他的刻板印象。但刘备也不会想到，当自己形成了对张飞的新印象，并坚信不疑后，很快就吃了一次大苦头。

刘备见了刘岱，立即吩咐松绑。毕竟刘岱曾经是十八路诸侯之一，王忠也被同时释放。

刘备对他们说："我当初杀车胄，是因为他想暗害我，我不得不反击防卫。丞相一定是误会我想造反，所以才派两位将军前来问罪。我以前在许都的时候，深受丞相大恩，只恨没能好好报答，怎么会背反朝廷呢？请两位将军回到许都后，替我在丞相面前分辩，那我真是感激不尽。"

刘备这番说的全是鬼话。车胄要杀刘备，本是奉曹操密令。曹操之所以要车胄如此行事，是因为刘备在击败袁术后，没有班师回朝，只把路昭、朱灵打发回许都，自己却留下军马，要打徐州的主意。现在刘备倒将责任推到了车胄身上。

听到了"回许都"这几个字后，刘岱、王忠这两个活宝知道自己的小命丢不了了，哪里有心思来分析刘备的这番话是否可靠。不管刘备说什么，这两位都连连点头，慌不迭地承诺。

刘岱、王忠说："我们俩愿以两家老小的性命向曹丞相担保，说您绝无反心！"

刘岱、王忠这样说，是为了眼前的好处而虚晃一枪。但虚晃一枪如果没有实际行动做支撑，往往会因来不及应变而付出巨大代价。

刘岱、王忠将要付出的代价就是他们的脑袋。刘备没有要他们的命，但曹操听他们说刘备绝无反心后，却想要他们的命。

曹操与袁绍相持了一段时间后，各自撤军。回到许都，正要琢磨如何对付刘备，刘岱、王忠回来了。这两个家伙，一回来就把刘备的那套说辞原样呈送给了曹操。

曹操气不打一处来。本来指望这两个家伙能够起到疑兵作用，让刘备心神不宁。没想到，两人却被刘备洗了脑，竟然帮刘备说话了。你说曹操能不砍他们的脑袋吗？

但他俩的运气还不坏，旁边正好站着孔融。

孔融还是想拉刘备一把。他知道，如果曹操将这两人杀了，接下来肯定是要自己去找刘备的麻烦。孔融就说："丞相，您当初派他们去的时候，就说过他们不是刘备的对手，结果果然如此。如果您现在杀了他，等于授人口实，说丞相明明知道他们不是对手，却派他们去，失败回来后就借机杀人。这样对您的声誉不利！"

曹操想了想，想起自己确实说过这番话，也就回心转意，免了这两人的死罪。但他对刘备的恼怒之情更加强烈，就想自己亲自领兵去擒拿刘备。

孔融连忙说："现在正值隆冬，不是动兵的好时节。不如等到明年开春吧。"孔融也知道，仅靠这样的说辞，并不能说服曹操。他随之又献一计，来转移曹操的注意力。孔融的建议是趁着休整期去招安张绣和刘表。

曹操同意了，派刘晔去见张绣，另派他人去见刘表。

心理感悟：如果你游戏生活，生活必将游戏你。

血诏事件

你杀我儿也不计较 / 狂傲不是一种手段 / 天下自有杀你的人 /
治病的医生要下毒 / 不信老鼠敢咬猫 / 声势浩大的一次探病 /
权力让人变成魔鬼 / 我的士兵我的城 /
爱上一个留不住的人 / 将恩惠进行到底

你杀我儿也不计较

刘晔先来见张绣的谋士贾诩，向他说明了曹操的殷勤招致之意。刘晔的来意让贾诩大为震惊，也让贾诩深深地折服。

贾诩足智多谋，阅人无数，先后为李傕、张绣效力，屡出奇谋。曹操连续两次在张绣手上吃了苦头，最近一次，不但折损了长子曹昂、侄子曹安民和猛将典韦，而且连自己的性命也差点丢了。在贾诩看来，在这种情况下，心胸再宽广的人，也会对张绣恨之入骨，怎么肯主动派人前来劝降，申明自己的接纳之意呢？但曹操却这样做了。

曹操的举动，一瞬间就征服了恃才不羁的贾诩。贾诩敏锐地认识到，曹操，唯有曹操才是这乱世中值得追随的明主！仅凭他这一份气度，就无人可及。不论是张绣、刘表，还是袁绍，都将成为他的手下败将。

贾诩当即做出了向曹操投降的决定。他留刘晔在家中歇息，次日一早就去见张绣，述说曹操派刘晔前来招安之事。

正在议论之间，袁绍也派使者来拉拢张绣，张绣一下子成了香饽饽。在曹操和袁绍这道二选一的选择题上，一般人都会选择袁绍而放弃曹操。理由在于：袁绍的实力明显强过曹操，而张绣和曹操又有旧怨在先。但张绣没有做出一般人的选择。因为贾诩不等他发话，就替他做出了选择。

贾诩对袁绍的使者说："你还是赶快回去吧。你见了袁绍，就说你们亲兄弟俩都不能相容，哪里能够容得下天下的国士呢？"当下，毫不客气地将袁绍的书信扯碎，掷在地上，把袁绍的使者赶了出去。

张绣大惊道："现在袁强曹弱，先生你毁书叱使，如果惹怒了袁绍，该怎么办呢？"

贾诩淡淡一笑道："主公不如去投曹操。"

张绣心里懊恼不已。若不是贾诩一向有过人之智，且又积功累累，张绣早就对他大发雷霆了。张绣说："我们不是和曹操结了大仇了吗？他怎么肯真心收留我们呢？"

贾诩不回答他的问题，而是说起了投奔曹操的三大好处。

"第一，曹操迎侍天子，手上有天子明诏，可以名正言顺号令天下，征讨四方。第二，袁绍兵强马壮，我们这点人马去投奔他，肯定得不到重视；而曹操处于弱势，得到我们必然喜出望外，十分看重。第三，曹操为了显示其称霸天下的胸怀气度，一定能够尽释前嫌，既往不咎。请将军不要再犹豫了。"

张绣一直对贾诩言听计从，说："先生说得确实有道理，但我还是不知道曹操能否容我。"

贾诩哈哈一笑道："曹公的使者早已到了。"当下请出刘晔相见。

刘晔再度表明了曹操的赤诚之意，说："曹公如果还对旧日恩怨耿耿于怀，又怎么会派我前来呢？"

张绣再无怀疑。收拾一番后，就与贾诩一道，跟着刘晔去许都面见曹操了。

曹操亲自来迎。张绣在阶下跪倒，曹操亲自将其扶起，握着张绣的手说："我以前的过失，你可不要记在心上啊。"

这句话，等于是曹操的道歉之语。纵观曹操这一生，从来没有公开道歉的先例。当年，他误杀吕伯奢全家，可谓是滔天大错，但也没有因此而愧疚致歉，而是用"宁教我负天下人，休教天下人负我"这句骇人听闻的话来为自己辩护。他在宛城强占张绣之婶的错误，在他所犯的错误中并不算大，他却当着张绣的面直接道歉。这是为什么呢？

这并不是因为张绣有多么特别之处，而是因为贾诩确实选对了投降的时机。

实际上，在曹操看来，张绣是不会向自己投降的。张绣曾经向自己投降过，但自己却因为贪恋其婶娘邹氏的美色，令张绣脸上无光，这才再度背反。而张绣的发难，又令曹操损失了至亲的子侄与神勇的大将。依据这两点，曹操认为张绣不能也不敢向自己投降。

但是现在，张绣却欣然而来，诚心投降，这等于给了曹操一个出乎意料的巨大恩惠。在"互惠原理"的作用下，曹操更加愧疚于当年的孟浪之举，也就情不自禁地说出了致歉之语。

时机是稍纵即逝的。如果贾诩不能替张绣果断决策，是不可能让曹操这个惯于自我辩护的家伙低头认错的，也不可能为张绣和自己赢得好的身价。

"曹氏官职批发公司"当即开门营业，封张绣为扬武将军，贾诩为执金吾使。双方皆大欢喜，只是那个美艳不可方物的可怜女子邹氏，却不知所终。

曹操同时派出的去招安刘表的使者却无功而返。

张绣此前和刘表结交，有几分交情。他新降曹操，又受了厚封，有心回报，就说："待我写一封信，丞相再派一个能言善辩之人前去，一定能够劝说刘表归顺。"

孔融见状，连忙说："我家里住了一个名士，姓祢名衡，极有才学，不过，这个人傲气十足，不能容物，经常出语伤人。我早先几次想推荐给丞相，只是担心这人冒犯丞相尊严。他以前和刘表交情很好，如果派他前去，一定马到成功。"

孔融和祢衡两人相交甚厚，祢衡称孔融为"仲尼再世"，孔融则称祢衡为"颜回重生"。孔融早就想为祢衡谋个一官半职，但祢衡这个人恃才傲物，目中无人，孔融担心自己把祢衡推荐给曹操后会引来麻烦，一直没敢轻举妄动。

眼下，曹操正是用人之际，孔融抓住了这个时机。他的这一次推荐，使用了一个被称为"稀释效应"的心理策略。

所谓"稀释效应"，是指在针对某一问题的相关信息中有意加入一些无关的信息，以此来稀释、掩饰负面相关的信息，以减少可能带来的负面影响。

亨利·朱奇尔曾经做过一个实验。他给出了两个学生的描述：

蒂姆平均每周课外学习的时间大约是三十一小时。

汤姆平均每周课外学习的时间大约是三十一小时。汤姆有一个兄弟和两个姐妹。他大约每三个月会去看一次他的祖父母。他曾经约会过一个女朋友。他大约每周打一次台球。

那么，谁的学习成绩会更好呢？

参与实验的被试给出的答案是蒂姆的成绩会更高。但事实上，蒂姆和汤姆花在学习上的时间是一样的。被试之所以会做出这样的选择，是因为那些和汤姆学习无关的信息稀释了被试关于汤姆努力学习的印象。

"稀释效应"的应用极广。比如一位在竞选中给选民留下不良印象的政客，会通过在竞选广告中加入一些诸如童年小故事、家庭装饰等方面的无关信息，来冲淡那些负面信息的影响。又比如，我们在为一件说不出口的事情向他人诉求时，也往往绕很大的弯，先扯上很多无关的信息。

孔融和祢衡私交很好，所以孔融推荐祢衡的动机很强烈。但是，孔融深知祢衡的个性有较大缺陷。如果贸然推荐，一旦祢衡目中无人，得罪了曹操，很可能会连累自己。当机会出现的时候，孔融有意识地采用了"稀释效应"。他的目的很简单，既要成功推荐祢衡，又要预先声明祢衡虽然才华出众，但个性太过突出。只有这样，即使祢衡激怒了曹操，孔融也可因为声明在先而免受追究。

你看，孔融先是高度肯定了祢衡的才学。为了营造一个良好的第一印象（首因效应），这是必须放在第一位的，否则，一开口就说这个人傲气十足，曹操可能就不会再听后半句话了。表扬之后就是批评，这个人虽然有才，但目中无人，态度倨傲。紧接着又加上一段祢衡与刘表有旧交情，这也是祢衡的砝码之一。

孔融的这段话，就像一个三明治。正面信息与负面信息相互交杂，互相起到了稀释作用。这样的说法，尽管曹操可能对祢衡正面才华的认知会有所削弱，但也足可保证将孔融举荐不当的风险降至最低。两相权衡，这才是孔融的精妙之处，或者说狡猾之处。

曹操听后，命人去叫祢衡。祢衡行礼已毕，曹操却没有赐座。这也是曹操听了孔融的举荐，故意要试探一下祢衡的做法。

祢衡仰天长叹道："天地虽阔，何无一人也？"

这句话让曹操听了很不高兴。曹操说："吾手下有数十人，皆当世英雄，何谓无人？"

祢衡说："你倒说来听听。"

曹操说："荀彧、荀攸、郭嘉、程昱，机深智远，虽萧何、陈平不及也。张辽、许褚、李典、乐进，勇不可当，虽岑彭、马武不及也。吕虔、满宠为从事，于禁、徐晃为先锋；夏侯惇天下奇才，曹子孝世间福将。安得无人？"

正是这些人，帮助曹操成就了目前的事业，曹操当然对他们高看一眼。但是没想到，这些人在祢衡眼里却一钱不值。

心理感悟：气度决定一个人的成就。

狂傲不是一种手段

祢衡笑着对曹操说:"公言差矣!此等人物,吾尽识之:荀彧可使吊丧问疾,荀攸可使看坟守墓,程昱可使关门闭户,郭嘉可使白词念赋,张辽可使击鼓鸣金,许褚可使牧牛放马,乐进可使取状读招,李典可使传书送檄,吕虔可使磨刀铸剑,满宠可使饮酒食糟,于禁可使负版筑墙,徐晃可使屠猪杀狗;夏侯惇称为完体将军,曹子孝呼为要钱太守。其余皆是衣架饭囊、酒桶肉袋耳!"

祢衡将曹操手下的精英豪杰数落得一钱不值,曹操极为震怒,呵斥道:"汝有何能?!"

祢衡傲然道:"天文地理,无一不通;三教九流,无所不晓;上可以致君为尧、舜,下可以配德于孔、颜。胸中隐治国安民之方,岂与俗子共论乎!"

举座皆惊,唯孔融最惊;举座皆怒,唯曹操最怒。那么,祢衡为什么会说出这一番惊世骇俗之语呢?

其实,祢衡并不是一个正常人,而是一个典型的人格障碍者。所谓"人格障碍",是指一种持久的、不可变的、不会因应环境而改变的感知、思维或行为模式。

具体而言,祢衡的人格障碍叫作"表演型人格障碍"。患有这类人格障碍的典型特征是:患者总是希望自己是注意力的中心。如果他们不能成为注意力的中心,他们就会做出一些惊世骇俗的言行举止来强行吸引他人的注意。患者在对外部事物进行判断时,往往感情用事,语出惊人,却缺乏足够的证据来支撑他们的判断。而且,他们往往会对极为细微的小事做出过分的情绪反应。

祢衡初来见曹操,曹操没有给他赐座,这本是一件小事。祢衡不过一介布衣,曹操已经位极人臣,曹操的倨傲是可以理解的。要想获得在曹操面前就座的资格,是需要靠自己的能力或表现来赢取的,但自视极高的祢衡觉得自己没有受到足够的关注和尊重,他的激烈情绪便就此发作。

所以，他出言不逊，肆意贬低曹操身边已经有落座资格的精英、爱将。而他的狂人狂语，也是出于吸引他人注意力的需要。

说到底，祢衡就是一个精神疾病患者。但在当时的年代，人们并没有掌握这种病症的机理认知，也就不能客观地看待祢衡的言行。况且，人们在归因他人的行为时，往往倾向于特质归因。即祢衡的本质是一个极度狂妄之人，他的这些放浪形骸的言行，是由他的性格本质决定的，而不是因为疾病，这自然也加重了众人对他的反感。

张辽看看曹操面色极为不善，拔出剑来就要斩杀祢衡。曹操却摆摆手，说："我这里早晚朝贺宴享，正好缺少一个击鼓的小吏，我看就让祢衡来担当这一职位吧。"

祢衡的所作所为，令曹操愤怒不已，他断然不肯简单一杀了之。曹操觉得，对于这样的狂妄之徒，最有效的办法就是折辱他们。你越是想自提身价，得到重用，我偏偏反其道而行之，所以，他才会做出这样的决定。其实曹操哪里会缺一个击鼓的小吏？他之所以这么说，就是为了折辱祢衡。

孔融之所以推荐祢衡，祢衡之所以愿意来见曹操，都是希望曹操以国士待之的，但最终的结局却大大出乎他们的意料。

祢衡到底是不是具备他自称的"天文地理，无一不通；三教九流，无所不晓；上可以致君为尧、舜，下可以配德于孔、颜。胸中隐治国安民之方"的能力，已经不可考究。但我们可以将他与三国中另一个极善自我包装、自我推广的天才做一个简单对比。

这个人就是诸葛亮。

我们可以设想一下，如果诸葛亮也采用祢衡这样自吹自擂、极尽自夸之能事的方式，还能不能诱引刘备屈身奉迎、三顾茅庐呢？

答案应该是否定的。一个极端贬低他人并极端自我夸耀的人，在几乎所有的社会形态下都不可能得到认可，甚至得不到宽容。

所以，诸葛亮巧妙地通过"第三方推荐""不情愿卖家""光晕效应"等策略成功地包装了自己，一出山就得到了刘备的重用。反观祢衡，即便他真正有通天彻地之能，以他这样的方式，永远也得不到曹操的认可。

再来看孔融。孔融行事虽然比祢衡圆通得多，但他对人、对社会的认识还是很肤浅的。他的个性与认知水平决定了他最终的悲剧命运。

首先，孔融并不真正了解祢衡。如果他真正了解祢衡，知道他会在曹操面前做出这等狂行,他断然不敢推荐祢衡。

其次,他并不了解曹操。曹操有时候心胸宽广,不计前嫌;有时候睚眦必报,手段狠辣。但曹操的死穴(也可能是任何人的死穴)就是,你决不能伤害到他的自尊心。一旦伤害了他的自尊心,让他觉得自己没面子,那他的报复之心就会很强烈。反之,你给曹操造成了再大的损失,他都有可能宽宥你。例子有很多,比如陈宫伤了他的自尊,曹操就始终不能释怀;再比如,张绣让曹操惨败,却得到了曹操的宽宥。

而这一次,祢衡狠狠地刺痛了曹操的自尊心,曹操是绝不会轻易放过他的。

曹操说让他当一个不入流的击鼓小吏,祢衡并没有表现出愤愤不平的表情,这不是说祢衡没有应激反应。对于表演型人格障碍者来说,外界的任何一点微小刺激都会激发其夸大的反应。祢衡其实早已在心里暗下决心,一定要更好地展示自己,吸引关注。

建安五年八月初。朝贺之日,曹操大宴宾客,吩咐鼓吏击鼓助兴。原来司掌击鼓的旧吏对祢衡说:"朝贺挝鼓,必换新衣。"祢衡昂然不顾,穿着一身旧衣服就走入厅堂,开始击鼓。

看来祢衡自傲还是有一定资本的。在击鼓上,他就很有水平。他击了一个《渔阳三挝》,音节殊妙,座上宾客,无不折服。

曹操左右之人,发现祢衡竟然身穿旧衣,立即对他喝道:"为什么不更换新衣?赶快换!"

祢衡哪里会不知道这个规矩?他的新衣早就准备好了,就等着你们的催促。既然你们发出了"指示",祢衡就开始表演了:大庭广众之下,祢衡将旧衣服一件件脱将下来,一丝不挂地站立。然后拿出新衣服,慢吞吞地一件件穿上去,脸上一本正经,毫无愧色。祢衡穿衣完毕,又拿起鼓槌,击鼓三挝。坐客无不骇然!

鼓声依然美妙,但曹操听了,却是说不出的刺耳。祢衡的举动,虽然无声无息,却是对曹操极为强劲的反击。曹操的自尊心再一次受到了伤害,他再也忍耐不住,对祢衡呵斥道:"庙堂之上,为什么这般无礼?!"

祢衡面不改色,说:"欺君罔上之徒,才是无礼。我只不过是袒露父母之形,正显贞洁,有何无礼?"

曹操再度陷入祢衡的言辞陷阱,反问道:"你说自己是贞洁之人,那么谁又是污浊之人?"

祢衡说："汝不识贤愚，是眼浊也；不读诗书，是口浊也；不纳忠言，是耳浊也；不通古今，是身浊也；不容诸侯，是腹浊也；常怀篡逆，是心浊也！吾乃天下名士，用为鼓吏，是犹阳货轻仲尼，臧仓毁孟子耳！欲成王霸之业，而如此轻人耶？真匹夫也！"

话说到这里，祢衡的用意已经昭然若揭了。他之所以要放浪形骸，就是要引起曹操的关注，要得到曹操的重用。你可知道"吾乃天下名士"，你却"用为鼓吏"，简直和阳货当年轻视孔子没什么区别。你不是想要成就王霸之业吗？那为什么还要这样轻视人才呢？

但是，祢衡的这一次演出实在太过惊世骇俗，以这样的方式是不可能得到重用的。曹操左右之人，对祢衡的反感已经达到了极点，纷纷劝曹操杀了这个狂人。

曹操需要做一个决断……

心理感悟：自吹自擂是最为拙劣的自我包装手段。

天下自有杀你的人

杀，还是不杀？

祢衡恃才傲物，放浪形骸，杀了也属应当，不会干惹物议。但曹操没有这样做。曹操对祢衡说："我要杀你，不过像杀鼠雀一样容易。但我现在给你一条生路，你替我出使荆州，说服刘表来降，我就任用你为公卿。"

曹操为什么不杀祢衡？

在对同一事物的处理上，人们总是倾向于采取前后一致的态度。尤其当先前的态度被公之于众后，人们会更为坚定地维护他们先前的判断。比如，在足球比赛中，如果裁判给某个球员出示了红牌，那么，即便有明显的证据表明这是一个误判，裁判也极少会更改自己的判罚。

前一次曹操已经放过了祢衡。所以，这一次，曹操尽管差点被祢衡气疯，但还是要维持原判，因为前一次曹操是为了彰显自己的宽博胸怀而不杀祢衡。那么，如果时隔不久，曹操却因为同样的原因杀了祢衡，就会显得他先前的宽宥不过是一种沽名钓誉的假象。为了维护自己形象的一致性，曹操没对祢衡下手。而放过祢衡，反倒是给"宽博"做了一次加法，让曹操的形象更加高大。

但曹操内心还是不想放过这个伤害自己自尊的家伙，所以，他想出了一个嫁祸于人的招数。

曹操心想，我有容人之量，其他人未必有。既然你如此倨傲不羁，那我就派你到刘表那里去，这是一箭双雕的好事。如果你能说服刘表来降，那也算是为我立了一件大功。如果你到刘表那里目空一切，指手画脚，那就让刘表来砍你的脑袋吧。只要刘表砍了你的脑袋，人家一对比，就会觉得还是我曹操有容人之量。

祢衡十分不情愿，但也没法抗拒曹操的命令，只好上路前往荆州。

像祢衡这样的人，是典型的自我监控能力不足者。人生活在社会中，会遭遇到不同的情境。为了适应这些不同的情境，人必须做出相应的自我调适，这就需要较强的自我监控能力。通俗地说，人们要想生活得好，就得随身携带不同的面具。但自我监控能力不足者，始终只以一种面貌、一种姿态示人。不论在任何情境下，不论面对任何人，他们都是以自我为中心，从不考虑他人的感受与反应。

祢衡在许都面对曹操是如此，到了荆州面对刘表还是一如既往，但目中无人、倨傲不羁的人在任何地方都是不受欢迎的。

刘表和祢衡早年就已经结识。在刘表尚未发达之前，尚能容忍这个才华出众的朋友趾高气扬。而现在刘表已经是荆襄之主，一方诸侯，祢衡再在他面前摆出一副睥睨一切的姿态，刘表就不能接受了。

祢衡在荆州数次"演出"后，刘表很不高兴。有人就对刘表说："祢衡屡屡戏谑主公，为什么不杀了他呢？"

杀人并不是难事，但杀人之前还是要考虑考虑的。

第一，祢衡毕竟是曹操派来的官方代表。杀了祢衡，等于是直接和曹操撕破了脸面。刘表一直在曹操和袁绍之间犹豫不决，没有决定与哪一方建立联盟之前，他不敢杀祢衡。

第二，刘表必须考虑一下曹操为什么会派祢衡这样的使者。曹操还远没有达到可以傲视天下、耀武扬威的程度，如果真心想笼络刘表，就不该派一个"成事不足，败事有余"的使者。所以，曹操派祢衡前来，肯定另有目的。

刘表想了想，找到了答案，曹操一定是想借刀杀人。祢衡数次折辱曹操，曹操故作姿态，没有杀他。现在把这股"祸水"送到我这里，就是想借我的手杀他。

想明白了这一点，刘表就不愿当曹操的"刀"了。但刘表也确实容不下他，该如何处置呢？

刘表决定向曹操学习，把"祸水"送到大老粗黄祖那里。黄祖是刘表手下大将，现正镇守江夏。

而袁绍听说曹操派使者去招安刘表，急忙也派去使者。

刘表更加无法决断，只好召集文武商议。

从事中郎将韩嵩进言说："现在曹操、袁绍两雄并立，将军您如果有意天下，就要抓住这个有利时机一一破敌。如果没有这样的想法，那么就要择其善者而从之。现在曹公善能用兵，我觉得他一定会先攻打袁绍，再进军江东。我担心将军您无法挡住他的攻势，不若举荆州以依附曹公，他必然会重待将军，这才是万全之策。"

谁说刘表手下没有出色的人才呢？这个其名不扬的韩嵩，见识绝不比张绣手下的贾诩差，但可惜刘表是一个优柔寡断的人，看不清形势，也把握不了时机。

刘表沉吟半天，对韩嵩说："既然如此，不如你先到许都去看看曹操的动静，再做商议。"

当断不断，必受其害。韩嵩暗暗叹了一口气，说出了一番极有见地的话："将军，我韩嵩是一个守节之人，您的命令，我就是赴汤蹈火，也万死不辞。但是，您要先想好，如果您能上顺天子，下从曹公，那么就派我去；如果还是迟疑不定，最好还是别派我去。"

刘表十分讶异，说："我正是派你去探听动静后再做决定的，为什么不行呢？"

韩嵩说："如果我到了京师，曹公借天子之名赐我官职，让我留在许都，那么我就成了天子之臣，却是将军您的故吏了。在君为君，我就不能为您考量打算了，也就不能为将军您赴汤蹈火了。请您一定三思后再决定是否要派我去。"

韩嵩的政治敏锐度远胜常人，他洞察到了曹操"挟天子以令诸侯"的深层奥妙。当时，诸侯割据各方，但名义上都是汉室之臣，曹操完全可以借天子的名义，将各诸侯手下的大将谋士封为天子之臣，而起到分化瓦解的作用。

韩嵩看到了这一点，刘表却不懂，只是说："你先去看了再说，我自有主意。"

韩嵩无奈，只好领命前去许都。果然不出他的所料，曹操拜他为侍中，领零陵太守，再又遣回荆州。实际上，曹操做的是空头人情，这零陵郡本就在刘表治下，曹操自己是没有资格来任命的。但有了天子，一切就名正言顺了。

韩嵩本来就看好曹操的发展走向，这次曹操又给了他大实惠，见了刘表，自然还是劝说他归附曹操。

曹操擅自插手自己的内部任命，刘表当然不高兴。再听到韩嵩对曹操颂扬有加，更是不舒服。刘表大怒，对韩嵩喝道："你心怀二意，我要杀了你！"

韩嵩大叫道："是将军您辜负了我，我没有辜负将军您！"

确实如此。韩嵩出使许都之前，就有言在先，现在的一幕，只不过是将他的预言变成了现实。韩嵩的这个伏笔埋得非常巧妙，如果没有这个伏笔，他今天就保不住自己的小命。

蒯良劝道："韩嵩去许都前，确实说过曹操惯用伎俩，将军还是饶他一命吧。"

刘表想了想，如果自己杀了韩嵩，那真是中了曹操的奸计了。此前自己没杀祢衡，那么，现在也不该杀韩嵩。

韩嵩逃过一劫，但祢衡却没能逃过。

有人来报，祢衡已经被黄祖杀死，刘表心里暗笑，询问缘故。

原来，祢衡到了江夏之后，黄祖对京师来的贵宾十分热情，特意设宴款待祢衡，两个人都喝醉了。黄祖问："您在许都，见识过哪些人物？"

祢衡狂态恣肆，说："大儿孔文举，小儿杨德祖，除了这两人以外，再无人物。"

描述一个人目空一切往往会用"目无余子"这个词。但祢衡虽狂，似乎不适用这个词。他目中还是有两个"子"的，不过这个"子"是儿子之意。

祢衡在许都的时候，对孔融还是颇为看重的，称他为"仲尼再世"，而没有以"子"视之，为什么到了黄祖这里，却将孔融比作"大儿"呢？

实际上，这是祢衡的夸耀心理在作怪。人往往喜欢抬出权威人物，并强调宣示自己与他们之间的密切关联来达到抬高自己的目的。而如果能够以高人一头的姿态贬低一下公认的权威人物，那么，权威人物更是成了托举自己的垫脚石。

如果名闻四海的孔融都只能算是祢衡的"大儿"，那么祢衡的卓尔不群还用得着多说吗？

黄祖只是个粗人，并不真正了解祢衡的用意，听他说得有趣，不由哈哈大笑。笑毕，黄祖提出了一个愚蠢的问题："您看看我是个什么样的人物？"

祢衡"目有两子"，还都只能当他的儿子。雄霸许都的曹操以及曹操手下的一众精英都被祢衡视为酒囊饭袋，你黄祖何德何能，还敢问出这样的问题？纯粹是自取其辱！

但人总是过度自信的，酒酣面热之际，黄祖更加把自己当成了一个英雄，是故有此一问。如果黄祖面对的是一般人，这么一问，对方也会识趣地应景而答。但偏偏坐在他对面的是祢衡——一个最负盛名的表演型人格障碍患者！

祢衡说："你不过像是一个庙中之神，虽然接受百姓的祭祀，却从来没有灵验过！哈哈。"

祢衡这样说，已经是给了黄祖天大的面子了，庙中之神，已经远远胜过酒囊饭袋了。祢衡之所以这样说，多少还是顾及了黄祖对自己的盛情款待，虽然他一贯倨傲，但互惠原理对他也不是完全没有作用。

能够得到祢衡如此评价，黄祖本该欢欣不已才对。但可惜，这个大老粗却是出名的不解风情，他竟然暴跳如雷，大怒道："你竟敢把我比作土木偶人？！"

祢衡有什么不敢的？在曹操面前，在盛大的朝贺大厅上，他都敢赤身裸体，自顾自更换衣服，你一个小小的黄祖又算得了什么？

黄祖可从来没想过要在天下人面前建立一个胸怀宽博的好名声，他从来都是只图一时之快的。

就这样，一把快刀要了祢衡的命。祢衡临死前，骂不绝口。

对于祢衡，我们要报以同情。他只是一个不自知，也不为人所知的病人。囿于当时的心理医学水平，人们归罪于他自己的狂放不羁。但我们可以引以为戒的是，如果一个没有罹患表演性人格障碍的正常人，也倨傲如此的话，必然会自取其辱。

心理感悟：愚者用贬低他人来抬高自己，智者用抬高他人来抬高自己。

38

治病的医生要下毒

曹操听说祢衡被杀之后，大笑三声，道："腐儒舌剑，反自诛矣！"但随即曹操也感到了一阵失落。

对曹操这个资源配置大师来说，借刀杀人只是他的一个目的。他还有另外一个目的是要通过刘表对祢衡的处置来探知刘表对他的态度。

黄祖杀了祢衡，等于是刘表杀了祢衡。这表明，刘表并没有把曹操放在眼里。如果刘表畏惧曹操的实力，是绝不敢放任黄祖杀了祢衡的。也就是说，在曹操与袁绍之间，刘表其实更为认可袁绍。

这又刺痛了曹操的自尊心，曹操当即要兴兵讨伐刘表，理由是现成的：无故诛杀天子使者，不是造反又是什么？

荀彧阻止了曹操的冲动，理由当然是袁绍和刘备。曹操暂时放下了讨伐刘表的念头，但这笔账却深深地记在了心底。

再说国舅董承，自刘备、马腾去后，一直郁郁寡欢，不由卧病在床。汉献帝得知后，派随朝太医吉平前去探病。

吉平到董承宅上，用药调治数次后，董承渐渐康复。吉平医术高明，望闻问切后知道董承的病是积郁所致。治病期间，他见董承常常长吁短叹，却不敢擅自发问。

这一日已是元宵节，董承留吉平饮酒，酒入愁肠最醉人，过不多久，董承颇感倦怠，和衣睡去。

日有所思，夜有所梦。董承竟然梦见刘表结连袁绍、马腾结连韩遂，率数十万大军向许都进攻。曹操尽起军马抵挡，城中空虚。王子服等人建议将五家童仆组织起来，计有千余人，乘着今日元宵，围住丞相府，诛杀曹贼。董承大喜，亲自披挂上阵，来到丞相府，瞅准曹操，一剑砍了过去。曹操急忙退却，董承大喝一声："曹贼休走！"这一喝真是畅快无比，但一喝之后，董承醒将过来，才知不过是南柯一梦。但心中那份感觉犹在，正自品味之际，忽听旁边有人问道："你是想要害曹公吗？"

董承大惊，吓出一身冷汗，定睛一看，原来是吉平。董承不敢接话，吉平却说："国舅休慌。我虽然出自曹公之门，心中始终没有忘记汉室。我前些天看你成天长吁短叹，不敢追问究竟，刚才您梦中之言，我全都听见了。如果你有用到我的地方，我万死不辞！"

吉平这番话言辞恳切，铿锵有力，但董承能相信他吗？敢相信他吗？

董承多么希望吉平是可以信任的啊！但他绝不敢抱有一丝的侥幸。曹操权势滔天，吉平又是曹操门下之人，只要今日的梦话透露出去，董承满门老小就绝无生机了。

在极端恐惧与强烈求生欲望的双重作用下，董承痛哭流涕道："我真怕你是故意来试探我的，我不敢尽情相告。"

吉平毫不犹豫咬下一个手指，对天发誓自己对汉室的忠诚之心。通过自我伤害来换取他人的信任，这种做法由来已久，而且效果颇佳。这是因为，每个人在潜意识中都是自私的。自私必然导致自我保护，而不是自我伤害。从而，当一个人愿意采用自我伤害的方式，就可以反过来证明他的无私，或者至少证明他绝不仅仅是自私的。

董承果然相信了，他从内室取出汉献帝的衣带诏给吉平看，并详细述说了前因后果。但董承却没有让吉平在白绢上签名。

这有两个原因。

在白绢上签名的人都是位居高官者，而吉平不过是一个医生，身份卑微。

咬指发誓本身的效力强度已经超过了书面文字的约束力。

董承叹气道："我本来指望刘备、马腾。但刘备早就自顾自远走高飞了。马腾见刘备去了，也就冷了心意，回了西凉。我想想这些人都不可靠，不知道该如何来面对天子的重托，所以终日郁郁寡欢。"

吉平一听，笑道："原来如此。国舅无须担心，铲除曹贼的事就包在我身上了。"

董承哪里肯信，连号称天下英雄的刘备、马腾见了曹操都忍气吞声，吉平不过是一个手无缚鸡之力的太医，怎么能夸此海口？

董承正后悔所托非人，吉平却说道："曹贼常患头风，痛入骨髓。一旦发病，必然要我医治。我只要在药里给他下毒，就可很轻松地结果他的性命，根本用不着动刀动枪。"

董承大喜，吉平所言确实是铲除曹操最便捷有效的方法。董承说："如果真能如此，您就是挽救汉室社稷的大功臣啊。"两人议定后欣喜而别，只待曹操"头风"发作。

曹操所患的这种头风，并不是我们今天所说的中风。因为中风属于心脑血管类疾病，发作之后往往有后遗症。但曹操的头风发作过后，却像正常人一般，照样可以领兵打仗，谋划国策。

据现代人考证，曹操的头风应该是慢性硬脑膜下血肿。这种病主要有三种成因，第一，封闭式的脑外伤，不论有无骨折，都可能造成慢性硬脑膜下血肿。第二，梅毒，但梅毒是明朝后期才传入中国的，三国时期没有，所以可以排除这个原因。第三，血液病所致。这个原因很难考证。

一般而言，封闭式的脑外伤是造成慢性硬脑膜下血肿最主要的原因。曹操年轻的时候，是个问题少年，喜好飞鹰走犬，歌舞吹弹，舞刀弄棒，脑部遭受创伤的可能性极大。所以，我们大致可以推断，正是这个原因导致了曹操后来罹患"头风"。

有意思的是，曹操还因为自己的年少浪行和自己的叔父闹过矛盾。他的叔父看不惯曹操的不良行为，经常给曹操的父亲曹嵩打小报告，曹操往往因此而被父亲严厉责打。

为了一劳永逸地解决这个问题，曹操想出了一个办法。

有一天，曹操正在飞鹰逐犬之际，看到叔父来了，就立即倒地不起，口吐白沫，昏迷不醒。叔父见了大惊，连忙将其救起，仔细询问原因。

曹操说："我经常会无缘无故地倒地，人家说这是中风症。"

叔父随后去见曹操的父亲曹嵩，把曹操中风的事情告诉他。曹嵩十分担心，正准备去找曹操，曹操却已经悄悄地回到了家。曹嵩见他一如平常，根本看不出什么异样，不由惊讶地问他："你的中风好了吗？"

曹操故意装出讶异的神情，说："什么中风？我从来也没有中风过啊！谁告诉您我中风的呢？"

曹嵩说："刚才你叔父急匆匆赶到我这里，说你刚才突然倒地，口吐白沫中风了。"

曹操立即装出恍然大悟的样子，叹了口气，闷闷不乐地说："原来是叔父说的啊。我从来没有中风的毛病，他为什么要这样说呢？可能是因为他向来不太喜欢我，故意这样说的吧。"

曹操的这个办法让叔父失去了曹嵩的信任，以后他再来打曹操的小报告，曹嵩就不再相信他的话了。

曹操利用的这个心理策略就是典型的"态度免疫"。

我们为了预防某一种疾病，往往事先注射疫苗。疫苗是一种剂量可控的病毒，当人体注射了疫苗之后，就会产生抗体，以后再接触到同类的病毒，体内的抗体就可以阻止病毒入侵造成危害。

所谓"态度免疫"就是指人的态度和人的机体一样，也是可以通过预先注射"信息疫苗"来产生抗体。

曹嵩内心对曹操的态度就相当于人的机体，曹操故意装成中风，就等于是曹操精心炮制的一剂"信息疫苗"。当曹操的叔父急匆匆地把这个信息传达给曹嵩的时候，就等于是在曹嵩的"态度机体"上进行了注射。

刚一开始，曹嵩当然相信此信息是真的。但随即，曹操用自己活蹦乱跳的事实证伪了叔父传达给父亲的信息，这样，抗体就产生了。此后，当曹操的叔父再度将同类的关于曹操不良行为的信息报告给曹嵩时，曹嵩内心态度上的抗体就会将其拒之门外，不予信任了。

曹操小小年纪，就对人的心理规律有如此深刻的了解，难怪时人会将他称为"治世之能臣，乱世之奸雄"了。

因果循环似乎在曹操身上特别明显。前面我们已经举过好几个例子了，他年少时故作中风之症，对应的是，年长之后果真罹患"头风"。这也许是冥冥中的天意吧，曹操的"头风"给了对手一个最好的机会，不知道曹操能否逃脱这几乎是必杀的一击。

心理感悟：善种信息疫苗，必丰收人际交往之果。

39

不信老鼠敢咬猫

董承送完吉平，步入后堂，心中郁闷一扫而空。欣喜异常之际，忽见家奴秦庆童与自己的侍妾云英在暗处窃窃私语。董承大怒，知道这两人必有奸情，立即喝令左右将秦庆童拿下，准备杀掉。

秦庆童为什么会与云英勾搭成奸，并胆敢公开调情，而董承又为什么没能早早发觉呢？

原来董承因天子血诏一事忧心忡忡，又气愤于刘备撒手不管，实际上是得了抑郁症。抑郁症的典型症状是终日悲哀长叹，对日常生活中的大部分活动失去兴趣或乐趣，这自然也包括床笫之欢。董承的小妾云英正值青春年少，耐不住寂寞，就与年轻力壮的家奴秦庆童勾搭成奸。而两人之所以敢勾搭成奸，也是因为董承精神恍惚，对很多事情视若不见。秦庆童和云英一来二去，见董承毫无反应，胆子也就越来越大了。

当吉平提供了最具可行性的刺曹方案后，董承心情大快，久已蒙蔽的心灵之眼豁然开朗，从而一眼就洞察了家奴与侍妾之间的苟且之事。

董承要杀秦庆童，夫人在一旁劝止，并提出了将秦庆童和小妾各自杖责四十，以示惩罚。这夫妻两人的惩罚尺度颇有意思。董承只想重惩家奴，却没想对小妾也施以惩罚。而他的夫人，则对这两人"一视同仁"，同罪同罚，其背后的奥妙自然不言自明。

秦庆童挨打之后，董承下令将其锁在偏房之中，这是董承处置不当的地方。要么干脆一杀了之，要么责打之后就放过他，此事就此结束。现在，他将秦庆童锁在偏房，给秦庆童的第一感觉就是，这件事还没有完，董承随时可能再算旧账，这条小命可能还是保不住。狗急尚且跳墙，秦庆童当然要为自己找一条生路了。夜半时分，他扭断锁链，逃脱而去，内心充满了对董承的愤恨。

此刻，报复董承，就成了秦庆童的第一需求。他顿时想起这段时间以来，董承和王子服、吴子兰、种辑、吴硕、马腾等人过往甚密。董承还曾经拿出一片白绢，一干人在上面写写画画。奸情暴露当天，吉平咬指发誓的这一幕，也被秦庆童看在眼里。秦庆童隐隐觉得董承这些人在暗中密谋什么，他决定向曹操告密。

曹操听了秦庆童密报之后，吓出一身冷汗！他顿时想起了上次在宫门前搜查董承未果，当时他相信了董承，但现在看来，这件事情必有蹊跷。曹操一向信任吉平，如果吉平要对他不利，在药中下毒，真是绝难幸免的。

曹操决定，就从吉平这里打开缺口，将参与密谋者一网打尽。第二天，他诈称"头风"发作，召吉平前来诊治。而董承在秦庆童逃脱后，认为他不过是逃亡外地去了，也就毫不在意。

吉平闻讯，大喜，以为天赐良机，曹操合该命休，当即暗藏毒药入府。曹操卧于床榻之上，摆出与平日头风发作时一样的姿态。吉平心中早有主张，也未细察，就说："丞相，只需服一剂药就能痊愈。"

吉平开方煎药，顺势将毒药放入，曹操心知肚明，却伪作不知，吉平劝曹操趁热服药，曹操却不紧不慢地说："你既然读过书，一定知道礼仪吧？"一副老猫戏鼠的架势。

吉平不知道曹操葫芦里卖的是什么药，心里急着要让曹操赶快服药，应付道："我当然知道。"

曹操沉吟道："君有疾饮药，臣先尝之；父有疾饮药，子先尝之；你是我心腹之人，为什么不先尝而后进？"

曹操的这一举动，大异往常。吉平当即明白，自己与董承密谋之事已经泄露了。情急之下，吉平一边说："药与往常无异，何必先尝？"一边纵步向前，扯住曹操的耳朵，想把药灌进曹操的嘴中。

曹操文武双全，气力不小，两人厮扭起来，药碗落地，跌得粉碎。左右上前，将吉平拿下。

"老猫戏鼠"游戏结束后，曹操哈哈大笑道："我哪里有病，不过是故意试你一试罢了。"吉平却面不改色，毫无惧色。

曹操喝问道："量你一个医者，托身在我门墙之下，怎么敢下毒害我？一定是有人指使你。你要是说出指使之人，我就饶了你！"

吉平却是一条硬汉，将一切都揽在自己身上。曹操再三审问，吉平只是不招。

曹操喝令痛打，只打得皮开肉绽。曹操唯恐打死，没有对证，才暂时放过了他。同时，曹操严令，封锁消息，不得走漏一点风声。

第二天，曹操传令请诸大臣赴宴。董承托病不来，王子服等人均到场了。这一招是曹操向董卓学来的。

当年，董卓设宴，请文武百官同饮。董卓命令押上降卒数百人，就在席宴间，或断其足，或凿其眼，或割其舌，或以大锅煮之。看到这些可怜的降卒痛苦挣扎，百官无不色变，两股战战。唯独董卓神色自若，谈笑风生。董卓又命吕布砍下结连袁术的张温的脑袋，用红盘托着，送至每个人前，一一劝酒。百官均被吓得魂不附体。

酒行数巡，曹操对百官说道："且让我拿一样东西来给大家助助酒兴。"吩咐将吉平押上来。吉平身负重枷，已经体无完肤，百官无不骇然。

曹操说："诸位不知，此人结连恶党，想要背反朝廷，谋害曹某。今日幸得天败，请大家听他口供！"

曹操为什么要说"天败"二字？

自从太史令王立发表"天象论"之后，曹操就确信"天命在己"。此后他多次历险，均平安逃脱，南征北战，也颇为顺手。这些经历都一再强化了这个心理暗示。而这一次，吉平投毒本来防不胜防，又因为秦庆童的告密而得以幸免，所以，曹操认为，上天对他十分眷顾。要不是老天开眼，让事情败露，董承与吉平等人的密谋很可能就已经得逞了。

既然"天命在己"，一切都在掌控之中，曹操行事就更加放纵无忌了。一对一的"猫戏老鼠"游戏他还没有玩过瘾，今天设宴，就是为了再玩一次多对一的"猫戏老鼠"。

曹操喝令对吉平行刑。吉平怒骂："操贼，此时不杀我，更待何时？"

曹操说："这一定不是你一个人的行为，赶快把背后的主犯供认出来，我可以免你一死。"

吉平不为所动，骂道："你堪比王莽、董卓，何止我一人想杀你？天下人都恨不得生吃你的肉！"

这是第一次有人公开将曹操比作王莽、董卓。曹操，这个当年以刺董立身的英雄，确实已经在不知不觉间变成了另一个董卓。

曹操激怒之下，也失去了悠然之态，喝道："原先有七个人，现在加上你一共有八个人了，对不对？"

王子服等人听了，面面相觑，连大气也不敢喘一下。先前吉平独自硬扛，多少让他们放了点心，现在曹操准确无误地指出了参与血诏密谋的人数，王子服等人均如坠冰窖。

曹操命人继续拷打吉平，但吉平始终不招，曹操拿这块硬骨头没办法，只好试着研究一下在场的另外四块骨头的硬度。

曹操吩咐将吉平押下，对百官说："众官且散，王子服、吴子兰、种辑、吴硕四人先留下，继续夜宴。"

王子服等人吓得魂不附体，知道已经无可幸免。

曹操恢复了平静，淡淡地说："本来不想留你们几位，只是有事要询问一下。你们几位经常到董承府上，商议什么事情啊？"

王子服等人强自镇定，说："没什么具体的事情啊，不过是人情礼乐而已。"

曹操冷然道："那么，白绢上又写了些什么啊？"

王子服等人张口结舌，无话可说。

曹操突然失去了耐心，不想再玩"猫戏老鼠"的游戏了，直接把秦庆童叫了出来，与王子服等人对质。

王子服见了秦庆童，对曹操说："这个贼徒与国舅的侍妾通奸，奸情暴露后故意诬陷主人，丞相怎么能相信他的话呢？"

曹操怒道："吉平下毒，难道不是董承指使的吗？"

王子服等都说不知此事。

曹操最后下了通牒，说："今晚你们要是坦白交代，还有一线生机。等我查个水落石出，就绝不容情！"

王子服等人的骨头虽然不如吉平那般硬朗，但也绝不是软骨头，均一口咬定，绝无此事。

曹操见实在逼问不出来，就吩咐将这四人收监，他决定直接质问董承。

心理感悟：幸运惯了的人，就不会再有幸运感了。

40

声势浩大的一次探病

第二天,曹操带人到董承府上探病,这可能是史上最声势浩大、蔚为壮观的一次探病,因为曹操带了一千多人的队伍前往。

董承一看曹操上门,只得迎接。

曹操冷冷地问道:"昨晚怎么不来赴宴?"董承说:"贱躯患病,不敢出门。"曹操冷笑一声,说:"你患的是忧国忧民的病吧?"董承愕然,不敢接言。曹操开门见山,问道:"国舅知道吉平吗?"董承说:"不知道。"曹操再次冷笑道:"你怎么会不知道?来人,牵过来给国舅起病!"

狱卒将吉平推将过来,吉平破口大骂:"你这欺君逆贼,不得好死!"

曹操不理,指着吉平对董承说:"这个人招认了王子服等四人,我已经将他们拿下了,现在还有一人未曾捕获。"

董承连话也说不出来。

曹操喝问吉平:"是谁指使你给我的药里下毒?"

吉平说:"我招给你听!"

曹操大喜,说:"好,只要你招出来,我就放了你!"

吉平大声道:"是老天指使我来杀你这逆贼!"

曹操大怒,喝令行刑。可怜吉平身上已经体无完肤,再无容刑之处,董承在一旁看了,心如刀割。

曹操又问:"你原来有十根手指,现在为什么只剩九根了?"

吉平道:"我嚼指为誓,就是要杀你这个欺君逆贼!"

曹操激怒之下,脱口而出,说:"好,我全部都给你剁了,让你发誓!"

吉平十指全失,仍不屈服,傲然道:"手指虽无,还有口可以吞贼,舌可以斩贼!"

曹操见吉平强悍若此，更加恼羞成怒，当即喝令割去吉平之舌。在这节骨眼上，吉平却服软了，说："不要割掉我的舌头，我实在熬不过了，我如实招了。"

曹操哈哈大笑，说："早知如此，何必受这么多苦？你既然要招，我就留你一条小命。"

吉平又说："能不能给我松绑？我把同谋全部招认出来。"

曹操说："那又何妨？给他松绑。"

吉平松了绑后，欠身往朝阙方向拜了一拜，长叹一声，说："臣不能为国家除此奸贼，乃天数也！"拜毕，撞阶而死！

曹操受了愚弄，大怒，当即命令将吉平分尸示众。

吉平为什么能够承受如此残酷的暴刑却绝不屈服呢？难道他的身体不是血肉之躯？吉平的坚强不屈实质上是"社会性疼痛消失"的一种体现。这一行为，与关羽的刮骨疗毒可谓异曲同工。

一个人出于对社会评价的顾忌，往往会表现出对痛苦的更大忍耐力。而精神意志力的坚强程度也直接关系到一个人对于肉体痛苦的忍耐程度。从这个角度来说，精神是可以战胜肉体束缚的。

关羽因刮骨疗毒被惊为天人，并被万人景仰。吉平所遭受的痛苦，其实远胜关羽，其所表现出来的品格气度，更是无愧于三国第一英雄的称号。但吉平不过是一个小人物，因为他的身份卑微，董承甚至都没有让他在白绢上签名。也正因为他的卑微，他的名字几乎已经被历史的烟尘湮没，没有多少人能够记得他。历史虽然是大人物的玩具，但我们也应该向吉平这样的小人物致以崇高的敬意。

曹操见吉平已死，吩咐左右将秦庆童牵了过来。这个秦庆童自以为告密有功，但曹操始终没有以功臣待之。秦庆童的待遇和一个囚犯几乎毫无二致。

曹操指着秦庆童说："国舅认得此人否？"

董承大怒，一腔怒火顿时发了出来："这是我的逃奴，原来在此。看我不杀了你！"

曹操冷冷地说："不可动手！他出首告发，今天是来对证的。他全已招供明白，国舅你还不承认吗？"

董承抵死不认。曹操也不再搭理他，吩咐去董承卧室内搜寻。不多时，就将汉献帝的衣带诏和董承等人盟誓签名的白绢搜了出来。

曹操见了，轻松地笑出声来："鼠辈安敢如此？来人，给我将全家老小全部拿下，一个也不要放走。"

曹操带一千多人前来探病的目的就在于此。这一千多人，早已经将董宅围了个水泄不通。曹操一声令下，董承满门都被拿下收监。

曹操回到府上，聚集众谋士商议如何处理。曹操拿出血诏，先给荀彧看。荀彧看了，沉默良久，不发一言，然后问道："明公您想如何处理？"

荀彧的表现与往常大相径庭。他满腹经纶，足智多谋，任凭曹操遇到多大的难题，都很快能拿出应对之策，但今天他却没有主动献策，而是先问曹操自己有什么想法。

荀彧为什么会这样呢？

当初曹操假托皇帝之诏，号召天下起兵，讨伐董卓，荀彧是第一个去投奔他的谋士。正是在荀彧的带动和举荐下，曹操周围才迅速聚集了一批顶尖的人才。荀彧之所以追随曹操，是为了帮助他兴复汉室，铲除逆贼。但随着曹操一步步走向成功，曹操的地位、思维与行为却日渐"董卓化"了。

荀彧的沉默就是因为这个。如果曹操真的成了另一个董卓，那么，荀彧的倾心辅佐不就成了助纣为虐吗？荀彧痛恨董卓欺君罔上，绝不愿意自己亲手扶植出另一个董卓来。

曹操却不疑有他，直截了当地说："既然是天子亲自参与密谋的，我看就应该把他杀了，另择有德者立为天子。"

荀彧的一颗心顿时沉了下去，但幸好他的头脑保持着冷静，他不动声色地说："主公，您今天能够威震四海，号令天下，都是因为这个天子的存在才得到的。只有保住了天子，您才能征讨有名，赏罚有制。"

曹操想了想，心头大患袁绍还没有收拾掉，如果贸然废立天子，恐怕正好授人以口实，损伤自己的实力，也就不再坚持要诛杀汉献帝。

荀彧心中长长地出了一口气，想道："他终究不会成为董卓的。我辅助的人，是不会那样的。"

每个人都不希望自己的选择错误，甚至当他做出了一个选择后，他会越来越觉得自己的选择正确无比。如果事实并非如此，他很可能会在意识中篡改事实，暗示自己一直是正确的。

荀彧的想法不过是一种自我欺骗，这种自我欺骗普遍地存在于所有人的潜意识中。如果没有这种自我欺骗，人们又怎么能够顺畅度过实际上并不顺畅的一生呢？

曹操决定不杀汉献帝给了荀彧莫大的安慰，让他继续沉浸在自我欺骗所带来的内心协调之中。

曹操接着说:"不管如何,董承这几个人不能放过。我要杀了他们,以儆效尤。"

荀彧继续发问:"丞相,您想怎样处置?"

曹操赤裸裸地说:"如果不诬陷他们造反,是不能诛灭九族的。"

荀彧吃了一惊,但对于曹操的这个想法,他已经没有足够的心理力量来阻止了。这相当于曹操使出了一个"闭门羹"策略。曹操先提出要杀汉献帝,被荀彧拒绝了,而这种拒绝给荀彧带来了愧疚感。所以,当曹操再提出要诛灭董承三族后,荀彧就很难再拒绝了。

荀彧叹了一口气,说:"事已至此,要放过他们也难啊。"语气中透露出一丝无奈,但他终于没有再行劝谏。

最终,曹操将王子服、董承等五家老小,共计一千余人,全部斩首。

杀完这些人,曹操想起宫中还有一个董家"余孽",这个人就是董承的亲生女儿、汉献帝的爱妃——董贵妃。

曹操一刻也不迟缓,身带佩剑,直入宫中,来杀董贵妃。

汉献帝见曹操气势汹汹而来,吓得胆战心惊,小心翼翼地问:"丞相所为何来?"

曹操恶狠狠地问道:"董承谋反,陛下可知?"

谁说汉献帝无能呢?就在这极度恐惧的当儿,他还是急中生智,插科打诨道:"董卓谋反,不是早就被诛杀了吗?"

曹操冷冷地,一字一顿地说道:"不是董卓,是董承!"双眼紧紧地盯着汉献帝。

汉献帝脑门上的汗唰地流了下来,说:"朕确实不知。"

曹操露出讥讽之笑,说:"难道陛下忘了咬破指头写血诏的事情了吗?"

汉献帝讷讷不敢再言。

曹操说:"一人造反,株连九族。来人,将董贵妃拉下去砍了。"

董贵妃此时已经有五个月的身孕了。汉献帝连忙哀告道:"董贵妃已经怀孕,还望丞相可怜,高抬贵手,放她一条生路吧。"

心理感悟:上了贼船,自然只能以贼船的航向为正确方向。

41 权力让人变成魔鬼

杀，还是不杀？

汉献帝以董贵妃已有身孕为由向曹操求情。殊不知，这个理由根本就不能挽救董贵妃，反而让曹操更加坚定了杀董贵妃之心。

道理很简单，董贵妃如果给汉献帝生下子嗣，那就是汉室江山当然的后继人。而曹操此时满心都是"天命在我"，取汉而代之，他怎么会容忍汉献帝生下后代？而且，董贵妃的儿子一旦长大成人，难道就不会想为父母报仇？所以，曹操决不容情。

汉献帝只好苦苦哀求曹操给董贵妃一个全尸。这个要求，曹操倒是答应了，改斩首为用白练缢死。汉献帝泪如雨下，却无能为力。一个本该御宇天下的皇帝，却连怀着自己骨肉的女人都保护不了，这是何等悲哀啊！

杀了董贵妃，曹操的所作所为已经和当年的董卓没有什么两样了。那么，曹操是怎样变成董卓的呢？估计就连董卓本人也不会想到，这个曾经想行刺自己、匡扶汉室的年轻人，竟然会在多年后成为超越自己的接班人。

人其实是一种情境性的动物。情境对人的影响至深。一个人之所以会成为好人，与情境直接相关。一个人之所以会成为坏人，也与情境直接相关。心理学家菲利普·津巴多将人这种受制于情境的效应称为"路西法效应"。

"路西法效应"就是用来解释"好人是如何变成恶魔的"。路西法是光之守护者，是上帝最宠爱的天使，但是当他投身地狱后，却变成了恶魔撒旦。路西法的嬗变，典型地说明了情境正是让好人变成恶魔的根本原因。

津巴多是在1971年进行的闻名世界的"斯坦福监狱实验"的基础上归纳总结出"路西法效应"的。

当时，津巴多正在斯坦福大学任教，他临时将斯坦福大学心理学系大楼的一个地下室改成了用于实验的监狱，并以十五美元一天的薪酬招募了一批学生参与实验。这批学生在参加实验前先进行了一次测试，只有"心理健康、没有疾病的正常人"才能参与实验。

七十名来自美国各地的学生申请参与这个为期两周的实验，他们绝大多数是在斯坦福大学和加州大学伯克利分校参加夏季课程的学生。津巴多最终选择了二十四名学生。学生们以随机的方式被分成了两组角色：其中九名学生扮演监狱中的"囚犯"，另九名学生则以三人一组轮班担任"看守"的角色。另外六名是后备人选，以便在有人退出时补位。津巴多本人则担任监狱长的角色。

为了真实地模拟现实，担任"囚犯"的学生身份以数字代替，每个人都穿上犯人的衣服，戴上脚镣和手铐，而担任"看守"角色的学生则身穿警服，戴上黑色的墨镜以增加权威感。在"囚犯"入狱时，"看守"们按照监狱的正式程序对犯人进行裸体搜身，他们拥有一切真实狱警所拥有的权力。当然，所有的参与者都保留了随时退出实验的权利。

一开始，参与实验的学生都将其视为一场好玩的游戏，但很快，他们都深度进入了他们所扮演的角色。

"看守"采取措施对"囚犯"进行"镇压"：脱光囚犯的衣服，对囚犯进行数个小时的禁闭，没收枕头和被褥，取消囚犯的餐食，强迫囚犯用手清洗马桶，进行俯卧撑或者一些没有任何意义的活动，进而羞辱囚犯、剥夺囚犯的睡眠、半夜把囚犯拉出来清点人数，甚至进行各种屈辱性的活动。

实验仅仅进行了不到两天，一个"正常的、心理健康"的好人已经被一群"正常的、心理健康的"好人折磨得濒临崩溃。编号为八六一二的囚犯是第一个率领囚犯反抗和挑战看守权力的领导者，因此在看守们的反击中受到了"特别的照顾"。当一系列的惩罚加身后，八六一二察觉这已经不是一场模拟的实验、一个虚拟的监狱，而是一个"不是由政府，而是由心理学家设置的真正监狱"。

当八六一二向津巴多当面提出要求的时候，津巴多也完全进入了监狱长的角色，他考虑的已经不是八六一二的精神状态，而是如果八六一二退出，会引起更多人退出，实验就无法进行下去了。

于是津巴多像所有的犯罪电影中的监狱长那样，向八六一二承诺让看守不再折磨他，给他好的待遇，同时他提出一个浮士德式的交易：让八六一二回到监狱做他的眼线，为他提供监狱中的信息，如果同意，津巴多就会迟一点的时候"释放"

八六一二。八六一二答应了津巴多，重新回到实验当中。当八六一二回到监狱中，其他的囚犯们开始意识到，他们无法退出，实验负责人员不会让他们退出实验，希望就此幻灭。津巴多事后回忆他当时的判断，他觉得八六一二是心理上过于软弱，无法承受哪怕一丁点儿的压力，毕竟实验只进行了不到两天的时间，怎么可能会那么快就要求退出实验呢？实验还有十三天的时间啊！作为实验设计者、心理学家的津巴多，本应客观地评价八六一二的状态，结果也被监狱长的角色所控制而影响了判断。

在实验开始的时候，"看守和囚犯之间没有任何的差异性，而在实验持续了一周以后，他们之间已经没有任何的相似性了"。

就在这个临时改造成的监狱里，魔鬼被制造了出来。"看守"们扬扬自得于支配一切的权力，"囚犯"们则在心里播种下仇恨的种子。甚至在实验结束以后，当"看守"们和"囚犯"们面对面坐在一起讨论时，相互间仍然存在严重的敌对情绪。

实验的第六天，津巴多的女友克莉丝汀来访。她刚刚获得斯坦福大学的心理学博士学位，一开始，克莉丝汀与其中一位名叫瓦尼施的看守进行了交谈，她感觉这是一位礼貌、友好和让人愉快的好人，但瓦尼施实际上是这个模拟监狱中"臭名昭著"的狱卒。当克莉丝汀开始观察实验时，她发现了一个与好人形象截然不同的瓦尼施：他戴着黑色的墨镜，手持警棍，身穿制服，放声号叫，痛骂犯人，让犯人报数时表现出一种粗暴的态度。

当时正是洗浴时间，洗浴房设在监室之外，看守把犯人用脚镣锁成一列，每个人都戴上头套，完全看不到环境的情况，然后把他们带到洗浴房。克莉丝汀的男友津巴多通过观察窗监看着正在发生的情形，兴奋地对他的女友说："快来看，看一下现在要发生什么。""看到没有，这场景太棒了！"

津巴多的言行让克莉丝汀感觉到异常的陌生。津巴多本是一个善良、温柔的好男人，但此刻残暴、冷漠却充溢于津巴多的全身。

离开了实验现场后，津巴多兴致勃勃地想要知道克莉丝汀对整个实验的评价。他本以为女友会高度赞扬他天才般的设想，但得到的却是女友的愤怒与质问。这对恩爱伴侣之间第一次爆发了激烈的争吵。克莉丝汀甚至无法想象，自己能够在未来的漫长岁月中与这样一个恶魔般的男人亲密相处。

这场争吵惊醒了津巴多，他终于从监狱长的角色中脱身而出，并决定第二天一早就终止实验。

津巴多本是一个好人，但当他担任了"监狱长"一职后，却身不由己地变成了一个"恶魔"。参与实验的学生本来没有太大的差异，却在担任不同的角色后，不由自主地投入角色之中，尤其是使那些担任看守的学生成了不折不扣的恶魔。

要知道，所有的人事前都知道，这不过是一场实验而已。尽管如此，这个模拟的监狱还是"成功"缔造了一批与其情境相吻合的"魔鬼"。在情境的催化下，人类因文明进步而生成的人性被原始的兽性取代，一幕幕残忍的兽性热剧也就屡屡上演。

模拟的情境尚且如此，何况是真实的情境呢？

曹操之所以会变成董卓，原因也是如此。当他手握重兵，权倾天下之后，纲常涣散的乱世中，已经没有任何东西可以制约他了。他再也不是那个胸怀壮志、想要拯救汉室的热血青年了。处在他的情境之中，权力的欲望必然一步步地膨胀，直到他真的成为天下之主。当现有的天子以及其他的臣子成为他前进道路上的绊脚石时，曹操会毫不犹豫地将他们赶尽杀绝。其心肠之冷酷、手段之毒辣，在他自己看来，都不过是理所应当，本该如此。

不仅仅是曹操会变成董卓，任何一个处在相同情境下的人，都有极大的可能会成为董卓。袁绍、袁术、孙权这些枭雄，其实他们并非没有要成为董卓的想法，只是他们没有曹操那般机缘巧合，步入对应的情境轨道罢了。更进一步说，董卓也不是从一开始就成为董卓的。明白了这个道理，也许我们就能够更清楚地了解曹操，而不会一味地以大义痛责他。

曹操杀死了董贵妃，却还是不放心汉献帝，唯恐他再度与外面勾结，就另拨三千人作为御林军，由心腹曹洪率领，日夜监控内宫。

心理感悟：文明再神通广大，还是会给兽性留下表演的空间。

42

我的士兵我的城

曹操诛杀了董承等五家共计一千余人,丝毫不觉得有何残暴之处。他此刻最为关心的是那张"黑名单"上的两个漏网之鱼——刘备和马腾。

按照曹操的脾气,恨不得立即将这两人赶尽杀绝,尤其是刘备,当刘备"血诏党"的真面目暴露后,曹操真是痛心疾首,恨自己被他骗得好苦。

荀彧已经通过自我欺骗平复了内心的认知不协调,又站出来献策说:"现在马腾远在西凉,可以暂不考虑,但要派人送信前去慰劳,以免他生疑。等风平浪静后,再想办法把他诱到京师处置。至于刘备,现在虽然占据了徐州,不过还未成气候。明公您的头号大敌是袁绍,现在袁绍屯兵官渡,一旦您出兵讨伐刘备,袁绍必然会乘虚而入,攻打许都。"

荀彧的见解相当高明,但其结论得以成立的前提是袁绍能敏锐地判断出这是一个极佳的机会,并迅速采取行动。而曹操认为袁绍优柔寡断,不可能快速出兵。

荀彧认为,袁绍虽然没有这样的决断力,但他手下一大批智谋之士应该会说服他采取行动。

曹操再问计于郭嘉。郭嘉说:"袁绍手下的谋士互相猜忌,互相牵制,用不着多虑,主公您还是赶快对刘备下手吧。别忘了,他手下的那五万人马可都是您的嫡系部队啊。"

一语惊醒梦中人,郭嘉的最后一句话有效地说服了曹操。曹操向来治军极严,在军士中享有极高的威信,刘备以狙击袁术为由,脱身而走,并强留了人马,据为己有。但只要曹操出马,登高一呼,这些军士很快就会倒戈,重归曹操门下。

曹操不再犹豫,立即率二十万大军,直逼徐州。

刘备心慌意乱,立即派孙乾去向袁绍求援。孙乾先去见田丰,田丰闻讯后大喜,因为这是一个非常难得的战略良机。

次日，田丰陪孙乾来见袁绍，但看到袁绍后，却大吃一惊。袁绍身材高大、面容俊朗，是三国中数得着的美男子，向来也十分注重衣着容颜。但出现在二人面前的袁绍，却衣衫不整，形容憔悴。

田丰惊问："主公今日何故如此？"

袁绍惨然道："我马上就要死了。"

田丰说："主公您纵横天下，怎么这样说呢？"

袁绍说："我命在旦夕，还说什么纵横天下啊。"

田丰心想：昨天还是豪气干云，怎么一夜之间就凤凰变草鸡了？田丰追问究竟，袁绍："我一共五个儿子，只有最小的这个最称我意，现在他患了疥疮，生命垂危，我根本没心思考虑别的事情。"

孙乾一听，心里凉了半截。田丰不忍心浪费大好良机，还是劝道："现在曹操出兵东征刘备，许都空虚，主公正好可以乘虚而入，攻占许都。然后上可以保天子，下可以保万民，这可是老天给您的好机会啊。俗话说，天与不取，反受其咎，愿明公详察啊。"

当着孙乾的面，田丰的话说得很含蓄。但话里的意思再清楚不过了。"挟天子以令诸侯"给曹操带来了多大的好处啊！你不是早就看着眼馋不已了吗？现在，老天给了你这么一个取而代之的好机会，你难道还不想抓住吗？

袁绍有气无力地说："我也知道这样好啊，可是我心中恍惚，实在提不起精神。"

袁绍的做派根本不像一个有意雄霸天下的枭雄，田丰的语气就有点不客气了："主公，您到底恍惚什么啊？"

袁绍长叹一声，道："我这个小儿子，身具异相，贵不可言。如果他有个三长两短，我实在没法承受啊。"转过头来，也不和田丰再多说了，直接对孙乾说："你回去告诉刘玄德，就说我实在没心情出兵。如果遇到了不如意的事情，就到我这里安身吧。"

袁绍对孙乾说的这句话，说明他的头脑还是很清醒的。如果他不出兵，刘备必败无疑。刘备兵败后无处容身，就可以到他这里来。袁绍的这句话，后来却成了刘备的一根救命稻草。

袁绍前面的那句话，则微妙地揭示了袁绍为什么会摆出这样一副如丧考妣的形容。袁绍当然是疼这个小儿子的，但他为什么会疼到宁愿放弃攻占许都，将汉献帝掌控在手中的大好时机呢？

这还要从王立的"天象说"说起。当时的年代，天命之说是最具说服力的。而王立因其客观中立的身份，其说法更具权威性，流播也甚广，袁绍不可能没有听说过。所以，尽管袁绍看不起曹操，却不能对天命毫无顾忌。而要想冲破"天命在曹"的束缚，就必须找到一种足可与之相抗衡的理由。袁绍找到的这个理由就是他的这个小儿子。这个小儿子生了一副大贵之相，这足以让袁绍相信，天命在自己这边。即便自己没能实现得天下的愿望，也会在这个儿子身上得以实现。但现在，小儿子命在旦夕，就彻底摧垮了袁绍的心理建设。一旦儿子死了，也就预示着袁绍根本没有希望赢得天下了。所以，袁绍才会把这个儿子视如命根。

但田丰和孙乾都没法理解他这个微妙心理。孙乾怏怏而去，田丰则十分憋气，一边往外走，一边使劲地用拐杖击地，叹息道："为了一个小儿，这么好的机会竟然白白放过，还谈什么国家大事呢？"

再说刘备，听说袁绍不肯出兵，立即号啕大哭，束手无策，说："这下可怎么办呢？"

张飞见兄长哭得伤心，十分不忍，说："哥哥不要担心，我有一个妙计，一定能击败曹操。"

刘备问计将安出。

张飞说："等曹兵前来，我趁夜就去劫寨。"

这哪里是什么妙计啊，但刘备受前次张飞智擒刘岱的"近因效应"影响，对张飞的认知从"鲁莽之将"改为"智谋之将"了，于是就任由张飞去安排。

但刘备也不想想，曹操岂是刘岱能比的？

曹操率领大军一路前行，往小沛而来。正行之间，狂风骤至，吹断了军中一面牙旗。行军故例，旗帜被吹断是敌方要来劫营的预兆，曹操当即吩咐做好防范。当然，这一小小的事件，再度让曹操深深体会到"天命在我"的美妙感觉。

为什么古时打仗，都会将风吹断旗与敌兵劫营关联起来呢？

这实际是一种"错觉相关"。风吹断旗本是一个偶然事件，如果真的将所有的这类事件统计起来，一定能够发现并不是每一次"风吹断旗"都有"敌兵劫营"伴随而来的。但只要有几次恰好吻合了，就会被"善于总结"的人们记录在案，从此故老相传，成为不容生疑的定例（因为人们总是喜欢在不同的事物中发掘联系，只有找到了联系，才会让他们感觉到安全）。

尽管这种方法并非万无一失，但在实战中还是很有作用的。因为古时打仗，信息采集渠道不可能像现在这样发达。"风吹断旗"就等于是给将领们发出一个信号，让他们提高警惕，严加防范。

是夜，张飞率兵而来，却中了曹操的埋伏。张飞所部原就是曹操的兵，转眼间倒戈，重归曹营。张飞大败，杀开一条血路，突围出来，想要重回小沛，却被曹操大兵挡住去路。张飞看看曹兵漫山遍野，绝无胜机，只好一路跑到芒砀山落草去了。

曹兵趁势掩杀，刘备部下也大都重归曹营。刘备见势不妙，也顾不得兄弟与家小了，想起袁绍曾经说过的那句话，直接就奔冀州方向而去。

徐州城里仅有糜竺、孙乾几个文人，哪里守得住？反正在刘备集团，打不过就跑是惯例，绝不会军法从事的。糜竺、孙乾等人也瞅准时机，纷纷撒腿跑了。陈登无处可逃，幸好他还有一个双面间谍的身份，于是主动献了城池，曹操也就赦免了他当日未能阻止刘备斩杀车胄之过。其实，这个车胄根本就是死于陈登的谋划之下的。不过，陈登的潜伏工作做得好，又一次蒙混过关。

老大和老三都跑了，只是可怜了老二。上次张飞负责保护刘备的家小，结果被吕布击败，没能完成任务。这次，刘备把这个任务交给了关羽，关羽此刻正驻扎在下邳。

曹操的下一个目标就是攻占下邳，而关羽又是他觊觎了很久的一员虎将。曹操决定，这次一定要把关羽搞到手。

心理感悟： 翻开天意的硬币，背面写的其实是人心。

43

爱上一个留不住的人

曹操在关羽温酒斩华雄的时候，就对关羽心生好感，现在正摩拳擦掌要借这个机会将关羽收归己有，郭嘉却给他泼了一头冷水。郭嘉认为，关羽义气深重，一定不肯投降。派人去劝降，只是送死。

张辽觉得关羽向来对自己不错，说不定会卖自己一个面子，站出来说："我和关羽有点交情，让我去下邳说降吧。"

程昱说："文远虽然与关羽有旧，但我和郭嘉的看法一样，关羽这个人很难用言辞说动。"听起来程昱似乎要和郭嘉一道搅黄劝降这件事，实际上不是这样的。曹操帐下，团队氛围非常好，谋士武将向来精诚团结，常常携手互助来完成曹操想要达到的目标，这和袁绍帐下谋士之间相互倾轧的情景形成了鲜明的对比。

程昱这样说是要为曹操出个主意："我看只有把关羽逼上绝路，让他进退两难。这样，张辽再去劝降，成功的可能性就大了。"

程昱的计策是选择数十名徐州降兵，败逃至下邳，以为内应。再派夏侯惇搦战，关羽起先闭门不出，但夏侯惇吃准他心高气傲的个性，不断辱骂。关羽受激不过，出城迎战，却被死死围在土山之上。而下邳也被曹操的内应举火为号，攻占了。

眼看关羽被逼上了绝路，时机已经成熟，张辽出马前去劝降。关羽因为桃园结义的承诺，决不肯投降。张辽却"以子之矛，攻子之盾"，巧妙地提出，关羽如果不投降，就只能一死了之，但关羽若赴死，就犯下了三大罪状：

第一，桃园结义，说好"不求同年同月同日生，但求同年同月同日死"，现在刘备存亡未知，你就先死了，这就违背了承诺。

第二，关羽一死，刘备的两位夫人无人照料，这就辜负了重托。

第三，你一身好本领，还没有帮助刘备完成匡扶汉室的重任就先死了，这就背弃了大义。

张辽的这一番说服，利用桃园承诺的约束力和刘备的权威，成功地打消了关羽死战的决心。

但关羽也不是善茬儿，他借着张辽的话头，顺势提出了三个条件：其一，降汉不降曹；其二，二位嫂子必须用刘备的俸禄供养，不沾曹操一丝恩惠；其三，一旦得知刘备去向，立即要去投奔。（张辽与关羽的这一场心理大战，请详参《心理关羽》。）

这三个条件为关羽的投降披上了一件抵挡舆论炮弹的"防弹衣"，消除了关羽内心的认知不协调，却把麻烦踢给了曹操。

但凡一个正常人，都会将"关三条"视为挑衅而施以报复。以曹操容易冲动的脾性，早就该下令将关羽乱箭射死了。你想想，投降怎么还有降曹降汉之分？刘备一介反贼，抓到了就要砍头，哪里还有什么俸禄？你现在降了，刘备一出现，你就走了。你这根本不是投降，而是拿我曹操的营盘当免费旅店呢。

但奇怪的是，曹操竟然全盘接受了关羽的三个条件。这是为什么呢？

"天象说"的心理暗示让曹操认为，自己代汉而立是迟早的事。就拿眼前来说，整个朝廷全都掌控在自己手上，那么，曹和汉有什么区别呢？而一旦代汉自立，普天之下，莫非王土；率土之滨，莫非王臣。那时候，刘备也得向我投降。你愿意去投，那就去投吧。不管投谁，都还是我曹操的人。

钱的问题更是小事情，以刘备俸禄的名义发放，也没有任何操作难度。关羽提的这个条件也让刘备成了史上唯一一个可以领朝廷俸禄的反贼。

就这样，曹操终于得到了这员他梦寐以求的猛将。

曹操对关羽真是发自内心的好，三日一小宴，五日一大宴，上马金，下马银，好到其他的谋臣将士们嫉妒不已。但曹操的慷慨给予，却收到了适得其反的效果，这就是"过度合理化效应"。

投降本来是关羽违背本意的无奈之举，但他却因为这个"不义之举"而获利丰厚，这就让关羽的内心加倍地不协调。曹操对关羽越好，关羽越是不自在，最后，曹操的赏赐之物，关羽连动也不敢动，全部封存。

关羽长了一把很长的胡子，更显得他面目威严。这一日，曹操又请关羽赴宴。觥筹交错中，曹操见关羽不断地用手捋自己的胡子，忍不住问道："云长，你的长髯可曾数过有多少根？"

数胡子是件很无聊的事情，关羽跟着刘备这些年，东奔西走，居无定所，哪里顾得上数胡子？所以，曹操的这个问题要是早几天问关羽，关羽肯定是答不上来的。但现在情境不同了，自打关羽降了曹操后，除了喝酒赴宴，终日无事，只好窝在家里当"宅男"。闲极无聊之际，数数胡子颇能消磨时间。

关羽回答说："有二三百根吧。不过，这胡子太长了，我经常担心会断掉。"

曹操一听，立即命左右取纱锦两段，做成一个须囊，赐给关羽保护胡子。

第二天，关羽戴着须囊去朝见汉献帝。这不是关羽第一次见天子，但此前，汉献帝并没有注意到关羽的胡子。这次关羽的胡子上罩了个纱锦须囊，分外显眼，汉献帝就问他缘故。

关羽说："我的胡子很长，丞相赐给我一个须囊，就套在了外面。"

汉献帝也是个闲极无聊的主，在曹操的严密监控下，几乎不敢有什么消闲活动。现在看到关羽的胡子，也来了兴致，他叫关羽当场打开须囊一看。关羽卸下须囊，将胡子披拂下来，其长过腹。关羽用手缓缓一捋，真是一副威严雄壮的形象。汉献帝忍不住赞叹道："真美髯公也！"从此，"美髯公"这个绰号成了关羽的美称。

关羽后来威震华夏，主要与他的赫赫战功有关，也和他凛然不可侵犯的威严气度有关，这气度很大程度上得益于他的长胡子。

1973年，心理学家罗伯特·佩莱格里尼研究了胡子之于性格感知的影响。他找到了八个乐意为了科学实验而将满脸的胡子刮干净的年轻人。

佩莱格里尼在理发师给他们刮胡子之前给每个人拍了一张照片，在他们脸上只剩下山羊胡子和八字须时又分别拍了照，最后在胡子全部刮干净后，再拍一张照片。

然后，佩莱格里尼请随机选出的几组人来评估不同照片中的人的个性情况。结果发现，胡子越多，人们越有可能用阳刚、成熟、优越、自信和勇敢这些形容词来描述照片中人的个性。

在这个实验中，人们所用的这几个形容词，几乎完全吻合几千年前的关羽。可以说，关羽的这把长胡子，的确为他增加了不少印象分。当他之后辞别曹操去找刘备时，路过荥阳关，荥阳太守王植设计要用火烧死关羽。但王植手下的从事胡班，看见关羽在灯下捋须读书的威严形象，不由惊为神人，心悦诚服。胡班由此将王植的密谋告诉关羽，令关羽逃脱大难。这把胡子功不可没。

曹操见关羽不喜金银，也不喜女色，只好想方设法来让他高兴。这一日，曹操看见关羽所骑之马十分消瘦，不由想到了自己家里还有一匹好马。但此马性情暴烈，无人能够降伏，这马正是当年吕布留下的赤兔马。所谓"人中吕布，马中赤兔"，赤兔马果然神骏无比。曹操当即把这匹马赏赐给了关羽。

当年董卓赏赐曹操一匹西凉名马，曹操骑着这匹马逃亡，兴兵反董。曹操不知道，当年的那一幕在不久之后也将重新上演，只不过主角换成了关羽。

关羽大喜，跪倒拜谢。

曹操又是奇怪，又是生气，说道："我累次赐你美女、金帛，你从来没有下拜过。为什么今天给了一匹马，你就高兴得连连下拜？"

关羽笑道："我知道这匹马日行千里，他日兄长有了下落，骑着它去找兄长，不就一日可到了吗？"

关羽的这句话差点没让曹操背过气去。这个家伙，枉我对他这么好，但他念兹在兹的还是那个大耳贼刘备！

但曹操话已出口，又不好反悔，只好任由关羽喜滋滋地骑着赤兔马回归住所。

这件事让曹操十分烦恼，找来众人商议该如何处置。

人非草木，孰能无情？曹操对自己的好，关羽当然是知道的。所以，他也下了决心，一定要为曹操立功，报答了他的恩惠后才会离去。张辽打探到了这一点，就向曹操说了。荀彧因此献策说："既然如此，丞相只要不让关羽立功，他就不会去了。"

曹操点头，决心从此好酒好肉款待关羽，却绝不让他出力。但曹操当初想劝降关羽，不就是想让这员虎将为自己效力，扫平天下的吗？

心理感悟：人们往往因为走得太远，而忘记了当初出发时的目的。

44

将恩惠进行到底

袁绍在刘备的鼓动下,派大将颜良向曹操发起攻击。曹操手下的大将因嫉妒曹操厚待关羽,无心出力,逼得曹操不得不起用关羽。

关羽一出马,接连斩了颜良、文丑,逼退袁绍,关羽因功被曹操封为汉寿亭侯。关羽随后得知了刘备在袁绍处的确切消息,自觉已经为曹操立过大功,现已两不相欠,就来向曹操辞别。

曹操陷入了极为尴尬的境地。曹操现在相当于大汉的"太上皇",而他为了彻底收服关羽,几乎无所不用其极,折节下交,不吝赏赐。曹操的做法引发了整个阵营的不满,只是囿于曹操的威权,没有人敢率先站出来反对。谁料关羽依然不领情,坚持要走。只要关羽一走,曹操的面子就荡然无存,而那些早已"眼红"的谋士武将们也必然会趁机大喷口水。

曹操在关羽身上付出了太多,多到他已经没法回头。这也让曹操这个向来"拿得起,放得下"的人在关羽的去留问题上表现出了"拿不起,放不下"的心理状态。这可能是曹操纵横跌宕的一生中唯一一次没能"拿得起,放得下"。

在这种情况下,作为心理保护机制的"自我欺骗"就顺理成章地登场了。

法国哲学家让-保罗·萨特曾经精辟地描述过"自我欺骗":"(自我欺骗时,)听谎话的人和说谎话的人是同一个人,这意味着,作为欺骗者,我必须知道真相,而作为被欺骗者,这个真相又是我所不知道的。为了更巧妙地隐瞒真相,我必须非常了解该真相的具体情况——并非在不同的时刻,这使得我们重建二元性的外表——却在一个事件的单一结构中。"

1979年,心理学家格尔和萨克姆用一个实验证明了"自我欺骗"的存在。

他们要求参加实验的被试听许多录下来的声音,并指出这个声音是自己的,还是别人的。整个实验过程中,一直监测被试的皮肤电反应(对心理生理反应性的一种测量）。结果表明，当被试听到自己的声音后，皮肤电反应会增强，即使被试没有辨别出这是自己的声音，也是如此。这表明，人们在意识层面上没有辨认出自己的声音，但潜意识却清楚地知道，这正是自己的声音。

自我欺骗的涉及面很广，但凡外部环境中存在自己不愿意接受的一切形式的资讯，都会导致程度不一的自我欺骗。

对于曹操来说，他不愿意接受关羽要走的事实，但他也确实黔驴技穷了。他所能做的就是逃避，并"幻想"自己的避而不见能够阻止"关羽离开"这件事情的发生。

关羽见丞相府门口高悬"免见牌"，知道曹操故意不见。但他得知刘备的消息后，已经心急如焚，不肯再多待一秒钟。关羽的这种心情也是可以理解的，此前不知道刘备的消息，他尚可用"降汉不降曹"等借口来粉饰遮掩，而知道了刘备的情况却不立即采取行动，必然会被别人痛责为"背主求荣"，这是关羽宁死也不愿接受的社会评价。为了平息内心强烈的不协调，关羽当即决定，封金挂印，不带走曹操赏赐的分毫财物爵位，只用一辆小车，载着两位嫂子，起程上路。

得知关羽已走，曹操呆坐半晌，口中吐出一句："云长，他竟去了！"其失望、惆怅、郁闷之情溢于言表。

看到曹操失魂落魄的模样，大将蔡阳感觉发泄、报复的机会终于来了。蔡阳挺身而出，大声对曹操说："丞相，小将愿意率五千铁骑，前去追赶关羽，擒他回来，献给丞相。"

蔡阳一说这话，曹营诸人均觉人心大快。实际上，此刻曹操的部下，人人皆是蔡阳。在关羽暂居许都的日子里，关羽就像一片巨大的乌云，笼罩在曹营诸人的头顶上。这些"蔡阳们"每天都在关羽的阴影中度日。现在，乌云终于飘走了，"蔡阳们"再度阳光灿烂。

蔡阳的这句话一下子让曹操清醒了过来，曹操果然是个"拿得起，放得下"的英雄，既然关羽已经走了，无可挽回，他就不再苦苦眷恋不舍了。当曹操抛开了这种困扰他很久的不良情绪后，他立即恢复了那种敏锐、机警的能力。

曹操立即将蔡阳喝退，也将蔡阳即将引发内部不满的不良苗头扼杀在摇篮之中。曹操说："为什么要去追赶关羽？事主不忘其本，乃天下之义士也。来去明白，乃天下之大丈夫也。你们都要好好向关羽学习！"

这句话把诸多谋士、将士都惊呆了。我们都要好好向关羽同志学习？学习什么呢？学习他"降汉不降曹"？学习他"不告而别"？

难道是关羽之走对曹操的打击太过惨重，让他口不择言、胡言乱语？早已说过，曹操是个心理恢复能力极为强大之人，当年他罹受杀父之仇、丧子之痛都很快释怀，怎么可能沉溺于关羽的离去呢？

显然不是。曹操的这个举动生动地说明了"自我辩护"这一心理机制的存在。

每个人都认为自己的所作所为是正确无误的。一旦外部的证据证明我们确实犯了错误，我们的心理防御机制就会想出种种理由，来为自己辩护。

曹操在关羽问题上确实犯了很多很大的错误。但是，当他的部下以此为口实来指责曹操的错误时，曹操为了维护自己的面子，是绝不肯承认的。所以，他会斥退蔡阳，并公开将关羽塑造为一个"义不背主"的典型。在这个问题上，曹操主动和关羽结成了利益共同体。只有把关羽的行为确定为正确的标杆，曹操才能正确。

但曹操的这番话深深刺痛了他的老部下，程昱再也按捺不住，站出来说话，开头就是一句："关羽有三大罪状！"

关羽事急来降，毫无功劳，丞相立即拜他为偏将军，上马金，下马银。虽然斩颜良、文丑，立了点功劳，但丞相立即封他为汉寿亭侯，恩荣已极。今日弃丞相而去，不能尽忠，这是第一条罪状。

关羽没有丞相的命令，就飘然而走，门吏刚想阻挡，他就要挥刀杀人，目无法纪，这是第二条罪状。

虽然故主刘备对他有些微薄的恩义，但他忘却了丞相的大恩大德，胡乱写了封信就走了，冒犯丞相的威严，这是第三条罪状。

程昱最后一句更具威力："如果今天让关羽归顺了袁绍，等于是放虎归山，日后必成大患。不如派蔡阳追上诛杀，永绝后患。"

程昱说完，曹操帐下一片附和之声。曹操知道事情严重了，蔡阳、程昱的行为绝不是个体行为，如果不妥善加以处置，恐怕人心散了，队伍就会不好带。

曹操决定退一步，改简单的"自我辩护"为"替关羽辩护"，甚至不惜将责任揽到自己身上。

曹操说："诸公，关羽向我投降时就预先声明，有了刘备的消息就要走人的。我当初既然已经答应了他，就不能失信于人哪。"

程昱还是不依不饶，说："关羽不告而别，终是失礼。"

曹操辩护道："关羽并非不告而别。他曾来我府上，我没有见他。他后来又留书一封给我。况且，他走的时候，把我赏赐给他的金帛全部留下，这个人可真是不简单哪。真可谓是千金不可易其志，大忠大义的大丈夫啊！他要不走，我对他还不怎么佩服。他这一走，我简直是对他佩服得五体投地啊！"

程昱看曹操的辩才实在了得，但实在咽不下这口气，又想出一条理由，充满怨恨地说："丞相，关羽日后为祸，您可不要抱怨啊。"

曹操哈哈大笑道："云长不是负义之人，将来如果我们刀兵相向，那也是各为其主，人情靠后。我想云长此去不远，我不如再送他一个大人情，专门赶去送他一程。"

曹操随即吩咐张辽快马先行，赶上关羽，让他暂留片刻。曹操又命令下人准备一盘金子给关羽当盘缠，又备了一件崭新的红锦袍给他当秋衣，真是无微不至。

程昱不敢再多说了，因为他发现，自己越是表达对关羽的不满，曹操就越是要赞扬关羽的高风亮节，越是要加倍地恩宠关羽。

在此刻的曹营诸人看来，曹操真是昏了头了。但他们不知道，这世道还是公平的，对人好，尤其是不带明确目的性的好，总是会有好报的。曹操以前对关羽的好，关羽其实并没有领多少的情，并将其视为一种利益性的交换。在他斩杀颜良、文丑后，关羽觉得两不相欠了。而当关羽离去后，曹操不但不以为忤，反而更加示好，这倒是让关羽深深感动了，歉疚顿生。这次曹操送上的金子，仍然被关羽拒收，但红锦袍却被关羽笑纳。几乎没有人会知道，就是这件微不足道的红锦袍所附着的恩惠，在不久后的将来，会拯救包括曹操、程昱在内的多条性命。

关羽离去后，过五关斩六将，历经艰辛，终于与刘备、张飞重新聚会。

心理感悟：逼人认错，反而更会将其推往错误的方向。

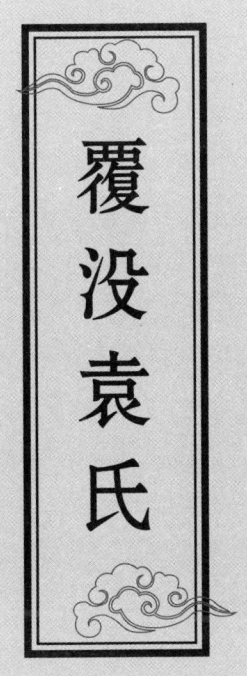

曾经的好朋友打上了门 / 他难道有个测谎仪？ / 帅小伙子招人爱 /
当明诏碰上密诏 / 那风情万种的一剑 /
狂妄的代价 / 让敌人为你服务

曾经的好朋友打上了门

袁绍最近这段时间很不顺心。

先是派颜良、文丑进攻曹操，却被刘备的兄弟关羽杀死。而刘备巧舌如簧说要劝关羽来归，却找了个理由开溜，让袁绍鸡飞蛋打，两手空空。后来江东孙策身死，将大权交给兄弟孙权。袁绍派人去结连，却被曹操抢先一步，封孙权为讨虏将军。

袁绍深感挫折，一股怒火无处发泄，便起念要与曹操决战，遂点起五十余万大军，往官渡进发。

弗洛伊德认为，除非允许人们带有攻击性地表达自己的思想感情，否则这种攻击性能量会受到抑制并形成压力。这时，这种能量就需要找到一个发泄渠道，要么以极端暴力的方式爆发，要么以精神疾病的症状显现。

尽管这一理论受到了质疑，也有其他的心理学家用一些实验来加以证伪，但从我们很多人的个体体验中，还是能体会到弗洛伊德这个判断的合理之处。

袁绍手握重兵，当然用不着强行压制自己的愤怒情绪，他出兵攻击曹操，除了政治上的考量，也是一种最好的心理发泄。

但第一谋士田丰没有摸透袁绍的心理，就来阻止袁绍出兵了。他的理由还是老一套，毫无新意：天时未到，理宜守旧。如果妄然兴兵，必有大祸临头。

一向与田丰不合的逢纪敏锐地捕捉到了这个机会，立即向袁绍进言说："主公兴仁义之师，田丰却出不利之语！"

田丰本无恶意，只是出于对袁绍负责的态度才出言进谏，但逢纪的这句话却把田丰的目的来了个乾坤大逆转。

袁绍的一口恶气本来要倾泻到曹操头上，但现在田丰却成了最好的宣泄对象。袁绍大怒，当即要将田丰斩首。幸好众人苦劝，袁绍才将田丰下狱，还恶狠狠地说了一句："等我破了曹操，回来再砍你的头！"

大军开拔，行至阳武，田丰的"亲密战友"沮授又按捺不住了，对袁绍说："我军虽众，但勇猛不及曹军；曹军虽精，但粮草不如我军充足。所以，我军应该缓缓长守，旷以时日，曹军断粮就不战自退了。"

沮授的意见是对的，但不符合袁绍此刻的心境。大军临行之前，田丰以第一谋士的身份都没能阻止袁绍出兵。每个人在付诸行动之后，不管先前的决策是否正确，在一定时间内都会坚持下去的，这是一致性的体现。此刻，袁绍的大军已经行至阳武，沮授怎么可能拦得住他？

果然，袁绍怒道："田丰慢我军心，我已经将他囚禁，就等班师之日斩他。你难道也要和他做伴吗？"吩咐将沮授囚禁在军中，待破曹后，与田丰一并问罪。

至此，田、沮一派彻底失势。逢纪、审配这一伙在内斗中大获全胜，但随即，这一大帮人内部又开始分化，将内斗的传统发扬到底。这其中最积极的就是审配，他借奉袁绍命令去后方筹备粮草之机迅速开始了行动。

曹操点起兵马迎战，但仓促间只聚集了七万人马。

袁、曹两人阵前相见，别有一番感慨。这两人少年时曾一同飞鹰走犬，青年时曾一同讨伐董卓，如今，两人都已步入中年，却要刀兵相见。

曹操自觉一向对袁绍恭敬礼让，占据了道义之先，率先责问道："我在天子面前保奏你为大将军，你为什么数次背叛造反？"

袁绍也知道要将道义抓在自己手上，前番刘备投奔他的时候，曾经将皇帝血诏之事告诉过他，血诏也就成了袁绍最好的反击理由。袁绍说："你名义上是汉相，实际上是个汉贼！罪恶弥天，比王莽、董卓还不如，怎么敢诬陷别人造反？"

曹操祭出惯用套路，怒道："我奉诏讨贼，你还敢胡言乱语？"

袁绍针锋相对，说："我是奉衣带诏征讨你这奸贼的！"

说话既然不投机，那就亮家伙用武力吧。两军展开大战，曹兵一时不敌，往官渡败退。袁绍挥师上前，逼近官渡下寨，两军相持数月，曹营粮草将尽。

曹操派使者往许都，让留守的荀彧等人尽快筹措粮草，星夜押送军前接济。但不幸的是，使者出行不远，就被袁兵擒获。袁兵搜到了曹操的求救信，来见袁绍的谋士许攸。

许攸这个人，虽然足智多谋，却一向贪财好货，年少时也是曹操的浪荡玩伴。许攸看了信，认得是曹操亲笔所写，如获至宝，立即来见袁绍。

好消息的汇报者往往会被视为好消息的缔造者而受到赏赐厚待，但许攸不仅仅是简单汇报曹操断粮的好消息，他还根据这一信息向袁绍提出了足可将曹操置于死地的建议。

许攸说："曹操尽起兵马与我方在官渡相持，许都必然空虚。如果我们分一支轻骑部队，快速奔袭许都，则许都唾手可得。那时候，我们就可以奉迎天子，昭告天下，征讨曹操。我们首尾夹击，曹操必然束手可擒。现在曹操粮食已尽，正是分兵攻击的大好时机。"

许攸自以为这一条绝妙之策一定能够让袁绍极为欣喜，但没想到袁绍却摇了摇头，说："曹操诡计多端，这封信一定是他的诱敌之计。我们绝不可轻举妄动。"

为什么袁绍会做出这样的判断？

实际上，关于粮草的问题沮授早已说过，而且现实正在向沮授预言的趋势演变。可是，袁绍早已否定了沮授的意见，并将他在军中锁禁。袁绍先前的这一做法，导致了内心对信息的选择性吸收。他倾向于听到与沮授所言相悖的信息，而不是与沮授所言相符的信息。从而，他的潜意识中更愿意相信曹操故意使诈，引诱自己早早与之决战，而不愿意相信曹操是真的断粮了。

许攸非常着急，唯恐袁绍错失了这个足可一举制胜的良机，正在想办法说服袁绍。为袁绍镇守后方的审配的信却在此刻送到了。审配的信先是说了运粮之事，后面很大的篇幅却是打许攸的小报告，说许攸在冀州时大肆收受贿赂，又指使子侄们胡乱课税征粮，据为己有。审配还说已经将许攸的子侄们尽数捉拿下狱，俱已招认。

审配、逢纪、郭图、许攸等人本是一伙的，共同对抗田丰、沮授。如今，田、沮一派已失势，审配这一伙因共同敌人的消失，也就开始了新一轮的内斗。审配趁许攸出征之际，在后方搞许攸的小动作。

袁绍听许攸的论调像极了此前的沮授，本来就有几分不高兴，如今见了审配的信，更是火上浇油，怒不可遏。

袁绍把信往许攸脸上一扔，怒斥道："你这个滥行匹夫，背着我干了这么多坏事，今天竟然还有脸在我面前摇头晃脑，献计献策！你一向与曹阿瞒交好，是不是贪图他的金帛，故意替他来行这诈粮之计？我本想一刀砍了你的脑袋，又担心别人说我不能容人，暂且先把这颗脑袋寄存在你脖子上，快给我滚出去！"

袁绍的这个处置明显有问题。如果真的认为许攸不可原谅，那就利利索索一刀砍了他，这世上最多多出一个冤死鬼。但现在袁绍将他一顿怒斥，却又放过了他，等于是养虎遗患，最终让这世上多出了几十万冤死鬼。

许攸本是一片好心，兴冲冲来献破曹之策，没想到却被袁绍当头一盆冷水。如果袁绍只是不采纳他的计策也没啥，但审配在后方将他的子侄收监审讯，这让他极度愤怒。许攸心想，众多子侄被审配暗害后，家中搜刮的所有财物必然被审配趁机霸占了。一个贪财好货的人，最是痛惜财物。人生最痛苦的是：人活着，钱没了。人生最最痛苦的是：人活着，钱被别人搞走了。所以，许攸不想活了。

许攸拔剑要自刎，却被左右拦住。左右劝他道："你何必自寻短见？既然主公对你不信任，何必为他效力呢？你和曹操有旧，为什么不去投奔他呢？再说，既然主公怀疑你和曹操暗中来往，继续待在这里，迟早会被砍掉脑袋的。"

一语惊醒梦中人！袁绍是个什么样的人，连许攸的下人都了解得很清楚了。许攸知道不能久留了，既然不想死了，那就赶快去找一条活路吧。

许攸当机立断，马上带着这几个心腹之人，偷偷出了袁营，径直往曹营而去。将近曹营，巡夜曹兵将许攸拿住。许攸盛气凌人地呵斥道："我是你们曹丞相的老朋友，你们快去通报，就说是南阳许攸来了！"

曹兵连忙去报。曹操刚刚解衣，正要歇息，听说许攸来了，连鞋子也来不及穿，光着脚丫就冲出来营帐，前去迎接……

心理感悟：有敌人不见得是坏事，没敌人不见得是好事。

他难道有个测谎仪?

曹操为什么如此激动?

曹操是一个嗅觉极为敏锐的人,善于捕捉到蛛丝马迹背后隐藏的重大秘密。当年他行刺董卓不成,逃亡途中,在中牟县被陈宫抓获。曹操先是被收押在牢里,到了晚上,县令陈宫命人将曹操从牢中提出,在后院再次审问。就是这么一个小小的举动,就让曹操意识到自己的活命机会来了。

今天许攸的来访,也让曹操内心重新泛起了那种与当年相同的感觉。

许攸一直在袁绍处效力,颇受重用。而现在曹袁两军正处于相持阶段,在这个敏感的时刻,敌对阵营的许攸突然深夜来访,其背后必定隐藏着巨大的秘密,而这秘密也许就会对这场战争的胜负起到决定性的作用。

这就是曹操的推断,所以曹操连鞋子也来不及穿,就冲到营帐门口迎接许攸。

曹操遥见许攸,抚掌大笑曰:"子远肯来,吾事济矣!"就辕门大笑,扶许攸入座,叙旧情,先拜于地。

许攸慌扶起曰:"公乃汉相,吾乃布衣,何谦恭如此?"

曹操笑曰:"公乃操故友,岂敢以名爵相上下乎!"

许攸曰:"某不能择主,屈身袁绍,言不听,计不从,今特弃之来见故人。愿赐收录?"

曹操曰:"吾素知公信义之士,有何所疑?愿闻子远破绍之计。"

许攸曰:"吾教袁绍差拨轻骑乘虚袭许都,首尾相攻。"

曹操大惊曰:"若袁绍用子远之言,吾等皆死无葬身之地矣。"曹操下拜曰:"袁绍势大,不可当之。愿教我破绍之策。"

许攸曰:"丞相军粮尚有几何?"

曹操曰:"可支一年。"

许攸笑曰:"非也。"

曹操曰:"有半年耳。"

许攸正色起曰:"吾真心相待,汝何相欺也?"趋步出帐前。

曹操请住曰:"子远勿嗔,尚容实诉:军中粮实可支三月耳。"

许攸笑曰:"世人皆言孟德奸雄,今果然也。"

曹操亦笑曰:"岂不闻兵不厌诈。"遂附耳低言曰:"军中只有此月之粮。"

许攸应声曰:"休得如此!汝粮尽绝!"

曹操愕然曰:"何以知之?"

许攸乃出操与荀彧之书以示之曰:"此书何人作也?"

曹操惊问曰:"何处得之?"

许攸以获使之事相告。操执其手曰:"子远既念旧交而来,愿赐教诲。"

曹操与许攸的这一段心理交锋精彩异常。

首先,曹操虽然知道许攸无事不登三宝殿,其带来的很可能是自己迫切需要的好消息,但大敌当前,己方实力与袁绍相差悬殊,军中又已经断粮,绝不容有任何闪失。所以,曹操一方面待许攸以最隆重的礼节,另一方面却决不肯率先袒露自己的底牌,而是反复试探,直到将许攸的底线探测明白为止。

很多人将曹操的行为视为狡诈之举,其实不然,若非在关键时刻如此谨小慎微,曹操怎么可能笑到最后,赢到最后。

当然,能够像曹操这样面不改色,大撒其谎,在屡屡被许攸揭破之后,仍然坚持不懈地将谎言进行到底,确实需要极好的心理素质。尽管从面部表情上无法轻易判断出曹操是否在撒谎,但从他的话语用词中却可以发现一些蛛丝马迹。

在许攸问及军粮情况之前,曹操一共说了五句话,每句话里都有一个指代自身的词,分别是"吾""操""吾""吾等""我"。但在许攸揭破曹操已经断粮的真相之后,曹操也说了五句话,但却没有一个指代自身的词。

这并不是偶然现象,而是撒谎者的微妙心理的必然性外化。

除了对撒谎没有罪恶感的极少数人之外,撒谎会让人在潜意识中感到羞耻,从而在潜意识的作用下,人们在话语中就会极力避免将自身与撒谎这一行为联系起来。也就是说,撒谎者很少提及自己。与说真话的人相比,他们更少运用"我""吾""我的""我们""吾等"等这些指代自身的词语。

曹操前后的两段话语正是这样一个典型的例证。对于这一结论,我们还可以用许攸的话语从另一个角度来加以验证。

我们知道,许攸自始至终都在说真话,所以,我们可以看到,他在话语中连续运用了"吾""某""吾等"指代自身的词语,前后并无明显的反差。

当然,许攸并不知晓这一洞察谎言的奥妙,仅从曹操出色的"表演"能力来看,如果许攸不是早已知道真相,他一定会被曹操的谎言所蒙蔽。

那么,许攸为什么要借着信息不对称的优势,对曹操反复逼问,逼得曹操亲口承认断粮的事实呢?

这同样是出自他的现实需求。

虽然许攸是曹操少年时的密友,但大战之中,贸然从敌对阵营来投,换了谁也不可能毫无保留地相信他。要知道,诈降可是两军交锋时用得很普遍的一招,所以,许攸要想在曹营立足,首先要取信于曹操。

许攸的做法是先发制人,不等曹操发出疑问,自己就先说了前来投奔的理由:"某有眼如盲,屈身袁绍,言不听,计不从,今特弃之,来见故人。丞相无疑焉?"如此这般,你不会怀疑我吧?

这样直截了当的话语,显得他内心坦荡,绝无诈降之意。曹操只能顺着他的话说:"吾素知公信义之士,有何所疑?"我怎么会怀疑呢?

这一问一答,基本上确保了许攸可以留在曹营,不会被赶出门外。但许攸所图并不限于此,他既然来投,就不但要立住脚,还要得到重用。

那么,在什么情况下才能得到重用呢?

如果曹操真的还有一年的军粮,那么尽可与袁绍慢慢相持,也就无法显出许攸的重要性。所以,尽管在不揭破曹操谎言的前提下,许攸一样可以献计献策,一样会被曹操采纳,但这样做,却无助于抬高许攸的身价。

只有将曹操逼到绝路,吐露真言,许攸再说出自己的釜底抽薪之计,才能尽显其决定战争胜负的不可替代性。正是在这种心理的推动下,许攸才冒着激怒曹操的风险(这一风险甚至可能让许攸命丧曹营),一再揭破曹操的谎言。

曹许二人,经过一番惊心动魄的心理较量,终于把手言欢,曹操诚心诚意地向许攸请教破袁之策。

许攸说:"袁绍的军粮辎重全部囤积在乌巢。乌巢离袁绍的大营有四十里,由大将淳于琼把守。淳于琼是个好酒贪杯之人,只要遴选精兵,诈称袁军前来助守,就可以将乌巢之粮全部烧毁。粮草既绝,袁绍大军三日内必然败退。"

许攸还特别提出，如果乌巢守军询问，可以回答是大将蒋奇奉令前来护粮。谎言要想成真，细节是非常关键的因素。如果许攸不是对袁营的情况了如指掌，是不可能编造出完美无缺的谎言的。

曹操一听，大喜。许攸的这个计策是唯一能够迅速将两军拉到缺粮的同一起跑线上的办法。

次日，曹操亲自挑选马步军五千人，打扮成袁军模样，准备去乌巢烧粮。

张辽等大将得知后，立即赶来劝阻。张辽的理由是："乌巢是袁绍的屯粮之地，怎么会不重兵把守，严加防范？丞相当心，不要中了许攸的诡计。"

曹操却说："非也。昨夜许攸一来，我就知道是天败袁绍也。现在我军存粮不多，难以久守。如果不用许攸之计，那我们只能困守此地了。再说了，如果许攸有诈，为什么会安心留在我方营寨呢？难道他不要命了吗？诸位，请不要再怀疑了。"

曹操的这段话很有意思。他先是把许攸来投归结为天败袁绍。"天命""天象"现在已经成了曹操重要的精神支柱。有了这根精神支柱，无论是多大的艰难险阻，曹操都会谈笑对之。现在他和袁绍的军力对比大致在一比十，而曹操依然充满了必胜的信念，就是缘于此。

曹操的分寸感与时机掌控得很好。军中已然断粮，但他只是将这一信息藏在心中，连张辽等心腹大将也不透露。这就是为了防止军心涣散。事实上，曹操也只能按照许攸之计来行事了。因为军粮断绝，是不能隐瞒很久的。这也可以说，曹操是孤注一掷了。但不是还有"天命"吗？那还怕什么？赶快去乌巢！

就这样，袁绍的粮草被曹操一把火烧光！官渡之战迎来了关键的转折点！

总体而言，如果没有许攸来降，并献上乌巢烧粮之策，曹操是不可能取得官渡之战的胜利的。但凡事总有两面性，许攸的所为及带来的成果也让曹操内心建立了一个错觉相关的心理锚定。这个心理锚定在后来让曹操吃尽了苦头，差点连老命也丢在了长江之畔。

心理感悟：唯一不会撒谎的只有潜意识。

帅小伙子招人爱

袁绍闻报乌巢有失,急忙召集文武商议。

大将张郃提出要与高览一起赶去乌巢救援。谋士郭图却否定了他的意见,说:"曹操必然亲自去乌巢劫粮。大寨空虚,可以用围魏救赵之计,直攻曹操的大本营。"

张郃却否定郭图的想法:"曹操用兵多算,他劫粮之时肯定会在大寨留好伏兵。"

曹操在处境不妙、形势恶劣的时候,几乎从不犯错。张郃的这一判断完全正确,但郭图强硬坚持自己的看法,张郃话语的权威性没法与他抗衡。袁绍决定派张郃、高览引兵去攻曹操的大营,另派大将蒋奇去救援乌巢。

袁绍调兵遣将的决定,让我们不得不佩服许攸的先见之明,他竟然可以预先判断出袁绍会派蒋奇(而不是他人)去乌巢护粮,从而让曹操冒充蒋奇不会有半点疏漏。

蒋奇半路上被曹操斩杀,曹操又命人伪报袁绍,说蒋奇护粮成功,无须担忧。直到败兵逃回,袁绍这才知道乌巢已经不保。

张郃、高览去攻曹操营寨,正好落入埋伏,大败。郭图得知,唯恐二人回来对自己不利,急忙先到袁绍处进谗言,说:"张郃、高览早有降曹之心,今日见将军落败,心中欣喜。"又派人到前方找到张郃、高览,说:"主公已有杀你们之意,就等你们回来下手。"

郭图为什么要两面离间呢?表面上看,是为了掩盖自己的判断失误。实际上,这还是和袁绍的作风有关。袁绍不是一个愿意承担责任的领导,胜利的时候,他宽宏大量;失败的时候,他却严苛残忍,一定会杀一两个相关者。这一点,他手下的谋士都看得很透。郭图深知这一点,所以两面"运作",就是为了保住自己的命。而此后,在牢狱中的田丰得知袁绍战败的消息,立即就知道自己无法幸免了。

张郃、高览被郭图的假消息一逼,走投无路,只好向曹操投降。

袁绍军粮被烧,大将投降,军心立即涣散,曹操抓住机会,强力进攻,袁军大败。这就是军事史上"以少胜多"的典型案例——官渡之战。

曹操大获全胜，搜检战利品时却发现了一大捆书信。这些信是曹操在许都以及军中的部下写给袁绍的暗通示好之信。

曹操看了，不由心里一凉，心想："要不是老天照应，许攸来降，火烧乌巢，失败的必定不是袁绍，而是自己。而如果火烧乌巢的日子稍稍延后几天，说不定自己营中已经内乱，将自己绑送袁绍处邀功请赏了。"

曹操后怕之余，再一次深深地感受到"天命在我"的那种优越与幸运。

那么，如何处理这些暗中与袁绍勾结的部属呢？按照军法，这些人的背叛行为是要杀头的。所以，谋士荀攸说："丞相，对这些人绝不能客气，我们可以一一查对出姓名，全部杀掉吧。"

杀，还是不杀？

曹操深思了许久，说："以袁绍之强大，我能战而胜之，实属天助。按照常理推断，连我也没有信心一定能自我保全，又怎么能够怪他们不够坚定呢？还是把这些信全部烧掉吧！"

曹操一向对背叛他的人极为痛恨，他也不是个心慈手软的人，为什么此刻会如此大度呢？

实际上，曹操的做法成功地实现了资源的转负为正，甚至令其最大化。

杀掉这些人是很容易的一件事。但曹操考虑的则是，杀掉这些人会给自己带来什么影响。答案是：不会有什么好的影响。反过来，如果宽恕这些人，则可以收到奇效，因为宽恕是一种巨大的施惠。本该遭到报复的人会因为意外得到的宽恕而感激涕零，加倍效忠。曹操也可以因此而获致良好的名声。这是从内部而论的。

而从外部来说，袁绍虽败，但百足之虫，死而不僵，其实力仍有一定残余，随时可能卷土重来。这个时候，决不能掉以轻心。从而，团结一切可以团结的力量就尤为重要，不能急着给自己树立更多的对立面。

曹操的这一做法，也为"为什么曹操能够以弱胜强"添上了一个注脚。袁绍与曹操的对决，看起来是因为乌巢之变，但从本质上来说，在管理下属、任用下属上的差距决定了谁是最后的胜利者。

袁绍的实力远胜曹操，袁绍的下属也对他忠心耿耿。许攸、张郃、高览之所以投降，也是因为内部的倾轧，但更多的人，如沮授，尽管袁绍昏庸，对不起他，但他在被曹操抓住后还是坚持气节，绝不投降。从谋略上来说，田丰、沮授、许攸在不同的时点上都能提出后来被事实证明是非常正确的建议，袁绍哪怕采用一条，都可以轻松胜过曹操。有一大帮实力、智力出众的下属，却不能好好任用，反而任他们内讧不断，这就是袁绍失败的原因。

再者说，官渡决战之后，如果袁绍能够认识到自己的错误，并痛改前非，也不会就此一蹶不振，因为他的家底还很丰厚。袁绍回到冀州后，大儿子袁谭引兵五万从青州而来，二儿子袁熙引兵六万从幽州而来，外甥高干从并州引兵五万而来。这些部队加上袁绍的余部也有二三十万人，其实力仍然不容小看。

但可惜的是，袁绍的思维还是一片混乱，在立谁为接班人的问题上再度将组织推向了分裂。

袁绍有三子成人，分别是老大袁谭、老二袁熙和老三袁尚。按照常规，接班人是要立长子的。但老三袁尚是袁绍的后妻刘氏所生，刘氏经常在袁绍耳边吹枕头风，要他立袁尚为继承人。除此之外，袁尚长得也很争气，他形貌俊伟，颇有英雄之气。袁绍自己也是个气度轩昂的美男子，就因为这一点，袁绍特别喜欢袁尚。

外表的吸引力对于取得他人好感的作用，不但在古人中普遍存在，就是在文明程度更高的今天，也广泛存在。

2008年8月，美国总统大选正在进行之中，《华尔街日报》突然报道了一条令人惊讶的消息：候选人奥巴马可能因为身体太过健美而失去一部分选民。其理由是，美国选民中有百分之六十六的人身体超重，有百分之三十二的人属于肥胖。他们也许会想："这个身材标准的瘦子会真心喜欢我们吗？"但另一份报纸《巴尔的摩太阳报》立即反驳说，这是无稽之谈。在连续多届总统选举中，最后获胜的一方往往是容貌更为俊朗、身材更为标准的候选人。比如肯尼迪、克林顿、布什以及最后也真的加入这一行列的奥巴马。美国著名的学者尼尔·波兹曼甚至对三类总统候选人宣判了"死刑"：胖子、秃子以及外表经过美容仍然无法有较大改观的人。

普林斯顿大学的亚历山大·托多洛夫等人发表的一份研究报告称，脸部特征在人们的政治生涯中起着非常关键的作用。托多洛夫让学生们观看几组黑白的头部特写照片，照片上的人分别是2000年、2002年和2004年美国参议员选举中的胜出者与落选者。

托多洛夫请学生们针对每组照片指出其中的哪一个人更能胜任参议员。虽然学生们只是匆匆地扫了一眼这些照片，但他们的选择跟实际选举结果的吻合程度竟然高达百分之七十。不仅如此，依据学生观点的差异程度也能够比较准确地预测到选举结果。如果大部分的学生都觉得某组照片的某个人看起来最有能力，那么这个人显然就是在选举中胜出的那一位。如果学生们的观点存在较大的差异，那么就不太可能准确反映出实际的选举结果了。

这足以说明，人尽管号称是富有理智的动物，但其实还是深受本能的驱使。相对于美国的总统候选人及参议员候选人要通过容貌来取悦成千上万的选民，袁尚的难度就小得多了。他只需取悦一个人就已足够，这个人当然就是袁绍了。

袁绍找来审配、逢纪、郭图、辛评四大谋士，说："我现在该考虑接班人的问题了。老大袁谭，性刚好杀，虽然聪明，但过于暴躁。老二袁熙，过于懦弱。只有老三袁尚，一表人才，英气逼人。我想立他为河北之主，诸位意下如何？"

袁绍这句话等于白问，因为他此前早已指定了审配、逢纪辅佐袁尚，郭图、辛评辅佐袁谭，主荣仆贵的道理谁不明白啊，当然是各为其主。

郭图最为可笑，眼看袁绍的倾向性已经十分明显，为了挽回一线生机，连他最为痛恨的对手沮授的话都搬了出来。郭图说："以前沮授曾经说过，万人争逐一兔，一人获之，贪者遂止，这是名分定了的缘故。袁谭是长子，又是嫡子，在外镇守青州。如果废长立幼，必会引发内乱。眼看曹操大兵压境，主公不可不察。"

一听郭图这么说，袁绍又犹豫了，决定先对付完曹操再做决定。但他的犹豫，已经为袁氏集团的覆灭埋好了祸根。

心理感悟：组织内分易合难，领导者的真正使命就是破解这个难题。

48 当明诏碰上密诏

曹操乘胜追击，在仓亭再度大破袁绍。袁绍退入冀州死守，大病卧床。曹操正在盘算要不要一鼓作气攻下冀州，却得知刘备从汝南起兵抄自己的老家去了。曹操立即退兵，回援许都。

刘备不过是刚刚得了汝南刘辟、龚都的人马，其实没多少实力，为什么敢在太岁头上动土呢？原来，之前刘备还拥有徐州的时候，曹操来攻，刘备派孙乾去联合袁绍，让袁绍去攻许都。但袁绍因为小儿子得了疥疮，命在旦夕，无心出兵。错失这个良机后，刘备一直耿耿于怀。这次他见曹袁直接开火，立即又想到这回事。

在刘备看来，袁绍与曹操强强对战，这场战争必定耗日持久，而最终结果可能还是袁绍获胜。那么，趁此机会捡个便宜，去抄曹操的后路，就是再好不过的打算了。说不定，自己也能尝尝"挟天子以令诸侯"的美妙滋味呢。

但刘备绝对没想到，袁绍竟然会如此不堪一击，很快就被曹操击溃。曹操回师迎击刘备。刘备骑虎难下，只好硬着头皮迎战。

这是曹刘两人第一次在战场上直接面对面。

曹操终于有机会来发泄自己的愤怒了，他指着刘备大骂道："我一直待你为上宾，情同兄弟，你怎么能背义忘恩呢？"曹操以为，刘备一定会是羞愧满面，无言以对。

但他没有想到，刘备不但毫无愧色，反而理直气壮，义正词严地反击道："你托名汉相，实为国贼！我是汉室宗亲，就是要征讨你这反贼！"

刘备一直对曹操畏之如虎，从来不敢正面与他冲突。刘备一般不惹事，但真正事到临头，却不是个怕事的主儿。如果刘备连这一点胆气都没有，是不可能让关羽、张飞、赵云这些英豪对他心服口服的。既然已经没有退路，刘备也就不再低三下四，而是挺起腰杆，直接向曹操叫板。

正是这一次叫板，让刘备从此在精神上站了起来！

无论什么争斗，任何一方都是要将对方推到"不道德""不仁义"的立场上去的。刘备现在已经有了经过天子确认的皇亲身份，又亲眼看到过天子的血诏，这些资本足够支撑他用道义来反击曹操了。

曹操没想到刘备竟然反戈一击，大怒道："我奉天子明诏，征讨四方。你怎么敢胡乱诬陷于我？"刘备冷冷一笑道："你口口声声说的天子明诏，只是你的谎言而已。我有天子密诏，叫我讨伐你这乱臣贼子！"曹操的"明诏说"一直纵横天下，不料却被刘备祭出的"密诏说"破解。曹操恼羞成怒，道："你说的才是谎言！"

但刘备竟然不慌不忙当众背起了天子密诏。也真难为他了，当年董承只是让他看了一遍，就赶紧收回放好了，没想到刘备竟然有堪比奇才张松的超强记忆力。曹操在抄了董承的家后，亲眼看过密诏，知道刘备所背不虚，为了防止大面积扩散，当即手一挥，命令许褚出马，发起攻击。

双方由舌战转入武战！刘备的这一点人马哪里敌得过曹操的大军呢？结果当然是刘备再一次被击溃，身边只剩下不到一千人。

一直以来，刘备靠坚忍挺过了无数的失败，但面对这一次失败，刘备感到了绝望。毕竟，任何忍耐都是有限度的。事实上，曹操经历的惨败并不比刘备少。但有"天命说"的心理暗示，加上超强的心理免疫能力，曹操从来没有灰心丧气过。但刘备凭借的只是自己的坚忍，他这一次终于挺不过去了。

刘备长叹了一口气，眼泪横流，对手下的文武说："诸君都有王佐之才，却不幸跟随了我。我的命运窘迫，连累了诸位。现在我上无片瓦盖顶，下无立锥之地，我真是担心耽误了各位的前程。你们赶快舍弃我各奔前程，投靠明主，去谋取功名富贵吧。"

刘备之所以会如此绝望，是因为他此前多次寄人篱下，先后投靠吕布、曹操、袁绍等人，但都没有善终，和这些人先后反目成仇，刀兵相见。现在刘备再度陷入颠沛流离的境地，再到哪里容身呢？谁又敢收留他呢？

刘备此时陷入的是"重度抑郁"。

"重度抑郁"主要有这样一些特征：情绪悲观，对日常生活中的大部分活动失去兴趣和乐趣；有内疚感，感到自己没有价值，很自责；反复会有想死的念头，有自杀的倾向或举动。

对照刘备的话语和行为，我们可以发现，刘备真的扛不住了。如果刘备不能迅速从这种重度抑郁中恢复回来，刘氏集团立即就会土崩瓦解。

刘备的这个样子，确实吓坏了他的部属。关羽急忙说："兄长，你千万别这么说。当年高祖皇帝与项羽争夺天下，遭受的失败比你还多呢，后来才一战成功。兄长难道忘了你的志向了吗？"

刘备叹了口气说："我听说主贵臣荣，现在我又没有立足之地了，你们跟着我，不辜负大好年华了吗？"

孙乾说："主公不用担心，此处离荆州不远。荆州的刘表是当世英雄，又是汉室宗亲，您为什么不去投奔他呢？"

刘备想了想说："我是担心他不肯收留我们啊。"

孙乾说："主公如果担心刘表不肯容留，那么我就去跑一趟，一定要让刘表出境迎接主公！"这句话仿佛一根救命稻草，给了刘备很大的心理安慰。

孙乾来见刘表。刘表问他："听说你一直跟随刘备走南闯北，怎么今天到我这里来了？"刘表的这句话其实有几分嘲讽之意。

但孙乾故作不知，说："刘使君与您都是汉室子孙，天下共知。现在刘使君要想全力扶持社稷，只恨兵微将寡。汝南的刘辟、龚都，和使君无亲无故，都愿意以死相报。这次刘使君被曹操击败，想到江东投奔孙权。我就劝他说，您怎么能背亲而向疏呢？荆州刘将军，是当世之英雄，天下的士人投奔他就像流水归于大海一般，更何况您是他的同宗兄弟呢？使君因此心动，但唯恐冒犯将军，不敢擅自前来，所以，特命我前来，向将军禀告。"

孙乾的这段话代表了他这一生中最高水平的说服。

首先，他通过"刘使君与明公您，都是汉室子孙，天下共知"，将刘表、刘备都划归为汉室子孙这样一个特殊的群体。就这个群体而言，大家扶助汉室的立场必然一致，那么，刘备有难，刘表就不能袖手旁观。

其次，再说"汝南的刘辟、龚都，和使君无亲无故，都愿意以死相报"，非亲非故的刘辟、龚都能够做到这样，你刘表作为刘备的同宗兄弟，难道还能不如他们吗？

再次，他说"这次刘使君被曹操击败，想到江东投奔孙权。我就劝他说，怎么能背亲而向疏呢"，就刘备而言，和刘表的关系近，是为"亲"，和孙权的关系远，是为"疏"。如果刘备"背亲而向疏"，就会留下刘表不能容人，连自己的同宗兄弟也不肯收留的恶评。

最后，他又说"荆州刘将军，是当世之英雄"，给刘表贴上了一个"英雄"的标签，意思就是，既然你是英雄，就应该有英雄的胸襟和气度，就应该敞开怀抱，迎接刘备来投。

果然，在孙乾的强力说服下，刘表听得心花怒放，高兴地表态说："玄德是我的兄弟，我早就想和他相见却一直没有机会。我现在坐镇荆襄九郡，难道还容不下一个同宗兄弟吗？玄德现在在哪里，我立即派人去迎接他。"

眼看说服就要成功，孙乾十分开心，但半路有人横插一杠，差点断了刘备的生路。这个人就是刘表的小舅子蔡瑁。蔡瑁反对说："刘备心术不正，忘恩负义。他先后投靠吕布、曹操、袁绍，都不能善终。可见他为人之恶劣。况且，如果今天接纳了他，必然惹曹操不高兴。曹操如果派兵前来，那么荆襄百姓就要遭殃了。不如今天砍了孙乾的头，敬献给曹操，曹操必然会厚待主公。"

如果孙乾不能挡住蔡瑁的攻击，不但刘表不会接纳刘备，甚至他自己的脑袋都要搬家。但好在孙乾跟在刘备身边久了，早已经学会了将他人置于不道德立场上的"道德排除策略"。

"刘使君确实曾投奔吕布等三人，也确实和他们反目相向，但这并不能怪罪于刘使君，因为这三个人都不是仁义之人。吕布两次弑父，曹操欺君罔上，袁绍不纳忠言、滥杀忠良。像这样的人，怎么能一直侍奉而不加以反抗呢？！刘使君赤心报国，言必有信，是忠孝两全的义士，当然要和他们势不两立了。"

刘备的背叛行径，是不争的事实，但孙乾通过给吕布、曹操、袁绍贴上"不道德"的标签，反而将刘备的背叛行为美化为忠信仁义之举。这样，蔡瑁的攻击自然就失去了效力，而刘表内心的疑虑也随之消融。

孙乾紧接着对蔡瑁说："刘使君听说刘将军是汉室苗裔，同宗之兄，宽宏大度，敬老尊贤，爱民惜物，是当世的大英雄，这才千里迢迢前来投奔。你为什么要进谗言而让刘将军蒙上嫉贤妒能的恶名呢？"

这句话摆明了是挑拨离间，刘表不想背负恶名，就对蔡瑁呵斥道："我主意已定，你不要再来多言。"蔡瑁悻悻告退，但在内心里下了对刘备不满的种子。

而刘表为了表示自己确实是当世的英雄，气度恢宏，敬老尊贤，就将原定派人迎接刘备改为自己亲自前往迎接。

由此，刘备又找到了一个安身之地，又一次活了过来。

心理感悟：很多人不是死于逆境，而是死于绝望。

那风情万种的一剑

刘备投奔刘表，刘表起先待他为上宾，但经不住蔡瑁等人的撺掇，只是安排他在新野安身。曹操为了一鼓作气消灭袁绍，也暂时放了他一马。

当刘备在新野享受他这一生中最为安逸的一段时光时，袁绍的人生之路却走到了尽头。

在曹操的猛烈攻击下，袁军连连失败，袁绍经受不起打击，口吐鲜血。临终之前，刘夫人问他"袁尚可否为嗣"，这个曾纵横四海的英雄却连话也说不出来，只是点了点头。袁绍不知道，他做出的最后一个决策，把整个袁氏家族推向了绝路。

袁尚继位后，长子袁谭不服气，内乱顿起。袁谭先是向曹操投降，却又再叛乱，终被曹操所杀，尽管曹操曾经把自己的女儿许配给他。对曹操来说，女儿也不过是一种政治资源，连汉献帝也曾经"被娶"过曹操的另一个女儿。

曹操攻破冀州，袁尚、袁熙兄弟败逃，曹军陆续入城。曹操发令："入城后，不得杀害袁氏一门老小，军民投降者免死。"

这时，曹操十八岁的儿子曹丕正在军中。据说，曹丕出生时有一片青色云气，圆如车盖，覆在卧室之上，终日不散。有一个会望气的人对曹操说："此子贵不可言，非人臣之气！"这个时候，曹操还是一介微民，听了这句话，认为不过是望气者的奉承之语，听听罢了。但这句话对刚刚出生的曹丕却极为重要，十八年后，就是这句话救了曹丕的性命。

曹丕年轻气盛，又是第一次随父出征，立功心切，看到冀州城破，就要趁机杀几个人。入城后，曹丕径直来到袁绍家门口。对曹丕来说，杀其他的人显然配不上他的身份地位，只有斩杀了冀州之主袁绍的家人，方显他征服者之子的风采！

曹丕根本没有顾及曹操先前颁布的军令，在他眼里，曹操作为父亲的身份远比作为三军统帅的身份更加强烈。这个愣头青就这样兴冲冲地提着宝剑来到了袁绍家门口。

袁府四周早已被曹兵占据,因为曹操有令在先,一员末将在门口把守,严禁任何人进入。曹丕过来却不管不顾,喝退了末将,提剑冲入了后堂。

后堂中袁绍的后妻刘夫人正抱着一个年轻女子痛哭不已。曹丕见了,兴奋异常,挥剑就要砍下去。年轻女子见状,惊呼一声,声音娇婉,令曹丕闻之心动。曹丕时年十八,正处于情窦初开的时候,听到这声娇啼,再一看这个女子的容貌,不由惊呆了。这个女子虽然披发垢面,却丝毫掩饰不住其玉肌花容,倾国之色。这个女子正是袁绍二儿子袁熙的妻子甄氏。

永远不要低估外表吸引力的作用!异性的美貌所带来的愉悦感是很难抗拒的。哲学家罗素曾经说过:"总体而言,女人倾向于因性格而爱上男人,男人则倾向于因外表而爱上女人。"对于男性来说,女性外貌的影响力是非常巨大的。这就是周幽王愿意烽火戏诸侯也要博褒姒一笑,吴王夫差明知西施是敌国之女还要对她宠爱异常的原因。

心理学家阿伦森和西格尔曾经做过一项实验,他们证实了无论如何,有吸引力的女性比没有吸引力的女性对男性有更大的影响力。

实验是这样的:阿伦森和西格尔挑选了一位天生丽质的女子,让她分别装扮成有吸引力和无吸引力的样子。在无吸引力的条件下,这位女士衣着松垮凌乱,很不得体,头上戴着与她的肤色很不相称的金黄色卷曲假发,皮肤看上去也很油腻,显得很不健康。这位女士的身份被定义为一位临床心理学专业的研究生,并由她来给几位男大学生进行访谈。访谈结束的时候,这位女士会给大学生们进行打分。其中,一半学生得到的是非常好的评价,另一半的学生则得到了不利的评价。

结果显示,当这位女士打扮得没有吸引力时,男大学生们似乎不太关注从她那里得到的评价是好还是坏。两组男生对她的喜欢程度大致相当。而当她以楚楚动人的本来面目出现时,获得好评的大学生更加喜欢她了。而从她那里获得差评的男大学生,会比正常条件下表示出对她的更加不喜欢。但是,尽管这些男大学生声称不喜欢她,但他们仍然在随后的实验中表现出想与她交往的强烈愿望。

这个实验充分说明了男人大都是好色之徒。

回到曹丕的话题,别忘了他是曹操之子,曹操的好色可是出了名的。曹操的好色基因或多或少都会遗传给曹丕。

曹丕就这样被这个年轻女子的美色打动。他这一剑砍下去的时候是杀人之剑,提起来的时候却成了护人之剑。这一剑真可谓是风情万种！

曹丕顿时换作满脸正气，大义凛然地说道："我是曹丞相的儿子，我愿意保护你们全家安全，你们不用担忧。"

男人总想通过炫示自己的强大来征服女人。这种强大不仅包括身体、能力，也包括地位、身份上的强大，曹丕别无可言。所以他此刻只能搬出"官二代"的名头来托抬自身，取信并施惠于面前的这两个弱女子。

实际上，这两个女人根本用不着曹丕来保护。曹操事前早已下令，任何人不得擅自闯进袁府，更不得伤害袁绍的家人。以曹操治军之严，除了曹丕这个愣头青，谁敢违背？曹丕扬扬自得地在袁府当起了护花使者，却不知道自己的脑袋很快就不受保护了。

再说诸将见城中初定，就请曹操进城。

曹操来到袁绍府前，下了马，问把守府门的末将："可有人进过此门？"

末将不敢隐瞒，说："现在公子在里面。"

曹操的脸当即拉长了。

曹操在军纪法令上的严厉由来已久。当年，他刚刚出任洛阳北都尉时，因为治安很差，就实行了宵禁。他在四个城门设了五色棒，有敢违犯者，不论贵贱，拿住就是一顿棒打。当时，汉灵帝最为喜欢的太监蹇硕的叔父，仗着侄子的名头，无视曹操的规定，夜行无忌。曹操巡夜时将其拿住，毫不容情，就地用五色棒痛打。曹操以一个小小的都尉，就已经敢在太岁头上动土，何况他今日已是汉朝的实际掌控者！

曹操毫不犹豫，立即命令将曹丕叫出来，就地正法！

曹大英雄正陶醉在英雄护美的美妙感觉中，绝没想到曹老英雄杀起人是毫不容情的。

荀攸、郭嘉见机不妙，连忙对曹操说："如果没有公子在这里坐镇，恐怕其他人早就进去捣乱了。"

这句话纯属鬼话。曹操的军令根本用不着乳臭未干的曹丕来维护。曹操刚一下达杀人令的时候，是出于一种维护军令的本能反应。荀郭两人的劝阻给了曹操一点思考的时间。

杀，还是不杀？

曹操一直是将击败强大的袁绍视为天意的，而攻破冀州后，曹操对于"天命在我"的感觉就更加强烈了。由此，他猛然想到了曹丕出生时那个望气之人的话——"此子贵不可言，非人臣之气！"非人臣之气，那是什么气？只能是帝王之气了。曹操顿时想到，这个望气人的说法与自己现在的处境越来越贴合了。很快自己就要扫平天下了，这之后，就可以伺机代汉称帝。那么，在现有的儿子中，曹丕年龄最大，总有一天是要继承帝位的，"非人臣之气"也就理所当然了。

曹操这么一想，曹丕就死不了了。而荀攸、郭嘉的话正好给曹操铺垫好了下台的台阶。曹操也就借坡下驴，赦免了曹丕。

曹丕在鬼门关前走了一遭，却始终不会想到救了自己一命的竟会是十八年前的那个望气人。

袁绍的后妻刘夫人是个见过大世面的人，知道袁绍死后，自己的日子会很难过。本来一切已经无望，但曹丕这个毛头小子的那点色心，在这个惯见风月的女人面前，当然是显露无遗了，所以，她连忙赶出门来，想要攀上曹丕这个"官二代"。

刘氏对曹操说："如果没有公子保护我们啊，我们全家就完了。我愿意把这个女孩子献给他！"

唤来甄氏一看，果然是花容月貌，曹操赞叹连连，说："不错不错，配得上我儿子。"

当时，曹丕尚未娶妻，曹操为什么愿意纳一个旁人之妻给自己的儿子当正室呢？

这与当时的观念比较宽松有关。只要女人的容貌姣好，曹操是一点也不会嫌弃她的出身的。

就这样，曹丕的"一剑钟情"非常幸运地有了一个完美的结果。

心理感悟：男人对付男人的最好武器是剑，女人对付男人的最好武器是貌。

狂妄的代价

曹操占了冀州，决定亲自到袁绍的墓上去祭拜一番。大家一开始以为这是一个胜利者的耀武扬威，但曹操祭拜之时却痛哭流涕，令众人大为惊奇。

曹操的哭和刘备的哭大为不同。刘备的哭，大多是工具性哭泣，是想通过哭泣来达到某一种目的。而曹操是个真性情的洒脱之人，笑多哭少，且他的哭都是情感性哭泣，是通过哭泣来释放强烈的情感。

袁绍和曹操相处了几十年，有合有分，时战时和。曹操一直将袁绍视为最大的对手，而此刻这个曾经呼风唤雨的对手已经长眠地下。曹操心中顿时涌起一种怅然若失的感觉，不由得回忆起过往的点点滴滴。

曹操对身边众人说："我想起当年和本初共同起兵讨伐董卓，那时候他曾经问我说：'如果大事不成，你靠什么来自保呢？'我反问他该怎么办？本初说：'我南据黄河，北靠燕代，并兼戎狄之众，足可立足，然后南向争夺天下，大概就差不多了吧。'我的想法是：'我要善加任用天下的智谋之士，那就无往而不胜了。'"

袁绍依靠的是"地势"，曹操依靠的是"人谋"。两者战略眼光的不同决定了各自不同的发展路径。袁绍虽然占据了很多地盘，手下不缺忠臣，也不缺能人，但因不能将他们凝聚成合力而导致内讧不断，最终葬送了自己的事业。而曹操极其善于用人，终于吸引了众多才能之士为其尽忠效力，成了笑到最后的胜利者。

曹操说："这几句对话，声犹在耳，但本初却已经过世了。一想起这，我的眼泪不由自主就流了下来。"

众人听了，也是唏嘘不已。

再说许攸，见曹操攻克了冀州，极为兴奋，觉得自己这次真是厥功至伟，自矜自夸之情溢于言表。如果没有自己献上良策烧了乌巢之粮，这个曹阿瞒还不知道在哪里苦苦挣扎呢。

就在曹操入城之际，许攸得意扬扬地纵马上前，用马鞭指着城门说："阿瞒，如果没有我，恐怕你进不了这个城门吧！哈哈！"

阿瞒是曹操的小名，除了许攸，谁敢在三军面前直呼这个小名呢？许攸这个狂人在某种程度上和祢衡有一拼。祢衡当初在黄祖面前将孔融称为"大儿"，将杨修称为"小儿"，和许攸今天戏称曹操的小名"阿瞒"的目的基本一致，都是想通过贬低重要人物来炫示自己更胜一筹。

曹操得了冀州，心情不错，听了许攸的话，也不以为忤，笑道："子远，你说的是啊。"

许攸见曹操也认可这一点，更加不可一世，每日闲来无事，就纵马巡游四门，见人就说自己的功劳。

但许攸不幸，这一天在东门遇到了许褚。许攸大笑道："臭小子，看见我了吗？你们这些匹夫，如果没有我，哪里能够进得了这个城门？！"

许褚一听，顿时火冒三丈，大怒道："我等千生万死，血溅疆场，死了多少人，才打下来这座城池，你不过一介腐儒，怎么敢在我面前夸口功劳？"

许攸心想，连曹阿瞒都认可我的功劳，你这匹夫怎敢和我顶嘴？当即破口大骂。许褚可不是君子，他向来是动手不动口的，一见许攸喋喋不休，唾沫星子乱溅，一怒之下，拔出宝剑就把许攸给剁了。

许攸和许褚"二许争功"，各自都认为攻下冀州是自己的功劳。这一现象毫不奇怪，而是普遍地存在于现实生活之中。

一般而言，人们都会情不自禁地将成功的主要原因归功于自己，这就是自我服务偏见，或者叫作自利性偏差。

2005年，库鲁索等人让一些哈佛大学的工商管理硕士评估自己在其研究小组已经完成的任务中的贡献比例，然后把每组成员的评估值相加，其平均总和为百分之一百三十九。当然，这是不可能的，因为最高的贡献之和也只能是百分之百。这多出来的百分之三十九就是每个人都高估了自己的贡献造成的。

连哈佛大学的高才生都不可避免地陷入自我服务偏见，而做出高估自己的判断，更何况一般人呢？

就"二许"而言，许攸的献计确实是官渡之战的首功，如果没有许攸，袁绍就不可能败退冀州。但袁绍败退冀州后，还有相当的实力，如果不是许褚等将士浴血奋战，冀州也是攻不下来的。

所以，二许均有功劳，但也绝非完全像他们自己所言，一切归功于自己。

二许争功，许攸倒在了许褚的剑下。但愿许攸的鲜血能够让后世的人们吸取教训，在看待自己的时候更客观一些。

许褚提着许攸的脑袋来见曹操，说："许攸张狂无礼，所以我把他杀了。"

曹操吃了一惊，说："子远是我的老朋友，我知道他喜欢狂言戏弄，你为什么要把他杀掉呢？"曹操狠狠地责备了许褚一顿，吩咐厚葬许攸。

按照军法，许褚胡乱杀人，也是要被杀头的。但许褚是曹操的心腹爱将，曹操如果再杀了他，就二许皆失了，何况，许攸确实也太狂妄了，所以曹操只是责怪许褚，却没有采取其他惩罚措施。许攸为自己的狂傲付出了最惨重的代价。在中国社会，狂傲从来不会有市场。

曹操静下心来，开始询问冀州的户籍情况，这一情况只有崔琰知道。曹操就任命他为本州别驾从事。曹操看了户籍清单后，大喜道："冀州真是个大州啊，竟然有三十万人口。"

当时本就地广人稀，人口又因战乱而急剧减少，而冀州竟然拥有三十万人口！那么，今后征兵征赋都有了保障，所以曹操喜形于色。

这也说明，曹操在绝大多数时候心里是藏不住事情的。心中所思，顿时化作口中所语。要是刘备得了冀州，哪怕心里和曹操抱有同样的想法，也绝不会宣之于口。

崔琰正色道："现在天下分崩离析，二袁兄弟互动干戈。冀州多次罹受战乱，百姓流离失所，苦不堪言。现在丞相率王师来冀州，不先查问百姓疾苦，救其于水火之中，却先考虑征兵征赋，这哪里是仁义之师的做法啊？"

崔琰容貌俊朗，为人刚正不阿，加上这番话说得合情合理，曹操听了，立即收敛笑容，恭恭敬敬地向崔琰谢罪。

此时，袁尚、袁熙已经逃入番邦。曹操聚集文武商议如何应对。

曹洪等人说："如果我们深入番邦追击，刘备、刘表抓住这个时机进攻许都，我们就会救应不及。依我等的意见，还是赶快回师吧。"

郭嘉却提出了反对意见，说："诸位，你们搞错了。丞相的声威虽然已经传遍天下，但番邦之人未必知道。所以，他们不会对我们严加提防。我们现在立即进兵，就可以趁其不备而攻克。至于刘备、刘表，我看也不用担忧。刘表知道自己的才能不如刘备，担心无法驾驭他，绝不敢重用刘备，怕他干什么？"

曹操非常担心二袁反扑。作为一个成熟的政治家，他深知斩草除根的重要性。

郭嘉的这番话有力地扫清了曹操的疑虑。曹操决定，立即出塞，向番邦进军。

一路上，黄沙漫漫，狂风四起，曹操暗生退军之心，就把郭嘉叫来询问。此时郭嘉因水土不服，卧病于车上。

曹操说了自己的意思，但郭嘉坚持说："兵贵神速，应该派轻骑飞速前进，趁其不备，一战而胜之。"

曹操听从了。他见郭嘉病势渐重，就留他在易州养病，自己找了一个向导，继续进军，终于在白狼山击败番邦冒顿的军队。袁尚、袁熙仅率数千人马向辽东逃去。

等曹操回到易州，郭嘉已经去世了。

曹操亲自祭拜，哭倒于地。曹操之所以如此伤心，有两个原因。

第一，郭嘉屡献奇计，展露了极为杰出的才华，并在不知不觉间取代荀彧成为曹操心目中的第一谋士。

第二，郭嘉年纪较轻，曹操原本希望他将来可以辅助自己的儿子。

所以，曹操痛哭道："奉孝死，乃天丧我也！"一个人的死能够让曹操与"天"联系起来，确实是极不容易的。

就在曹操伤心欲绝之际，郭嘉的从人呈上了郭嘉的遗书，说："郭公临死前，亲笔写了这封信，并交代说，丞相只要依信行事，辽东可定也。"

曹操深为感动，说："奉孝如此勤勉用心，我怎么能不听从呢？"打开一看，连连点头，众人均迷惑不解。

心理感悟：是"我"的存在，让这个世界大了许多。

让敌人为你服务

曹操按兵不动,众人以为他心伤郭嘉之逝,无心进取。夏侯惇等人急着来见曹操,进言说赶快进兵辽东,以免袁熙、袁尚日久生患。

夏侯惇等人的思维还是受此前曹操不顾一切深入大漠、追击二袁的做法影响,自以为一定能得到曹操的首肯,没想到曹操却淡然一笑,说:"不用劳烦诸公虎威,数日之后,公孙康自己就会把二袁的首级送来。"

公孙康正是二袁所投的辽东之主。夏侯惇等人一听,均摇头不信。如果天下有这等坐等送货上门的美事,那还用得着我们这些大将东征西讨吗?

曹操却不再多言。

再说二袁如丧家之犬,带着几千残兵,急奔辽东而来。公孙康得知他们来投,召集本部属官,商议此事。

公孙恭说:"当年袁绍在日,就有吞并辽东之意,只是无暇顾及。现在二袁兵败来投,不如将这两个人斩首,送给曹公,曹公必然重待主公。"

平日不烧香,临时抱佛脚。恩惠就如储蓄,不种何收?所以,公孙恭会提出这样的建议。但公孙康担心曹操趁势攻打辽东,那就不如收留二袁,以为帮手。

公孙恭说:"以曹操的作风,如果他要攻取辽东,肯定会星夜急行军前来。如果他无意攻取辽东,就会按兵不动。我们不如先派人探听消息,再做计议。如曹操进兵,就收留二袁;如果曹操不来,就杀二袁送给他。"

二袁的脑袋就这样和曹操的进兵与否挂上了钩。

这就是郭嘉的遗信中劝曹操不进兵的道理。为什么郭嘉可以预料到这一切呢?这个才华横溢的谋士,深谙人的心理,他知道,共同的外部威胁能够有效促进新的"统一战线"的凝聚成型,也能够有效抑制既有团队内部的纷争,促进团队内部的团结。

心理学家约翰·兰则塔在1995年做了一个实验，可以说与郭嘉两千多年前的判断完全吻合。

兰则塔让四人一组的海军军官后备学校的学生完成一个问题的解答任务，然后用广播公开告知其中的一些小组，他们的答案都是错误的，并且他们答题的效率不可饶恕地低，他们的想法都非常愚蠢；而另外的小组则没有受到这样的公开指责。结果发现，那些受到批评的组员们彼此变得更加友好，更加合作，也更少出现争吵与恶意竞争。

外部的威胁或不良评价能很好地强化个体之于群体的归属感。

美国"9·11"恐怖事件发生之后，一位名叫路易斯·约翰逊的美国黑人说："在'9·11'发生之前，我以为自己只是一个黑人，而在此之后，我比以往任何时候都更加觉得自己是一个美国人。"而另据统计，"9·11"事件发生之后，纽约市长朱利亚尼在新闻发布会上使用"我们"一词比以前多了一倍。时任总统的布什也从中明显获益，其支持率在"9·11"之后从之前的百分之五十一骤升至百分之九十。

外部的威胁甚至还可以让敌对的双方摒弃前嫌，一起对付威胁更大的强敌或解决迫在眉睫的重大难题。

心理学家谢里夫曾经做过一个实验。他将参加夏令营的男孩子们分成两个团队，展开竞争。这两个团队很快反目为仇，互不相让。谢里夫为了让两个团队和解，特意设计了两个重大任务：第一个是修复夏令营的供水系统；第二个，他提供了一个可以租借影碟的机会，但所需的费用要动用两个团队的共同资金。

这两次任务，都不是单个的团队可以独立完成的。而这两个团队为了完成这两项任务，很快就从敌对状态转变为合作状态。

所以，明智的领导者往往会通过设定一个外部的强敌来促进内部的团结或和外部团体的合作。

美国总统里根在1985年12月4日曾经发表过一个针对苏联的演讲。他说："我忍不住要对戈尔巴乔夫先生说：如果现在有一个来自其他星球的异族生物前来攻击地球，那么我们在这种会议上所采取的行动将会变得多么简单明了。我们将会很快发现我们同是人类，共同生活在这个地球上的人类。"

就二袁与公孙康而言，他们并不是同一阵营的，但曹操就像一个"来自其他星球的异族生物"，大军压境，两个弱小者为了更好地自保，必然会携手结成同一阵营，共同对付曹操。但如果曹操按兵不动，也就没有外部的威胁或压力，这两方的利益本来就不一致，自然就会自相残杀，只求维护自己的利益了。

郭嘉对人性的洞若观火，足可让曹操坐山观虎斗，轻松地坐享其成。这的确不是夏侯惇等人所能够理解的。

又说袁熙、袁尚兄弟，二人商议说："现在辽东有精兵数万，足可与曹操抗衡。我们暂时先投靠公孙康，伺机将其杀掉，夺了辽东，然后再图谋收复河北，对抗中原。"

这两个家伙志向倒是不小。但可惜的是，他们却看不清眼前的大势。他们目前最紧急的任务首先是让公孙康相信曹操是大家共同的敌人，然后再借力公孙康保住自身，而不是妄自空想。

二人来到辽东，公孙康因为派去打听曹操消息的人还没回来，无法决断，就暂施缓兵之计，只留二人在驿馆休息，自己却托病不见。

二袁还沉浸在美妙的设想之中，丝毫没有察觉到这不同寻常的平静中已经杀机四伏。

公孙康的探子终于回来了。他们带回的消息就是二袁的催命符：曹操屯兵易州，并无进兵之意。

公孙康计议已定，事先伏好刀斧手，宣召二袁进见。

礼毕，公孙康屏退左右，对二袁说有秘事相商。二袁不疑有他。此时天气严寒，二袁见床榻上没有铺上褥垫，就对公孙康说："请铺一下席垫吧，也好坐下好好议事。"

公孙康哈哈一笑，说："你们两人的脑袋很快就要远行万里了，哪里还需要什么席垫啊。"

二袁大惊，公孙康却已喝出刀斧手，就在床榻之上将二袁斩首，并用木匣将二袁的脑袋装好，派使者给曹操送去。

再说曹操在易州按兵不动。夏侯惇、张辽等人根本不信公孙康会自动将二袁的首级送来，又担心大军滞留于外，刘表会生异心，从背后进攻许都，因此纷纷来劝曹操退兵回师。

曹操内心也有了一点动摇，但想起郭嘉的赤诚，决定还是再等一等。曹操对张辽等人说："再等等吧，等二袁的脑袋送来了，马上就回师。"

众人皆在暗中偷笑。

过不数日，公孙康的使者顶风冒雪将二袁的首级送到。众将不禁骇然，深深叹服。曹操大笑道："果然不出奉孝之料啊！"

众人这才知道，这并不是曹操神机妙算，而是郭嘉早有预言。

曹操拿出郭嘉的信，宣示给众人，只见上面写道："今闻袁熙、袁尚往投辽东，明公切不可加兵。公孙康久畏袁氏吞并，二袁往投必疑。若以兵击之，必并力迎敌，急不可下；若缓之，公孙康、袁氏必自相图。其势然也。"

曹操大笑之余，又深深感到怅然若失，在心里默默想道："奉孝啊，我怎么就失去了你？"曹操带着一众部下，再度来到郭嘉灵前祭拜。

绝顶谋士郭嘉的死，预示着一个时代的结束，又预示着另一个时代的开始。一个新的绝顶谋士即将拉开其辉煌人生的序幕，而曹操顺风顺水、战无不胜的好日子也从此一去不复返了。

至此，曹操平定了中国的北方，接下来，他该腾出手来，考虑南方的问题了。

曹操回到许都后，休养生息半年后，决定下一个目标就是血诏党黑名单上的刘备。

此时的刘备，正在新野小城过着安逸的日子。这一段时间他收获颇丰，谋士徐庶化名单福来投，令他实力大增。而且，夫人也给他生下了接班人阿斗。刘备不知道，他一生中最为惨烈的失败就要来临了。当然，在他经历这一场惨败之前，上天还会先给他一点甜头。

心理感悟：外敌的一个重要功能就是保障内部团结。

天上的群星拜北斗 / 超级粉丝在江南 / 备好交差的"稻草" /
不是救星是灾星 / 老同学又来串门了 / 雀斑让美人更真实 /
人生难得醉与歌 / 冬天里的一把火 / 一件锦袍引发的风波

天上的群星拜北斗

扫平袁绍后，曹操更加自得，以为拿下刘备肯定是手到擒来，但他派出的曹仁、李典等人却被化名单福的徐庶连续轻松击败，连樊城也被徐庶夺了。

曹仁等回许都向曹操请罪，曹操很不相信一向在军事上无能的刘备竟然会草鸡变凤凰。曹仁虽然兵败，但总算败得不很糊涂，把单福用兵的信息带了回来。

曹操从来没听说过单福的名字，但程昱知道他的老底。曹操又动了惜才之念，想挖刘备的墙脚。程昱献计骗来徐庶的老母，又模仿徐母的笔迹给徐庶写信，终于将徐庶骗到曹营。曹操自以为得计，却没想到徐庶临走前感念刘备的恩德，向刘备推荐了卧龙诸葛亮。曹操挖刘备的墙脚，却等于帮刘备挖到了一个顶级的人才。

刘备三顾茅庐，请出诸葛亮。诸葛亮刚一出山，出手比徐庶还猛，火烧博望坡，以少胜多，击败了夏侯惇。

曹操这下纳闷了，穷刘备，穷刘备，但为什么其人才储备却极为丰厚，怎么也取之不竭呢？曹操决定亲自出征，顺带剪除刘表，荡平江南。

曹操大权在握，屡次出兵，从来没有人敢出来阻拦。但这一次，却有不怕死的人站出来了。

这个人就是孔融。

孔融说："荆州的刘表、刘备都是汉室宗亲，不曾侵犯边界，又不曾背反朝廷，而江东孙权，虎踞六郡，又有长江之险可以依托，很难取胜。如果今日出兵，就会被称为不义之师，必会损军折民，大失天下所望！"

这番话说得曹操很不开心。背反与否的话语权是掌握在曹操手上的。曹操每每出征，都是打着天子的旗号征讨四方，这当然是仁义之师了。但孔融却直接将曹操的此次出兵定位于"不义之师"，这等于是撕破了曹操一贯的面具。

曹操自然要发怒了，说："刘备已经好几次羞辱耍弄我了，是我的心腹大患，现在刘表却养着他和我作对，难道不应该讨伐吗？孙权也是个逆背王命的家伙，怎么能放过他呢？你要是再乱说话，我就斩了你。"

孔融为什么要出来说这番冒犯曹操的话呢？

这是因为，孔融觉察到随着曹操的不断胜利，这个以"匡扶汉室"为名的豪强逐渐走向"反动"了，如果他再歼灭刘表、刘备，恐怕汉室就危在旦夕了。孔融作为汉室老臣，又是身负天下众望的一代大儒，觉得自己不能不站出来说几句话了。

但孔融毕竟还是怕死的，当曹操用死亡来威胁他时，他退缩了。孔融闷闷不乐地退出丞相府，仰天长叹一声："以不仁征伐至仁，安有不败乎！"

这个熟读诗书却不谙世事的儒生，不知道以至仁劝谏不仁，安有不死的道理。他说这句话的时候，旁边有个下人，正是御史大夫郗虑的家客。孔融虽然没有祢衡那么狂傲，但平素还是有些傲慢的。郗虑就经常被他侮辱怠慢。当这个家客把孔融的话报告了郗虑后，郗虑立即决定，到曹操面前打小报告。

郗虑收集孔融的黑材料已经颇有些时日了。见到曹操，他添油加醋地将黑材料滔滔不绝地讲出。

郗虑说："丞相，你知道孔融要造反吗？"要引起曹操的高度重视，就必须夸大其词，语出惊人。果然，曹操的兴趣被勾了出来。

郗虑说："孔融经常戏侮丞相，你可知道？"这家伙真是坏，给孔融扣了个大帽子后，却只能说一些芝麻绿豆般的琐事。

"丞相下令禁酒，孔融说：天有酒旗之星，地有酒泉之郡，人有旨酒之德，所以，唐尧不大碗喝酒就成不了圣人。桀纣都因为好色而亡国，那么为什么不禁止世人结婚呢？这是他在背后讽刺你的禁酒令啊。"

曹操点点头，不置可否。这点雅量曹操还是有的。

郗虑紧接着说："我还记得，有一次丞相问起纣王死后妲己的下落。孔融说：武王伐纣后，将妲己赏赐给了周公。丞相一直以为孔融博览群书，信以为真。后来他又在外面说，妲己被武王斩了。您看，他这不是欺负您没怎么读过书吗？"

曹操的脸色有一点不豫，但这些毕竟是鸡毛蒜皮的小事，和谋反还挂不上钩。

郗虑又说："孔融与祢衡两个人相互吹捧。祢衡说孔融是'仲尼不死'，孔融说祢衡是'颜回复生'，上次祢衡侮辱丞相，就是孔融背后指使的……"

如果郗虑再叨叨这些破事，估计曹操一脚就要把他踢出门去了。郗虑见势不妙，赶紧抖落出自己精心编造的猛料："丞相啊，这些都不算什么。但孔融和刘备、刘表关系非常好，经常书信来往。孔融又经常与孙权暗通消息。可见孔融确实是个大逆不道的反贼！"

郗虑说来说去，其实都是莫须有。

杀，还是不杀？

曹操虽然经常上当受骗，却很少因为一些看起来明显是"捕风捉影、无中生有"的理由杀人。但这一次，曹操被郗虑的谗言击中了，勃然大怒，下令："立即把孔融抓来，斩首示众！"

杀孔融，是曹操这一生中的重要转折点。

曹操之所以能够称霸天下，就是因为他善于用人，也善于容人。祢衡如此狂傲，他忍了。许攸当众喊他的小名，他一笑了之。崔琰直言不讳地指出他的错误，他当场道歉。

但是，持续不断的成功让曹操的心态慢慢发生了微妙的变化，他开始不再谦虚宽容，而是刚愎自用，自以为是，这是成功者的一种通病。获得的成功越多、越大，就越容易罹患这种"成功病"。

导致"成功病"的心理机制是"焦点效应"。

我们每个人在潜意识里都把自己看作是这个世界的中心，倾向性地认为全世界的焦点会集聚在自己身上，这就是"焦点效应"。但对众多的小人物来说，残酷的现实很快就会告知他们，这是不可能的。所以，大多数人的"焦点效应"会被逐渐消磨掉，或者深深隐藏于潜意识的地下室等待出土的时机。而领导者则不同，他们处于所在组织的金字塔顶端，本来就比一般人受到更多的关注。当领导者刚刚起步时，还能够比较主动、比较自觉地来抑制"焦点效应"的作用，让自己以虚怀若谷的面貌出现，以获得更好的名声，并吸引更多的追随者。但是，当领导者持续不断地取得成功后，他就越来越会以自我为中心。因为成功会不断地强化"焦点效应"的效果，最终让领导者不可自抑地受潜意识控制。

曹操也不能免俗。杀孔融这一事件，正说明了曹操潜意识中的"以自我为焦点"已经开始显山露水了。

曹兵整装待发，荆州刘表的生命却走到了尽头。他有心传位给长子刘琦，并请来刘备托孤。但他死后，后妻蔡氏却联结兄长蔡瑁，伪称刘表传位于幼子刘琮。

刘琮真是命苦，刚刚坐上荆襄之主的宝座，曹操的大军就凶神恶煞地杀到了。

曹操扫灭袁绍后，威名远扬。荆州这一帮以蔡瑁为首的安逸惯了的文武官员吓破了胆，纷纷撺弄刘琮投降。刘琮内心虽然不情愿，但毕竟年幼，未经世事，在一片劝降声中只好同意。

曹操接到刘琮使者送来的降书，大喜，口头承诺让刘琮永为荆州之主。

曹操兵不血刃，就得了荆州，更加深信"天命在己"。

曹操一边派曹仁、曹洪去新野剿灭刘备，一边自己准备进荆州城。

诸葛亮火烧新野，将曹仁、曹洪击败。但诸葛亮也知道，这只能暂时拖延曹军的铁蹄，他立即部署，全军撤往夏口。

曹操进了荆州之后，问清了荆州水军的情况后，留用蔡瑁、张允为水军大都督、副都督，并封他们为侯，又许愿说："我知道当年刘表在世之日，希望成为荆州之王，可惜他没有如愿就过世了。现在，既然刘琮已经投降于我，我回去后一定向天子启奏，封刘琮为王。"

曹操为什么会许这个莫名其妙的"封王愿"呢？

汉高祖刘邦曾经斩白马盟誓，立下"非刘姓而王者，天下共击之"的规矩。刘琮是汉室宗亲，封他为王，应该不算是违背老祖宗的规矩，但一介降者，根本就用不着封这么高的爵位。其实，这正好反映了曹操内心对于"封王"的憧憬。曹操不姓刘，现在已经位极人臣，没有什么上升空间了，而天下此时也已经无王。曹操的想法是利用刘琮封王来探一探天下人的口风，然后自己再徐徐图之。

蔡瑁、张允走后，荀攸对曹操说："主公，你也太不识人了。这两个家伙是谄佞之徒，你为什么还要封他们为侯，让他们继续掌管水军？"

曹操神秘一笑，说："我怎么会不识人呢？我们的士兵都是北方人，不习水战。现在暂时用一下这两个人，等事成之后，立即就把他们杀了！"

世人之所以说曹操奸诈狠毒，其实是因为他太过直白，把心中所想毫无保留地宣之于外。换一个真正老谋深算的人，就算心里是这么想的，就算面对的是心腹之人，也还是要守口如瓶，以维护自己的正面形象的。

这番话也表明，曹操在轻松得了荆州之后，已将江东视为唾手可得的囊中之物。

荀攸听曹操如此说，不禁有些愕然。这个他一路辅佐过来的曹丞相，似乎和以前已经很不相同了。

蔡瑁、张允告知刘琮封王的消息，刘琮大喜，觉得这次投降真的很值得。但他不会知道，只要有曹操在，皇帝都度日如年，何况一个小小的王呢？

但曹操很快就改变了主意，因为他乐观地估计了形势。曹操认为江东指日可下，到时候天下一统，他根本就不想先封王再称帝，而是要直接一步到位，应验当年王立的"天象之说"。

既然如此，刘琮也就成了无用的废物。曹操最后只封刘琮为青州刺史，连蔡瑁、张允等人还不如。刘琮不肯上路，但抵不过曹操的威逼，只好从命。

曹操随即唤来于禁，要他尾随而去，杀了刘琮，以绝后患。于禁在帮助曹操做了这一件见不得人的事后，正式迈入了曹操亲信大将的行列。

曹操理顺荆州事务后，知道刘备尚未跑远，当即亲率铁甲骑兵，要在一天一夜之内赶上刘备，赶尽杀绝！

心理感悟：成功是成功者最终失败的根本原因。

53

超级粉丝在江南

荆州得来太容易了，这是好事，更是坏事。曹操在飘飘然中忽略了刘备还在夏口负隅顽抗这回事儿，直接开始琢磨起江东的孙权。

其实，曹操应该先歼灭刘备再向东吴施压，甚至可以先联合东吴，一起将刘备置于万劫不复的境地再来图谋东吴。当然，如果曹操这样做了，历史上就不会有惊心动魄、精彩纷呈的赤壁之战了。

曹操总是在占尽优势的时候犯错误，却又在极为险恶的境况中绝地逢生，这一次也不例外。

曹操写了一篇檄文，派使者送给孙权。孙权这边早已被曹操的百万大军吓着了。鲁肃建议，赶快到刘备处探听一下曹操的虚实，这正好给了诸葛亮一个去东吴联合孙权抗曹的机会。

就在鲁肃带着诸葛亮回东吴之前，曹操的檄文已经送到了东吴。

檄文是这样写的："操近承帝命，奉诏伐罪。旌麾南指，刘琮束手；荆襄之民，望风归顺。今统雄兵百万，上将千员，欲与将军会猎于江夏，共伐刘备，同分土地，永结盟好。幸勿观望，速赐回音。"

檄文倒是写了"共伐刘备"，但江东众人的注意力早已经被前面的"会猎于江夏"吸引住了。如果这次会猎能够成功举行，应该是史上规模最大的会猎，因为参与"会猎"的有雄兵百万、上将千员。

孙权和他手下的众谋士当然没有那么弱智，会天真地以为曹操真的是在发出会猎的邀请。曹操这一阵子风卷残云般的军事行动，已经深深震撼了东吴众人的心灵。

孙权少不更事，拿不定主意，而以张昭为首的谋士群体整个陷入了"群体极化"之中。

"群体极化"是指在群体中进行决策时，人们往往会比个人决策时更倾向于冒险或保守，向某一个极端偏斜，从而背离最佳决策。

莫斯科维斯和扎瓦罗尼在1969年观察发现，讨论可以加强法国学生本来就对总统所持的积极态度，同时也可以加强他们原本对美国所持的消极态度。

磯崎于1984年发现，当日本的大学生集体讨论了一宗交通事故案例后，他们对"有罪"有了更为明确的裁定和判断。

同理，张昭等人在孙权组织的讨论会上，一致"极化"出了"向曹操投降"的观点。

张昭说："曹操乃虎豹也。现在统率百万大军，打着天子的旗号，所向披靡，我们所能借力的只有长江天险，而曹操攻克荆州后，荆州水军精锐已经全部落入他的手中，这样，长江之天险他也能够利用，我们哪里还有什么优势呢？以我愚见，不如向他投降吧。"

众谋士纷纷附和说："子布之言，正合天意。"

当群体的个体之间相互激发，形成完全一致的倾向性意见之后，如果有人对他们的意见进行挑衅，这个群体的成员的态度会变得更为固执甚至走向极端。

当鲁肃带着诸葛亮从江夏回来后，劝说孙权向曹操宣战，这等于是向"投降派"发起了挑衅。于是，诸葛亮"舌战群儒"不可避免地发生了。

在这场辩论中，以张昭为首的东吴谋士轮番上阵，从不同角度为自己的"投降论"辩护（详见《心理诸葛》）。

这种自我辩护往往会走向极端。

薛综看到诸葛亮舌灿莲花，击退了多名群体成员的进攻，就祭出了"美化曹操来贬低诸葛亮"的招数。

薛综发问道："孔明，你认为曹操是个什么人啊？"

诸葛亮毫不犹豫地说："曹操乃汉贼也！"

薛综立刻反击道："你这句话可说错了！我听古人说：'天下者非一人之天下也，乃天下人之天下也。'所以，尧会把天下禅让给舜，舜会把天下禅让给禹。成汤放桀，武王伐纣，列国相吞，汉承秦业，以至于今，天数将终于此也。现在曹操已经有天下三分之二，人人归心，只有刘豫州不识好歹，非要和他相争。正是以卵击石，哪能不败呢？"

曹操不知道哪辈子烧了高香，在敌对阵营中竟有薛综这样的"超级粉丝"！薛综为了维护己方观点的正确，甚至不惜搬出尧舜禹汤来当铺垫的工具，并用历朝历代的更替来说明天命已归曹操。

很多人也许会以为，薛综这种昏了头的做法只能出现在小说中，而不可能在现实中发生，其实不然。

1938年9月15日，英国首相张伯伦为了阻止第二次世界大战的发生，与德国总理希特勒进行了会晤。六个月前，希特勒的部队已经入侵了奥地利，并将其纳入了德国的版图。希特勒的下一个目标是进攻捷克斯洛伐克，但德军还需要到9月底才能准备好。希特勒的如意算盘是让捷克斯洛伐克的防御部署拖延几个星期。希特勒一面秘密调动部队，一面承诺张伯伦，只要捷克斯洛伐克同意他的要求，和平就可以得到保证。与希特勒会晤后，张伯伦在写给妹妹的信中说："在他的脸上，尽管我看到了冷酷与无情，但我的印象是，这个人会信守承诺。"五天之后，张伯伦在英国国会发表演说，面对其他人的质疑，他很有底气地为希特勒辩护，说他是一个会信守承诺、言出必践的人。

事实证明，张伯伦受了希特勒的愚弄，但我们从中可以看到的是，一个人为了维持自己（或自方）的正确性，会怎样地不择手段为自己（或自方）辩护。

幸好鲁肃出使江夏，没有被这一个群体极化，而诸葛亮又是打定主意，要鼓动东吴对曹操开战。在这两人的努力下，孙权一开始采纳了他们的"抗曹论"。但张昭等人还不死心，抱牢自己的"投降论"不放，千方百计地对孙权进行劝说。

孙权毕竟年少，又开始犹豫不决，直到在鄱阳湖练兵的周瑜回来，这才真正说服孙权铁心抗曹。

曹操派使者送信给周瑜，没想到周瑜被诸葛亮智激后，对曹操痛恨万分，连信也不打开，直接撕毁，又喝令斩了曹操的使者。两军交战，不斩来使，这是古时作战的规矩，但周瑜以这个打破常规的办法显示了他必战的决心和必胜的信心。

曹操本来还没有完全做好作战准备，但周瑜毁书斩使极大地刺激了他的自尊心。曹操大怒，当即命令蔡瑁、张允等荆州降将为前部，他自为后军，向东吴发起进攻。

蔡瑁派兄弟蔡壎为先锋，却被东吴先锋甘宁一箭射杀。东吴韩当、蒋钦等将，见曹操后军均为青徐之兵，不谙水战，立即冲上前去，将曹操大军击得大败。曹兵不习水性者，很多溺死江中。

曹操撤回旱寨，唤来蔡瑁、张允，责怪道："东吴兵少，你怎么还败于他手？是不是这阵子练兵不够用心？我先说这一次，如果以后再出现类似情况，我必按军法从事！"

蔡瑁哀告说："荆州水军久未操练，而且我们大部分士兵都是北方人，不习水性，看见东吴一攻击，心里先自慌了，不敢应战。我想请丞相允许我们扎一个水寨，早晚操练，等到水军精熟，再发起进攻。"

说起来蔡瑁也真是可怜，名为水军都督，却哪里能呼风唤雨？当年他在刘表手下何等威风，一旦投降，却是威严扫地。而曹操也太过心急，以为凭借百万大军的声威就可以吓降东吴，却没想到招惹了周瑜这个瘟神，而自己这边却连基本的备战工作都还没有做好。

曹操听了后，虽然心急如焚，但也没有办法能够让自己的人马一夜之间就精通水性，只好同意了蔡瑁的请求。但曹操说的话可不好听："你既然是水军都督，当然可以便宜从事，何必来禀告于我？"

话是这么说，问题是：不禀告你行吗？借蔡瑁几个胆子他也不敢啊。实际上，这句话里已经隐含着曹操的不满之意了。这长江水战初战失利，实际上已经把蔡瑁往断头台上送了一大程。

蔡瑁当即和张允开始布置练兵。所谓的临阵磨枪，可能莫过于此了。但这两个家伙，唯恐惹怒了曹操，性命不保，便豁出命去努力工作。没有几天工夫，他们就将水寨建成，随即开始练兵。

周瑜偷偷前去观看，不禁大吃一惊。如果按照这样操练下去，用不了多久，曹军的水战能力就会大幅提升。那个时候，东吴就很难抵挡了。毕竟曹操有百万兵马，而周瑜只有区区三万人马！

周瑜暗下决心，必须要尽快除掉蔡瑁、张允这两个精通水战的人；否则，东吴绝无胜算。

心理感悟：处在群体中的人往往会在思想上迷路。

54

备好交差的"稻草"

曹操初战告负，闷闷不乐，坐在帐中，自言自语说："该用何计破吴呢？"曹操无计破吴，不料身旁有一位智珠在握、成竹在胸的人物。这个人就是蒋干。蒋干说："丞相，我自幼与周瑜同窗，亲如兄弟，我愿意凭三寸不烂之舌，去江东说服周瑜来降。"

能够不战而降服东吴，当然是再好不过了。曹操非常高兴，不过他还是有些疑虑，这个蒋干在自己手下已经很久了，一直没有见他显山露水，不知道此去能否成功。上次周瑜毁书斩使，十分决绝。如果此去说降不能成功，那就太没有面子了。

曹操不放心地问了一句："子翼，你和周瑜交情真的很不错？"

蒋干铿锵有力地说："丞相放心，我去了必要成功！"

曹操还真是个轻信的人，蒋干就这么简单几句话，就让他深信不疑了。在这一点上，曹操还不如刘璋。刘璋手下的谋士张松要去说服曹操，刘璋还要他当面"彩排"一下，看看其言辞是否能够说动曹操。

曹操问："子翼，你要带什么东西去？"曹操的意思是你要不要带点贵重礼物。但蒋干却说："不用，不用。只要带着一个小童，随身伺候，另外再有两个仆人驾舟就可以了。"

周瑜正在苦思冥想如何除掉蔡瑁、张允这两个心腹之患，军士来报，蒋干来访。周瑜大喜，顿时灵感喷发，在这一瞬间想好了一整套计划。除掉蔡瑁、张允的重任就落在这个老同学身上了。

周瑜之所以能这么快做出反应，有两个原因。第一，周瑜确实才华出众，且在内部具有绝对的控制力。第二，他对这个老同学再了解不过了。

周瑜对诸将笑道："说客来了。"——部署完毕后，出帐迎接蒋干。

蒋干信心满怀，昂首而来，见了周瑜，颇带优越感地说："贤弟别来无恙？"

周瑜应声答道："子翼劳苦，远涉江湖，是来为曹操当说客的吗？"

蒋干顿时愣住了，他根本没有做好周瑜会直截了当切入正题的准备，顿时陷入尴尬境地。蒋干一下子被周瑜的气势镇住了，张口结舌了一会儿，只能说："我和足下分别已久，近日听说你威震东吴，名扬华夏，特意过来叙叙旧。你干嘛怀疑我是来给曹操当说客的呢？"

就在这两三句话的交锋中，蒋干现在的态度与来之前已有天壤之别。这从他对周瑜的称呼中就可以看出来。他先是带着优势心理并蕴含亲近之意地称周瑜为"贤弟"，随即又颇带尊敬而稍感疏离地改成了"足下"。

为什么蒋干会出现这样的心理变化呢？

其实，蒋干和祢衡正好是处于两个极端的人。祢衡十分自我，置外部情境于不顾，不分场合，全部由着自己的性子行事。蒋干正好相反，他是个极易受情境影响的人，经常会随着环境的变化而丧失自我的立场。

在曹操帐下的时候，蒋干看到曹操雄兵百万，荆襄望风而降，就觉得曹操天下无敌，东吴必然也会投降。所以，他才会在不做任何准备的前提下，自告奋勇来东吴劝降，以为周瑜必然也会像自己那样，对曹操畏之如虎，不敢不立即投降。

而到了东吴之后，蒋干一看周瑜气势逼人，两旁将士英锐异常，他立即感觉到了情境的变化，从而导致内心的态度随之变化。

这就是蒋干前倨后恭、自信顿消的真正原因。

周瑜全盘掌控了局势，呵呵一笑，说："我虽然没有师旷那么大的本领，但也能闻弦歌而知雅意啊。"

"曲有误，周郎顾"，说的就是周瑜在音乐上的造诣。周瑜以此做比喻，也算是"三句话不离副业"。

蒋干仿佛被逼入了话语的死胡同中，只能说："足下如果这样看待我，那我只好告辞了。"

周瑜看看铺垫得差不多了，连忙上前拉住蒋干的手臂说："我只是担心兄长你为曹操当说客。既然你没有此意，何必这么快就离开呢？今日正好叙旧，一醉方休。"

周瑜拉着蒋干入了营帐，吩咐设宴，并召集江东英杰全部来为蒋干接风。东吴文武百官全都盛装出席，给足了蒋干面子。

蒋干看起来十分风光，但其实如坐针毡。周瑜在众人面前隆重推出蒋干："这位是我同窗好友，虽然是从江北到此，却绝不是曹操的说客，大家不要怀疑。"随后又叫过太史慈，下了"封口令"，说："今日饮酒，只能叙旧，你佩戴上我的宝剑监酒，如果有提到曹操与军旅之事者，可立斩之。"

蒋干本来在腹中打了草稿，准备在宴席上见机劝降，但周瑜的这番话彻底堵死了他的念头。周瑜的目的就是要千方百计遏制住蒋干。蒋干在曹操面前拍过胸脯，如果连口都不能开就灰溜溜地回去，是很难交差的，蒋干内心出现了严重的认知不协调。所以，他只能想方设法捞一根足以交差的"稻草"，而周瑜早已给他精心准备好了"稻草"，就等着他下手。

但在此之前，周瑜还要继续做文章，憋一憋这位老同学。周瑜不断劝蒋干喝酒，喝到酣畅处又故意借着"酒劲"带着蒋干在军营中四处转悠，炫耀自己兵精粮足。转完了，又回到帐中喝酒。蒋干被周瑜整得五迷三道，直到天将放亮，周瑜才带着他抵足而眠。

周瑜上榻还不消停，连连呕吐，弄得榻上一片狼藉。蒋干苦不堪言，好容易等到周瑜睡去，却又不得不听他鼾声如雷。

周瑜就是要搅得蒋干无法睡着。蒋干身心俱疲却无处安眠，又担心回去后没法交差，这一份煎熬实在不是言语可以形容的。同窗数载，周瑜肯定知道这位老同学有乱翻人家东西的癖好。果然，蒋干在周瑜内帐的案几上胡乱翻动。这一翻不要紧，"稻草"就露出来了。

这根"稻草"就是周瑜伪造的蔡瑁、张允写来的信。蒋干打开一看，如获至宝，知道自己这一趟没有白来。蔡瑁、张允在信中说了自己等人被逼投降曹操的无奈，现已将曹操大军赚入水寨之中，只等时机合适，就要取曹操的脑袋。

一个人在疲惫不堪的时候，判断力会比精力充沛时大大下降。蒋干深信不疑，偷偷藏好这一封密信，趁着周瑜沉睡未起，连忙唤了小童仆人，渡江回到曹营。

蒋干兴奋异常，上了岸后，连蹦带跳去见曹操。

曹操见他满脸喜色，连忙问道："先生干事如何？"

蒋干立即抑制住兴奋，故意装作不开心的样子，说："周瑜心如铁石，不能用言辞说动他。"

曹操的脸当即沉了下来，怒道："你当初怎么说的？现在事又不成，白白被东吴耻笑！"

蒋干又换上了嬉皮笑脸，说："我虽然没能说动周瑜，却给丞相打听到了一件大事。请丞相屏退左右。"当下，蒋干将密信呈给曹操。

曹操看了，勃然大怒，说："这两个贼子，竟敢如此无礼！"立即命人将蔡瑁、张允叫来。

曹操心里很难藏住事，怒气很明显就流露在脸上。蔡、张二人本来见他就像老鼠见了猫一样，加上上次初战不利，心里更是忐忑不安。

曹操努力让自己平静一点发问："什么时候能进兵啊？"其实兵才练了两三天。蔡、张心想，丞相你也太着急了，但也只能据实回答："操练尚未成熟，还不敢轻进。"

曹操大喝一声，道："等到兵练得纯熟了，我的脑袋就献给周瑜了！"

曹操是想故意在蔡、张猝不及防的时候揭破他们的秘密，来察看他们的反应。但由于信息的不对称，蔡、张以为这是曹操的气话。两个人惧怕曹操的雷霆之威，吓得张口结舌，说不出话来。

曹操一看二人慌乱无措，更加确信密信非虚！

杀，还是不杀？

曹操这次毫不犹豫，立即喝令将这两个人推出去斩首！

曹操为什么会这么快就做出杀人的决定？

首先，他对这两人印象极差。他早就对荀攸说过，等事成之后，立即就会将他们杀掉。

其次，这是一种叫作"错觉相关"的心理机制在起作用。

人们喜欢在不同事物间找到联系。比如，有个人偶然看到一只疾奔的兔子在树桩上撞死了，就天天等在树桩旁边，等待下一只撞死的兔子。这个人就是把偶然事件当成必然的因果关系。

而曹操则是将初战告负与这封密信所言联系起来了。蔡、张对自己不满，这是可想而知的。荆州一直与东吴交战不休，相持不下，不分伯仲，士兵怎么可能久未经阵？所以，初战失利是蔡、张有意为之。只有失利了，才能提出建造水寨、操练军士的建议。这样，就可以拖延时间，等待行刺的时机。而蔡、张的惊慌失措、张口结舌、不敢分辩就是最好的证明。

在这样的推理下，蔡、张的性命当然就保不住了。

但是，曹操毕竟不是昏庸之人，很快就醒悟过来，自己中计了。但他治军甚严，刀斧手执行命令雷厉风行，蔡、张的人头很快就献了上来。

众人见了，不禁大惊，急问其故。荀攸心里也有点犯迷糊："不是说事成之后再杀的吗，怎么提前了？"

曹操哪里是个肯认错的人呢？

他误杀了吕伯奢，不但没认错，还用一句"千古绝句"为自己辩护。

关羽不辞而别，他也不遗余力为他的行为辩护，将其包装成忠义的代表。

所以，曹操一本正经地说："这两个人怠慢军法，拖延进兵，所以我杀了他们。"

众人无语，曹操指定毛玠、于禁为水军都督，替代这两个人的职位。

心理感悟：自我辩护是心灵竞技场上的常胜军。

不是救星是灾星

曹操误斩蔡、张二将，又被诸葛亮趁着大雾草船借箭，损失惨重，心情无比郁闷。

荀攸想出了一个"以降制降"的办法。既然你们诈称蔡张投降让我们中计，我们就真的诈降一次。

荀攸对曹操说："大江阻隔，探听消息不易，不如在军中选两个人去诈降，暗通消息。"

曹操说："正合我意。你看派谁去合适呢？"

荀攸是想好人选才来献计的，当下不慌不忙地说："蔡瑁被诛，但他的兄弟蔡中、蔡和还在军中，现在担任副将军之职。丞相如果派这两个人去，东吴必不生疑。"

两军交战之际，要取信于敌方，是很不容易的。而蔡瑁无故被杀，宗族兄弟心怀不满是很正常的，以这样的理由去诈降，足可取信。

荀攸提出这个建议，不但没有揭破曹操的面皮，反而巧妙地将他先前的错误作为一种资源加以充分利用。而且，即便二蔡事败，被东吴杀了，也死不足惜。

曹操果然欣然接受，连夜把蔡中、蔡和叫来，对他们说："你们可以带着少数人马，去东吴诈降。如有消息，赶快密报回来，事成之后，我封你们为列侯。"

蔡瑁死后，二蔡正在惶恐不安，一听到曹操对他们另有重用，立即表示愿意誓死效忠。

但曹操也担心他们去了东吴之后，果真变节投降，特意嘱咐说："你们可千万不要三心二意啊。"

二蔡连连点头，说："我们的妻儿老小都留在荆州，怎么敢变心？请丞相勿疑。"

世事果真难以两全，这个为了取信曹操的做法，却让周瑜起了疑心，最终误了二蔡的卿卿性命。

次日，二蔡带着五百军士，乘数只小舟，顺风而下，来东吴投降。

周瑜大喜，立即封二人为上将，并将大将甘宁拨给他们为前部。

甘宁不解，来问周瑜。周瑜说："这两人来投的理由很过硬。但是他们没有带家小同来，可见必是诈降。我打算将计就计，让他们给我通报消息，你要如此如此行事。"甘宁领命而去。周瑜行事，真是心如电转，果断坚决。

周瑜此时已经与诸葛亮商量好了火攻之计，但如何施行，仍未想好。老将黄盖，也想到了火攻，私下里来见周瑜。周瑜见他见识与自己相同，十分高兴，就对他说起了二蔡诈降之事。

周瑜说："我也需要一个人去曹营诈降，只是想不好人选。"

黄盖说："我愿意去。"

周瑜说："你去当然好，可是要取信于曹操并不容易。"周瑜的潜台词是除非用苦肉计，以人为制造的恩怨来为投降贴上可信的标签。

黄盖听懂了周瑜的话中之意，说："我自从跟随破虏将军，一直受到重用，即便肝脑涂地，也难以报答。"

周瑜大喜，拜谢说："老将军肯为国献身，真是江东之万幸。"两人随即商议好了后续事宜。

次日，周瑜升帐，聚集众将。周瑜发令道："曹操有百万人马，连绵三百余里，非一日可破。我们要准备好三个月的粮草，以备御敌。"

黄盖摆出一副倚老卖老的样子，"跳"将出来，说："莫说三个月，就是三十个月的粮草也没有用。"

周瑜讶异道："老将军，你这话是什么意思？"

黄盖大声道："如果能够破曹，这个月就能破。如果这个月破不了，就是破不了了。那还不如按照张昭的说法，弃甲倒戈，面北而降算了。"

周瑜勃然大怒，说："我奉主公之命，筹划已定，敢有说投降者，定斩不饶。你身为先锋大将，胡言乱语，怠慢军心，不杀你难以服众！"喝令将黄盖推出斩首。

黄盖怒骂道："你这乳臭未干的小儿，我当年跟着破虏将军冲锋陷阵的时候，你还不知道在哪儿呢？"

甘宁出来为黄盖求情，周瑜不听，喝令左右将甘宁乱棍打出。众文武纷纷跪下求情，周瑜只是不同意。众人再三哀求，周瑜这才改为责打黄盖一百军棍。

黄盖已经上了年纪，这一百军棍很可能要了他的命。众人又再哀求，周瑜却一脚踢翻桌案，喝令行刑。军法官在周瑜的严厉监督下，丝毫不敢容情，每一棍都结结实实打在黄盖脊背上。刚刚打到五十，黄盖已经皮开肉绽，眼见再打下去就要出人命了。众人不忍，又再哀告，周瑜这才喝道："看你还敢小看我否？这另外五十棍暂且记着，如果再敢怠慢，二罪并罚！"

这一顿打，真的差点要了黄盖的老命，但假戏若非真做，又怎能掩人耳目？

黄盖被众人抬回营帐，几度昏绝。众人前来探看，无不落泪，纷纷对周瑜表示不满。黄盖只是咬牙切齿，却不说话。

这场苦肉计瞒过了绝大多数人，却被参谋阚泽识破，阚泽故意落在众人之后来见黄盖，询问此事。黄盖对他却不隐瞒，将缘由讲了一遍，说："我深受吴侯三世之恩，无以为报，故愿献身以破曹。"

阚泽听了，笑说："公覆将原委告诉我，是不是要我去为你献诈降书？"

黄盖的做法叫作"袒露互惠"。所谓袒露，就是就是率先将自己的秘密告知于人，这等于是向对方施予了一种恩惠，并寄希望于对方的回报。阚泽果然是个聪明人，一点即透，当即同意了。

是夜三更时分，寒星满天，阚泽扮作渔翁，驾一叶扁舟，至北岸曹军大寨。

巡哨曹兵拿住阚泽。阚泽说："请速报曹丞相，就说东吴阚泽，有机密大事相报。"

曹操听到这个消息，心中一阵高兴，他顿时想起了官渡之战中许攸夤夜来访的事情。曹操知道"天命在己"，而上天总是在关键的时刻派来胜利使者。阚泽，应该就是他期待中的那个"胜利使者"。

人总是喜欢总结已发生事件中的规律，并将其运用到未发生事件的预测之中，这也是一种"错觉相关"。

曹操尽管心中狂喜不已，但还是拿出他当年诳语应答许攸的办法，对阚泽严加审问。

两人相见已毕，曹操问："你是东吴参谋，到此何干？"

"引而不发"最能激发他人的好奇心。这是一个善于舌辩的谋士必须掌握的基本技能。阚泽摆出一副奇货可居的样子，不正面回答，而是绕了一个弯，说："我听说曹丞相求贤若渴，今日听到这句问话，看来很不相称。黄公覆啊黄公覆，你可真是打错了算盘！"

曹操有些悻悻然地问道："你我两方交兵，你私行到此，我当然要问了。"

阚泽说:"黄公覆是东吴三世旧臣,今日被周瑜当众痛打一顿,愤恨已极,找我诉苦。我和他情同骨肉,两人一商量,决定向丞相投诚,将粮食、军器等献给丞相,不知丞相肯容纳否?"说着,将黄盖写的降书呈给了曹操。

曹操拿着降书,反反复复看了十几遍。这也可以说是曹操的惊喜之处,与当年对着许攸撒谎军粮情况毫无二致。

看着看着,曹操突然拍案喝道:"黄盖用苦肉计,派你来诈降!哼哼,可惜被我识破,来人,将阚泽推下去砍了!"

阚泽这一惊真是非同小可!这封信是他和黄盖反复琢磨过的,内容应该是滴水不漏的,曹操是从哪里看出破绽的呢?

如果阚泽只有蒋干之才,恐怕十个脑袋也被砍光了。在这千钧一发的时刻,如果神色稍露慌张,就会坐实诈降之谋。只有反其道而行之,展示出一副胸怀坦荡,甚至愤愤不平的模样,才有可能抓住一线生机。于是阚泽面不改色,仰天大笑。

这一反常行为果然触动了曹操。因为曹操早已经选择性地将阚泽视为上天派来的胜利使者,他内心也不情愿坐实阚泽所为是诈降之举。所以,曹操立即吩咐将阚泽押转回头,问道:"我已经识破你的奸计,你有什么好笑的?"

阚泽心里一块石头顿时落了地,如果曹操不管不顾,自己这条命就断送在这里了。相反,只要曹操一反问,不但性命可保,诈降亦可成功。

阚泽笑道:"我又不是笑你,我只是笑黄公覆有眼无珠,不识人,害得我白白送命。"

曹操问:"什么不识人?"

阚泽故意再吊一下曹操的胃口,说:"杀就杀,何必多问?"

你越是不让问,人家就越想问。曹操说:"我熟知欺诈之道,你怎骗得过我?"

阚泽说:"那你倒说来听听,信中有何作奸之处?"

曹操说:"好,待我说破你的破绽,也好让你死也瞑目。如果你是真心来降,为什么不约定具体时间?"

阚泽听了,又是一阵狂笑,说:"我笑你这个不学无术之辈,如果开战,一定为周瑜所擒!可惜我这条命,屈死在你手中。"

这下轮到曹操纳闷了。他自以为揭破了降书中最大的破绽,却反遭讥讽。曹操很不服气,反驳说:"你凭什么说我不学无术?"

阚泽淡淡地说:"你难道没有听说过'背主作窃,不可约期'吗?我和黄盖私下里向你投降，情势瞬息万变，怎么能事先定好日期呢？"

阚泽这番话，确实是急智，说得很有道理，曹操不由连连点头，转怒为喜，并信以为真。

两人把手言欢，曹操吩咐取酒款待。正在劝饮间，有人来至曹操身边，在他耳边窃窃私语。阚泽冷眼瞥见曹操脸上浮现出一丝不易觉察的笑容，心知必是二蔡遣人密报黄盖被当众痛责之事。

两个来源的信息对上了头，曹操也就深信不疑了。

酒过数巡，曹操说："还是要请先生回归东吴，与黄盖定好来归之日，提前通报与我，我立即派兵接应。"

这既是曹操因应情势的要求，又随时会化作新一轮的试探。在关键时刻，曹操的提防心理还是很强的。如果阚泽面露喜色，忙不迭地答应回归东吴，说不定又会激起曹操新一轮的怀疑。

曹营如龙潭虎穴，阚泽一刻也不想多待，但越是不想待，就越要装出想待的样子；越是想回去，就越要装出不想回去的样子。

阚泽说："我已经离开江东，不想再回去了。回去风险太大，还是请丞相另外派人去吧。"

阚泽这样说符合人之常情。曹操更加确信无疑，说："如果派他人去，事情必定会泄露。还是烦劳先生再回去一趟。事成之后，必有厚赏。"

阚泽再三推辞，将戏份演足之后，才老大不情愿地答应了，说："如果丞相一定要我回去，那我马上就得动身，在天亮前赶回东吴，以免周瑜生疑。"

曹操连连点头，拿出金珠赏赐阚泽，阚泽却分毫不受，急急告辞而去。

心理感悟："反动"做派不失为一种取信于敌的好方法。

56

老同学又来串门了

阚泽急驾飞舟赶回东吴，上得船来，冷汗已经浸湿衣衫！刚才与曹操的这一段心理交锋，真是让他施展了平生绝学。这个曹操，被世人称为奸雄，果然名不虚传。阚泽一阵后怕后，又满心欢喜，毕竟曹操还是上了他的大当。

阚泽来见黄盖，说明情由后，又立即去甘宁寨中，去试探诈降的二蔡。

阚泽已经知道蔡中、蔡和两人是诈降，但他决定直接和蔡中、蔡和对上话。这并非多此一举，而是很有必要的。原因在于：如果骗取了蔡中、蔡和的信任，就可以通过二蔡与曹操的特殊沟通渠道强化证明此前黄盖、阚泽向曹操投降是真实的。曹操智谋过人，手下也有很多高妙之人，虽然一时被蒙受骗，但事后也许又会怀疑防范。如果蔡中、蔡和这两个曹营的"自己人"也能不断往后方传回黄盖、阚泽确实是真心投降的信息，就会起到强化确证的作用，从而让曹操深信不疑。

但要想让卧底诈降的二蔡说出真心话，难度非常大。诈降潜伏之人，哪里会轻易暴露自己的真实身份和真实想法呢？只要稍有泄露，不但无法顺利完成潜伏任务，而且连自己的脑袋也要搬家。

阚泽的办法就是黄盖对他使用过的"袒露互惠效应"。

每个人都有自己的秘密，轻易不会告诉别人。秘密因其不可共享性，而成为一种特殊的恩惠。如果你把自己的秘密坦诚相告给别人，那么这个行为就等同于一种施惠。这个获知了你秘密的人，往往也会袒露自己的秘密，作为你对他信任的回报。也就是说，一个人的自我袒露会引发对方的自我袒露，这就是所谓的"袒露互惠效应"。

阚泽要想诱引二蔡说出他们作为最高机密的真心话，就得先向他们说出自己的秘密真心话。

那么，阚泽有什么秘密可以当作恩惠来施与呢？

阚泽此时已经向曹操献过"降书"了，所以，他的立场已经"背离"了他原先效力的东吴。他的秘密就是要背叛东吴，向曹操投降（当然这是他极力包装成真相的假象，知道真实情况者极少）。

为了诱引二蔡主动前来搭讪，阚泽和甘宁故意在二蔡面前演了一出双簧。

甘宁知道二蔡就在旁边，时刻警觉要刺探情报，他故意做出咬牙切齿的样子，自言自语地骂道："就显他的能耐，根本不把我等众人放在眼里……"而阚泽则在甘宁耳边絮絮低语。甘宁低头不说话，随后长长地叹了一口气。

这两个人的表情，摆明了一副要反叛东吴的样子。二蔡看到后，认定有机可乘，立即凑上来问："将军有何烦恼，先生为何不平？"

阚泽故意说："我二人心中的苦恼，你们怎么能了解？你们跑到这里投降，以为这里很好吗？"

二蔡此时再无怀疑，大胆地问道："二位是不是想背吴投曹啊？"

这两位大哥确实有点沉不住气，这样的资质当间谍是很不够格的。阚泽心中大喜，面上却装出大惊失色的样子，立即示意甘宁起身拔剑。甘宁立即拔出长剑说："事情已经败露，必须将这两个人杀了灭口，否则你我难逃一死！"

二蔡慌忙辩解道："二位不要误解，请听我等一言。我们哥俩，是曹丞相特意派来诈降的。如果你们有意投奔曹丞相，我们可以做个引荐！"

甘宁和阚泽大喜，连声说："天助我也！"由此，阚泽、甘宁骗取了二蔡的信任，从而可以通过他们的渠道来进一步误导曹操。

四人当即入帐共饮，形同知己，秘密商谈助曹破吴之事。

蔡和随后发信给曹操说，甘宁反吴，已与我等接头，共为内应。阚泽则另外遣人，告知曹操说，黄盖来投之日很难确定，但看船头插青牙旗者，即来投之粮船。

曹操收到两封江东来信，心内虽喜，但隐隐觉得似乎有不妥之处，这是他的直觉在起作用。曹操寻思了一会儿，觉得最好还是派人以公开的身份再去江东探看一番。

曹操刚把这个话头一说，有人应声就站了出来。曹操一看，头立即大了一圈。就是这个不学无术的家伙，去了江东一趟，害得我误杀了两个水军行家，这次打死我，也不敢让你去了。

没错，这个家伙正是蒋干。上一次他过江盗书，让曹操中了周瑜的离间之计，害得蔡瑁、张允掉了脑袋。曹操为了维护自己的面子，一直秘而不宣，蒋干还一直以为自己是立了功的。现在，江东那边要投降的信一封接一封而来，蒋干这个极易受情景影响的家伙,又开始蠢蠢欲动了。他想想,上次连张口劝降的机会都没有,还是不告而别,这次最好再过江一次,挽回点面子。

但曹操早已打定主意,不让他去了。没想到这个家伙说服周瑜没本事,说服曹操却挺有能耐,三言两语,竟然又打动了曹操。

曹操改变主意,同意让他再去江东一次。

蒋干是怎么说服曹操的呢?

蒋干说:"我上次去劝降周瑜没成功,心里很过意不去。这次我舍出这条性命,再去一次,如果再不成功,我甘愿接受军法处置。"

蒋干没有回避上一次的不成功,而是直接承认,并明确表示了自己对未能完成这一任务的愧疚心理。

正是他所表现出来的"愧疚心理"再一次打动了曹操。

所谓愧疚,就是因未能合理回报他人预先施予的恩惠而产生的不安情绪。曹操上一次十分信任蒋干,但蒋干却没有完成劝降周瑜的任务,这等于是辜负了曹操的信任。那么,从互惠原理来看,蒋干就是欠了曹操的。

受人恩惠,必图回报。当一个受惠者打着"报恩"的旗号,要给施惠者以回报的时候,施惠者怎么会怀疑受惠者动机不良呢?施惠者必然会欣然接受。

现在,蒋干出于愧疚,想要通过新的一次努力来弥补此前的过失,这也强烈地表现了对信任恩惠的回报。由于互惠原理的强大作用,曹操不由自主就被蒋干说服了。

由此,蒋干再一次来到了东吴。他不知道,等待他的还将是老同学的圈套。

此时,周瑜和诸葛亮已经定好了火攻之计,但他们随后发现,曹操的战船成千上万,散布于江中,即便用火攻,也不能对曹军造成致命的影响。庞统此时正在东吴,他献了一计,只要说服曹操将大小战船全部用大铁环串联起来,就可以一把火烧光。这就是庞统的连环妙计。

这个办法虽好,却需要有人过江面见曹操,蛊惑他采用这个办法。办法是庞统想出来,当然他去说服曹操最好,庞统自己也愿意跑这一趟,但苦于没有合适的引荐人,如果自己毫无理由,贸然前去,恐怕曹操很难相信。

周瑜正在为难之际,蒋干再度来访,令周瑜不由暗叫天助我也。说实话,赤壁之战,孙刘联军之所以能够大获全胜,首功是要记在蒋干头上的。

周瑜见了蒋干,连声埋怨,说:"子翼,你欺我太甚。我好心请你痛饮,留你共榻,你却盗了我的密信,害得我折损了蔡瑁、张允两个内应,令曹贼逃过一劫。

幸好蔡中、蔡和新近来降。我本想将你一刀斩了，又看在旧日情面上不忍下手。我要是放你回去，你又会泄露我的秘密，反正破曹贼就在这几天了，你先去西山庵中歇息，等大事成后再放你走。"

蒋干明白周瑜这是要软禁自己，但实在是口笨，又是张口结舌，说不出话来。既然没有金刚钻，何必揽这瓷器活？世人之中，其实颇多蒋干，不过都不自知罢了。

蒋干被送到西山庵，眼看要当"活和尚"，心情非常郁闷。是夜，蒋干辗转难眠，只好起身四处乱走，却听到山岩畔一座草屋中隐隐传来读书之声。

蒋干素有偷窥癖好，走近一看，只见草屋内一人，挂剑灯前，口诵孙吴兵书，心想这一定是个异人，于是好奇心又再发作，主动敲门搭讪。

读书人开门迎入蒋干，蒋干见他仪表非俗，连忙问其姓名。

庞统其实面容丑陋，又不修边幅。但蒋干早已先入为主，将其当成了一个高人，高人之侧，必有光晕，所以蒋干会觉得他"仪表非俗"。

那人说："我是庞统。"蒋干见识倒不差，说："莫非是凤雏先生？"

庞统说："然也。"蒋干更是肃然起敬，恭恭敬敬地问庞统为何在这孤山苦读。

庞统叹了一口气说："周瑜这厮，自恃才高，不能容人，我所以在此独居。"

蒋干一听，"稻草"又出现了。此次前来，眼看又要有辱使命，没想到运气实在不坏，又遇到了凤雏先生，如果能够说动大名鼎鼎的庞统去投奔曹操，也是奇功一件。

蒋干想得没错，运气确实不坏，但这运气不是蒋干的，也不是曹操的，而是周瑜的。

蒋干说："既然周瑜如此不待见先生，先生为什么不去投奔曹丞相呢？"

庞统叹了口气说："我担心素昧平生，曹丞相也不会重用我啊。"

蒋干拍了拍胸脯说："先生不要烦恼，有我蒋干在呢。你我不如一起动身，去到江北，我一定大力向曹丞相推荐你。"

庞统大喜，连忙说："如此甚好。我们马上就走！"两人一路寻到江边，庞统找了一艘小船，连夜投江北而去。

心理感悟："报恩"或许是"报仇"的最好手段。

57

雀斑让美人更真实

卧龙、凤雏，得一可安天下。随着诸葛亮快速崛起，成为一颗耀眼的政治明星，与诸葛亮齐名的庞统也更加名重天下。

蒋干向曹操通报庞统来投后，曹操十分高兴。自阚泽来献降书，曹操觉得"天命"又在向他招手了，庞统的到来更加强化了他的这种感觉。曹操热情接待庞统。

庞统虽然身负使命而来，却不急于成事，而是先说起周瑜嫉贤妒能、恃才放纵、目中无人的种种劣迹。这些信息，与黄盖、阚泽要来投降的动因完全一致，也让曹操无从怀疑。

曹操对自己的军事能力一向自负，而庞统名满天下，曹操就想在他面前炫示一番，所以，曹操就带着庞统去看自己的旱寨。

这个营寨是曹操一手打造的。庞统看后，不由暗自叹服曹操确实是行军布阵的大行家，难怪他能够荡平四方。庞统心悦诚服地发出了一声感叹："真将才也！"

听到庞统这样的评价，曹操十分开心。但中国人就是这样，越是受到了表扬，就越是谦虚，而之所以谦虚，其目的还是为了得到更多的表扬。曹操说："哪里，哪里，先生过奖了。请先生不要隐讳不足之处，好好指教一下我。"

庞统微微一笑说："傍山依林，前后顾盼，出入有门，进退曲折，虽孙吴再生，穰苴复出，亦不过此矣。"

拍马屁也是分段位的。像曹操这样独霸朝政、权倾朝野的人，身边最不稀缺的就是马屁精。无论多么天花乱坠的拍马之语，曹操都已经听得不厌其烦了。如果庞统也是人云亦云，说一些不着边际的泛泛之论，不但得不到曹操的认可，反过来还会降低庞统自己的品位。而庞统的这段话，寥寥数语，用字精练，却使用了非常专业的兵法术语，然后提出古时公认的几位大军事家来为曹操做铺垫，这当然是顶级的褒奖之语了。

所谓高人，就是连拍马屁也高人一筹的人。

曹操听得心花怒放。人处于好心情的时候，往往会戴上一副玫瑰色的眼镜看待周边的事物，一切都会变得更加美好，这就是"好心情效应"。

曹操心情一好，内心的防范之绳也随之放松。他带庞统来看旱寨，其实内心还是有所保留的。毕竟大战当前，庞统是从江对岸过来的，而旱寨对于即将爆发的大战作用相对不大，所以，曹操会放心地带着庞统做"旱寨一游"。

而现在，"游"完旱寨后曹操一高兴，觉得意犹未尽，就带着庞统再"游"水寨。

这正是庞统梦寐以求的。

只见水寨向南分二十四座门，皆有艨艟战舰，列为城郭，中藏小船，往来有巷，起伏有序。

庞统看了，暗自心惊。这个水寨虽然原先是蔡瑁、张允所建，但这两人很快被曹操误杀。此后，水寨之事，也是曹操一手经营。曹操素来不识水战，但没用多长的时间竟然将水寨经营得像模像样。如果多给曹操一点时间，后果真是不堪设想。

庞统再度以非常诚恳的神情对曹操说："丞相用兵，名不虚传！"再回首指着大江南岸大声说："周郎，周郎！克日必亡！"

庞统最后的这句话有两个用意。首先是再度提醒曹操，自己对周瑜的痛恨之意，恨不得早日看到他兵败身亡。其次则是利用预期中必然发生的周瑜的败亡来反衬曹操的必然胜利。

曹操心情愈发高兴，又用谦虚来邀赞。庞统说："从水旱两寨来看，我自愧不如，哪里敢指点丞相啊。"

曹操哈哈大笑，志得意满之情溢于言表。

两人携手回到营中，一边饮酒，一边共谈兵法，越说越投机。

庞统看看时机已经成熟，装出不经意的样子问道："军中有好的医生吗？"

曹操问："要好医生派什么用场？"

庞统说："水军容易生病，需要医生妙手诊治。"

这正是曹操的最大心病。除荆州降军外，曹操的部队都是北方人，来到南方后，水土不服，又要进行极不习惯的水上操练，绝大多数人都患了呕吐之疾，很多人甚至因此而死。

曹操立刻问道："正如先生所言，请问士元有什么好办法吗？"

士元是庞统的字。当曹操用"士元"来称呼庞统时，表明他内心已经完全接纳了庞统，将他视为了自己人。

庞统心中狂喜，表面上却不动声色，说："办法当然是有的，只是有些难度。"随即住嘴不说了。

这一招正是通过"欲擒故纵"来增强说服的可信度，这并不是我要强行推销给你的方法。我本来是不想说的，是你自己苦苦追问，我不得已才告诉你的。这样的做法，能够巧妙地将自己的意见转换为他人自己的意见。而人总是对自己所做的决定持有一致性的看法，不会轻易被另外的人所蛊惑而变动。

这正体现了庞统对于人的心理的精妙把握。如果让曹操觉得"连环计"只是庞统主动提出的建议，那么曹操很容易就会被其他说法打动而不予采纳或停止采纳。但一旦让曹操觉得"连环计"正是他自己的想法，那其他人要说服曹操改变主意就困难得多了。

曹操再三请问，庞统才缓缓说道："大江之中，潮起潮落，风浪不息，而中原之人，不惯乘舟，所以才会罹患呕吐之疾。我有一个办法，可以让船如平地，大小水军，疾病全消。"

曹操追问究竟，庞统这才和盘托出，说："只需将大船小舟搭配好，或三十为一排，或五十为一排。首尾均用铁环连接锁上。各船之间，铺上宽阔木板，往来行走。别说是人，就是战马亦可通行无阻。如此，任他风狂浪急，又有何惧？"

曹操深为叹服，连连拜谢："如果不是先生的良谋，又怎么能攻破东吴呢？"

在曹操的脑海中，再度浮现出"天意"两个字。而且，在他的潜意识中，破吴这件尚未发生的事件已经成为板上钉钉的事实了。

庞统非常谦虚地说："这不过是我的一点浅见而已。至于是否采用，如何采用，还是需要丞相您自己裁定。"

这句话的目的，还是要将"庞统的想法"转换为"曹操自己的决策"。

曹操毫不犹疑，立即传令，让军中铁匠连夜打造铁环大钉，锁住大小船只。众军士闻之，俱各喜悦。

庞统献计完毕，接下来就要想脱身之策了。

以常理度之，如果庞统马上提出来离开曹军大营，一定会招致曹操的怀疑。这个道理和蔡中、蔡和不带妻小去东吴诈降却被周瑜识破是一样的。如果你心无鬼胎且心怀必胜之念，一定是会留下来接受曹操对你的重用的，毕竟，你当初背反东吴的本意就是因为对周瑜压制贤能不满。而一旦曹操起了疑心，好不容易诱引他采纳的"连环计"也极有可能中途夭折。所以，庞统要巧妙脱身却又不招致曹操怀疑，其难度非常之大。

庞统先对曹操说："我深感丞相待人至诚，我愿意誓死报效。"这是对互惠原理的反向运用。"回报"是一个最具欺骗性的面具，施惠者或自以为施惠者很容易被这个面具蒙蔽。

庞统接着说："江东有许多豪杰之士都对周瑜不满，我愿意以身为例，为丞相说动他们来投。这样，破吴之后，这些人就不会被刘备利用了。"

庞统名满天下，他如果现身说法，以自己投奔曹操的实例来做一个"示范作用"，确实可以引无数豪杰竞相来投。而刘备几乎已经被曹操忘到爪哇国去了，庞统的提醒，让曹操又想起了这个曾经被他看重的对手。

庞统的这个提议，想到了曹操前面。曹操觉得很不错，说："如果先生能够做成此事，我愿意保奏天子，封你为三公之位。"

庞统借着这个话茬，马上接口道："我并不是为了追求自己的荣华富贵，我只是想拯救万民啊。丞相渡江之后，请一定不要杀害百姓。"

庞统为自己设定了一个崇高的目标，其目的也是让曹操更加不生疑。而且，他也故意将尚未发生的"渡江破吴"说成无可逆转的事实，也是为了迎合曹操，进一步麻痹他。

曹操果然正色说："我是替天行道，怎会滥杀百姓呢？"

说了这一通，庞统看看已经差不多了，终于使出了足可让自己平安脱身的"撒手锏"。

这个办法，说起来也不新鲜，其实曹操自己就用过。当年，曹操为了取信王允，通过向他索借宝刀去行刺董卓。索取，有时候比发誓更能取信于人。

庞统开始索取了。他向曹操请求一份榜文，其理由是为了保护自己的宗族，不受刀兵误伤。

曹操问："先生的家属，现居何处？"

庞统说："就在这江边附近居住。只有拿到了丞相的榜文，才能保全全族人的性命啊。"

曹操哈哈一笑，心想："这个庞士元，口口声声为了万民百姓，其实最顾及的还是自己的宗族亲戚。"

庞统的这个举动，让曹操感觉到他衣衫下的"小"，却也让曹操对庞统的来投更加深信不疑。

曹操当即写了榜文交给庞统。庞统这下可以名正言顺地以送榜文回家的名义告辞而去了，临别之际，庞统还不忘嘱咐一句："丞相，我走之后，你可赶快进兵，以免周瑜知道详情。"

曹操连连点头。庞统安然脱身。

心理感悟：要善于为别人"找到"问题，更要善于为别人"解决"问题。

人生难得醉与歌

曹操将大小战船全部用大铁环连在一起后，果然稳如平地。军士们在其上舞刀弄枪，跃马扬威，得心应手，与前番不可同日而语。曹操大喜，以为这是必胜之策。

这一日是建安十三年（公元208年）冬十一月十五日，天色晴朗，风平浪静。曹操心情喜悦，吩咐置酒设乐于大船之上，下令："吾今夕欲会诸将。"

在曹操一生的作战史上，这是绝无仅有的一次。曹操会在战胜之后放浪形骸、寻欢作乐，却从来没有在大战前夕如此放纵。这也说明，曹操真的认为破吴指日可待，精神极度松懈了。

是夜，皎月升起，光华如日，长江一带，如素练横陈。曹操坐在大船之上，左右侍御者数百人，皆锦衣绣袄，荷戈执戟。文武百官，各依位次两旁列座。曹操见南屏山色如画，东视柴桑之境，西观夏口之江，南望樊山，北觑乌林，四顾空阔，不由感慨顿生。

一个人往往会在功成名就的时候回首往事。在这月色溶溶的美好夜晚，曹操自觉已经登上了生命的巅峰，不由自主地回顾起自己这一生跌宕起伏的经历。

曹操环顾左右，志得意满地说："吾自起义兵以来，与国家除凶去害，誓愿扫清四海，削平天下，所未得者江南也。今吾有百万雄师，更赖诸公用命，何患不成功耶！收服江南之后，天下无事，与诸公共享富贵，以乐太平。吾不忘今日之语，诸公幸留意焉。"

曹操的总结性发言不但回顾了往事，更是描述了未来的美好图景。他已经提前为功成后的生涯做了一个蓝图规划。

文武百官受曹操的情绪感染，纷纷起来谢恩，说："愿得早奏凯歌，我等终身皆赖主公之福。"

曹营上下，就这样陷入了"必胜"的群体极化之中。没有一个人意识到致命的危险已经悄悄地迫近，在座欢饮的诸位，绝大多数都要把命丢在这大江之上，哪里有福气去享受那功成名就的快乐？

曹操命左右行酒。饮至半夜，曹操喝得酣畅，情绪又上来了。他站起来身来，遥指南岸，大声说道："周瑜、鲁肃不识天时，今幸有投降之人，为彼心腹之患，此天助吾也。"

荀攸在旁，知道曹操已经醉了，连忙劝诫道："丞相勿言，恐有泄露。"

曹操大笑道："座上诸公与近侍左右，都是我的心腹之人也，说说又何妨？"曹操又指了指夏口，说："刘备、诸葛亮，以蝼蚁之力，竟想撼动泰山，真是不自量力，愚不可及！"其懈怠之状、骄纵之态均溢于言表。

曹操真是个藏不住心事的人，放言无忌，他看了看诸将，说："我今年五十四岁了。等我攻下江南，可要好好享乐一番，当年乔公与我交好。他生有两女，皆是国色天香。可惜后来被孙策、周瑜所娶。我现在已经在漳水之畔重建铜雀台，我一定要娶了这二乔，置之台上，以娱暮年，吾愿足矣。"言罢大笑。

曹操，这个自小声色犬马的浪荡儿，真是本性难移，一得意，便忘形。而更令人惊讶的是，他在下属面前竟然毫不掩饰自己的好色之心。这也说明，曹操确实沉浸在美好的幻想之中无法自拔了。

谈笑风生间，忽然听到几只乌鸦，嘎嘎数声后，往南飞去。

曹操不由问道："乌鸦为何夜鸣？"

左右有晓事之人答道："乌鸦看见月明，以为是天亮了，所以离树而鸣。"

曹操大笑，吩咐左右取过一条长槊，站在船头上，将酒奠于江中。

曹操又满饮三杯，横槊挥舞，顾盼自雄，不由壮志满怀，诗兴大发，对诸将说："吾持此槊，破黄巾，擒吕布，灭袁术，收袁绍，深入塞北，直抵辽东，纵横天下，颇不负大丈夫之志也。今对此景，甚有慷慨。吾当作歌，汝等和之。"

曹操确实是三国英雄中才能最为全面的一位。他是唯一一位在文采武略两方面都达到了很高水准的英雄。

其实不仅仅是三国，就是在整个的中国历史长河中，曹操在这两方面的成就也是极为罕见的。

曹操的这首即兴而发的诗歌，叫作《短歌行》，全文如下：

> 对酒当歌，人生几何？譬如朝露，去日苦多。

慨当以慷，忧思难忘。何以解忧？唯有杜康。
青青子衿，悠悠我心。但为君故，沉吟至今。
呦呦鹿鸣，食野之苹。我有嘉宾，鼓瑟吹笙。
皎皎如月，何时可掇？忧从中来，不可断绝。
越陌度阡，枉用相存。契阔谈䜩，心念旧恩。
月明星稀，乌鹊南飞。绕树三匝，何枝可依？
山不厌高，海不厌深。周公吐哺，天下归心。

一个人，如果一辈子能够写出这么一篇灿烂华章，哪怕其他什么事情也不做，就已经足以青史留名了。

往事越千年，今天的我们读到这每一个熠熠生辉的字词，揣摩曹操当时的心境，不由心神俱往、心神俱醉。

每个人都有英雄情结，都渴望在人世这一遭建功立业，但是，人生如朝露，即便你功成名就，但也已经去日无多。当一个英雄发出这样的感慨，又怎么能不深深触及每一个人的心灵呢？青青子衿，悠悠我心。

我相信，每一个看到这首《短歌行》的人，都会对生命有自己独特的深刻领悟。

"皎皎如月，何时可掇？忧从中来，不可断绝。"这首《短歌行》的基调颇有些低沉，也感人至深。座中诸人，就有一个坐不住了。这个人就是扬州刺史刘馥。

刘馥说："丞相，现在正是大军相持之际，将士用命之时，您为什么要说这些不吉利的话呢？"

曹操酒性、诗兴并发，吟出了这首千古绝唱，一时还沉浸在诗歌的意境中，听到刘馥这样说，觉得十分扫兴，当即拉长了脸问："我哪句话不吉利了？"

刘馥说："'月明星稀，乌鹊南飞。绕树三匝，何枝可依？'这句话很不吉利。"

刘馥一直为曹操重用，他倒是出于对曹操忠心负责的立场，不吐不快。但在别人兴头上触霉头的人，不管你是好心，还是恶意，都是没有好下场的。果然，曹操勃然大怒，喝道："你怎么敢败坏我的兴致？！"

杀，还是不杀？

这已经不是一个选择题。曹操在酒精的作用下，已经失去控制力，手起一槊，当场将刘馥刺死！

一场欢宴，就此不欢而散。这确实是一个不祥的预兆。

次日一早，曹操酒醒，知道了前一天晚上自己的荒唐、孟浪之举，不禁大为悔恨。毕竟现在破吴尚未成功，如果因为自己的放纵让军心松弛，后果就很难预料了。而刺死屡立功勋的刘馥，更会让将士寒心。

曹操急忙叫来刘馥的儿子刘熙，郑重其事地向他道歉，曹操甚至流下了眼泪。曹操命刘熙将刘馥的遗体运回许都，以三公的厚礼安葬。

刘熙因此逃脱赤壁大难。也可以说，刘馥用自己的死，换来了儿子的生。当然，这并不是他有意为之，但冥冥中的安排谁又能预料呢？

再说水军都督毛玠、于禁操练完毕，来请曹操检阅。

曹操令水军寨中擂鼓三通，各队战船分门而出，于水面上乘驾。是日西北风骤起，各船拽起风帆，冲波激浪，稳如平地。军士们在船上踊跃施勇，刺枪使刀。前后左右各军，旗幡不杂。又有小船五十余只，往来巡警催督，丝毫不乱。

曹操大喜，对诸谋士说："若非天命助我，安得凤雏妙计？铁索连舟，果然渡江如履平地。"曹操无可救药地又一次提到了"天命"！

这个时候，谋士程昱突然发现了致命的问题。他立即对曹操说："战船相连，固然平稳。但是，现在正是隆冬，风干物燥，如果对方用火攻，我们该怎么办呢？"

程昱发现的问题，曹操早就发现了。很多人以为庞统很轻松就让曹操上了当，其实不然。我们决不能因为赤壁之败而倒因为果，低估曹操的军事智商。尽管周瑜取得了最后的胜利，但他在这个问题上的预见性远远比不上曹操。

曹操听程昱发出此问，不由笑道："仲德啊仲德，你虽然有深谋远虑，可惜却不知用兵之法。"

程昱一向为曹操所重，这次竟然被曹操当众哂笑一番，一时讷讷无语。旁边荀攸正在佩服程昱之所见呢，看到程昱被曹操小小讥讽了一下，好奇心也上来了，连忙问道："丞相，我觉得仲德的话很有道理啊。您为什么要说他不知用兵之法呢？"

曹操心中大快，拉开架势，先说了一番大道理："夫为大将者，先明天时，次察地理，然后以法用兵。多算胜，少算不胜，何况无算乎？"

程昱、荀攸的脑袋一下子就大了。这些所谓的用兵之道，他们哪里是没听说过呢？但曹操随即又说："方今隆冬之际，只有西风北风，哪里有东风与南风？我们位居西北，周瑜在南岸。如果用火攻，那反而是烧他们自己。我们有什么好担心的？如果现在是十月小春之时，我早就会小心提防了。"

众人听了曹操这番妙论，无不心悦诚服，个个拜伏于地，说："丞相智略，包罗天地，非等闲之辈可及！"

心理感悟：酒和忧愁其实是天敌。

59

冬天里的一把火

　　曹操早已想到的风向问题，周瑜却没有想到。周瑜等到两军再次交锋，大风吹折曹军的中军大旗时，这才发现，如果用火攻，烧的反而是自己。周瑜精心盘算了很久，各个环节陆续都做到位了，没想到最关键的环节却存在巨大的缺陷。看来，老天爷确实是站在曹操那边的，周瑜气得口吐鲜血，倒地不起。

　　这个机会却被诸葛亮利用了，诸葛亮早已预测到在十一月二十日到二十二日之间会有东南风，这是一种极为罕见的反常天气。曹操虽知常理，却没能知晓例外。诸葛亮利用他预知此信息的先机，故意设七星坛祈风，并在风起后迅速逃回夏口，部署抢夺战利品。

　　周瑜一看东风初起，立即调兵遣将。黄盖先给曹操送去密信，并在船上插好青龙牙旗为号，满载引火之物，伪作粮船，后面多队人马，依次而发。

　　却说程昱，自从上次被曹操上了一课后，知耻而后勇，这段时间一直在关注天气变化。十一月二十日这天，程昱突然发现东南风起，急忙来见曹操，说："今日东南风起，甚是不祥，望丞相察之。"

　　曹操却又摆出一副先知先觉的架势说："冬至一阳生，来复之时，安得无东南风？何足为怪。"这样的说法，是维护自身权威形象的需要，也说明曹操内心的防范意识已经荡然无存了。

　　再说曹操看见黄盖来投，大喜道："公覆来降，此天助我也！"我的天啊，都什么时候了，还在想着"天"啊！

　　黄盖之船渐渐靠近，程昱凝神一看，又发现了问题，急忙对曹操说："来船必诈，千万别让它靠近！"

　　曹操问："你怎么知道？"

　　程昱说："如果是粮船，必定重而稳，来船却是轻而浮。现在东风甚急，如果有诈谋，该当如何？"

曹操顿时醒悟过来，立即命令大将文聘前去阻拦，程昱终于找回了自己的面子，但太晚了，一切都已经无可挽回。

东风劲吹，黄盖将数十条船点着了火，船借风势，一路直入曹军大寨。火借风威，肆虐之势无以复加。曹军大小战船均被铁链锁住，动弹不得。一时间，火焰漫天，煞是壮观，而曹兵鬼哭狼嚎，四处逃窜，被烧死溺死者不计其数。

曹操见势不妙，顾不得这百万大军，立即冒烟突火，逃之夭夭。赤壁之战，终也成为一个"以少胜多"的经典战例。

曹操带着一帮见机较快的谋士武将，纵马加鞭，狼狈逃窜。逃至乌林之西、宜都之北后，曹操回望火光渐远，心中略微安定，又看看树木丛杂，山川险峻，不由放声长笑。

胜必骄，败不馁，正是曹操的招牌动作。

赤壁之战，曹操占据了绝对优势，却被一把火烧了个精光。换了其他人，什么"天命在我"都会被烧出原形，都会被烧到九霄云外。但曹操不同，"天命"和他原本就具备的强大的心理免疫能力持续交互，已经形成了他异于常人的类似于深度迷信的精神动力来源。任何的困难挫折，都不能让他轻易屈服。所以，尽管这一次老天爷没有帮他的忙，他也没有对老天爷彻底失去信心，更不会像绝大多数人那样将一切责任都推到老天爷身上，并对老天爷破口大骂。

一般人在这个时候如果还能够笑得出来，那也一定是笑得比哭还难看。但曹操的笑确实是率性而发，毫不作伪。

跟随在侧的诸人虽然知道曹操的脾性，但还是有些不解。毕竟这一次失败，是曹操整个军事史上最惨烈的失败。

诸人不解，便追问缘故。

曹操笑道："我不笑别人，单笑周瑜无谋，诸葛亮少智。如果换成是我用兵，我就在这里预先埋下一支军马，那我就插翅难逃了。哈哈哈！"

曹操低估了他一生中最难对付的对手——诸葛亮。诸葛亮早已在这里伏下了大将赵云。曹操笑声未了，赵云杀出！徐晃、张郃拼死敌住赵云，曹操率众冒烟突火，逃窜而去。

曹操再次逃脱，看看天已微明，但乌云密布。过不多时，大雨骤降，将曹操等人全身浇湿。风止雨歇后，曹操问部下到了何处，部下答是夷陵葫芦谷口。曹操吩咐部下寻找干处埋锅造饭，烧烤马肉充饥。

曹操吃饱了马肉，精力有所恢复，不禁仰面又是一阵长笑。

诸人再问缘故，曹操笑道："我还是要笑诸葛亮和周瑜，虽然有将才，但智谋还是不够啊。如果是我用兵，就在这个葫芦谷口也埋伏一支军马，敌人哪里还有逃生之机呢？哈哈哈！"

曹操笑声未了，张飞已横枪立马，暴喝而出。曹操吓得心胆俱寒，急忙上马逃窜。许褚骑了一匹无鞍马，来战张飞。张辽、徐晃两将也纵马迎上，抵死相抗。

连续遭遇伏击，连续成功逃出，让曹操的信心再度恢复：老天爷还是眷顾我的啊。以赵云、张飞之猛，伏在如此险要之处，都没奈我何，这也是天意啊。

曹操一路逃至华容道，看了看地形，又是一阵大笑。这个地方比前两处还要险要，若用伏兵，自己恐怕必死无疑了。但很不幸，关羽早已在此等候。

本来，曹操对关羽素有恩义，要关羽放自己一条生路，也是情理之中的。但关羽来前，被诸葛亮的激将法所驱，立下了军令状。如果放过曹操，关羽就得饶上自己的脑袋。

曹操见了关羽，又看看自己为数不多的部下，知道很难幸免了。关羽这个人，他是很了解的，为了刘备他什么都愿意做，而自己是刘备的死敌，这些年来打得刘备鬼哭狼嚎，与刘备结怨甚深，关羽无论如何都是不会放过自己的。既然如此，曹操也是一条血性的汉子，他决定拼死一战！

但曹操手下众将已经毫无斗志了。当然，他们的理由也很有意思："人纵然不怯，马力乏矣。战则必死。"如果马会说话，估计会这样说："马纵然不怯，人力乏矣。战则必死。"

程昱知道，硬拼必然是死路一条。他急忙对曹操说："关羽素来傲上而不辱下，欺强而不凌弱。丞相你有旧恩于他，你亲自和他谈谈，一定能够逃脱此难！"

程昱其实是将了曹操一军。您老人家以前不是经常教导我们说，关羽是大忠大义之人，还要我们向关羽学习吗？现在，该您出马去搞定他了。

曹操回头看了看这帮故旧，个个狼狈不堪，不由暗暗叹了一口气，放下了英雄的那口气。

曹操纵马上前，欠身对关羽说："将军别来无恙？"这个欠身的动作意味微妙。我们经常用"高高在上"来形容领导者，这是因为在人际交往中，占据较高位置的人更具优势。而曹操这一欠身，就等于是自降身价了。

示弱足以克强。关羽骑在曹操赏赐给他的赤兔马上，马高人亦高，他明显感觉到了自己虽然处于优势地位，但曹操的这一低姿态却带给了他很大的心理压力。关羽唯恐曹操说出恳求的话来，连忙说："我奉军师将令，在此等候丞相多时。"

军师！将令！无非是想告诉曹操，我是奉令行事，公事公办，你还是免开尊口吧。要不是关羽自尊心太强，他也许还会再加上一个关键词——军令状。

说话含蓄往往给自己带来被动。如果关羽早点奠定拒绝的基调，曹操就很难开口了。但既然你说话含蓄，曹操可就先下手为强了。

曹操说："我兵败势危，到此无路，望将军以昔日之言为重。"

关羽确实承诺过将来要好好报答曹操的。但是，一般而言，报答是以不牺牲自己的脑袋为前提的。现在关羽一报答，自己的小命就要报销了。所以，尽管关羽素重信义，这个时候也难免有赖账的冲动。

关羽说："我斩颜良诛文丑，已经报答过丞相的大恩了。"

曹操心里这个气啊，但人在屋檐下，不能不低头，如果激怒了关羽，那就一点生还的可能也没有了。

曹操说："你还记得我灞桥相送吗？你还记得五关六将吗？云长，你熟读《春秋》，难道没有听说庾公之斯和子濯孺子的故事？"

灞桥相送，曹操送了锦袍与金子。金子被关羽拒绝，而锦袍却被他收下。关羽没有曹操的过关文书，擅自闯关，杀了曹操六员大将，但曹操没有丝毫怪罪于他，反而派张辽一路追赶，送他过关文书。这些恩惠，发生在斩颜良、文丑之后，是关羽没有报答的。

而庾公之斯和子濯孺子的故事正好与今日曹操和关羽的境况极为类似。

春秋时，郑国派子濯孺子进攻卫国，兵败而逃。卫国派庾公之斯追击他，子濯孺子知道追他的人是庾公之斯后，就放了心。因为庾公之斯的射箭之术是跟尹公之他学的，而尹公之他是跟子濯孺子学的。果然，庾公之斯追上子濯孺子后，说："我不忍心用您传授的技术反过来伤害您。可是今天这事，是国君交付的事，我不敢不遵从。"说完便抽出箭来，在车轮上使劲地敲掉箭头，用没有箭头的箭射了四箭之后就回去了。

关羽无话可说。也只有无话可说，才是我们熟知的关羽。

曹操一众，就此从关羽的屠刀下死里逃生，留下关羽独自去面对诸葛亮的军法。

曹操应对完关羽已经筋疲力尽，迎面又看见一彪人马过来。曹操再也笑不出了，叹了一句："吾命休矣。"就准备放弃抵抗了。

但来的不是敌兵，而是救兵。曹仁救了曹操，曹操却开始放声大哭。这一顿大哭，泪水横飞，里面包含了多少的凄怆与悲伤，又包含了多少的不甘与无奈！

众人非常纳闷，这个曹丞相，在龙潭虎穴里逃难时，他不哭反笑，现在安全了，却不笑反哭。

曹操边哭边说："哀哉奉孝！痛哉奉孝！要是你在，哪里会让我犯此弥天大错啊？"众人尽皆默然无语。

历史不能倒流，设若郭嘉还在，曹操就真的不会犯这个错吗？答案应该是否定的。成功最终会让成功者走向失败。曹操很难逃脱这一条规律。

但这一顿大哭，让曹操轻松卸下了失败的包袱，这个年过半百的英雄，很快又鼓起了卷土重来的信心。他相信，天命并没有抛弃他。

"我一定会回来的！"曹操在心里暗暗发誓。

心理感悟：最大的自信来自迷信。

一件锦袍引发的风波

曹操自大败后,一直想着要雪恨,但未得良机。以曹操的性格,这次惨败并不会对他造成太大的困扰,该吃时照吃,该喝时照喝,该玩时照玩。

建安十五年(公元210年)春,那场大火已经过去了一年多,铜雀台建成。曹操大会文武于漳水之畔的邺郡,设宴庆贺。为了助兴,曹操命众武将比试弓箭。近侍取来一领西川红锦战袍,挂在垂柳枝条上,并在其下设一箭垛,以百步为界。曹操将武将们分为两队,曹氏宗族(姓曹的和姓夏侯的)身穿红袍,其他外姓大将身穿绿袍,各带雕弓长箭,跨鞍勒马,准备比试。

曹操宣布游戏规则:如有射中箭靶红心者,鸣金击鼓以应之,并奖励红锦战袍;如射不中者,罚水一杯。

红袍队中一员小将率先纵马而出,此人姓曹名休,是曹操的外房之侄,现任虎豹骑卫。曹休飞马往来,奔驰三遭,引弓施射,一箭正中红心,顿时金鼓齐鸣。曹操在高台上看了,大喜说:"这可是我曹家的千里驹啊。"

近侍正要去取锦袍赏赐给曹休,绿袍队中一骑突出,大喝道:"丞相的锦袍,也该让我等外人先争上一争,你们宗族之人不宜争先。"

众人一看,原来是大将文聘。文聘拈弓纵马,也是一箭射中红心。金鼓又再齐鸣。文聘大叫道:"快快取锦袍来!"

却见红袍队里又有一将,飞马而出,大叫道:"小将军先射中,你为什么要来抢夺?且看我为你们俩解箭。"雕弓满拽,箭如流星,也是直中红心。众人一看,原来是曹洪,喝彩声顿起。

曹洪想要夺袍,绿袍队里张郃可就不服气了,飞马翻身,背射一箭,也是正中红心。张郃喊道:"我翻身背射,应该是我得红袍。"

红袍队中夏侯渊大叫一声:"你翻身背射,何足为奇?且看我的射术!"夏侯渊策马来到界口，扭头回身，一箭射去，正中四箭正中。夏侯渊大叫道："此箭能得锦袍否？"众人皆高声喝彩。

绿袍队中却又有一将大喊道："留下锦袍给我！"原来是大将徐晃。徐晃道："你们射中红心，何足为奇？且看我直取锦袍！"一箭遥往柳条射去，柳条射断，锦袍落下。徐晃纵马向前，取过锦袍，直接披在身上，又纵马来回奔跑，遥往高台上大呼："多谢丞相之袍！"

众人皆讶异。绿袍队中却起了内讧，许褚猛然冲出，前来抢袍。两马相交，徐晃就用弓来打许褚。许褚一把拉住弓，用力一扯，竟然将徐晃拉离了座鞍。徐晃急忙扔下弓，翻身下马。许褚也立即下马，两个人扭作一团厮打，锦袍终被撕得粉碎！

曹操急忙喝止，令二人上台。这两个人兀自睁眉怒目，咬牙切齿，不肯罢休。

曹操的部下向来以精诚团结著称，为什么今日为了一件锦袍就起了纷争？不但宗族红袍队与外姓绿袍队互不相让，而且绿袍队中徐晃、许褚竟然当着曹操的面厮打起来？

心理学家谢里夫于20世纪60年代做的一个实验正可以解释这一现象。

谢里夫为了研究不同群体间的冲突现象，决定到由一群小男生组成的夏令营中调查研究。研究发现，要使这群小男孩相互之间产生敌意非常容易。只要把他们分到两个宿舍就足以造成一种"我们"和"他们"的区别对比心态。如果再分别给两个宿舍取"雄鹰"和"响尾蛇"的名字，又会极大地加剧相互间的竞争心理。

等到研究者引入了一些诸如寻宝比赛、体育竞赛等竞争性的活动时，这两个群体之间的敌意就更加明显了。这些活动引发了双方之间的谩骂、争吵。对方的成员也被冠以"骗子""告密者""小人"等不雅绰号。

最后，这些小男孩甚至发展到袭击对方的宿舍，偷走或烧掉对方的旗帜，张贴威胁对方的字条等。

由曹操主导的这场锦袍争夺战虽然只是为了铜雀台的建成而助兴的，但也是一场明显的竞争性活动。曹操人为地将众武将分为宗族红袍队和外姓绿袍队，和谢里夫的夏令营实验中给两个宿舍取不同的名字实属异曲同工，直接加剧了各成员的群体归属感，进而加剧了相互间的竞争意识。所以，在游戏的前半段，我们总是看到红绿队员相间而出，参与比试。

而这场射箭游戏属于单人项目，用不着团队配合，所以，随着竞争的白热化，群体内部也出现了内讧。徐晃和许褚都是绿袍队成员，但为了争夺唯一的锦袍，也恶语相向，大打出手。

出现这样的场面倒是曹操没能预见的。他没有想到一件小小的锦袍竟然会引发轩然大波。解铃还须系铃人，作为主导者，曹操必须来解决争端。

曹操哈哈一笑，道："我只不过是想看看你们的箭术，怎么会舍不得一件锦袍！"当即命令，给射中红心的将士们每人赏赐蜀锦一匹。想穿锦袍的，自己回家做去吧。

曹操的做法看似"和稀泥"，却是有效消弭争端的好做法。否则，今日的锦袍之争，将为未来的团队合作留下隐患。

一场闹剧，就此欢快收场。

看罢武斗，曹操又起了文兴。他对诸位文官说："诸位都是饱学之士，今日登此高台，为何不写佳章，以纪一时之胜？"

众文官纷纷响应。曹操览毕，不由也诗兴大发，说："待我也来写一首《铜雀台赋》。"

诗以言志。从一个人所写的诗句里最容易看出一个人的胸襟与气度。曹操提笔写道："吾独步于高台兮，俯观万里之山河。"

起首这两句，文采斐然，气度不凡，一派指点江山的雄心傲态跃然纸上。眼看又一文坛绝唱就要诞生，侍从来报："东吴派华歆为使者，来表奏刘备为荆州牧。孙权已经将妹妹嫁给刘备，现在汉上九郡大多已经归于刘备。"

曹操听了，手上毛笔顿时掉在地上，满腔诗情全化作无。曹操的《铜雀台赋》就此胎死腹中，因此后人只知有曹植之赋。

程昱从未见过曹操如此慌乱，惊问："丞相，您在千军万马之中，矢石交攻之际，未曾心慌意乱。为什么今日听到刘备得了荆州，竟如此动容呢？"

曹操对刘备的认识经历了好几个阶段。起初他从刘备的忍让徐州和计杀韩暹、杨奉的行为中判断此人不可小视，是一个难得的英雄。但后来刘备的韬光养晦又成功欺骗了曹操，让曹操以为此人也不过尔尔。随后，刘备瞅准时机逃离许都，公开与曹操对抗，在得到徐庶和诸葛亮后，更是数次击败曹操，这再次让曹操刮目相看。曹操也终于认清了刘备的真面目，并将这个打着皇叔旗号，动辄以天子密诏来对抗自己的天子明诏的人视为最重要的对手。

曹操说："刘备，我一直没有错看他，这可是人中之龙啊。以前一直没有得到水,现在有了荆州,等于是困龙入了大海,我怎么能不心惊呢?"

程昱听了,对曹操的判断深以为然。

孙刘结盟,孙权为刘备讨封职位,这是可以理解的。而且,这也是明确向曹操宣示,赤壁之仇你就别惦记着了。要是你还想打我们的主意,我们联合起来还会狠狠揍你。

曹操有些忧虑,问计于程昱。

程昱说:"虽然孙刘结成联盟,但也不是无缝可钻。我们也可以想办法让他们自相残杀,从中渔利。"

曹操想起了当年十八路诸侯讨伐董卓时的情况,知道联盟确实是靠不住的,也就连连点头,静听程昱的下文。

程昱说:"丞相不如留下华歆在朝中重用,同时封周瑜为南郡太守,程普为江夏太守。这两个郡,现在全部在刘备手中,东吴一直愤愤不平,想要夺回。丞相给周瑜、程普封官后,东吴会更加想要回这两块地盘。这样,孙刘之间必然会陷入纷争。只要他们互相火并,我们就有机会雪赤壁之恨了。"

曹操大喜,立即采纳。

这个华歆,真是走了狗屎运了。他本来是孙权派来当间谍的,却因曹操有引发孙刘竞斗的需要,而得以一步登天,受到曹操的重用。华歆当即改换门庭,一心为曹操效力,后来他官至太尉,为曹氏代汉自立立下了汗马功劳。

要引发不同群体之间的竞争是多么的容易啊,只要为他们设定一个共同的目标就可以了。

周瑜本来就对刘备、诸葛亮抢了赤壁之战的胜利果实大为不满,受了"朝廷"之封后,更是日夜苦思要夺回自己的领地。

诸葛亮却又针对此设计,气死了周瑜。刘备方虽然一时占了上风,得了便宜,但也埋下了孙刘不和、自相火并的祸根。

心理感悟:共同的目标既可以引发团结,也可以引发竞争。

最后的一个血诏党 / 我的笑话你尽管瞧 / 就这样瓦解了盟军 /
傲慢不是傲慢者的通行证 / 一生相伴的陌路人 / 有用的只是一句话 /
天命滞留了奋斗的足迹 / 聪明才智误了卿卿性命 /
最是那烈士暮年的悲怆 / 鼓角声暗淡了英雄背影

最后的一个血诏党

刘备得了荆州后，在诸葛亮、庞统的辅佐下，日渐兴旺。曹操十分忧虑，问计于众谋士。荀攸说："我们无须惊动京师之兵，只要命西凉马腾入京，让他领兵南征就可以了。"

马腾，这个已经有些淡忘的名字重新浮现在曹操的脑海中。马腾是"血诏党"黑名单上除刘备外仅存的一个，这个人早已摆明态度要和曹操作对，宣召他入京，他会来吗？曹操心中充满了疑惑。但不管怎样，宣召即一种试探。如果马腾不来，那就说明他铁了心要当反对派了。如果他来了，则说明他已经放弃了先前的立场。当然，还有一种可能是马腾依然反对曹操，却装出拥护的样子，那么只要他到了许都，曹操就可以侦察明白，然后一刀斩了。

那么，马腾会来吗？血诏党事发后，曹操大开杀戒，自国舅董承以下，无一幸免。马腾会自投罗网吗？

马腾接到宣召他入京的诏书后，立即带着儿子马休、马铁和侄子马岱以及全家老小上路，来到许都。

为什么马腾会做出这样的决定？

原因还是要归结到"天命论"上。天命论早已传遍天下，而事实上曹操也是一路顺风顺水，如有神助。就连三国第一硬汉吉平在最后一刻也说："我不能与国家除此贼，乃天数也！"谁能斗得过天呢？马腾的战友们，除了第一个开溜的刘备，全部倒在了曹操的屠刀之下。当年董卓横暴，尚有王允，而现在满朝文武，竟然没有一个敢站出来与曹操对抗。这让马腾的热血变凉，不得不接受了"天命"的安排。

马腾认为，既然天命在曹，那么，在西凉也是躲不过去的。而现在皇帝的诏书到了，马腾决定放弃当年的梦想，向命运妥协，向曹操妥协。面对生命中的种种无奈，放弃与妥协、欺骗与自我欺骗都是极为常见的选择，我们也无须为此多怪罪马腾。

但是，马腾不得不考虑的另外一件事情就是：曹操会不会信任他？如果曹操不信任他却宣他入京，那么许都就是一个危险的陷阱。所以，入京的前提条件就是要取信于曹操。那么，该如何才能让曹操相信自己已经不是当年那个一腔热血要铲除曹操的马腾了呢？

马腾的办法就是带上全家老小入京，却不带一兵一卒。家小是弱小的，但此刻却成了马腾的保护伞。一个怀有异心的人，是不可能带着家小一起深入虎穴的，就像当年诈降的蔡中、蔡和那样，他们到东吴当间谍，决不带妻儿老小一起前往。

但行事谨慎的马腾还是留了一手，他让长子马超镇守西凉。一旦有变，马超就可以伺机出动。有了马超在家统率虎狼之师，马腾相信曹操也不敢对自己轻举妄动。

马腾带着全家人，赤手空拳来到许都，曹操一下子就明白了马腾想要表达的意思，当即封其为偏将军，另封马休为奉车都尉，马铁和马岱为骑都尉。然后命他带着人马前去征讨刘备。

马腾入京，让汉献帝古井不波的内心重新荡起了波澜。尽管每一天他都生活在曹操淫威的阴影下，但他从来没有放弃铲除曹操的念头。

马腾出征之前，汉献帝宣召他入宫，名义上是要激励一番。马腾入见后，汉献帝带他来到了麒麟阁。

汉献帝屏退左右，问道："爱卿，你可知道你的先祖？"

马腾以为汉献帝在长期的压抑中精神有些不正常了，我的先祖伏波将军马援，我怎么会不知道呢？

马腾答道："先祖伏波将军，名列青史，我一直以他为荣。"

汉献帝担心曹操发现，为了抓紧时间，来不及多绕圈子，直截了当地问道："马腾，你能效仿你的先祖力扶汉室，诛杀奸贼吗？"

马腾心里一下子明白了，但他此刻已经决定向曹操妥协了，只好故意装糊涂，说："臣已经领圣旨，即日登程，去讨伐反贼刘备。"

汉献帝说："刘备是汉室宗亲，绝非反贼。反贼者，是曹操。他早晚都会篡夺朕的皇位。我所下的诏书，都不是我的本意。爱卿，你为什么不能像你的先祖一样，为朕除贼呢？"

马腾没法再糊弄下去了，他含着眼泪说："臣当年曾经奉您的衣带诏，想和国舅一起杀贼，不幸事败，不是我没有这个想法，实在是力所不及啊。"

汉献帝说："只要曹操不除，朕度日如年。现在他已经将兵权交付给你，你为什么不想想办法呢？"

马腾毕竟是忠于汉室的老臣。既然皇帝都说到这个份上了，他还怎么推辞呢？马腾表示，愿以身家性命来报效陛下。

曹操又犯了轻信的老毛病，连汉献帝单独接见马腾这个有"前科"者也没有在意。

马腾回去后，和子侄们商议如何行事，一时无果。曹操却开始催促进兵了，他又派来门下侍郎黄奎为行军参谋。

马腾请黄奎商议进兵之事。两人置酒痛饮，黄奎突然说："我父亲黄琬死于李傕、郭汜之乱，令我切齿痛恨，发誓要诛杀反国之贼。没想到今天又被反贼差使，真是难以忍受！"

马腾一惊，忙问："谁是反贼？"

黄奎怒道："曹操欺君罔上，就是反贼！"

马腾的第一反应就是曹操对自己不放心，特意派此人来试探自己，连忙说："休得胡言！"

黄奎借着酒劲，呵斥道："你的先祖是汉室名将，现在你却从贼，竟要去征讨刘皇叔，你还有什么脸去面对天下人？！"

阚泽对蔡中、蔡和运用过的"袒露互惠效应"再一次发生了作用。你要想知道别人的真心话，就必须先说出自己的真心话。黄奎冒着生命危险，吐露了内心的真实态度，马腾怎不动容？

马腾说："你说的果真是真心话？"

黄奎咬破指头发誓，马腾这才深信不疑，将此前献帝重托之事告诉了他。两人情投意合，一起商议好趁大军出行前请曹操检阅的机会诛杀他。

黄奎回到家中，情绪仍未平复。其妻知道他心中一定藏有心事，追问数遍，但黄奎守口如瓶。这一幕正被小妾李春香看到，李春香正与黄奎妻弟苗泽私通，就将此事告诉了苗泽。

苗泽善于察言观色，又对姐夫黄奎的为人及立场十分了解，他有意独霸春香，就要趁此机会弄事。苗泽要春香以言语挑逗黄奎，以探知真相。苗泽所用，也正是"袒露互惠效应"。

春香对黄奎说："我听人说刘皇叔为人仁德，而曹操是个奸雄。相公，你说是也不是？"

黄奎一听，非常高兴，难得自己家中这个小妇人竟也懂得大道理。面对价值观一致的知音，人总会多说几句。黄奎就说了："你一个妇人，都知道这个道理，何况我这个大丈夫呢？你看着吧，过不了几天，我就杀了曹操给你看。"

黄奎所言，多少也有几分在小妾面前炫耀的成分。毕竟曹操权倾天下，谁人不怕？而自己竟然将有机会诛杀他，这可是大英雄大豪杰的壮举啊！

春香将此言告诉苗泽，苗泽当即向曹操告密。

曹操立即行动，将马腾和黄奎全家全部拿下。

马腾犹在梦中，不知道怎么泄了密，抵死不肯承认。曹操唤来苗泽对质，黄奎哑口无言。马腾大怒，骂道："腐儒坏我大事！我两次要杀国贼，都不幸泄露。这是苍天要兴奸贼而灭炎汉啊！"

马腾和吉平一样，也把大事不成的原因归结为"天意"。要说老天确实是在帮助曹操。上一次是董承家的奴仆秦庆童，这一次是黄奎的妻弟苗泽。如果没有这两个人告密，曹操很难逃脱被刺杀的厄运。

曹操当即命令将马黄两家，共三百余口，不论良贱，皆斩于市曹。

苗泽前来邀功，说："我不愿讨赏，只求丞相将春香赐我为妻。"

苗泽是曹操得脱大难的大功臣，按理说应该大加封赏。但曹操却说："你为了一个妇人，害你姐夫一家，留你这不义之人有何用？"喝令将苗泽推出也斩了。

曹操为什么要这样做？

不论是谁执掌朝政，"义"这个东西总是当政者要大力提倡的。当政者自己可以"不义"，但他绝不愿看到下属对自己"不义"。要是人人都以"不义"为行事标准，那么当政者的地位就岌岌可危了。所以，曹操杀掉这个"不义"的功臣，就是为了要用这个反面形象树立一个"义"的标准，让其他人遵照执行。

曹操杀了马腾全家，马岱却逃回西凉，将马腾遇害的噩耗告知马超。马超悲痛欲绝，立即点起西凉雄兵二十多万，要为全家报仇雪恨。

曹操知道马超必然起兵，早就派人去知会西凉太守韩遂，要他将马超擒下，押送许都，即可受封西凉侯。

心理感悟：假话不可不防，真话亦不可不防。

我的笑话你尽管瞧

韩遂这个人的最大特点就是重情义,磨不开面子,这可以说是一个优点。但是,当这个优点被人利用时,也会对自身造成极大的伤害。

韩遂收到曹操的信,知道自己下不了手。他和马腾是结义兄弟,他拿着曹操的信来见马超。马超看了信,跪倒在地,说:"我兄弟二人愿意自缚,不烦劳叔父大人。"韩遂连忙扶起马超说:"我和你父亲是兄弟,我怎么忍心害你?要不我也不把信拿来给你看了。你如果出兵,我也出兵帮你。"

韩遂示信给马超看这个细节,暴露了韩遂的性格缺陷,他不是一个自信的人,所以需要借助信来取信于人。

马超大喜,与韩遂一起发兵。西凉之兵,雄壮好战,又挟着一股为故主复仇的怒气,一举攻破了长安。曹兵退守潼关,并飞报曹操。

曹操派曹洪先行去守潼关,但潼关也被马超攻破。曹操随后亲率大军赶到。仇人见面,分外眼红。马超看见曹操,更不答话,纵马挥枪,来捉曹操,势不可当。曹操身边将佐,无一能敌。

曹操见势不妙,掉转马头急急逃命。乱军中只听到西凉兵大喊:"穿红袍的是曹操!"曹操不敢回头,急忙脱了红袍。

西凉兵又大叫:"长胡子的是曹操!"曹操吓得赶快拔出佩剑,割断了长须。

西凉兵看见了曹操的举动,又喊道:"短胡子的是曹操!"只吓得曹操心胆俱裂,扯了身上的一块布,包在脖子上逃命。

曹操以为已经逃出生天,刚想喘息一下,没想到回头一顾,一员小将,白袍银铠,怒目圆睁,正是马超。曹操吓得魂飞魄散,连马鞭也掉在了地上。眼看就要赶上,马超死命一枪刺来。曹操看见路边正好有一棵树,急中生智,绕树而走。马超一枪正戳在树干之上!马超这一枪使尽了平生之力,为的是将曹操一枪毙命。树干救了曹操一命，马超急切间拔不出来，曹操拍马就走。随后曹洪、夏侯渊赶到，抵住马超。马超担心寡不敌众，只好先收兵回去。

曹操这一次狼狈万分，出丑可真是出大了。而马超却凭借这一仗名扬天下，从此赢得"白袍将军"的美称，也给曹兵留下了恐惧后遗症——只要见了他这一身白袍，第一个念头就是赶快逃命。

次日，马超又来挑战，曹操坚守不出，却派徐晃率一支人马暗暗渡过蒲坂津，去抄马超后路，只等徐晃就绪，自己亲率大军渡过渭河，对马超两面夹击。

但曹操的谋划却被马超识破。马超与韩遂商议后，决定也派一支人马，挡住徐晃。主力部队则坐等曹操渡河，只待曹兵渡河一半，就发起攻击。

渡河之日，曹操坐在胡床之上，观看军士渡河。有人来报，说白袍将军杀将过来了。曹兵顿时惊慌失措，急切间纷纷跳上船只逃命。

曹操却坐在胡床上一动不动。这个人的心理素质真是过硬，前几天刚刚被马超杀得屁滚尿流，今日却又不拿马超当回事了。他这样做，固然是为了稳定军心，但却再一次让自己冒了极大的风险，也出了一次更大的丑。

许褚眼看马超、马岱距离曹操已经不足百步了，也顾不得礼节了，一把拽住曹操，将曹操拖上了船。曹操嘴里兀自嘟囔："小贼来了又何妨？"

许褚挥刀乱砍，将船上众人全部砍下船去，自己则当了艄公。马超见状，立即吩咐射箭。许褚见箭如疾雨，只好一手用马鞍当作盾牌，另一手撑篙。而曹操只好把身体平贴，伏在许褚脚下。许褚奋起神威，令马超也刮目相看。人在危急时爆发出的潜能，令许褚完成了这一次不可思议的救护任务。

曹操平生遭遇的险境不计其数，也曾多次死里逃生，但都没有这一次惊险，也没有这一次狼狈。

曹操好不容易逃脱上岸，诸将赶来。只见许褚全身铁甲之上插满了利箭，而曹操却毫发无损。众将纷纷拜伏于地，为曹操称贺。

这是绝无仅有的。此前曹操逃脱大难，诸将也曾为其称贺，但从来没有拜伏于地过。曹操出了这么大的丑，反而强化了他的权威感。这是为什么呢？

其实，这是"出丑效应"在起作用。

约翰·肯尼迪在担任总统期间，于1961年错误地做出了登陆猪湾，入侵古巴以推翻卡斯特罗政权的决定，却最终遭遇惨败。但是，令人大为惊奇的是，来自盖洛普民意测验的数据却表明，当肯尼迪犯下了这个荒唐的错误后，他的民众支持率反而上升了。人们因为他的过失，反而更加喜欢他了。

这似乎与一般的看法大为矛盾。阿伦森对此研究后，提出了"出丑效应"概念。所谓"出丑效应"，就是对于一个能力超群的权威性人物来说，他身上的缺点或行为上的失误反而能够增加他的吸引力。

"出丑"之所以能够增加"出丑者"的魅力，有一个重要的前提：出丑者必须早已树立起自己强大的、睿智的超级形象。而对于庸庸碌碌者来说，出丑只能让他们更加颜面扫地。人们之所以对权威人物如此宽容，是因为当他们发现了他的"丑处"后，反而觉得他也会"食人间烟火，犯人间错误"，从而更具贴近感和真实感，而不是高高在上的"完美之神"。正是这种贴近感和真实感进一步增加了出丑的权威人物的魅力。

1961年的时候，肯尼迪的个人声望非常之高。他年轻、英俊、机智、富有魅力、体格健壮，几乎具备了人类所能拥有的一切优良品质。他是一位畅销书作者，一位精通政治的战略家，一位战争英雄。他与一位极具天赋的漂亮女士结婚，他有两个聪明伶俐的孩子，他还拥有一个成功而又团结的家族。他几乎是所有故事书中都要出现的人物，他的政府被称为卡米洛特（传说中亚瑟王的宫殿所在地）。他简直太完美了！但过于完美也会让人有疏离之感，而他的失误就如白璧微瑕，这"瑕"决不掩瑜，反而让"瑜"更为亲近可靠！

我们再来看看曹操。

曹操是文采武略的双料冠军。他是一位著名的文学家，其乐府歌体冠绝一时，连后世的毛泽东在缅怀他的时候，也曾写下了"往事越千年，魏武挥鞭，东临碣石有遗篇"的诗句。他又是一位伟大的军事家，这些年来，讨伐董卓、扫平黄巾、击败二袁、收服刘表、远征乌丸，基本统一了中国北方。戎马之余，他还写出了军事理论著作《孟德新书》。他多次在战场上死里逃生，又多次侦破了内部的谋杀。凡此种种，不由人不信"天命在曹"，而这个连老天爷都十分眷顾的人，当然是一个超级大英雄了。

所以，当曹操在马超的追击下狼狈不堪地弃袍割须，卧船逃生，反而激发起他的部众强烈的"出丑效应"。

凯伊·戴奥克丝后来的研究表明，出丑效应在男性中表现得最为强烈。她发现，研究中的绝大多数男性喜欢那些有过失的、能力超群的男性。而对女性而言，无论刺激源个体是男是女，她们都喜欢无过失的能力超群者。

曹操的下属全部是男性，所以，他们会在曹操"出丑"后神奇地拜伏于地，对曹操顶礼膜拜，不胜尊崇。

曹操哈哈大笑，说："没想到我今天竟然差点被小贼所困！"曹操向来是"胜必骄，败不馁"的，越是失败，越是能激起他的豪迈与不羁。唯其如此，他的部众的"出丑效应"也就更为猛烈。

再说马超，回去见了韩遂，说："我今天几乎捉住了曹操，不料被一个极为勇悍的人救护而去，这个人是谁？"

韩遂对曹操的情况比较熟悉，说："曹操的虎卫军有两个统领，非常骁勇。其中一人叫作典韦，已经死于张绣之乱。估计今天此人，就是许褚。"

英雄总是惺惺相惜的，马超对许褚不由深为佩服。

曹操重整军马，两军再战，马超怀着复仇之心，极其勇猛，曹操勉力抵挡，却连连败退。曹操想要立起营寨，以便固守，但西凉兵攻势凶猛，纵火来烧，曹操总是不能如愿。荀攸献计说："不如取渭河中沙土来建筑土城，这样可以坚守了。"

曹操从之，但因沙土不实，刚刚筑起就倒塌了。曹操无计可施。

心理感悟：璧上增瑕有时反而胜过锦上添花。

就这样瓦解了盟军

此时九月已尽，天气骤冷，彤云密布。双方因此暂时罢战。

曹操正在苦思破敌之计，忽然有一位老者来访。这个人仙风道骨，乃是终南山的隐士娄子伯。曹操知道自己的"福星"又出现了。果然，娄子伯张口就问："丞相跨渭河安营已久，为什么不筑城对抗西凉之兵呢？"

曹操叹了口气说："沙土之地，筑垒不成。请问先生有何良策？"

娄子伯说："丞相用兵如神，难道不知道天时吗？"

曹操还没答话，旁边程昱听到了，不由在心里笑出声来。上次他在赤壁，因为不识天时被曹操当众好好上了一课，没想到，这次轮到曹操听别人上课了。

娄子伯又说："现在连日阴云布合，只要朔风一起，必然大冻。等风起之后，让士兵连夜运土泼水，到了天明，城就筑就了。"

曹操大喜拜谢，要留娄子伯在帐下重用。但娄子伯还是喜欢过自己的隐士生活，他只是见不得自己的清修之地长年厮杀争斗，所以才来指点曹操一番，以期他能早日结束战斗。

是夜，北风大作。曹操依法施行，比及天明，城池果然筑成。

曹操心中稍安。此时，徐晃已经抄到马超军后，夹击之势虽成，但马超、韩遂精诚团结，分别轮换对应，曹操仍然不能将其击败。

贾诩给曹操献上一策："丞相不如用离间之计，令韩马相疑，然后一鼓作气将其击破。"

贾诩的这句话一下子激起了曹操的痛苦回忆。赤壁之战，曹操正是中了周瑜的离间之计，误杀了蔡瑁、张允，导致最后一败涂地。而联盟很容易从内部四分五裂，这是曹操在讨伐董卓时就已经明白的道理。

思路一打开，曹操立即智如泉涌，他立即想到了韩遂是一个重情义、磨不开面子的人。少年之时，曹操与韩遂曾在京师交游，对韩遂的这一特点了如指掌，这自然就成了一个突破口。而马超、韩遂两人轮换对敌的方法，更是为曹操提供了良机。

曹操问部下："明天轮到谁在我们这边？"部下回答说是韩遂。曹操哈哈一笑，说："吾大事济矣！"

次日，曹操一马当先，亲自引诸将出营。两军虽然交战日久，但曹操一般不亲自出动，所以韩遂手下的西凉士卒大多没有近距离见过曹操（马超手下的士卒倒是亲密接触过曹操，他们曾经两次亲见曹操阵前出丑的行为秀。也正是他们的口耳相传，让其他没有见过曹操的人，对他非常好奇）。曹操这个人性格张扬，行事夸张，早已成为传奇逸闻的主角。所以这些西凉兵一听曹操来了，纷纷出阵围观。

这个时候，曹操的炫耀心理又占据了他的大脑（这和当年他在王允府上讥笑众人无能的心理状态如出一辙）。曹操浑然忘了危险，纵马向前，高呼道："你们不是想看看曹公长什么模样吗？我也是人，没有三头六臂，只不过就是足智多谋罢了！"

曹操的这个举动让许褚等人吓得够呛。你难道忘了被马超追杀的狼狈相了吗？你倒是出风头了，你可知道我当初为了救你，差点被射成刺猬？

曹操的这个举动也把西凉兵吓得够呛。他们还从来没有见过如此张狂的人，竟然敢独骑上前，顾盼自雄。这个时候，如果有个善射的西凉兵，轻松一箭就能要了曹操的命。但这些小卒都被曹操的气势震慑住了，没有一个人轻举妄动。

曹操又高声说道："请韩遂单骑出来叙叙旧。"曹操知道，韩遂一定会出来的。

韩遂早已看见曹操的这副做派，心下暗自好笑，心想："这个曹孟德，几十年过去了，脾性还是没改。"他见曹操单人独骑，身不披甲，唯恐曹操笑话自己胆小谨慎，也就脱了衣甲，换上轻装，匹马向前，与曹操马头相交，按辔交谈。

曹操说："我一向把你的父亲当作叔辈，我和你也是共登仕途。当年我们在京师时都是青春年少，遨游胜景，没想到一晃几十年过去了啊。将军你今年多大了？"

韩遂以为曹操邀他独谈，是为了什么大事，没想到他竟然拉起了家常，顿时放松了神经。韩遂哪里知道，这一放松，很可能会要了他的命。

韩遂感慨万分地答道："我已经四十岁了。"

忆往昔峥嵘岁月稠，恰同学少年，挥斥方遒。这两个人一谈起往事，眼前的纷争顿时被抛到了九霄云外，话语中尽是对往日呼朋引类、飞鹰走犬的眷恋，对白驹过隙、韶华易逝的伤感。

这一番交谈，两人竟然用了整整一个时辰，这才恋恋不舍，告别而归。

韩遂回营，马超早已赶来询问究竟。韩遂说："我们只谈了京师旧事。"马超问："怎么会不谈军旅之事呢？"韩遂说："曹操都没说，我何必和他说呢？"马超内心惊疑不定。曹操的这番举动已经在他心中埋下了不信任的种子，而不信任正是联盟的大忌。

曹操回到营寨，对贾诩说："你知道我今天阵前交谈之意吗？"

贾诩微微一笑说："主公之计虽妙，但恐不足离间二人。我有一策，可令韩遂、马超反目为仇。"

曹操本想夸耀一番，没想到贾诩并不虚拍他的马屁。曹操也不以为忤，向贾诩问计。

贾诩说："马超不过是个有勇无谋的家伙。丞相你亲笔写一封信给韩遂，信中多写朦胧之语，然后在要害处故意涂抹修改，然后送给韩遂。马超必定要索信观看，一见上面有涂抹之状，必定生疑。疑则生乱，我们就可趁机图之。"

贾诩的这一计，一方面，是建立在曹操阵前谈话的基础上的。这一次阵前闲谈，已经让马超有所警觉，所以必然会加倍关注韩遂与曹操之间的往来形迹。另一方面，贾诩也是受了赤壁之战周瑜利用伪信离间的启发。

曹操一听，大呼妙计，立即施行。

再说马超听说韩遂收到曹操之信，急忙赶来索看。韩遂虽然有些不高兴，但他素来是个自信不足的人，只好拿出来给马超看。马超看上面涂涂画画，果然生疑，追问究竟。

韩遂说："曹操原信就是如此。"

马超这个莽夫，未经大脑思考，冲口而出："怎么可能？曹操怎么会将草稿送来？莫不是你怕我知道详情，故意涂改的？"

韩遂气得一口血都要吐出来了。他毕竟是马超的父辈，因为重情义才出兵援助马超攻曹，没想到马超竟然如此毫不留情地指责他。

韩遂怒道："你如果不相信我，待我明天阵前叫出曹操，你从阵内冲出，一枪将他刺杀，也好显我清白！"

话说到这个份上，马超就应该收手了。要知道过犹不及，但他毫不退让，说："如果真是如此，那我才能信你。"

韩遂心中苦笑不已。

次日，马超藏在阵中，韩遂引侯选、李堪、杨秋等部将出阵，高叫请曹操出来答话。

韩遂以为曹操可以找他谈话，他也可以找曹操谈话，这是礼尚往来。他哪里知道，谈话的主动权始终掌握在曹操手上。曹操一听韩遂来约，与贾诩相视一笑，知道离间信已经起了作用，当下派曹洪出去应答。

曹洪出来，见了韩遂，欠身道："昨夜丞相知会将军之事，切莫有误！"说完转身就走，韩遂顿时呆在了那里。后面马超听到了这句话，更是验证了他心中先入为主的判断，气得挺枪而出，就要挑杀韩遂。侯选、杨秋等人急忙劝止。

韩遂不胜悲凉，说："贤侄不要狐疑，我绝无背你之心！"但马超全然不信，愤怒而去。

为什么曹操的离间计会产生作用？

人们倾向于在不同的事物之间发现关联，找出原因。在这种主观意识的驱动下，往往会出现"错觉相关"，即把本来没有任何关联的事物看成是有联系的，甚至是有因果关系的。在马超看来，阵前密谈、密信往来、涂抹内容、阵前关照，每一步都是环环相扣，步步推进的。但其实不过是曹操故设疑兵，将这些本不相关的事件"包装"成一个完整的阴谋，离间之计遂成。

"错觉相关"普遍存在于人们的认知判断中。曹操本人也因此中了周瑜之计，而善于学习领悟的他，也让马超中了他的计。

韩遂郁闷，他的部将却非常恼怒。马超率性而为，对韩遂毫不尊重，无端猜疑，让这些部将感到非常不满，纷纷劝韩遂向曹操投降。韩遂本不想降，但想想马超的恶行，知道自己如果不投降曹操，即便将来击败了曹操，也很难与马超相安无事。一颗为朋友两肋插刀的心就这样冷却了，韩遂命杨秋去曹操处诉说投降之事。

曹操大喜，当即封官许愿。韩遂等人正在商议具体举措时，马超得报赶来，正好听到。这顿时验证了他此前所有的怀疑，但他却不知道，这一切都是自己造成的。

马超拔剑要杀韩遂，韩遂猝不及防，左手被马超砍掉。诸将上前，一阵混战。马超虽勇，但也难敌群殴。而曹兵又闻讯赶来，一阵厮杀后，马超大败，只能带着马岱、庞德以及三十余骑逃走，后来投了汉中张鲁，再后来又投了刘备。

心理感悟：联盟是这个世界上最靠不住的东西。

傲慢不是傲慢者的通行证

却说汉中张鲁有意进攻西川，刘璋闻报，聚集文武商议如何应对。

益州别驾张松口气很大，昂然道："凭我三寸不烂之舌，定教张鲁不敢来犯我境。"这个张松颇有几分本领，也因此恃才傲物，寻常人等根本入不了他的法眼。

张松的办法是去说动曹操进攻汉中，让张鲁不敢轻出。

刘璋说："曹公在荆州的时候，你不是去过一次吗？他非常傲慢，目中无人，你回来后恨气难消，为什么这次还想去见他呢？"

骄傲的人最见不得他人骄傲。张松很不服气上次曹操竟然没有好好待见他。这次他之所以提出要去见曹操，也是想争一口气。毕竟，他对自己超人一等的能力有着强烈的自信。

张松听刘璋这样说，觉得有点没面子。为了维护自己的面子，他暂时抛却对曹操的不满而当起了他的辩护者："当时曹公在荆州时，领百万之众，要事猬集，哪里有闲暇来好好待人？现在他在许都，文武各司职责，我去了，分析利害关系，他一定会兴兵攻打张鲁。"

刘璋对张松说："既然如此，那么你先把利害关系说给我听听。"刘璋一向给人无能的印象，但这也许是一种以结果论英雄的偏见。刘璋的这个办法，鲜有耳闻，却颇有可取之处。

张松一听，知道如果"彩排"过不了关，刘璋是不会派他去的。当下打起精神，说了一番理由："我就说马超神勇，现在虽败，仍思报仇，如果他去投张鲁，两者勾结，必然对曹公不利。不如趁这两人尚未勾连，一举先攻下汉中，永绝后患。"

刘璋听了，觉得有几分道理，就同意张松去见曹操，并特意为他准备了金珠锦绮等进献之物。刘璋之智，也就尽于此了。他也不想想，曹操这个以扫平天下为己任的人，在得了汉中之后怎么会对西川不感兴趣？这样，刘璋的对手就从张鲁变成了曹操，岂不更加可怕？

实际上，这个张松是一个极度危险的人物。他目中无人，刘璋根本不被他放在眼里。环顾天下，他觉得只有曹操才配得上当他的主人。他此去许都，真正的礼物并不是刘璋为他准备的金珠锦绮，而是西川的地形图。如果曹操得了此图，攻取西川易如反掌。

但张松没想到，曹操自击败马超后，比在荆州时更加傲慢了，每日只在丞相府中，有事议事，无事饮宴，足不出户，寻常人等根本就见不到他。

张松在相府门口转了好几天，也没能进门。最后只好贿赂看门人，才得进见。

张松心里颇有些不高兴，这是因为"反事实思维"在作怪。

一般来说，"反事实思维"是指对过去已经发生的事实进行的不真实替换。比如，人们迟到的时候，会寻思"如果早点动身就不会迟到了"；人们考砸的时候，会寻思"要是再加把劲这次考试就能及格了"。但这个概念也可以在某些情况下扩延至对未发生事实的一种提前确认，并在此基础上判断、行事。

张松所带的西川地形图，对于曹操来说是一个巨大的恩惠。但是，张松尚未施恩，就已经在潜意识中将此预演为一件已经发生的事件，从而以恩主的姿态傲然自居，所以会对曹操的傲慢深感不满。

曹操见了张松，顿时找到了自信。曹操一向在容貌、身材上有些自卑，但这个张松，额镊头尖，鼻偃齿露，身短不满五尺，在他面前，曹操简直就是一个美男子、伟丈夫了。

曹操架子十足地问道："你的主公刘璋这些年怎么不来进贡啊？"

张松心想，老子是要把整个西川献给你，你却在老子面前摆架子？说的话顿时就不客气起来："因为盗贼丛生，道路艰难，所以没能前来。"这句话是想刺曹操一下。

曹操一听，很不舒服，说："我已经扫清中原，哪里还有盗贼？"

张松的嘴可是从不饶人的，他总是能找到最令你抓狂的事实来狠狠攻击你："南有孙权，北有张鲁，中有刘备，怎么能说是天下太平呢？"

曹操没想到面前的这个人长得难看，话说得更难听，当下拂袖退入后堂，把张松晾在了当场。

左右见了，急忙呵斥张松："你这个蠢货，怎么敢顶撞丞相？幸好丞相见你远道而来，没有责怪你，还不快快退下！"

张松颜面尽失，抗声道："我川中从来就没有谗佞之人！"

阶下一人，听了不服气了，也大喝一声道："你川中没有谗佞之人，难道我中原就有谗佞之人吗？"

说话的正是被祢衡称为"小儿"的杨修杨德祖。

两人一搭上话，相互介绍后，张松的嘴又开始不饶人了。张松说："我听说你家世代簪缨，为什么不立于庙堂辅佐天子，却在丞相府当一个区区的小吏？"事实上，曹操大权独揽，丞相府的一个小吏，远远胜过庙堂里的一个大臣。但从形式上而言，张松的这句话颇具杀伤力。

杨修听了，满脸羞愧，只能强自辩解道："我虽是一个小吏，但丞相对我很看重，委以军政钱粮重任。我早晚在丞相身边，听他教诲，受益良多。"

张松的目的就是要讽刺、挖苦曹操，以弥补被伤害的自尊。张松抓住话头说："我听说曹丞相文不明孔孟之道，武不达孙吴之机，他有什么能耐可以教诲你？"

杨修为了维护自己的脸面，就必须为曹操辩护。只有将曹操推崇成天下第一，他这个小吏才算当得面上有光。急切间，杨修竟然取出曹操新近写好的《孟德新书》给张松看。这本书是曹操写完后让杨修勘误的，旁人从未见过，实属孤本。

杨修说："你啊，久居边隅，怎么能知道丞相的大才？这本书就是丞相亲笔所写的兵书。你看看，是不是足以流传后世？"

张松不动声色，从头到尾，翻看一遍，把书一扔，脸上露出不屑的神情，问道："你说这本书是曹丞相亲笔所写？"

杨修点头称是。

张松哈哈大笑道："这本书是战国无名氏所写，我蜀中三岁小儿都能熟背。曹丞相盗窃抄袭，也只好骗骗你们这些人！"

杨修哪里肯信！张松说："既然你不信，那我就背给你听。"说完，从头到尾，一字不落地背了出来。

杨修大惊，这才知道张松果然有奇才异能。

张松略施小计，就折服了杨修，杨修遂去见曹操，推荐张松。

杨修对曹操说："丞相刚才为什么怠慢蜀中使者呢？"

曹操怒气未休，说："这个家伙容貌丑陋，出言不逊，我没有杀他就算是对他客气了。"

杨修说："丞相不可以貌取人。此人虽丑，却有异能。此人虽狂，但丞相连祢衡都能容忍，难道就容不下他吗？"

曹操脸色稍霁，问道："他有什么才能？"

杨修将张松过目不忘之事说了一遍，为了强化可信性，杨修还特意将书带在了身边，当下再呈给曹操过目。

曹操没想到一个容貌如此丑陋之人竟然有如此之能耐。但曹丞相也是一个好面子的人，他决不肯给张松一个通过炫耀来贬低自己的机会，所以，曹操接过书，二话不说，就将这本孤本《孟德新书》撕个粉碎，此书就此绝传。

反过来，曹操倒还要张松看看他用兵的真手段。他吩咐杨修，次日带张松到西校场参观阅兵。这是曹操的反炫耀之举。

张松听杨修说曹操撕掉了书，心里明白，更是和曹操较上了劲，要在阅兵时让曹操见识一下自己的厉害。

次日，曹操点起雄兵五万，布列于校场。只见盔甲鲜明、衣袍灿烂、人马腾空、戈戟参地，好不雄壮威武。

曹操冷眼旁观张松，张松斜眼瞥视阅兵。这两个傲慢之人，都想要折服对方，没想到却愈加针锋相对起来。

曹操将张松叫到跟前，大剌剌地说："你们川中可见过如此雄壮之兵？"

张松针锋相对："我蜀中只有以仁义定天下之人，不曾见过这等兵马。"

曹操脸色一变，张松毫不自知。杨修素来了解曹操，频频目视张松，唯恐他再次以言语冲撞曹操，惹下大祸。

曹操又说："吾视天下鼠辈犹草芥耳，大军到处，战无不胜，攻无不取。顺吾者生，逆吾者死。非但能令人荣达，也能使人灭族，汝知之乎？"

曹操并不善于掩饰内心的情绪波动，他这么说，说明已经动气了。如果张松再不知好歹，曹丞相就要发威了。

张松却又对准曹操的软肋下手，说："丞相驱兵到处，战必胜，攻必取，松亦素知。昔日濮阳攻吕布之时，宛城战张绣之日；赤壁遇周郎，华容逢关羽；割须弃袍于潼关，夺船避箭于渭水，此皆无敌于天下也！"

曹操大怒，喝道："竖儒，怎么敢揭我短处！"喝令左右令将张松推出斩首。

杨修急忙相劝，再加上旁边荀彧帮忙，曹操这才勉强收回成命，喝令将张松乱棒打出。

张松本来想送给曹操一份大礼，没想到曹操竟然回赠给他一顿乱棒。张松心灰意冷至极，一路上郁郁寡欢。这个机会被一直关注此事的诸葛亮利用，张松最终把图献给了曹操的死对头刘备。

曹操因为他的傲慢丧失了一个大好良机，白白地把西川送给了刘备。

心理感悟：靠贬低别人挽不回自己的尊严。

65

一生相伴的陌路人

再说曹操还在想着东征西讨，他的一个老部属却想到了另一个问题。这个人就是专门吃素、养就一副仙风道骨的董昭。当年，正是董昭力劝曹操迁都许昌，开创了"挟天子以令诸侯"的局面。这个人的目光确实比一般人看得更远。

董昭提出了一个令曹操无法拒绝，且想入非非的诱人建议。

董昭说："自古以来，人臣处事，没有一个人能够建立像丞相您这样的功勋的。即便是周公、姜尚也望尘莫及。您栉风沐雨三十余年，扫荡群凶，为百姓除害，使汉室复存，怎么能和其他大臣同列呢？您应该受魏公之位，并加九锡，以表彰您的功德。"

所谓九锡，是指车马、衣服、乐悬、朱户、纳陛、虎贲、斧钺、弓矢、秬鬯圭瓒这九样东西。这是天子赐给诸侯或大臣有殊勋者的九种器物，是最高礼遇的表示。而这个"魏"字犹得曹操欢心，因为当年王立曾经说过："吾观大汉气数将终，魏晋之地，必有兴者。"王立的话，就是天命。后来司马懿如法炮制，取了一个"晋"字。

作为大臣来说，要建立足可"加九锡"的殊勋极不容易，所以，皇帝很少用得着这九样东西。而一旦要用来，往往意味着大事不妙。

这是因为一个建立殊勋，足可配得上"九锡"的大臣，却没有被皇帝忌杀，往往是一个掌握实权的逆篡之臣，比如王莽，就曾经受封安汉公，加九锡。但王莽随后篡汉自立。

所以，九锡虽然贵重难得，其名声却不太好。

董昭的这个提议为曹操解决了一个大难题。曹操已经位极人臣，没有"合法"上升空间了。他一直在等待天命来临，天命似乎无时不在，却又若隐若现。此刻董昭的建议却令他茅塞顿开，既然不能一步到位，那就步步为营，拾级而上吧。

曹操正要行动，一个他最意想不到的人却出来反对了。

这个人是曹操真正意义上的第一个谋士——荀彧。

荀彧的理由是："丞相本兴义兵，匡扶汉室。秉忠贞之志，守谦退之节。君子爱人以德，不宜如此。"

荀彧当初之所以要追随曹操，就是为了铲除董卓，匡扶汉室。但随着曹操日益专权，荀彧渐渐感到离自己当初的目标愈来愈远。这个刺董的英雄，竟然变成了又一个董卓！当曹操要以谋反之名诛杀国舅董承以及董贵妃时，荀彧已经有所不满，但深感无力和无奈。

毕竟，当时曹操还是以丞相的名义行事，还算不上逆篡。这是荀彧用来自我欺骗的一个理由。但一旦升任魏公，整个事情的性质就变了。荀彧再也无法克制内心的认知不协调，只能毅然挺身而出，加以阻止。

荀彧在曹操发家的过程中发挥了重要作用，曹操对他极为倚重，也极为信任。曹操每次出征都是让荀彧镇守许都，事实上曹操是将他视为自己的萧何的。

曹操怎么也想不到荀彧会反对自己荣升魏公，也不能接受荀彧会反对自己荣升魏公。其他任何人的反对，曹操都能接受，但唯独荀彧的反对，他不能接受。

曹操深受打击，备受折磨。但是，董昭却说："怎么能因为一个人的不同意而放弃众人的厚望呢？"

曹操决心已定，就魏公之位，加九锡。

荀彧掩泪而出，仰天长叹："我怎么没有想到会有今天呢？"悔恨痛心之情，充溢心胸。曹操知道这个被自己视为萧何的人再也不肯帮助自己了，心中也是五味杂陈，但成分最浓的还是对于背叛的愤恨。

建安十七年（公元212年）冬十月，曹操兴兵下江南，荀彧称病留在寿春。曹操使人催他上路。荀彧不从，叹息道："我死后，在九泉之下，是没有脸去见历代汉帝了。"曹操命人送来一盒食品。盒上有曹操亲笔之字，打开一看，却空空如也。

荀彧叹了一口气，知道了曹操的用意，服毒而死。曹操闻之，却又有几分懊悔，命人将荀彧厚葬。

世间万事，无论对错，第一步总是最难的。曹操荣升魏公之后，很快又有人要尊曹操为魏王。这一步，实在是突破性的一步。刘邦当年曾经杀白马盟誓，"非刘姓而王者，天下共击之"，史称"白马之盟"。虽然刘邦已经死去多年，但忠于汉室者还是抱牢开国之主的这一条戒律不放。如果曹操真的称了王，那么离篡位就真的只有一步之遥了。

此议刚出，又有人站出来反对了。

这一次是荀彧的侄子荀攸。荀攸的价值观与荀彧大体一致，他的理由是："丞相官至魏公，荣加九锡，位已极矣。今又进升王位，于理不可。"

这又是对曹操的沉重一击！外人的反对，曹操可以置若罔闻，但出来反对的总是他最信任最倚重的人，这令他十分沮丧，也十分愤怒。

曹操再也忍耐不住，破口而出："这个人难道也想仿效荀彧吗？"

这句话传到荀攸耳中，给他造成了极大的压力。本来他就已经深深后悔自己竭尽心力却辅佐出了一个逆篡之臣，而曹操手段之狠辣他也十分清楚。忧急愤悔交加之下，荀攸当即卧病不起，仅仅十几天后就去世了。

荀攸的死令曹操备感压抑，他无心在这样的心情下登上魏王的宝座，这件事就这样被搁置了下来。

一天，心情郁闷的曹操带剑入宫。汉献帝和伏皇后见了他来，吓得战战兢兢。曹操说："现在孙权、刘备各霸一方，不尊朝廷，该怎么办哪？"

汉献帝说："尽在魏公裁处。"这句话本来他是经常说的，曹操平时听了往往付之一笑，因为事实本就如此。但恰好这一日曹操因为荀攸的事心情压抑，听到汉献帝的这句话，一下子就发火了。其实，这也是"踢猫理论"的体现。汉献帝就是那只替罪的猫。

曹操怒道："陛下，你可别这么说。让文武百官听到了，还以为我欺君罔上！"

汉献帝不知道曹操为什么发这无名之火，不敢再言。曹操走后，谏议郎赵俨启奏道："这几天外面在传，说魏公想自立为王，不久就要篡位了。"

汉献帝这才明白曹操火从何来。尽管曹操专权，但汉献帝从来没有放弃过铲除曹操的努力。虽然一再失败，但为了自己的生存，更为了大汉的基业，汉献帝又开始了新的谋划。这样一个身处"绝境"的人，虽然从未成功把握过自己的命运，但他的永不屈服、永不放弃仍然值得我们深深钦佩。

汉献帝与伏皇后商议，要皇后之父伏完设谋杀掉曹操。伏皇后写好密信，找来宦官穆顺送信。穆顺将密信藏在头发内，夹带出宫，来见伏完。伏完写了回信数句，仍令穆顺藏在发髻内带回宫。

曹操早已得到讯报，在宫门口拦住了穆顺。对于这样的事情，曹操已经很有经验了。当年，他被董承骗过，这一次，他应该不会失手了。

曹操喝问穆顺为何出宫。穆顺回答说："皇后得病，外出求医。"

曹操又问："医生何在？"穆顺说："急切间没有寻到。"

唉，做事情，光凭一颗赤胆忠心是不够的。穆顺的回答只能引来曹操更大的怀疑。曹操不再客气，喝令搜查，但看起来这一次他似乎又要失手了。左右搜遍穆顺浑身上下，没有发现任何可疑之物。

曹操悻悻然正要放穆顺走，但老天又一次眷顾了曹操。一阵大风吹来，将穆顺的帽子吹落在地。曹操又喊住穆顺，再次喝令搜查帽子，帽子里还是空无一物。

曹操无奈，只好放行。但穆顺真的是太紧张了，他戴帽子的时候，小心翼翼，唯恐碰到头发。这个细小的动作一下子触活了曹操的记忆！

当年，他因为不知道"透明度错觉"，而在刺董未成后仓皇逃窜。

当年，他因为不知道"透明度错觉"，而被刘备以害怕雷声的理由轻易骗过。

现在，曹操已经明白了"做贼心虚"的道理。穆顺如此谨小慎微，头上必然有鬼。曹操三度喝令搜查，终于在穆顺的头发上搜出了伏完的密信！

杀，还是不杀？

其实根本用不着选择，曹操只有唯一的选择：杀！

曹操连夜点起甲兵三千，围住伏完私宅，将伏家老小尽数擒下。又从房内搜出伏皇后的亲笔书信。曹操大怒，再将伏氏三族全部捉拿下狱。

次日平明，曹操又令御林将军郗虑引甲兵三百，入宫收缴皇后玺绶。汉献帝和伏皇后知道大事不妙，伏皇后躲入夹墙中。

未几，尚书华歆又引甲兵五百来捉拿皇后。华歆亲自下手，抓住皇后的头发拽出来，曹操喝令将伏皇后乱棍打死。

这个世上，确实是什么人都有。有像荀彧、荀攸这样悬崖勒马，用生命坚守自己价值观的人；也有像华歆这样无视纲常、助纣为虐换得无尽荣华富贵的人。

曹操一贯采取斩草除根的策略，伏后所生的两个皇子，也被鸩杀。伏完、穆顺宗族共计二百余口，皆斩于市。

伏后惨死，汉献帝陷入了深深的绝望之中，连日来水米不进。一个男人，连自己的女人也没有能力保护；一个皇帝，连自己的儿子也没有能力保护。这样的生命，还有价值吗？这样的日子，还有意义吗？从此，汉献帝就如行尸走肉一般苟延残喘。

而曹操却又来见他，说："陛下不要忧心，老臣我并无异心。我的女儿已经献给你当贵妃，大孝大贤，现在正该居皇后之位。"

谁还会有意见？谁还敢有意见？

尽在魏公裁处。

心理感悟： 正义尽管经常势单力薄，却不会成为孤家寡人。

有用的只是一句话

后院已定,曹操进兵汉中,通过收买张鲁的宠臣杨松,顺利攻克。但杨松得到的奖赏却是致命一刀,就像那个为了一个女人而出卖姐夫黄奎的苗泽一样。

曹操得了汉中,主簿司马懿进言说:"刘备刚刚得了西川,人心尚未安定。主公不如趁势急速进兵,一并取了西川。"

曹操意味深长地看了司马懿一眼,心想:"小子,你还嫩着呢。有些事情,你没有经过,是不知道轻重深浅的。"

真正强大的不是实力,而是气势。巧妙地利用咄咄逼人的气势可以不战而屈人之兵,这个道理,曹操是懂的,郭嘉也是懂的。当年曹操根据郭嘉的遗愿,在易州按兵不动,辽东公孙康自动就送上了二袁的脑袋。反之,如果他也出兵追击,很可能促成公孙与二袁的联盟。

在赤壁之时,曹操被胜利冲昏了头脑,忘记了这个道理,而郭嘉又已去世,没有人再来提醒曹操。所以,在他轻松拿下荆襄、拥兵不进时,东吴降声一片。但他挥师南向,却促成了孙刘的联合,曹操也因此兵败赤壁。

赤壁往事,不堪回首。司马懿,你比郭嘉还差得远呢。

曹操由此感叹道:"人苦不知足,既得陇,复望蜀耶!"

曹操不是不想得西川,他只是知道,如果他的大军现在就进发,那是帮助刘备聚拢人心。这不是他愿意看到的局面,所以曹操按兵不动,静观其变。

曹操的这一招让诸葛亮感到了极大的压力,他连忙向刘备建议吐出几块已经吃在嘴里的肥肉——将江夏、桂阳、长沙三郡割让给东吴,以此为代价,说服东吴出兵。这也是诸葛亮一生中唯一一次割地求援,亦可见曹操按兵不动策略的威力。

孙权得了大利后,果然出兵。曹操没想到诸葛亮在关键时刻竟会如此"拿得起,放得下",只好退回许都。

侍中王粲再度上诗颂德，要曹操晋爵为王。这一次还是有反对者，此人是尚书崔琰，原是袁绍手下。这样的反对力量对曹操来说根本不屑一顾，曹操将崔琰杀掉后，就再也没人敢有异议了。

汉献帝因群臣之"请"，下诏册立曹操为魏王。曹操大喜，但形式主义一定是要奉行的。曹操三次上书推辞，但每一次推辞毫无例外地都被汉献帝"拒绝"。曹操"无奈"，只得就了魏王之位。从此，曹操开始冕十二旒，乘金根车，驾六马，用天子车服銮仪，出警入跸，并于邺郡盖魏王宫。

既已称王，立世子的事就提上了议程。

曹操长子曹昂死于宛城。现有卞夫人所生四子：曹丕、曹彰、曹植、曹熊，另有其他侍妾所生儿子二十余人。曹操自己最喜欢曹植。人总是喜欢与自己相像的人，曹植的文学才华冠绝天下，这一点令曹操极为欣赏。

而曹丕早有继承之心，他向贾诩问计。贾诩当然知道这件事情的分量，世子代表着未来，如果能够帮助曹丕继承王位，那自己的荣华富贵也就不言而喻了。但这也是件很忌讳的事情，一旦在曹操面前应对不当，很可能引起他的猜忌，甚至给自己带来杀身之祸。

贾诩是个绝顶聪明的人，他当然知道怎么做才能万无一失，这个办法就是当曹操问起该立谁为嗣的时候以"不答"应对。

贾诩不答，曹操当然觉得很奇怪，问他缘故。

贾诩轻轻叹了一口气，说："我正有所思，所以不能及时回答。"

曹操问他在想什么，贾诩说："我是在想袁绍父子和刘表父子啊。"

袁绍和刘表都因为在立嗣问题上废长立幼，导致了内乱，并进而引来了外患，终于身死族灭，不得善终。这两件事情和曹操都有直接关系，曹操当即明白了贾诩的意思，于是就立曹丕为世子。

贾诩的做法极其巧妙。他内心当然是有人选的，这个人选就是曹丕。但是，如果他直截了当地为曹丕说话，不但可能惹曹操不高兴（因为曹操的理想人选是曹植），还可能让曹操以为贾诩在世子废立上有自己的利益诉求。不管是哪一种可能，都会引来很严重的后果。而现在，他故意装出若有所思的样子，并列举袁绍父子和刘表父子的负面案例，毫无痕迹地将自己置于疏离中立的立场，让曹操觉得贾诩客观中立，毫无私心。也只有这样的说服能够打动曹操，且不招致猜疑。

魏王宫建成后，术士左慈来访，对曹操极尽戏弄之能事，这也可以说是天下人对曹操有意见的一种体现。曹操对左慈的幻术惊疑不定，因此成疾，服药也无济于事。

太史许芝向他推荐神卜管辂。管辂名闻天下，关于他的奇闻逸事已经传遍九州。

比如，郭恩兄弟三人都是瘸腿，请管辂卜卦。管辂卜卦后说，郭恩的父亲在饥荒之年曾经为了几斗米而将叔伯母推落井中，又扔下一块大石头，砸破了叔伯母的脑袋，所以郭氏三兄弟才有此报应。郭恩知道确有此事，连忙认罪。又如，安平太守王基之妻常患头风，而其子又常心痛。管辂卜后说，衙府西头，有二死尸，一个持矛，一个持弓。持矛者主刺头，故其妻头疼；持弓者主刺胸腹，故其子心痛。挖地八尺，果如管辂所言。王基按照管辂吩咐，将这二尸体在郊外埋葬后，其妻其子不药而愈。还如，管辂指点了一位赵姓少年，向南北二斗星君巧妙祈求，终于让这个命中注定要夭折的少年能够活到九十九岁。

人们在对事物的认知上存在着一种"易得性直觉"。所谓"易得性直觉"就是指，那些能够激发情绪的、生动的、容易想象的和具体的事件，要比本质上无情绪的、乏味的、难于想象的或者模糊的事件更容易被认知、记忆、回忆。

"易得性直觉"的存在使得人们更容易被具体、生动、易于想象的事例或信息说服。管辂这些神乎其神的故事，简直就是为"易得性直觉"量身定做的，因而管辂尚未出场，光环已经罩定其身，其神秘而强大的影响力扑面而来。

曹操请来管辂，向他询问左慈之事。管辂只是淡淡地说了一句："这不过是幻术罢了，用不着担忧。"这句话在管辂之前已经有多人多次向曹操说过，但毫无作用，曹操的病还是日渐沉重。但同样是这句话，在管辂口中说出来就不一样了，曹操顿觉心安，立即不药而愈。

真的是管辂治好了曹操的心病吗？答案既可以说是，也可以说不是。

说"是"，是因为确实是管辂说完这句话后曹操才康复的；说"不是"，是因为这只是曹操自己内心的认知有了颠覆性调整，而管辂并没有念咒画符，只不过说了一句普罗大众都会说的话。可见，对于权威的"迷信"，会给自身带来极大的影响。

生病的时候，曹操根本无心顾及天下大事。病一好，曹操立即就请"管神医"卜占天下大事。

管辂卜曰："三八纵横，黄猪遇虎；定军之南，伤折一股。"曹操又请他卜占运势。管辂卜曰："狮子宫中，以安神位；王道鼎新，子孙极贵。"

曹操看得似懂非懂，追问其详。管辂却说："茫茫天数，不可预知。后有应验，方悟也。"

卜占之术，在中国古已有之，流传至今，有很多非常灵验的案例故事。这是很奇妙的一件事情。很多唯科学论者斥之为封建迷信，认为不过是装神弄鬼，骗人钱财。但其实这样的看法过于武断，以今日科学的发展程度，尚不能解释此类灵异事件，又或者此类事件本就非科学范畴所能够解释分析的。我们应该存疑留观，无须妄下判断。（故本书亦不对占卜之事的本质进行心理分析，却不会忽略占卜之结果对于人类心理以及附随的行动的巨大影响。）

实际上，管辂至此尚未用真实的事件来证明自己的神奇，一切不过是街谈巷议，捕风捉影，但曹操却对他深信不疑。这样绝顶的奇才当然是居家旅行之必备，曹操想任命他为太史，将他留在身边。

但管辂却说："我命薄相穷，不称此职，不敢受也。"曹操问他缘故。管辂说："我额无主骨，眼无守睛；鼻无梁柱，脚无天根；背无三甲，腹无三壬。只可泰山治鬼，不能治生人也。"

权威人物真是牛，连拒绝都让人无法反驳。曹操虽然被拒绝，但丝毫不以为忤。这也是极为少见的情况。

管辂的回答却引起了曹操对面相的兴趣。这个"管神医"真是万能的啊！不但能抓鬼治病，还能占卜看相。

曹操问："你看看我的面相如何？"管辂说："位极人臣，又何必相？"曹操再三问之，管辂却笑而不答。

管辂的这句话貌似敷衍，更似拍马，却引起了曹操深深的思考。毕竟，这是"管神医"说的话，一字千金。

谁也不会想到，就是管辂这平平无奇的八个字，竟改变了当时整个政局的走向！

曹操就位魏王之后，他内心就像绝大多数天下人预期的那样，很快就想采取下一步的"代汉自立"。毕竟，这一辆驶往帝位的列车已经以越来越快的速度冲向终点，而且已经没有什么力量可以阻挡住它了。

"位极人臣，又何必相？"管辂的这句话却为这趟列车踩下了紧急制动。尽管"位极人臣"，但始终还是摆脱不了"人臣"的束缚。

曹操又观照起王立的天命说。王立确实说过"必有新天子出，魏晋之地必有兴者""安天下者必曹氏也"这些话，但曹氏实际上并非专指曹操一人，也可以指曹操的儿子一辈。只是包括曹操在内的所有人都理所当然地将曹氏理解为专指曹操一人了。

曹操又想起曹丕出生时望气之人所说的话："此子贵不可言，非人臣之气也。"自己只能是"位极人臣"，而曹丕却是"非人臣之气"，两相比较，结论就不难得出了。

曹操突然又想起自己年轻时，也曾经有好几位名士为自己下过定论。

桥玄对曹操说过："天下将乱，非命世之才不能济。能安之者，其在君乎！"

何颙见了曹操后，说过："汉室将亡，安天下者，必此人也。"

许劭对曹操说过："子治世之能臣，乱世之奸雄也。"

所有的线索串联起来，"天命"在曹操的脑海中就"真相大白"了："如果天命在曹，那么，我还是当周文王吧！最后的任务就交给儿子曹丕了。"

心理感悟：迷信只能用迷信来消除。

67

天命滞留了奋斗的足迹

曹操又令管辂占卜东吴、西蜀二处情况。管辂设卦后,说:"东吴主亡一员大将,西蜀有兵来犯界。"

这是管辂来见曹操之后第一次正儿八经的预测。说来也奇怪,管辂此前含糊其词,曹操反而深信不疑。但这次管辂言之凿凿,曹操倒有几分不信了。事实上,这也很正常,因为管辂说得太具体了,人们就拥有了随时验证的机会,从而自信在面对迷信时也稍稍占了一点上风。但这个上风也是暂时的。很快,曹操就接到讯报,东吴都督鲁肃病亡,而刘备派张飞、马超前来进犯。

曹操因此对管辂更加"迷信"。按他的脾气,本来马上要率兵亲征西蜀的,但出师之前,曹操还是请管辂算了一卦。

管辂说:"王上不可妄动,来春许都必有火灾。"

曹操此时已经对管辂言听计从,立即就罢了亲征的念头,改派曹洪领兵五万,去助夏侯渊、张郃共守汉中。又派夏侯惇领甲兵三万,在许都来往巡视,加强防范。

过了几天,曹操又下令让长史王必总督御林军马。主簿司马懿劝谏说:"王必这个人喜好喝酒,性子又宽和,恐怕不堪此重任。"司马懿一直想要出头,所以逮个机会就出来说几句。他就像在买彩票,始终在等待一次中奖的机会。

但司马懿不是管辂,别说一句顶万句,就连一句也顶不了。果然,曹操说:"王必是我披荆斩棘、草创艰难时期的旧人,忠心勤恳,怎么就不堪重任?"

司马懿没有中奖,但也没不高兴,买彩票就是碰运气,反正还有下次机会。

这时,有一个叫耿纪的人,原来在曹操的丞相府做事,后来升任侍中少府。此人与司直韦晃交好。这两人见曹操爵至魏王,出入都用天子车服,十分不满,就商量起来如何铲除曹操。

韦晃说："我有个朋友，叫金祎，是汉相金日䃅的后人。他也对曹操十分不满。他和王必关系非常好，如果能拉他入伙，大事必成。"

这三个人，又找来吉平的两个儿子吉邈、吉穆一起设谋，决定趁正月十五许都大张灯火，庆祝元宵之际，带着两家家童，放火行事，请天子登五凤楼，召集百官，宣布曹操罪证，宣召百姓杀贼。随后，再联系刘备一起举兵。

这个计划看起来严密，其实不过是秀才之见。以数百童仆，怎么能对抗得过曹操的铁甲雄兵呢？当然，这五个人不屈服于权贵的精神仍然值得尊敬。

这个毫无经验的"火攻五人组"的结果当然是尽数被擒。这也应了管辂此前的预测，曹操对于叛乱者一向是心狠手辣的，这五人的老小宗族全部被斩。

但接下来曹操却做了一件令人匪夷所思的事情。他将百官全部都聚集到校场之上。校场上左侧立了一面红旗，右侧立了一面白旗。曹操下令说："昨夜耿纪、韦晃作乱，放火焚烧许都，你们中有出来救火的，也有闭门不出的。如果出来救过火的，请站在红旗之下。闭门不出的，站在白旗之下。"

百官搞不清楚曹操葫芦中卖的什么药，纷纷想救火者必然有功，于是很多人都走到红旗下站立，尽管他们中的许多人实际上是闭门不出的。只有三分之一的人比较老实，没救火就没救火，站到了白旗下。

在和曹操玩游戏之前，如果没摸清他的底牌，就贸然下赌注，是要吃大亏的。这些站到红旗下的官员马上就为自己的选择付出了惨重的代价。

曹操宣布，将站在红旗下的官员全部拿下。众官纷纷辩称无罪，曹操冷冷一笑，道："你们当时的想法，绝不是为了救火，而是要帮着杀我的宗族！"再不容他们分辩，全部拖去杀了。而站在白旗下的官员，均给予重赏。

曹操的这个做法实属倒行逆施。人不可能一世英明，特别是一些身居高位者，往往会在生命的最后阶段做出一些不可理喻的事情来，这一件事其实也微妙地透露了一个信息。

曹操已经渐入暮年，他的头风之疾日渐严重，病痛渐渐改变了曹操的性格，或者说，病痛渐渐强化了他性格中恶劣残忍的成分，从而使他在面对外界的一些刺激时做出过度的应激反应。曹操这个英雄一世的人物，也不可避免地走近了他的末路。

再说曹洪到汉中后，先胜了一仗，斩了马超一员部将，但随即就退兵撤回南郑。

张郃来问曹洪："将军既已斩将，为什么不乘胜追击？"

曹洪对张郃倒也实话实说，说："我来之前，听神卜管辂说此地要折损一员大将，心中有些疑虑，故而不敢进兵。"看来管辂的影响力确实强大。

没想到张郃却哈哈大笑，说："将军你征战半生，怎么会被卜术迷惑呢？"曹洪说："张飞极为勇猛，不可轻敌啊。"张郃却极力请战，结果被张飞击败。

诸葛亮又派黄忠、严颜、魏延等将多路进逼，曹军大败，许都震惊。曹操决意亲率大军四十万，前往汉中征战。

兵出潼关，曹操在马上看到一处树林极其茂盛，就问左右："这是什么地方？"左右答道："此处乃是蓝田，树木茂盛处正是蔡邕之庄。"

蔡邕是曹操的老朋友。当年王允设计杀了董卓之后，蔡邕感念董卓的知遇之恩，伏尸而哭，结果被王允杀掉。蔡邕的女儿蔡琰原来嫁给卫仲道为妻，后来被鞑靼掳走，与胡人生下二子。蔡琰感怀身世飘零，做了一首《胡笳十八拍》，流播甚广，传入中原后，为曹操所知。曹操对故人之女的遭遇十分同情，派人用金帛将蔡琰赎回，又许配给董祀为妻。

曹操想起这段往事，临时决定到蔡邕故居一看。董祀此时正在外任职，庄中只有蔡琰在家。蔡琰听说曹操来了，盛情接待。

曹操偶然看到壁间悬挂着一幅碑文图轴。蔡琰告诉他说这是曹娥碑的碑文，蔡琰的父亲蔡邕看了这块碑后，在碑后题了八个字。回家后又派人带着石料前去，临摹镌刻，因此流传至今。这八个字是"黄绢幼妇，外孙齑臼"。曹操看了半天，也不知道是什么意思。问蔡琰，蔡琰也说不知道。

曹操的好奇心和好胜心一下子就上来了，他回过头，问诸位谋士："你们几位可能解出此意吗？"

众人纷纷摇头，只有杨修挺身而出，说："我已经知道了。"正要说出来，曹操却摆了摆手，说："你先别说，待我来想想。"

曹操想了一会儿，还是没想出来，因军情紧急，不能久留，只能先行告辞。在回去的路上，骑行了三里路，忽然对杨修说："我也想出来了，你且说来听听。"

曹操虽然已经想出答案，却还是叫杨修先说，其实内心还是有些不自信，唯恐答错了惹他耻笑。

杨修说："此乃隐语也。'黄绢'是有色之丝，故而是'绝'字。'幼妇'即少女，故而是'妙'字。'外孙'是女儿之子，则是'好'字。'齑臼'乃是'辞'（古字）。所以，合起来是'绝妙好辞'。"

曹操哈哈大笑，说："正合我意！"并对杨修的急智赞叹不已。但是，当他把杨修的才华与另外一件事情联系起来后，内心却开始担心起来。而曹操还没有想到的是，杨修的急智已经在诸将中建立起了很大的影响力。

曹操率兵来到南郑，下令驻扎在定军山的夏侯渊向黄忠、法正等发起攻击。但夏侯渊却被黄忠一刀斩杀。

管辂当初说的"三八纵横，黄猪遇虎；定军之南，伤折一股"正好应验在夏侯渊身上！"三八纵横"是指建安二十四年（公元219年），"黄猪遇虎"是指岁在己亥正月，"定军之南"更是直接点明了地点就在定军山，"伤折一股"意指夏侯渊之于曹操的亲近性和重要性。

曹操悲痛不已，放声大哭。这件事对曹操的刺激极大。

一方面，是夏侯渊与曹操有兄弟之情，又是曹操的左膀右臂，自起兵之初就开始追随曹操，南征北战，立下了汗马功劳。

另一方面，则是曹操第一次对"天命"有了一种无奈的敬畏感。既然命运通过管辂这样的神人预测可知，那么命运就该是早已注定的，并不因为人的主观努力而有所改变。曹操虽然因命运对自己的眷顾而深感幸运，但这种注定的幸运也让他的奋斗黯然失色。因为他所取得的骄人成就，其实与他奋斗与否并没有关系，只不过是"天命"而已。既然如此，一个人披荆斩棘、筚路蓝缕还有什么意义呢？

曹操陷入了深深的迷茫，但这样的对命运的思考是永远也找不到标准答案的。回过头来，曹操又想起了管辂。他想赶快找来管辂，好好地向他请教询问，或许能解开命运之谜。但管辂已经悄悄地走了，不知所终。

曹操引军要为夏侯渊报仇，却屡屡败于刘备与诸葛亮。

运气似乎站到了曹操的对立面上，曹操又一次想起了天命。在曹操此前的生命历程中，遭遇过无数的困难与挫折，但他从来没有失望过，也没有放弃过。但这一次，曹操却被一种无力感困扰，他不知道自己是该继续努力奋争，还是静静地听候命运的安排……

心理感悟：对命运的全盘接受会让人放弃奋斗的自由。

68

聪明才智误了卿卿性命

曹操屯兵日久，想要进兵，又被刘备手下的张、赵、马、黄诸将扼住要道；想要退兵，又担心惹人耻笑。正在进退两难之际，这一日厨师做好了鸡汤送来。曹操看看碗中的鸡肋，不禁若有所思。夏侯惇进来请示晚间军中所用号令。曹操随口说了一句："鸡肋，鸡肋！"

夏侯惇就以此为令，吩咐各营上下，夜间巡查均用"鸡肋"为号。

杨修听说今晚的号令为"鸡肋"，立即吩咐随行军士收拾行装，准备归程。有人将杨修的所为报告了夏侯惇。夏侯惇大惊，立即将杨修请去询问："德祖公，你为什么要收拾行装？"

从夏侯惇对杨修的称呼中就很能发现问题。杨修现年三十四岁，比夏侯惇小了十几岁，杨修的官职也比夏侯惇小很多，但夏侯惇见了杨修却恭恭敬敬地称他为"公"，这说明杨修在夏侯惇，以及以夏侯惇为首的诸位将领中享有很高的威望。

这是为什么呢？

杨修出身名门，博学多才，三教九流，无所不通，而他最为突出的特长就是能够洞察曹操的心思。

有一次，曹操兴建了一座花园。建成后，主事之人请曹操去查看。曹操看了，却不发一言，只取笔在门上写了一个"活"字后，扬长而去。主事之人百思不得其解。这事正好被杨修知道了。杨修说："这不是很简单嘛。门内加一'活'字，就是'阔'字，丞相是嫌门太宽了。"

主事之人恍然大悟，立即推倒重来，将园门改窄，再请曹操查看。曹操看到下属猜出了自己的"哑谜"，非常开心，就问："是谁猜出了我的意思？"主事之人不敢隐瞒，回答说是杨修。曹操本来是小孩子脾气发作，有意和下属开个玩笑，顺便也显显自己的智慧。如果下属久久不能猜出，只好去请教曹操，曹操就会十分开心。但现在杨修猜了出来，曹操的快感就少了很多。

后来，曹操又玩了一次"文字游戏"。塞北有人给曹操送来了一盒点心。曹操在盒子上写了"一合酥"三个字，就将这盒点心放在桌案上去睡觉了。正好杨修进来，看了之后，就取了一个调羹，叫来众人，说："丞相请客了，每人吃一口。"

等到曹操睡醒，过来一看，点心盒里已经空空如也。曹操问是谁吃了点心，杨修嬉皮笑脸地说："丞相有命，令每人吃一口。故而大家遵命行事，一起吃了。"原来，竖写的"一合酥"拆开来看，就是"一人一口酥"。

曹操哈哈笑道："还是德祖明白我的意思啊。"曹操的心理其实有些矛盾。如果没人识破他的用心，他会觉得没意思，但像杨修这样很快就猜透他的心思，也让他觉得没意思。

这两件事情都是无伤大雅的小事，众人虽然佩服杨修的聪明，却也只当作寻常谈资。但后来发生的一件事，则让众人对杨修刮目相看。

曹操因为侦破了多次针对他的刺杀计划，担心防不胜防，就想出了一个办法。他经常吩咐左右说："我梦中喜欢杀人，我睡着的时候，你们千万不要靠近。"有一次，他睡觉时不小心把被子蹬到了地上，一名近侍急忙上前去拾捡被子。曹操却一跃而起，将这名近侍杀了，然后转身上床继续睡觉，好像什么也没发生。睡了半天，曹操才"醒"了过来，惊问："谁杀了我的近侍？"左右据实以告。曹操痛哭流涕，将这名近侍厚葬。

这件事情坐实了曹操自己所说的"梦中好杀人"的习惯，人人都深信不疑。但杨修却知道曹操的真实心思，在这名近侍的丧礼上，说："唉，可惜啊，你不过是一件工具罢了。"

杨修的话，让在场的人倏然心惊，深感杨修是唯一能够洞悉曹操心理的人。

曹操却因为此事而对杨修有了很大的看法。因为任何人都不希望自己内心的秘密被他人一览无余。尤其是曹操这样大权独揽的人，更加不愿意自己的一举一动尽数"裸露"。

杨修的毛病就在于，智商很高，情商却严重不足。你尽可以探知曹操的心理，却绝不能宣之于众，并以此当作炫耀的资本。

说实话，曹操的度量还是挺大的。尽管杨修一再公开炫耀自己能够洞悉曹操的心理，但曹操对他仍然十分器重。而这反过来，更让杨修得意忘形，也让众人对杨修敬佩不已，杨修的影响力就这样建立了起来。

此次出征前，在蔡邕庄中，杨修比曹操更早猜出了隐语"黄绢幼妇，外孙齑臼"的秘密，更是让众人对杨修刮目相看，进而顶礼膜拜。杨修在某种意义上，已经成了凌驾于曹操之上的"神"。

所以，夏侯惇才会恭恭敬敬地向杨修请教，以便准备把握曹操的思想动态。

杨修得意扬扬地说："从今夜的号令来看，丞相想撤军了。鸡肋者，食之无味，弃之可惜。现在进不能胜，退恐人笑，正如鸡肋。我想在此无益，不如早归，来日魏王必然班师回都，所以我早做准备，以免临行慌乱。"

夏侯惇对杨修的判断佩服得五体投地，说："德祖公真是能洞悉魏王的肺腑啊！"

洞悉魏王的肺腑可不是什么好事情，杨修和夏侯惇很快就要为此付出惨重的代价。他们难道忘了吗？曹操治军是极严的。一个治军极严的人怎么可能容忍下属在他发布命令之前就擅自行动呢？

夏侯惇却喜滋滋地向杨修学习，也收拾起行装。既然统军大将夏侯惇都这样做了，其他的将领和士兵还不依样照做吗？曹营上下，顿起一片繁忙景象。可笑的是，三军都准备要撤退了，主帅曹操却还被蒙在鼓里。

曹操其实根本还没有下定要撤军的决心，晚上，他心烦意乱，睡不着觉，就起来到营寨间转悠。这一转悠不要紧，着实把他吓了一跳。这还是自己治理下的那支部队吗？主帅尚未发令，大家都在忙着收拾行囊，难道都想撂挑子不干了？！

曹操急忙将夏侯惇叫来，追问究竟。夏侯惇说："是主簿杨修察知大王欲归之意。"曹操又把杨修叫来。杨修以为这不过是另外"一合酥"，轻描淡写地将"鸡肋说"再复述一遍。没想到曹操勃然大怒，暴喝一声："竖儒！敢乱吾兵耶！"

杀，还是不杀？

曹操想都没想，"竖儒"两个字已经暴露了他的态度。

"竖儒"是代表曹操最高等级愤怒的骂人之语。被骂"竖儒"者很难逃过一死。上次张松把曹操气得很了，曹操就骂了一句"竖儒"，要将张松剐了，但幸好有杨修为他求情。而这一次，曹操要杀杨修了，却没有人能够为他求情了。

很多人以为曹操之所以要杀杨修，是因为妒忌杨修的才能胜过自己，能够洞察自己的内心，其实不然。杨修的才华确实是为他自己招来杀身之祸的根源，只是这两者间的逻辑关系却不是妒忌。

曹操其实颇有几分赏识杨修的才华，但他绝不能容忍杨修的才华用于干涉军政大事和接班人选的决策。

在深刻领悟了"天命"以及在病痛的不断折磨下，曹操对自己的接班人做出了选择。他喜欢三子曹植，想改立曹植为王太子，而曹植对杨修言听计从。

已经被立为太子的曹丕不甘心，就请朝歌长吴质商议。曹丕担心此事被外人所知，每次都用盛绢的大筐将吴质偷偷接入府中。这件事被杨修知道后，就偷偷告诉了曹操。曹操决定次日去捉吴质，但曹丕安排在曹操身边的线人立即将这一消息报告给了曹丕。曹丕惊慌失措，吴质却说："何必担心？明日用大筐装了绢丝，像往常一样运进府中，就可以迷惑对手了。"次日曹操果然扑了个空，从此开始怀疑杨修有害曹丕之意。

后来，杨修凭借自己对曹操心思的洞察力，往往提前准备好一套说辞给曹植，曹植因此在曹操面前对答如流。但曹丕却将此事告知了曹操，曹操由此对杨修干预接班人选十分不满，认为他必有野心。尽管如此，曹操还是认为自己英明无敌，可以将一切掌控在手中，也就没有对杨修采取措施。

但是，这次的"鸡肋"事件却让曹操豁然心惊。

曹操绝没有想到，杨修的一句话，竟然可以让跟随自己几十年的心腹大将夏侯惇俯首帖耳，遵行不悖！曹操顿时觉得自己低估杨修的影响力了，自己百年之后，杨修的影响力恐怕更加难以估量！只要杨修介入曹丕、曹植的继位之争，很可能会决定最终的结果。而这显然不是曹操愿意看到的。

曹操原先喜欢曹植，但曹植是个极具浪漫情怀的诗人，实在不是一个好的政治家。曹植后来的表现让曹操不甚满意，曹丕却因应对得当而逐渐获得了曹操的欢心。

另外，曹丕还有一个巨大的优势就是望气之人所说的"非人臣之气"。在曹操精力旺盛、无所不能的时候，尽管他也相信天命，但却更加自信自己能够掌控命运，甚至是操控天命。但现在，曹操经过与管辂的交往，以及体会到身体日渐衰弱的事实，已经开始学着全盘接受"天命"的安排了（这是每个人都不可避免的习得性无助）。

但从杨修远超自己的智力和对于诸将的影响力来看，曹丕难以对付有杨修助阵的曹植。那么，曹操百年之后，曹家必有内乱！

为了杜绝曹家的内乱，曹操只能将杨修斩首！这才是"杨修之死"的真正原因。

杨修因"鸡肋"而死，而他本人实在也是一块"食之无味，弃之可惜"的大鸡肋，他的聪明才智没有用对地方，甚至连自身的安全都没能保证，这又算是哪门子的聪明才智呢？

　　杀了杨修，曹操对夏侯惇也心动杀机，只是夏侯渊新死，曹操不想再伤股肱，所以作势一番，等众人求免后，就放过了夏侯惇。

　　夏侯惇虽然保住了命，却也因为自己的头脑简单而失去了曹操的信任。因此，曹操临死之际的托孤大臣中并没有他的名字，而是以曹洪替代。夏侯惇向来行事精细，当年在关羽过五关斩六将后对其苦苦盘问，绝不轻易放过，就是一个很好的例证（详见《心理关羽》），而曹洪生性暴躁，多次犯错，但曹操最终还是选择了曹洪，其原因就是夏侯惇轻易受了杨修的蛊惑。

> **心理感悟：才智使用不当，即成"思想鸡肋"。**

最是那烈士暮年的悲怆

杨修毕竟还是猜中了曹操的心思。杀了杨修之后,曹操已经没有持久作战的兴致了。他退兵至斜谷,运气坏到了极点,被魏延一箭射中了人中,只好灰溜溜地撤军了。汉中就此被刘备占据。

刘备随后应群臣之请即汉中王之位。曹操得知后,大怒:"织席小儿,安敢如此!吾不能灭汝,誓不回都,除死方休!"

刘备这个血诏党的硕果仅存者,成了曹操最大的心病。在曹操盛怒之际,司马懿又来买"彩票"了。司马懿说:"王上息怒。我有一计,可以让刘备在蜀中自受其祸。待其兵衰力竭,再随便派一个大将,就可以一举歼灭了。"

司马懿这个人鹰视狼顾,很不得曹操待见,所以,他屡次献计,都被曹操置之不理。这次他说话的口气很大,把大家都吓了一跳。这也是司马懿屡屡不能"中彩",有点着急的缘故。

司马懿说:"孙权把嫁给刘备的妹妹接了回去,这说明孙刘暗中不和。王上只需派人说动孙权,进攻荆州,刘备必然发兵援救。那个时候,王上再派兵攻打,刘备首尾不能相救,必然败北。"

司马懿这一次终于"中彩"了,曹操采纳了他的建议,派满宠去知会孙权,联手对付刘备。

孙权虽然心动,但还是给了刘备一次机会。他派诸葛瑾去见关羽,要与他联姻,却被关羽痛加羞辱。孙权大怒,决定要对荆州下手。

关羽随后发动北伐,一举攻下襄阳,曹仁退守樊城,岌岌可危,派人向曹操求救。曹操重用于禁,令其为帅,并以悍将庞德为先锋,带着新近操练好的七军前去抵敌关羽。没想到关羽大发神威,竟然水淹七军,擒于禁,斩庞德,一时间威震四方。

战报报到许都,曹操大惊,聚集文武商量。

曹操说："我早就知道关羽神勇无敌。现在他占据了荆襄，如虎添翼，新近又擒于禁，斩庞德，锐气无人可挡。倘若他率兵直袭许都，谁能阻挡？我看不如迁都，以避其锋芒。"

曹操雄豪一世，什么时候说过这样的软话？难道真是关羽的神威将他吓坏了？

人们在思考问题的时候，往往将某一个人作为固定不变的定型来加以思考。其实，一个人的身体状况，尤其是健康状况之于其决策、行动有着莫大的关系。

日渐衰老、病痛缠身的曹操已经不是当年那个意气风发、笑傲江湖的枭雄了。岁月与疾病不但销蚀了他的机体健康，也销蚀了他的满腔雄心。所以，曹操才会情不自禁地示弱，想要通过迁都来躲避关羽的逼人气势。英雄迟暮，终至落幕，是何等的凄怆与悲凉啊！

但是，有一个人却站出来厉声说道："不可！"

这个人还是司马懿。前一次的"中彩"给了他莫大的信心和勇气，而上天总是眷顾将自信与勇敢合二为一的人。

司马懿还是拿出上次的理由，说："刘备、孙权外亲而内疏。关羽连连得手，孙权必不情愿。王上只要派人去东吴陈说厉害，叫孙权在关羽背后暗中起兵，定可消灭关羽。"

这一次司马懿又"中彩"了！他赢得的彩头就是关羽的脑袋和托孤大臣的身份。

曹操派蒋济去见孙权。孙权果然令吕蒙白衣渡江，趁着荆州空虚，抄了关羽的后路。关羽败走麦城，为孙权所擒。关羽不肯投降，被孙权斩杀。孙权杀了关羽后，又担心刘备的疯狂报复，就采纳了张昭之计，将关羽的脑袋送到许都，以图嫁祸给曹操。

东吴使者将盛放关羽首级的木匣呈给曹操。曹操打开一看，关羽面目栩栩如生，不禁感慨万千。这个关羽，是曹操平生最厚待的人，但关羽最终告辞而去，与曹操为敌。而在华容道上，关羽又不顾自己的性命，放了曹操一条生路。两者间的恩义瓜葛，绝非言语可以描述。两人的最后一面竟然以这样的方式相见，却是曹操始料不及的。身体日渐虚弱的曹操，仿佛受了惊吓，竟然昏厥过去。

醒来后，曹操余悸未消，吩咐用沉香木雕刻身躯，与首级相配，以王侯之礼厚葬关羽。这一做法，也让东吴的嫁祸之计破产。刘备点起倾国之兵，攻打东吴，为关羽复仇。这正是曹操最乐见的局面。

关羽之死，让曹操受了惊吓。曹操的病势日渐沉重，经常头疼欲裂，无法忍受。众官遍求良医，但均无疗效。

华歆入奏说："王上知道神医华佗吗？"

华佗的名声就像管辂一样，早已经通过各类传奇故事被"神化"了。这些故事也利用人们"易得性直觉"造就的翅膀而展翅高翔。每当我们津津乐道于这些奇闻异事的时候，就是在给华佗的光辉形象不断地贴金。

曹操说："我倒是听说过他的名头，但不知道他的医术如何。"

华歆立即向曹操转述了好几个关于华佗神技的故事，并将华佗誉为当代"扁鹊"。

病急乱投医，几乎无人可以幸免。曹操深受头风之苦，立即派人将华佗请了过来。

华佗给曹操诊脉后，淡淡地说："这是风息所患之病。"从华佗的语气来看，这个病似乎也不难治。

曹操说："我平日患偏头风，不时发作，疼起来五七日不思饮食。你能治好吗？"

华佗略带骄傲地笑了一笑，说："这个病的病根在脑袋中，如果不能将里面的风涎取出，再怎么服食汤药，也是没有用的。我有一个办法，请王上先服用麻沸散，然后用利斧砍开脑袋，取出风涎，这个病就可以根除。"

从现代医学的角度来看，曹操所患之病应该是"慢性硬脑膜下血肿"，确实可以通过开颅手术进行治疗，其成功率在百分之九十以上。

虽然华佗已经发明了世界上最早的麻醉剂——"麻沸散"，可以消除开颅手术的疼痛，但在当时，用利斧劈开脑袋做脑外科手术，实在是太过骇人听闻。

曹操本已被病痛折磨得脾气急躁易怒，听了华佗的这句话，不由脱口而出，骂道："你是想要我的命吗？"

这些年来，想要曹操命的人可真不少。在长期的防范心理下，曹操已经变得疑神疑鬼、草木皆兵，这才会有故意编造"梦中杀人"的荒唐之举。而且，此前吉平想在药里下毒刺杀曹操，更是让曹操对医者充满了戒心。

所以，华佗必须首先说服曹操信任自己，然后才有可能说服曹操接受开颅手术。

华佗有些漫不经心地说："王上有没有听说过关羽右臂中了毒箭，我为他刮骨疗毒的事情？王上所患的不过是个小毛病，何必多疑呢？"

华佗是一个好的外科医生，却不是一个好的心理医生。他也许是太轻视这件事情了，可是，曹操对自己的脑袋（任何人对自己的脑袋）是不会掉以轻心的，怎肯以头试验？！而且，曹操因为观看关羽首级受了惊，现在的精神状态不是很正常。华佗却以关羽为例来说服曹操，恰好起到了相反的作用。

曹操怒道："臂上中毒可以刮毒，可是手臂能和脑袋相比吗？你一定是和关羽熟悉，想要借这个机会来害我吧？"

曹操这句话也是一句昏话。但是只要我们考虑到头风之疾让他痛苦得死去活来，也就不难理解他为什么会如此"痛令智昏"了。

曹操立即吩咐将华佗下狱，严刑拷打。

贾诩过来劝谏，说："像这样的神医，世上罕有，王上不可轻易废了他啊。"

但曹操已经被病痛折磨得几乎失去理智了，根本听不进贾诩的劝谏，反而更加催促对华佗用刑狠打。

任何发生于某个个体的病痛，其实都是一种社会病，都会对个体之外的他人（乃至社会）造成影响。而这种影响的严重程度与罹患病痛的个体的社会地位正向相关，越是大人物，其病痛对社会造成的负面影响就越大。

如果曹操没有患病，应该不会这样对待华佗。如果曹操不是大人物，也没有权力这样对待华佗。所以，我们既要关注病痛的个体性伤害，也要关注病痛的社会性伤害。

华佗受刑不过，屈打成招，只好承认了谋杀魏王的罪名。

杀，还是不杀？

当然是杀无赦。

对于一个饱受折磨的病人来说，也许伤害他人能给他带来一种畸形的快感……

心理感悟：病痛是雄心壮志最大的天敌。

鼓角声暗淡了英雄背影

曹操杀了华佗之后，病势更加严重，但要处理的军政大事已经堆积成山。曹操只能强撑病体加以处理。

正在此时，东吴孙权派遣使者送信前来。

曹操打开一看，孙权在信上说："臣孙权久知天命已归王上，伏望早遣大将，剿灭刘备，扫平两川，臣即率群下纳土归降矣。"

原来这封信是孙权的劝进书，要曹操早登皇位。当然，孙权的真实目的是担心刘备来为关羽复仇，想蛊惑曹操去灭了刘备。

曹操看了后，轻轻地叹了口气，脑海里浮现出管辂所说的那八个字："位极人臣，何必再相？"

位极人臣，何必再相？位极人臣，何必再相！位极人臣，何必再相。位极人臣，何必再相……

曹操就在这一瞬间心境澄明，大彻大悟。他当即哈哈大笑，将这封信展示给众人，说："是儿欲使我居炉火上耶！"

但是，陪侍一旁的侍中陈群、尚书桓阶却认为这正是一个劝进的好机会，伏地启奏道："汉室衰微已久，王上功德巍巍，生灵仰望。故孙权在外称臣，此天人之应，异气齐声。王上早登大魏皇帝，而即正统，复何疑焉？"

曹操却轻轻一笑，说："吾事汉三十余年，虽有功德，位至于王，于身足矣，何敢更望于外乎？"

这句话语气平和，谦逊知足，根本不像曹操此前张扬放纵的个性。陈群等人根本不信，以为只是曹操的虚推之辞。

夏侯惇随即劝谏说："天下咸知汉祚已尽，异代方起。自古以来，能除万害为百姓所归者，即生民之主也。今王上即戎三十余年，功业卓著，天下投归，理合顺民应天，复何疑哉！"

曹操淡然一笑，说："苟天命在孤，孤即为周文王矣。"就这样一句话，决定了今后数十年的天下大局。

很多对皇帝之位有着强烈野心的人，在临死之前无论怎样，没有条件也要创造条件过一把皇帝瘾。如果曹操不是真的大彻大悟，以他的个性是不可能这样淡然冷静的。

司马懿对曹操说："既然孙权称臣来归，王上可以封赏他，让他拒抗刘备。"

司马懿连续"中彩"后，已经深得曹操的信任。曹操欣然从之。

是夜，曹操病势转重，眼前不断出现幻象。他不断看见伏皇后、董贵人、二皇子，以及伏完、董承等二十余人，浑身血污，口中号叫，向他索命。

这些人，正是死在曹操手上！

群臣要为他请道士设醮修禳，曹操却平静地加以拒绝："孤天命将尽，即使日用万金，也不能救了。"

次日，曹操觉得气冲上焦，目不能视物。急忙召集曹洪、陈群、贾诩、司马懿嘱托后事。司马懿因为新近的出色表现而在最后关头进入了托孤大臣的行列，尽管排名在最后一位。曹操要这四人忠心辅佐曹丕，不得怠慢。曹操当然不会想到，他亲手选定的司马懿最后会像他本人一样，篡夺整个曹魏天下。

交代好后事，曹操长叹一声，泪如雨下，气绝身亡，时年六十六岁。此后，曹丕很快代汉而立，建立曹魏帝国，追封曹操为魏武帝。

曹操的一生，杀人无数。

杀，还是不杀？正是一个贯穿曹操一生的内心抉择。

他杀过无辜的人，却振振有词地为自己辩护，比如吕伯奢全家、参与救火的官员；

他杀过反对他的人，而且是斩草除根，绝不留情，比如董承、马腾、伏完；

他杀过背叛他的人，比如陈宫；

他杀过告密救了他的人，因为这些人为了些小利益背弃了旧主或亲人，比如苗泽、秦庆童；

他没杀当面侮辱他的人，比如祢衡；

他没杀在他面前示弱、甘当孬种的人，比如刘备。

……

他的杀与不杀，似乎没有标准，也没有规律。但是，当我们用社会心理学来察看他的这一生，一切都会了然于心。

无论杀，还是不杀，都表现了曹操作为社会性动物的一员，在各种情境制约下不由自主的一种选择。

在很多人的刻板印象中，曹操性格奸诈、残忍、虚伪、心胸狭窄、不择手段。这样的看法，主要是由于《三国演义》尊刘抑曹的写法。《三国演义》中的曹操，当然不是真实的曹操，但是，即便以《三国演义》中这个被投射了种种社会预期的"模型"来分析曹操，我们这一路走来，也已经发现，上述那些负面的评价至少并不准确，有时甚至还很荒谬。

曹操当然不是完人，他犯过错，犯过傻，也犯过愣，但这世界上又有哪一个敢说自己是白璧无瑕的完人呢？曹操的性格缺陷，以及受到种种外部情境和内在心理规律制约的所作所为，其实并没有超越一般人的范畴。在很多情况下，他其实也是身不由己，别无选择。

铜雀台落成之后，曹操曾经颇为感慨地说过一段话：

"孤本愚陋，始举孝廉，聊立微名于世耳。后值天下大乱，故以病回乡里，筑精舍于谯东五十里，欲春夏读书，秋冬射猎，为二十年计，以待天下清平，方出仕耳。然不能如意，朝廷征孤为典军校尉，遂更其意，专欲为国家讨贼立功，图死后得题墓道曰'汉故征西将军曹侯之墓'，平生愿足矣。"

曹操最初的心愿就是在政治清明的治世出仕为官，但不幸遭逢乱世。他避乱回家读书，但形势逼得他出来为国家征讨四方。而他此时的愿望也不过是能够建功封侯，以征西将军的名号留名青史。

"遭董卓之难，兴举义兵；因黄巾之乱，剿降万余。除袁术、破吕布、灭袁绍、定刘表，遂平天下。身为宰相，人臣之贵已极，意望已过。如国家无孤一人，正不知几人称帝，几人称王。或有一等人，见孤权重，妄相忖度，疑孤有异心，此大谬也……孤安有篡逆之心哉？……然欲孤使尔委捐所典兵众，归就所封武平侯之国，实不可也。何者？诚恐一离兵为人所害也。即为子孙计，已败则国家倾危，是以不得慕虚名而处实祸也。"

在铜雀台初成之时，曹操尚未大彻大悟，还是有称帝野心的。所以，前半段话是曹操的粉饰之辞。但他后半段说自己担心交出兵权后为人所害，则是最坦诚的大实话。在这乱世中，非拥兵自重而不能自保，但拥兵自重则不可避免地一步一步走向专权。

这是一条不能回头的路，这也是人作为一种情境性动物的必然之路。

所有大声批判曹操的人，也许你只是没有拥有他那样的际遇，没有拥有他那样的舞台。如果你处在他的位置上，你不见得能在文采武略上比他做得更好。而更可能的是，你也许会比他更残忍、更狡诈……

让我们还是以曹操的《步出夏门行》组诗来结束对曹操的心理探寻吧。

观沧海

东临碣石，以观沧海。
水何澹澹，山岛竦峙。
树木丛生，百草丰茂。
秋风萧瑟，洪波涌起。
日月之行，若出其中；
星汉灿烂，若出其里。
幸甚至哉，歌以咏志。

龟虽寿

神龟虽寿，犹有竟时。
螣蛇乘雾，终为土灰。
老骥伏枥，志在千里。
烈士暮年，壮心不已。
盈缩之期，不但在天；
养怡之福，可得永年。
幸甚至哉！歌以咏志。

能写出如此绝妙好词的人，谁又能说他不是一代人杰呢？

历史的帷幕已经降下，曹操的脚步早已远去。对我们来说，如果我们能够从这一段三国纷争的历史中领悟并掌握诸多的心理学规律，深刻了解我们的驱动力所在以及限制性所在，那么，尽管我们还不能彻底摆脱那种"人在江湖，身不由己"的情境制约，但我们在面对未来的生活时，还是能够更多一些裕如、淡定……

"神龟虽寿，犹有竟时。"让我们把握此刻所能把握的宝贵光阴，戴上社会心理学的眼镜，更好地看清自己、看清他人、看清社会。

唯有如此，"志在千里"才不会仅仅是一个美好的设想……

心理感悟：人往往只有在终极时刻才能真正看清自己。

本书主要心理学概念解读
（括号内数字为所在篇目）

1. **互惠**：互惠是人类长期进化过程中形成的一种根深蒂固的行为范式。滴水之恩，当涌泉相报；血火之仇，必以牙还牙。只有你用某种形式回报了人家的恩惠，你的内心才会觉得踏实。（1）

2. **透明度错觉**：我们的内心对自己是透明的，但以自我为中心的我们，会误以为他人也像我们一样洞察我们的内心，而事实上，他人和我们的内心之间相隔甚远，根本不了解我们。在透明度错觉的驱使下，各种各样的误解就产生了。（2）

3. **自我服务偏见**：这种偏见也称为"自我保护偏见"，即人们倾向于将成功归因于自我内在的因素，而将失败归因于外部的情境影响或他人的作为。（4）

4. **自我辩护**：当人们在面对自己的错误时，本能地会寻找各种理由为自己辩护。（4）

5. **类别化认知**：人们在认知世界的时候，为了快速做出判断，往往会用某个或某几个比较显著的特征来对万事万物进行分类，以简化认知的难度。这种认知的倾向就叫作类别化。（6）

6. **社会助长效应**：在一个群体性的环境下，人们往往会一起去做一些个体单独不敢做，或不会做的事情。在某些群体化的情境中，人们往往会更容易抛弃道德准则的约束，甚至忘记个人的身份，去做一些事后令自己也匪夷所思的事情。（7）

7. **身体匿名性**：在群体中，个体因着他人的掩护，会感觉一种身体匿名性。当一个人的身体处于匿名状态的时候，人就会觉得自己的行为可能不会（或不容易）受到社会行为规范的关注，放纵就此产生。（7）

8. **过度合理化效应**：人们会衡量自己的付出与得到之间的差距，如果回报过于

丰厚，而付出过于稀少，极大超越了合理的范畴，就会在内心造成认知不协调。（8）

9. 心理免疫能力：人们能够在不知不觉中限制、忽略、遗忘自己情绪上的创伤，这使得人们比自己预期得更容易适应人生中的种种挫败。（9）

10. 一致性需求：在社会交往中，每个人都有一致性的需求。只有言行一致、前后一致的人才能被社会认可，才能在群体性的生活中得到信任。（9）

11. 外表负效应：如果一个人动机不纯，滥用他的外表吸引力，外表的效用就会大大下降，甚至走到反面。（12）

12. 自我实现预言：外界的一些信息会对当事者的认知、判断、预期造成重大的影响，并进而影响到当事人的行为与抉择。这些信息对当事人心理的微妙作用经过时间的积淀，变成了一种现实的存在，这些原本平淡无奇的信息也就成为神奇的先验预言了。（12）

13. 截止期限效应：当我们知道在某个期限之前，自己的某种权利会受到严格限制，那么，在这个最后期限到来之前，我们一定会来一场最后的放纵。（13）

14. 基本归因错误：人们对于自己犯的错误，总能够找到外部的情境性原因，足可原谅；而别人犯的错误，则总是认为是这个人本性使然，无可原宥。（14）

15. 习得性无助：当一个人在多次努力而未能改变不如人意的境遇后，就会走向习得性无助，以消极的心态，将生活的掌控权完全交给命运。（14）

16. 习得性应激反应：将外部的刺激物关联为导致应激反应的条件是生物普遍拥有的学习技能，这种学习技能使得生物能够更好地适应外部的环境而获得更好的生存机会。（16）

17. 亲缘保护：人类在漫长的进化过程中，为了保护自己的基因顺利平安地传承下去，形成了"亲缘保护"这种心理机制。一般而言，人更倾向于保护与自己有血缘关系的人（部分基因相同），这是互惠关系的重要组成部分。（17）

18. 撒谎的罪耻感：撒谎往往与罪恶感和羞耻感有关。当一个人做出了与自己宣示在外的一贯形象不符的丑事时，就会有一种罪恶感。这种罪恶感会驱使人们自我袒露真相，以缓和内心的不协调。而当这件丑事被外人或公众所知，又会产生极大的羞耻感。为了避免羞耻感，人们往往选择说谎来加以遮掩。说谎之后，则又产生新一轮的罪恶感。（21）

19. 自利性偏差：人们并不能客观地评价自己在某项成功中所起的作用，而总是倾向于高估自己的贡献。（21）

20. **标签约束**：一个人生活在社会上，必然要受到这个社会主流价值观的影响和约束。尽管很多人在心里并不认同这些标签化的价值观念，甚至在现实中通过违背这些价值观念获得了丰厚的物质利益，但在公开场合，还是不敢大肆反对这些价值观念。（23）

21. **中心途径和外周途径**：中心途径的说服就是通过对某种观点加以权衡，对相关的事实或数据加以考虑，也就是在对问题进行系统思考的基础上来展开说服。外周途径的说服则通过那些易于感知却并不很客观的捷径来加以说服。中心途径是充满理性的，而外周途径则注重感性。一般而言，经由中心途径的说服效力更为持久，而经由外周途径的说服则更容易快速取得成效。（24）

22. **旁观者效应**：个体对于紧急事态的反应，在单个人时与同其他人在一起时是不同的。由于他人在场，会导致责任分散，每个人都寄希望于他人去行动，以至于每个人都成了旁观者，旁观者越多，就越可能没人采取行动。（26）

23. **权力促进欺骗**：权力会减轻人们说谎时的罪恶感，并提高他们欺骗别人的能力。（29）

24. **选择性知觉**：我们在面对客观事物的时候，从来做不到客观。在我们的内心，其实在接收到相关信息的一刹那，就近乎直觉般的有了先验的意见。我们更倾向于选择适合我们内心想法的那些资讯。甚至在极端的时候，我们会篡改外部的信息以让其吻合我们的内心倾向。这种认知机制就称为"选择性知觉"。（33）

25. **稀释效应**：人们在针对某一问题的相关信息中有意加入一些无关的信息，以此来稀释、掩饰负面相关的信息，以减少可能带来的负面影响。（35）

26. **表演型人格障碍**：这类人格障碍的典型特征是患者总是希望自己是注意力的中心。如果他们不能成为注意力中心，他们就会做出一些惊世骇俗的言行举止来强行吸引他人的注意。患者在对外部事物进行判断时，往往感情用事，语出惊人，却缺乏足够的证据来支撑他们的判断。而且，他们往往会对极为细微的小事做出过分的情绪反应。（36）

27. **自我监控能力**：人生活在社会中，会遭遇到不同的情境。为了适应这些不同的情境，人必须做出相应的自我调适，这就需要较强的自我监控能力。而自我监控能力不足者，始终只以一种面貌，一种姿态示人。不论在任何情境下，不论面对任何人，他们都是以自我为中心，从不考虑他人的感受与反应。（37）

28. **态度免疫**：人的态度和人的机体一样，可以通过预先注射"信息疫苗"来

产生抗体。（38）

29. 社会性疼痛消失：一个人出于对社会评价的顾忌，往往会表现出对痛苦的更大忍耐力。这种基于文化的对痛苦的耐受力增强就是社会性疼痛消失。（40）

30. 路西法效应：路西法是光之守护者，是上帝最宠爱的天使，但是当他投身地狱后，却变成了恶魔撒旦。路西法的嬗变典型地说明了情境正是让好人变成恶魔的根本原因。（41）

31. 错觉相关：人们倾向于在不同的随机事物中发掘联系，并创造出具有因果效应的逻辑推理。（42）

32. 重度抑郁：当一个人陷入重度抑郁的状态，会对日常生活中的大部分活动失去兴趣和乐趣；有内疚感，感到自己没有价值，很自责；反复会有想死的念头，有自杀的倾向或举动。（48）

33. 焦点效应：每个人在潜意识里都把自己看作是这个世界的中心，倾向性地认为全世界的焦点会集聚在自己身上。（52）

34. 群体极化：在群体中进行决策时，人们往往会比个人决策时更倾向于冒险或保守，向某一个极端偏斜，从而背离最佳决策。（53）

35. 袒露互惠效应：一个人的隐私或秘密就像恩惠一样，一旦向他人袒露，就会引发对方的自我袒露。（56）

36. 好心情效应：当一个人处于好心情的时候，往往会戴上一副玫瑰色的眼镜看待周边的事物，一切都会变得更加美好。（57）

37. 出丑效应：对于一个能力超群的权威性人物来说，他身上的缺点或行为上的失误反而能够增加他的吸引力。（62）

38. 反事实思维：这是指人们对过去已经发生的事实在心理上所进行的不真实替换。（64）

39. 易得性直觉：那些能够激发情绪的、生动的、容易想象的和具体的事件，要比本质上无情绪的、乏味的、难于想象的或者模糊的事件更容易被认知、记忆、回忆。（66）

后记

风雨十年心何往

"心理三国三部曲"即将推出十周年纪念版,在这个特殊的时刻,不免抚今追昔,往事历历,涌上心头。不过,记忆经过时间的加工,可能早已不是原来的模样。

十年来,"心理三国"系列以多个版本、数种文字畅销中国大陆和港澳台地区以及韩国等东亚文化圈,还有北美、澳大利亚等华人密集处,这是出乎我的意料的。

这部作品是我人生中的一个大事件,是沉寂两年后的自动喷发。所有的文字就像是流淌出来的,在键盘上打字的速度根本就跟不上脑海中文字奔涌的速度。只是,当时我并没有想到,这部无意中诞生的作品,竟在十年间成为我的代表作之一,并顺带开创了"心理说史"这种独特的写作形式。

这十年来,我的生活跌宕起伏、变化多端,仿佛只有不确定才是唯一确定的。

风雨十年心何思?

一个人若不曾跌落低谷,永远不可能体会人世真相;一个人若不曾历经沧桑,永远不可能洞察人性真相;一个人若不曾在绝望处看见光明,永远不可能探明人生真相。

这十年中,我思考了很多很多。这些思考带来了巨大的痛苦以及痛定之后不可思议的心性提升。

这十年中,我领悟到,风云亦只是寻常。我们惯常将目光投注于英雄人物,为他们的成功击掌,为他们的失败痛惜,为他们的智慧赞叹,为他们的失误惋惜。我们往往以为英雄人物与贩夫走卒大为不同,但其实在心理学的手术刀下,英雄与凡夫并无二致。人类喜怒哀乐的心理机制、趋吉避凶的人性逻辑,都逃不脱固有的几个模式。

所以，从心理学意义上来看，每个人的一生都是一个传奇。所谓历史，其实只是每个人自己的故事。"心理三国"借用了"英雄人物"的标签，讲述人人都可以代入的人生成败、悲欢离合。当初我在书中写到的"三国不仅仅是一段历史，也是千百年来人们将自己的道德偏好、价值判断投注其上的一个心灵样本。我们每个人身上或多或少都有这些三国人物的文化基因和行为记忆。读懂了他们，就认清了你自己，也就认清了你身边的中国人"，这一再得到了时间的验证。英雄即凡人，凡人亦传奇。这一领悟也渗入我此后所写的"心理说史"系列的其他作品中。

佛陀在《金刚经》里提出了一个"如何安住此心"的人生大命题。

风雨十年心何住？

反躬自省，这十年来，我的心一直住在哪里呢？

整个"心理三国"系列，我写下的第一句话就是"关羽是不可能投降的"，实际上，这句话完全是我当时潜意识的反映。

当时，我以灵魂之痛，深刻体会到了人性的复杂多变，但我的心还是住在对抗中，不愿意与俗流妥协，不愿意对压力屈服，不愿意向逆境投降。

但是黑白分明的抗争姿态是很消耗能量的，对自己的身心也是一种莫大的伤害。而最关键的是，这样做并不能安住那颗躁动而彷徨的心。

孔子说，人分为三种：一种是生而知之的，一种是学而知之的，还有一种是困而知之的。我生性愚笨，应该是属于那种困了很久才略有所知的。

抗争，非但没有让我免于痛苦，反而让我陷入了更大、更漫长的痛苦中。我的心被困于抗争之中，这等于是自设的心牢。如何才能越狱而出？

物极必反，在黑暗的极点，我明白了，抗争何如接纳？就如纳尔逊·曼德拉，也是在看不到头的牢狱生涯中，明白了必须用包容去迭代抗争。

接纳并不是投降，并不是没有原则，更不是和稀泥、当好好先生。接纳其实是一种最柔软的抗争。抗争是一分为二，接纳是合二为一，而一个人在三维世界中所能达到的最高心性境界就是"一"。

当一个人安住在接纳之中，自然也就消解了恐惧，消解了愤怒，消解了孤独。当一个人安住于不确定之中，也就是活在当下了。当一个人安住于包容之中，哪里还用得着对抗呢？山川万物皆是我，无限风光由心造，那是一种何等美妙的体验！

十年间，我出版了三十多本书（包括"心理三国·逆境三部曲""心理吴越三部曲"），但我自己知道，有太多的时间并没有用于创作，而是在和自己的心性做斗争。以我的创造力，本可以写出更多的作品。计划中的"心理楚汉三部曲"、《心理战国》（七卷本）、《心理孔子》《心理秦始皇》《心理苏东坡》《心理岳飞》等之所以未能如期完成，也缘于此。不过，这也是必不可少的"浪费"。好在，我还没有放弃；好在，我还有时间。

风雨十年，心里充满了感恩。对我来说，夜空中最亮的星，就是那些忠实的读者们。这些素不相识的书友，借助互联网时代的通信便利，用各种方式表达了他们对作品的喜欢和对我的支持。他们看似微不足道的一句问候，却弥足珍贵，暖灸我心，给了我继续前行的力量。在这里，要对这些书友们道一声诚挚的感谢。

走过十年，就像一首歌所唱的：孤独站在这人生的大舞台，心中有无限感慨。多少青春已不在，多少情怀已更改，但我却依然拥有你们的爱，无论天上人间，无论天涯海角。

要特别感恩的是师父和陈国瑛老师，他们给了我无数的鼓励，陪伴我走过了漫漫长路。另外，厚朴先生和馨文女士在重要时刻的热心帮助，也让我铭记在心。

俱往矣，时间不会停留，但会开花结果。生长十年，"心理三国"初具模样，也留下了一些遗憾。但无论如何，"心理三国"一定会活出它自己最茂盛的样子。

风雨十年心何往？

再过几天，就将进入21世纪20年代了，人类社会正在发生翻天覆地的变化，技术似乎占据了主导地位，但我始终相信，太阳底下，并无新事；人性心理，千年如一。无论技术如何演变，关于人和人性，仍将是恒久的话题。

展望未来，我还是会继续用"心理说史"这种形式来"看透历史，讲透人性"。或许，这就是我重要的人生使命吧。

最后，我想说，在上一版的后记中我把这套书献给我故去的公公婆婆。十年过去了，时间并不能割断我对他们的思念，也不可能磨灭我对他们的敬意。

谨以此书寄托我对他们不变的爱，虽然我再也没有机会亲口告诉他们。

2019年12月24日星期二于北京空港融慧园1912
2020年2月16日星期日于别馆13B补定

我想把《心理三国》三部曲献给我两位故去的亲人：我的外公陈有志（1915年12月26日—1989年1月14日）和外婆倪文鸳（1923年1月30日—2006年11月7日），如果没有他们，可能就不会有这套书。

在我们老家的方言中，"外公""外婆"是被称为"公公""婆婆"的。现在想起来，这方言真是好，因为他们一直在我内心深处，何曾有"外"？

两位老人出生于民国初年，经历了军阀混战、抗日战争、解放战争、新中国成立、"文化大革命"、改革开放等风云激荡的近现代史，也因此面临过无数的生活难题。在困难面前，他们淡定、从容，不以物喜，不以己悲，靠着自己的勤劳与智慧，家底丰殷，也赢得了他人的尊敬。在我母亲九岁那年，因邻家炖煮燕窝失火，将整个家族聚居的木结构楼房全部烧毁。两位老人数十年的奋斗成果化为灰烬，整个家庭陷入一无所有的困境。面对生活的严峻考验，他们不抱怨、不气馁，以无比的坚毅、辛劳，十年生聚，再创富殷。

如今，公公离开我们已经二十一年了，婆婆离开我们也有四年了。每当想起他们的时候，脑海里总是会浮现苏东坡的"十年生死两茫茫，不思量，自难忘……"，虽然东坡这首词是写来悼念亡妻的，但那种对故去亲人的思念之情，与我应该是别无二致的。

在人的一生中，谁又能不遭遇生活难题呢？但我所遇到的难题，显然远没有公公婆婆那样的跌宕起伏，而我的应对，显然也远没有他们那样的裕如与坦然。

幸运的是，公公婆婆对我的耳濡目染，经过时间的积淀，还是发挥了作用。在不断揣摩、追忆他们如何笑对生活的心路历程中，我不但找到了正确的生活态度，也顿悟了解读历史的最好方式：心理、心态、心灵。

　　人的历史就是人的心理塑造而成的！历史之所以不断向前，就是因为那些身处历史之中的人物的心理推动。他们或激越进取，或颓废消沉，或从容坦荡，或浮躁轻狂，却共同描绘了一幕幕风云变幻的历史画卷。

　　而历史之所以迷雾重重，很大程度上也是因为我们没能用正确的方式去解构、解读。当我们抚今追昔，社会心理学实际上已经给我们提供了很多的工具，所以，心理说史不但成为一种可能的选择，而且可能是一种正确的选择。

　　由此，"心理三国三部曲"也算是我一份小小的人生答卷。感谢两位老人用他们一生的言行、实践带给我的领悟。他们说不上是大人物，但他们那种发自内心的淡定、从容，是我最大的财富，远比他们留给我的物质资产更为珍贵。没有他们，不可能有物质意义上的我，也不会有精神意义上的我。

　　谨以此书寄托我对他们深深的敬意和深深的思念。

2010.9.9